GOLDMANN
Lesen erleben

Buch

Becky steht vor ihrer größten Herausforderung: Sie will ihren Vater finden, der nach Las Vegas verschwunden ist, und so ihre Fehler der Vergangenheit wiedergutmachen. Zunächst muss sie aber den Roadtrip von Los Angeles Richtung Nevada überstehen, denn sie reist nicht allein. In einem Kleinbus chauffiert ihr Göttergatte Luke nicht nur sie und Minnie, sondern auch Beckys beste Freundin Suze, ihre Erzfeindin Alicia – die versucht, ihr Suze auszuspannen –, ihre aufgebrachte Mutter und deren beste Freundin durch die Wüste. Der Beginn einer turbulenten Suchaktion, während derer Becky ihr Talent fürs Roulette entdeckt und feststellt, dass sie vielleicht sogar den Geschmack am Shoppen verloren hat. Vor allem aber erkennt sie, dass es in Las Vegas nicht nur um ihr eigenes Glück geht und dass nur sie all ihre Lieben zusammenhalten kann…

Weitere Informationen zu Sophie Kinsella
sowie zu lieferbaren Titeln der Autorin
finden Sie am Ende des Buches.

Sophie Kinsella

Shopaholic
& Family

Roman

Aus dem Englischen
von Jörn Ingwersen

GOLDMANN

Die englische Originalausgabe erschien 2015
unter dem Titel »Shopaholic to the Rescue«
bei Bantam Press, London,
an imprint of Transworld Publishers

Dieses Buch ist auch als E-Book erhältlich.

Verlagsgruppe Random House FSC® N001967

2. Auflage
Deutsche Erstveröffentlichung Juli 2016
Copyright © der Originalausgabe 2015 by Sophie Kinsella
Copyright © der deutschsprachigen Ausgabe 2016
by Wilhelm Goldmann Verlag, München,
in der Verlagsgruppe Random House GmbH,
Neumarkter Str. 28, 81673 München
Umschlaggestaltung: UNO Werbeagentur, München
Umschlagmotiv: Getty Images / Westend61;
FinePic®, München
Redaktion: Kerstin Ingwersen
MR · Herstellung: Str.
Satz: Uhl + Massopust, Aalen
Druck und Bindung: GGP Media GmbH, Pößneck
Printed in Germany
ISBN: 978-3-442-48482-9
www.goldmann-verlag.de

Besuchen Sie den Goldmann Verlag im Netz

Für Linda Evans,
mit viel Liebe und großem Dank für alles

Liebe Mrs Brandon,

lange haben wir nichts voneinander gehört. Ich hoffe, Sie und Ihre Familie sind bester Dinge.

Was mich angeht, so genieße ich das Leben im Ruhestand sehr, denke jedoch noch oft warmen Herzens an so manche Episode im Rahmen meiner beruflichen Tätigkeit bei der Bank zurück. Daher habe ich mich entschlossen, sozusagen meine Memoiren, meine Autobiografie zu schreiben, unter dem provisorischen Titel: *Gute und schlechte Schulden: Die Höhen und Tiefen eines langmütigen (und doch nicht ganz so langmütigen!) Filialleiters der Bank von Fulham*.

Zwei Kapitel habe ich bereits verfasst, die in meinem örtlichen Gartenkulturverein sehr gut aufgenommen wurden. Mehrere Mitglieder waren der Meinung: »So was sollten die mal im Fernsehen bringen!« Nun, so weit würde ich eher nicht gehen!!

Ich darf wohl sagen, Mrs Brandon, dass Sie stets eine meiner »farbenfroheren« Kundinnen waren, nicht zuletzt da Sie eine recht »kuriose« Einstellung gegenüber Ihren Finanzen zu hegen pflegten. (Ich hoffe von Herzen, dass sich Ihnen die Welt der Erwachsenen mittlerweile erschlossen hat.) Oft genug sind wir aneinandergeraten, dennoch glaube ich, dass wir zum Zeitpunkt meiner Pensionierung in gewisser Weise zu einer *»Entente cordiale«* gelangt waren.

Aus diesem Grunde erlaube ich mir die Frage, ob ich Sie wohl – zu einem Ihnen genehmen Zeitpunkt – für mein Buch befragen dürfte.

In freudiger Erwartung Ihrer Antwort verbleibe ich mit freundlichen Grüßen,

Derek Smeath
Bank Manager (i.R.)

Liebe Mrs Brandon,

ich muss meiner Enttäuschung Ausdruck verleihen. In gutem
Glauben habe ich mich an Sie gewandt, als Kollege oder, wenn ich
so sagen darf, als Freund, und ich hatte gehofft, auch als solcher
behandelt zu werden.

Wenn Sie für meine Memoiren nicht befragt werden möchten, dann
akzeptiere ich Ihre Entscheidung. Dennoch stimmt es mich traurig,
dass Sie es für nötig erachten, dafür eine Lüge zu ersinnen.
Zweifellos ist diese haarsträubende Geschichte, dass Sie Ihren
»Vater nach Las Vegas verfolgen, um einem Geheimnis auf die
Spur zu kommen« und »aufpassen müssen, dass man den armen
Tarkie keiner Gehirnwäsche unterzieht«, gänzlich Ihrer blühenden
Phantasie entsprungen.

Mrs Brandon, wie oft schon habe ich Nachrichten von Ihnen
erhalten, Sie hätten sich »das Bein gebrochen«, litten »unter
Drüsenfieber«, oder Ihr (imaginärer) Hund sei gestorben? Ich hatte
gehofft, dass Sie als verheiratete Frau und Mutter ein wenig reifer
geworden wären. Leider jedoch sehe ich mich getäuscht.

Mit freundlichen Grüßen,

Derek Smeath

Liebe Mrs Brandon,

zu sagen, Ihre letzte E-Mail hätte mich erstaunt, wäre eine grobe Untertreibung. Haben Sie vielen Dank für die Fotos.
In der Tat kann ich sehen, wie Sie am Rande der Wüste stehen. Ich sehe auch das Wohnmobil, auf das Sie deuten und die Nahaufnahme einer Straßenkarte von Kalifornien. Darüber hinaus erkenne ich auf einem der Bilder Ihre Freundin Lady Cleath-Stuart. Ob jedoch »an ihrer gequälten Miene deutlich zu erkennen ist, wie sehr sie ihren Mann vermisst«, wage ich nicht zu beurteilen. Dürfte ich wohl um der Klarheit willen fragen: Ihr Vater wird vermisst *sowie* der Gatte Ihrer Freundin? Beide gleichzeitig?

Mit freundlichen Grüßen,

Derek Smeath

Liebe Mrs Brandon,

meine Güte, was für eine Geschichte! Ihre E-Mail war ein wenig
wirr, wenn ich so sagen darf – entspricht die folgende Auflistung
den Tatsachen?

- Ihr Vater besuchte Sie in Los Angeles, weil ihm etwas über einen
  alten Freund namens Brent zu Ohren gekommen war, den er seit
  vielen Jahren nicht gesehen hatte.
- Dann verschwand er mit unbekanntem Ziel und ließ nur einen
  Zettel zurück, auf dem geschrieben stand, er wolle etwas »in
  Ordnung bringen«.
- Er sicherte sich die Unterstützung von Lord Cleath-Stuart
  (»Tarkie«), der jüngst eine schwere Zeit zu durchleiden hatte und
  einen »äußerst verwundbaren Eindruck« macht.
- Begleitet werden sie von einem Burschen namens »Bryce«.
  (Welch sonderbare Namen es in Kalifornien doch gibt.)
- Derzeit verfolgen Sie die drei Männer nach Las Vegas, weil Sie
  fürchten, dieser Bryce könnte ein ruchloser Geselle sein, der es
  auf das Vermögen von Lord Cleath-Stuart abgesehen hat.
- Um Ihre Frage zu beantworten: Leider sind mir bisher keine
  »Geistesblitze« gekommen, die Ihnen weiterhelfen könnten, und
  während meiner Zeit bei der Bank ist etwas Derartiges auch nie
  vorgefallen. Wenngleich wir einmal einen eher zwielichtigen
  Kunden hatten, der einen Müllbeutel voller Zwanzigpfundscheine
  einzahlen wollte, woraufhin ich sofort die Finanzbehörden
  informierte. Gewiss wird sich auch dieses kleine Abenteuer in
  meinem Buch wiederfinden!!

Ich wünsche Ihnen alles Gute bei Ihrer Suche nach den drei
Vermissten, und falls ich Ihnen sonst wie behilflich sein kann,
so zögern Sie bitte nicht, mich zu kontaktieren.

Mit freundlichen Grüßen,

Derek Smeath

1

»Okay«, sagt Luke ganz ruhig. »Keine Panik.«

Keine Panik? *Luke* sagt »Keine Panik«? Nein. Nein, nein, nein. So läuft das nicht. Mein Mann sagt niemals »Keine Panik«. Und wenn er doch »Keine Panik« sagt, dann meint er eigentlich: *Wir haben allen Grund zur Panik.*

O Gott, jetzt *kriege* ich Panik.

Die Lichter blinken, und die Polizeisirene hört nicht auf zu heulen. Ich kann nur wahllos wildes Zeug denken wie: *Tun Handschellen weh? Wen soll ich von meiner Zelle aus anrufen? Sind die Overalls eigentlich alle orange?*

Ein Polizist kommt auf unser gemietetes Neunmeterwohnmobil zu. (Blau karierte Leinenvorhänge, geblümte Polster, sechs Betten – wobei »Betten« es nicht so ganz trifft, eher »sechs dünne Matratzen auf Brettern«.) Der Cop ist von dieser markig amerikanischen Sorte mit verspiegelter Sonnenbrille, braungebrannt und furchteinflößend. Mein Herz rast, und instinktiv suche ich nach einem sicheren Versteck.

Okay, vielleicht reagiere ich ein bisschen über. Aber in Gegenwart von Polizisten war ich schon immer nervös, seit ich mit fünf Jahren bei Hamleys sechs Paar Schuhe für meine Puppen eingesteckt hatte und ein Polizist auf mich zukam und polterte: »Was haben wir denn da, junge Dame?« und ich mir vor Schreck fast in die Hose gemacht hätte. Wie sich herausstellte, bewunderte er nur meinen Heliumballon.

(Die Puppenschuhe haben wir wieder zurückgeschickt, nachdem Mum und Dad sie bei mir gefunden hatten. Den

Entschuldigungsbrief habe ich selbst verfasst. Hamleys schrieb mir zurück, *Mach dir keine Sorgen*, sehr verständnisvoll. Ich glaube, da habe ich wohl zum ersten Mal gemerkt, wie gut man sich mit einem Brief aus der Affäre ziehen kann.)

»Luke!«, raune ich ihm zu. »Schnell. Erwartet man von uns, dass wir sie bestechen? Wie viel Bargeld haben wir dabei?«

»Becky«, sagt Luke geduldig. »Keine Panik. Es kann nichts Schlimmes sein, weshalb sie uns angehalten haben.«

»Sollten wir alle aussteigen?«, fragt Suze.

»Ich finde, wir bleiben lieber im Auto«, meint Janice und klingt nervös. »Am besten verhalten wir uns ganz normal, als hätten wir nichts zu verbergen.«

»Wir haben auch nichts zu verbergen«, erwidert Alicia und klingt gereizt. »Entspannt euch mal.«

»Die tragen Waffen!«, kräht Mum bei einem Blick aus dem Fenster. »Waffen, Janice!«

»Jane, bitte beruhige dich!«, sagt Luke. »Ich rede mit denen.«

Er steigt aus dem Wohnmobil. Wir anderen sehen uns ängstlich an. Ich bin mit meiner besten Freundin Suze unterwegs, meiner *un*-besten Freundin Alicia, meiner Tochter Minnie, meiner Mum und deren bester Freundin Janice. Wir wollen von Los Angeles nach Las Vegas und haben uns bisher schon um die Klimaanlage, die Sitzordnung und die Frage gestritten, ob Janice keltische Dudelsackmusik anstellen darf, um ihre Nerven zu beruhigen. (Antwort: Nein. Fünf Stimmen gegen eine.) Er ist etwas stressig, unser kleiner Ausflug, dabei sind wir gerade erst seit ein paar Stunden unterwegs. Und jetzt das.

Ich beobachte, wie der Cop Luke entgegengeht und mit ihm spricht.

»Wauwau!«, sagt Minnie und deutet aus dem Fenster. »Großer, großer Wauwau.«

Ein zweiter Cop ist an Luke herangetreten, mit einem bedrohlich wirkenden Polizeihund an der Leine, einem Deutschen Schäferhund, der an Lukes Füßen herumschnüffelt. Plötzlich blickt das Tier zum Wohnmobil auf und bellt.

»O mein Gott!« Janice entfährt ein gequälter Aufschrei. »Ich wusste es! Die Drogenfahndung! Jetzt bin ich geliefert!«

»*Was?*« Ich starre sie an. Janice ist eine ältere Dame in den besten Jahren, die Blumenarrangements mag und andere Leute gern in grellen Pfirsichfarben schminkt. Was soll das heißen, sie ist *geliefert*?

»Es tut mir leid, aber ich muss euch was gestehen ...« Sie schluckt theatralisch. »Ich habe illegale Drogen bei mir.«

Einen Moment lang sitzen alle ganz still da. Mein Hirn weigert sich, diese beiden Elemente zusammenzufügen. Illegale Drogen? Janice?

»*Drogen!*«, ruft Mum. »Janice, wovon redest du?«

»Ein Medikament gegen Jetlag«, stöhnt Janice. »Mein Arzt wollte mir nicht helfen, deshalb musste ich mich dem Internet zuwenden. Annabel vom Bridge-Club hat mir eine Website genannt, und da stand ein Hinweis: *Könnte in einigen Ländern verboten sein.* Und jetzt wird dieser Hund das Zeug erschnüffeln, und dann nehmen sie uns mit zum Verhör ...«

Wildes Gebell bringt sie zum Schweigen. Ich muss zugeben, dass der Hund ganz scharf darauf zu sein scheint, sich das Wohnmobil näher anzusehen. Er reißt an seiner Leine und winselt, doch der Polizist sieht nur ärgerlich auf ihn herab.

»Du hast dir *Drogen* gekauft?«, platzt Suze heraus. »Was hast du dir bloß dabei gedacht?«

»Janice, du wirst noch unsere ganze Reise gefährden!« Mum ist außer sich. »Wie konntest du nur harte Drogen nach Amerika schmuggeln?«

»So hart sind die bestimmt gar nicht«, werfe ich ein, aber Mum und Janice sind viel zu hysterisch, um mir zuzuhören.

»Schmeiß sie weg!«, kreischt Mum. »Sofort!«

»Da hab ich sie.« Mit zitternden Händen holt Janice zwei weiße Päckchen aus ihrer Tasche. »Ich hätte sie doch niemals mitgenommen, wenn ich gewusst hätte …«

»Und was sollen wir jetzt damit machen?«, will Mum wissen.

»Jeder verschluckt einen Blister«, sagt Janice und schüttelt die Dinger zittrig heraus. »Uns bleibt gar nichts anderes übrig.«

»Bist du *irre*?«, keift Suze. »Ich schluck doch keine illegalen Tabletten aus dem Internet!«

»Janice, du musst sie irgendwie loswerden«, drängt Mum. »Steig aus und verstreu sie abseits der Straße. Ich werde die Polizisten ablenken. Nein, wir *alle* werden sie ablenken. Raus aus dem Wagen! Alle, wie ihr da seid!«

»Die Polizei wird mich erwischen!«, heult Janice.

»Nein, die Polizei wird dich nicht erwischen«, sagt Mum entschlossen. »Hörst du, Janice? Die Polizei *wird* dich nicht erwischen. Nicht, wenn du dich beeilst.«

Mum klappt die Tür des Wohnmobils auf, und nacheinander klettern wir in den sengend heißen Vormittag hinaus. Wir parken direkt am Straßenrand. Um uns herum ist nichts als staubige, strauchige Wüste, so weit das Auge reicht.

»Geh *weiter*!«, zischt Mum Janice an.

Als Janice sich in Richtung Wüste davonmacht, eilt Mum geradewegs auf die Polizisten zu, mit Suze und Alicia im Schlepptau.

»Jane!«, sagt Luke erstaunt, sie neben sich zu sehen. »Ihr hättet doch nicht extra aussteigen müssen.« Er wirft mir einen fragenden Blick zu, der mir sagen soll: *Was zum Teufel geht hier vor?* Ich zucke hilflos mit den Schultern.

»Guten Morgen, Officer«, sagt Mum an den einen der beiden Polizisten gewandt. »Gewiss hat mein Schwiegersohn Ihnen die Lage bereits erklärt. Mein Mann ist auf einer geheimen Mission verschollen. Es geht um Leben und Tod.«

»Also, nicht *wirklich* um Leben und Tod.« Ich denke, das sollte man klarstellen.

Bestimmt steigt jedes Mal Mums Blutdruck, wenn sie die Formulierung »um Leben und Tod« verwendet. Ich versuche immer noch, sie zu beruhigen, bin mir aber gar nicht sicher, ob sie überhaupt beruhigt werden möchte.

»Er befindet sich in Gesellschaft von Lord Cleath-Stuart«, fährt Mum fort, »und das hier ist Lady Cleath-Stuart. Sie wohnen auf Letherby Hall, einem der prachtvollsten Herrenhäuser in ganz England«, fügt sie stolz hinzu.

»Das tut doch nichts zur Sache!«, sagt Suze.

Einer der Cops nimmt seine Sonnenbrille ab, um sich Suze näher anzusehen.

»So wie *Downton Abbey*? Meine Frau ist verrückt nach dieser Serie.«

»Ach, Letherby ist viel schöner als *Downton*«, sagt Mum. »Sie sollten mal hinfahren.«

Aus dem Augenwinkel bemerke ich Janice, die in ihrem türkis geblümten Kostüm in der Wüste steht und panisch Pillen hinter einen Kaktus schüttet. Sie könnte sich kaum auffälliger benehmen. Zum Glück sind die Polizisten abgelenkt, denn nun erzählt Mum ihnen von Dads Zettel.

»Auf sein Kopfkissen hat er ihn gelegt!«, sagt sie entrüstet. »Einen ›kleinen Ausflug‹ nennt er das. Welcher verheiratete Mann fährt einfach los und macht einen ›kleinen Ausflug‹?«

»Meine Herren…« Luke versucht schon länger, das Wort zu ergreifen. »Vielen Dank, dass Sie mich über die defekte Rückleuchte in Kenntnis gesetzt haben. Können wir unsere Reise fortsetzen?«

Schweigend sehen sich die beiden Cops an.

»Keine Panik«, sagt Minnie. Sie blickt auf, mit ihrer Lieblingspuppe Speaky in der Hand, und strahlt einen der beiden Polizisten an. »Keine Panik.«

»Alles klar.« Er lächelt zurück. »Süßes Kind. Wie heißt du, Kleine?«

»Die Polizei *wird* dich nicht erwischen«, antwortet Minnie im Plauderton, und sofort herrscht angespanntes Schweigen. Ich wage nicht, Suze anzusehen.

Inzwischen ist die Miene des Cops zu Eis erstarrt. »Entschuldige, was hast du gesagt?«, fragt er Minnie. »Wen denn erwischen, Schätzchen?«

»Niemanden!«, lache ich schrill. »Wir haben ferngesehen. Sie wissen doch, wie Kinder sind...«

»Das hätten wir!« Atemlos kommt Janice angelaufen. »Alles erledigt. Hallo, die Herren, was können wir für Sie tun?«

Die beiden Cops wirken etwas irritiert, weil sich noch jemand zur Gruppe gesellt.

»Wo waren Sie, Ma'am?«, fragt der eine.

»Ich war hinter dem Kaktus. Ich hatte ein natürliches Bedürfnis«, fügt Janice hinzu, offensichtlich stolz auf ihre vorbereitete Antwort.

»Haben Sie denn keine Toilette in Ihrem Wohnmobil?«, will der blonde Cop wissen.

»Ach«, sagt Janice verdutzt. »Ach, du je. Ich glaube schon.« Ihr selbstsicheres Auftreten ist dahin. Wild blickt sie in die Runde. »Du jemine. Hm... also... ehrlich gesagt... Mir war nach einem kleinen Spaziergang zumute.«

Der dunkelhaarige Cop verschränkt die Arme. »Einem Spaziergang? Hinter einen Kaktus?«

»Die Polizei *wird* dich nicht erwischen«, vertraut Minnie Janice an, und Janice zuckt zurück wie eine aufgescheuchte Katze.

»Minnie! Du meine Güte! Wen denn *erwischen*? Ha-ha-ha!«

»Könnte mal jemand dieses Kind zum Schweigen bringen?«, faucht Alicia.

»Es war ein kleiner Spaziergang durch die Natur«, fügt Janice lahm hinzu. »Ich habe die Kakteen bewundert. Wunderschöne … äh … Stacheln.«

Wunderschöne Stacheln? Was Besseres ist ihr nicht eingefallen? Okay, mit Janice gehe ich nie wieder auf Reisen. Sie ist total unentspannt, und das schlechte Gewissen steht ihr förmlich ins Gesicht geschrieben. Kein Wunder, dass die Cops misstrauisch werden. (Zugegebenermaßen war Minnie auch keine große Hilfe.)

Die beiden Polizisten werfen sich vielsagende Blicke zu. Gleich werden sie verkünden, dass sie uns mitnehmen oder das FBI holen. Ich muss schnell etwas unternehmen. Aber was? Denk nach, denk *nach* …

Da kommt mir eine Idee.

»Officer!«, rufe ich. »Gerade fällt mir etwas ein! Ich würde Sie gern um einen kleinen Gefallen bitten. Ich habe einen jungen Cousin, der so furchtbar gern Polizeibeamter werden möchte, und er sucht dringend nach einem Praktikumsplatz. Dürfte er sich vielleicht an Sie wenden? Sie heißen … Officer Kapinski …« Ich nehme mein Handy und fange an, den Namen einzutippen, schreibe ihn vom Namensschildchen ab. »Vielleicht dürfte er mal mit Ihnen auf Streife gehen …«

»Da gibt es offizielle Wege, Ma'am«, erwidert Officer Kapinski entmutigend. »Sagen Sie ihm, er soll sich auf unserer Website informieren.«

»Ach, es geht doch aber nichts über Beziehungen, oder?« Unschuldig zwinkere ich ihm zu. »Hätten Sie morgen vielleicht Zeit? Wir könnten uns doch nach der Arbeit treffen. Genau! Wir werden draußen vor dem Revier auf Sie warten.« Ich trete einen Schritt vor, doch Officer Kapinski weicht zurück. »Er ist so begabt und so gesprächig. Sie werden ihn mögen. Dann also bis morgen, ja? Ich bringe uns Croissants mit!«

Officer Kapinski sieht aus wie ein verschrecktes Tier.

»Sie können weiterfahren«, murmelt er und macht dann auf dem Absatz kehrt. Keine dreißig Sekunden später sitzt er mitsamt seinem Kollegen und dem Polizeihund wieder im Streifenwagen und düst ab.

»Bravo, Becky!«, lobt mich Luke.

»Gut gemacht, Liebes!«, stimmt Mum mit ein.

»Das war knapp.« Janice zittert. »Zu knapp. In Zukunft müssen wir vorsichtiger sein.«

»Was sollte das ganze Theater?«, fragt Luke verwundert. »Warum seid ihr ausgestiegen?«

»Janice ist auf der Flucht vor der Drogenfahndung«, sage ich und möchte bei seinem Gesichtsausdruck am liebsten laut loslachen. »Ich erklär's dir unterwegs. Lass uns weiterfahren.«

2

Sie sind seit zwei Tagen verschollen. Nun könnte man sagen: *Na und? Wahrscheinlich wollen sie nur mal unter sich sein. Was spricht dagegen, einfach zu entspannen und abzuwarten, bis sie wieder zu Hause eintrudeln?* Tatsächlich hat die Polizei genau *das* gesagt. Doch die Lage ist komplexer. Tarquin hatte vor Kurzem fast so etwas Ähnliches wie einen Nervenzusammenbruch. Hinzu kommt, dass er sehr reich ist und dieser Bryce es offenbar mit Hilfe »unlauterer Praktiken« auf ihn abgesehen hat, was Suzes Ansicht nach bedeutet: »ihn in eine Sekte zu locken«.

Dabei ist das alles graue Theorie. Im Grunde gibt es dazu sogar mehrere Theorien. Um ehrlich zu sein – auch wenn ich es Suze niemals sagen würde –, glaube ich insgeheim, wir werden möglicherweise bald feststellen, dass Dad und Tarquin die ganze Zeit über in L.A. in einem Café gesessen haben. Suze dagegen glaubt, dass Tarquin bereits tot in einem Canyon liegt, nachdem Bryce sein Bankkonto geplündert hat. (Sie würde es nie zugeben, aber ich weiß, dass sie so denkt.)

Was wir brauchen, ist eine gewisse Ordnung. Wir brauchen einen *Plan.* Wir brauchen eine von diesen weißen Magnettafeln, die sie in Polizeiserien immer haben, mit Listen und Pfeilen und Fotos von Dad und Tarkie. (Oder vielleicht doch lieber nicht. Dann sähen die beiden endgültig aus wie Mordopfer.) Aber *irgendetwas* brauchen wir. Bis jetzt war diese Reise vor allem chaotisch.

Heute Morgen jedenfalls herrschte das reine Tohuwabohu – das Packen der Taschen, die Übergabe von Suzes drei Kindern an ihre Nanny Ellie (sie wohnt vorübergehend mit im Haus und kümmert sich um alles, solange wir weg sind). Im Morgengrauen kam Luke mit dem gemieteten Wohnmobil an. Da habe ich Mum und Janice erst geweckt, denn die beiden hatten seit ihrer Ankunft aus England viel zu wenig geschlafen, aber sofort waren sie voll bei der Sache, und es hieß: Ab nach Vegas!

Wenn ich ganz ehrlich sein soll, hätten wir vermutlich gar kein Wohnmobil gebraucht. Luke war eigentlich dafür, mit zwei Pkws zu fahren. Aber mein Gegenargument war: Wir müssen unterwegs miteinander reden können. Deshalb haben wir nun doch ein Wohnmobil. Außerdem: Wie könnte man anders durch Amerika reisen, als in einem Wohnmobil? Eben.

Suze hat während der ganzen Fahrt nach Sekten gegoogelt, was ich gar nicht gut finde, weil sie sich damit nur unnötig verrückt macht. (Besonders seit sie auf eine Sekte gestoßen ist, bei der die Leute sich die Gesichter weiß anmalen und Tiere heiraten.) Luke hat die meiste Zeit mit Gary telefoniert, der ihn in London auf einer Konferenz vertritt. Luke ist Inhaber einer PR-Firma, und im Moment hat er haufenweise Aufträge, aber er lässt dennoch alles stehen und liegen, um dieses Wohnmobil zu steuern. Was wirklich lieb von ihm ist, und sobald sich die Gelegenheit ergibt, werde ich *genau* dasselbe auch für ihn tun.

Janice und Mum entwickeln beunruhigende Theorien, nach denen Dad in einer tiefen Sinnkrise steckt und nun mutterseelenallein in der Wüste leben will, im Poncho. (Wieso im Poncho?) Minnie ruft am laufenden Band: »Kaktus, Mami! Kak-TUS!« Und ich sitze nur schweigend da, streichel ihr übers Haar und lasse meinen Gedanken freien Lauf. Was – offen gesagt – kein Vergnügen ist. Momentan sind meine Gedanken nämlich nicht besonders aufheiternd.

Zwar gebe ich mir große Mühe, so heiter und positiv wie möglich zu bleiben, tu ich wirklich. Ich versuche, alle bei Laune zu halten und nicht in unnütze Grübeleien zu verfallen. Doch sobald ich nicht aufpasse, holt mich alles wieder ein, und ich habe ein schrecklich schlechtes Gewissen. Denn im Grunde machen wir diese ganze Reise nur meinetwegen. Es ist alles meine Schuld.

Eine halbe Stunde später halten wir vor einem Diner, um zu frühstücken und uns zu sammeln. Ich nehme Minnie mit zur Damentoilette, wo wir ein längeres Gespräch über die unterschiedlichen Seifensorten führen und Minnie es sich nicht nehmen lässt, jeden einzelnen Seifenspender auszuprobieren, was mehr oder weniger ewig dauert. Als wir endlich wieder ins Restaurant kommen, sehe ich Suze vor einem auf altmodisch getrimmten Werbeplakat stehen und gehe auf sie zu.

»Suze…«, sage ich zum millionsten Mal. »Es tut mir so leid.«

»Was tut dir leid?« Sie blickt kaum auf.

»Du weißt schon. Alles…« Ich gerate ins Stocken, bin am Verzweifeln. Ich weiß nicht mehr, was ich sagen soll. Suze ist meine engste, älteste Freundin, und wir haben immer zusammengehalten. Aber jetzt komme ich mir vor wie in einem Theaterstück, bei dem ich meinen Text vergessen habe, und sie weigert sich einfach, mir weiterzuhelfen.

Es ging schon die ganzen letzten Wochen schief, als wir in L.A. waren. Nicht nur zwischen Suze und mir, sondern ganz allgemein. Ich war kopflos. Mein Verstand hat vorübergehend ausgesetzt. Ich wollte so dringend Promistylistin werden, dass ich nicht mehr wusste, was ich tat. Kaum zu glauben, dass ich erst gestern bei einer Premiere auf dem roten Teppich stand und mit jeder Faser meines Körpers gespürt habe, dass ich *auf gar keinen Fall* zwischen all den Promis in diesem Kino sitzen wollte. Ich fühle mich, als hätte ich in einer Seifenblase gelebt, die nun geplatzt ist.

Luke versteht mich. Wir hatten gestern ein langes Gespräch und konnten einiges klären. Was mit mir in Hollywood passiert ist, sei skurril, sagte er. Ohne es zu wollen, wurde ich über Nacht berühmt, und es hat mich komplett aus der Bahn geworfen. Er meinte, Freunde und Familie würden es mir sicher nicht ewig vorhalten. Sie würden mir schon verzeihen.

Nun, *er* mag mir verziehen haben. Suze aber nicht.

Am schlimmsten ist, dass ich gestern Abend noch dachte, alles würde wieder gut. Suze stand da und flehte mich an, mit ihr nach Las Vegas zu fahren, und ich habe ihr versprochen, sofort alles stehen und liegen zu lassen. Sie hat geweint und gesagt, sie hätte mich so sehr vermisst, und mir fiel ein solcher Stein vom Herzen. Aber jetzt, wo ich hier bin, ist alles anders. Sie verhält sich, als wollte sie mich gar nicht dabeihaben. Sie will nicht darüber sprechen. Sie gibt sich unversöhnlich.

Ich meine, ich *weiß* ja, dass sie sich Sorgen um Tarkie macht. Ich *weiß*, dass ich sie in Ruhe lassen sollte. Es fällt mir nur so schwer.

»Wie dem auch sei«, sagt Suze barsch. Und ohne mich eines weiteren Blickes zu würdigen, kehrt sie an den Tisch zurück. Als ich ihr folge, blickt Alicia Biest-Langbein auf und mustert mich verächtlich. Ich kann immer noch nicht fassen, dass sie mitkommt. Alicia Biest-Langbein, mein unliebster Mensch auf der ganzen Welt.

Eigentlich sollte ich sie Alicia Merrelle nennen. So heißt sie nämlich jetzt, seit sie Wilton Merrelle geheiratet hat, den Gründer eines berühmten Yoga- und Reha-Zentrums. Das Golden Peace ist ein gewaltiger Komplex mit Seminarräumen und einem Souvenirshop, und für eine Weile war ich ein echter Fan davon. Wir alle waren Fans. Bis Tarquin ständig dorthin ging, um mit diesem Bryce zusammen zu sein. Er meinte, Suze sei »destruktiv«, und er benahm sich wirklich seltsam. (Oder besser: seltsam*er*. Der gute, alte Tarkie war schon immer etwas anders als die anderen.)

Alicia war diejenige, die herausgefunden hat, dass die drei Männer auf dem Weg nach Las Vegas sind. Alicia war diejenige, die eine Kühlbox voller Kokoswasser fürs Wohnmobil besorgt hat. Alicia ist die Heldin der Stunde. Ich traue ihr nach wie vor nicht über den Weg. Alicia war mir schon immer ein Gräuel, seit wir uns zum ersten Mal begegnet sind, vor vielen Jahren, noch bevor ich verheiratet war. Sie hat versucht, mein Leben zu ruinieren. Sie hat versucht, Lukes Leben zu ruinieren. Sie hat mich bei jeder Gelegenheit auflaufen lassen und mir das Gefühl gegeben, klein und dumm zu sein. Jetzt sagt sie, das sei nun vorbei, wir sollten es einfach vergessen, sie habe sich geändert. Tut mir leid, aber ich traue ihr trotzdem kein Stück. Das bring ich einfach nicht fertig.

»Ich denke«, sage ich und gebe mir Mühe, sachlich zu klingen, »wir sollten einen ordentlichen Plan ausarbeiten.« Ich hole Stift und Notizbuch aus meiner Tasche, schreibe in Großbuchstaben *PLAN* hinein und lege das Buch offen auf den Tisch, wo alle es sehen können. »Gehen wir die Fakten durch.«

»Dein Dad hat die anderen beiden mitgequatscht, um etwas zu regeln, was mit seiner Vergangenheit zu tun hat«, beginnt Suze. »Leider weißt du nicht was, weil du ihn nicht danach gefragt hast.« Vorwurfsvoll sieht sie mich an.

»Ich weiß«, sage ich kleinlaut. »Tut mir leid.«

Ich hätte mehr mit meinem Dad reden sollen. Wenn ich die Uhr zurückdrehen könnte, würde ich alles anders machen, selbstverständlich würde ich das, *selbstverständlich.* Aber ich kann nicht. Mir bleibt nur der Versuch, es wiedergutzumachen.

»Fassen wir zusammen, was wir *wissen*«, sage ich bemüht munter. »Graham Bloomwood kam 1972 in die Vereinigten Staaten. Er reiste mit drei amerikanischen Freunden herum: Brent, Corey und Raymond. Und sie sind *dieser* Route hier gefolgt.« Ich klappe Dads Karte auf und breite sie mit großer Geste aus. »Beweisstück A.«

Zum millionsten Mal studieren wir nun schon diese Karte. Es handelt sich um eine ganz einfache Straßenkarte, alt und vergilbt. Die Route ist mit rotem Kugelschreiber eingetragen. Diese Karte hilft uns eigentlich nicht weiter, aber trotzdem starren wir wie gebannt darauf, für alle Fälle. Ich habe das Zimmer von meinem Dad durchsucht, nachdem er mit Tarkie verschwunden war, aber abgesehen von einer alten Zeitschrift nur diese Karte gefunden.

»Es könnte also sein, dass sie diese Route nehmen.« Suze ist noch immer in die Karte vertieft. »L.A. … Las Vegas … Hier, sie sind zum Grand Canyon gefahren …«

»Aber vielleicht nehmen sie ja auch eine ganz *andere* Route«, sage ich eilig, bevor sie zu dem Schluss kommen kann, dass Dad und Tarkie am Grunde des Grand Canyons liegen und wir auf der Stelle per Hubschrauber hinfliegen müssen.

»Gehört dein Vater zu den Menschen, die ihre Wege nachvollziehen?«, fragt Alicia. »Was ich damit sagen will: Ist er redaktiv veranlagt?«

Redaktiv? Was bedeutet das?

»Na ja.« Ich huste. »Manchmal. Vielleicht.«

Dauernd stellt mir Alicia so schwierige Fragen. Und dann zwinkert sie mir triumphierend zu, als wollte sie sagen: *Du verstehst kein Wort, stimmt's?*

24

Außerdem spricht sie immer mit einer so sanften und ernsten Stimme, was echt gruselig ist. Alicia hat sich total verändert, ist überhaupt nicht mehr so herrisch, wie sie es als PR-Frau in London war. Sie trägt Yoga-Hosen, die Haare zum Pferdeschwanz gebunden, und immer wieder lässt sie so New Age-mäßige Ausdrücke fallen. Allerdings ist sie noch genauso herablassend wie eh und je.

»Manchmal vollzieht er seine Wege nach, manchmal nicht«, improvisiere ich. »Je nachdem.«

»Bex, du musst doch noch mehr wissen«, sagt Suze gereizt. »Erzähl nochmal von dem Trailerpark! Vielleicht hast du was übersehen.«

Gehorsam fange ich an: »Dad wollte, dass ich seinen alten Freund Brent aufsuche. Als ich zu der Adresse kam, stand ich vor einem Trailerpark, und Brent war gerade der Mietvertrag gekündigt worden.«

Während ich so rede, wird mir ganz heiß, und ich nehme einen Schluck Wasser. Das ist der Punkt, an dem ich es echt vermasselt habe. Oft genug hat Dad mich gebeten, nach Brent zu suchen, aber ich habe es immer wieder aufgeschoben, weil … na ja, weil das Leben so spannend war, und die Suche schien mir ein langweiliger Dad-Auftrag zu sein. Wenn ich es einfach gemacht hätte, wenn ich früher hingefahren wäre, hätte Dad vielleicht mit Brent reden können, *bevor* dieser ausziehen musste. Vielleicht wäre Brent dann noch da. Vielleicht wäre alles anders gekommen.

»Dad wollte es erst nicht glauben«, fahre ich fort, »weil er dachte, Brent müsste reich sein.«

»Wieso?«, will Suze wissen. »Wieso dachte er, Brent müsste reich sein? Schließlich hatte er ihn seit vierzig Jahren nicht mehr gesehen.«

»Keine Ahnung. Aber er ging davon aus, dass Brent in einer Villa wohnte.«

»Also ist dein Dad extra nach L. A. geflogen und hat Brent besucht.«

»Ja. Vermutlich im Trailerpark. Offenbar hatten sie irgendwas miteinander ›auszutragen‹.«

»Und das hat dir Brents Tochter erzählt.« Sie überlegt. »Rebecca.«

Wir schweigen beide. Das ist der merkwürdigste Teil der Geschichte. Ich sehe die Szene noch vor mir. Wie ich Brents Tochter auf den Stufen des Wohnwagens gegenüberstehe und sie für mich nichts als ätzende Feindseligkeit übrig hat. Wie ich sie verwundert anstarre und denke: *Was habe ich dir nur getan?* Und dann dieser Killersatz: *Wir heißen alle Rebecca.* Ich weiß immer noch nicht, wen sie mit »alle« meinte. Aber von ihr hatte ich ganz bestimmt keine Erklärung zu erwarten.

»Was hat sie sonst noch gesagt?«, fragt Suze ungeduldig.

»Nichts weiter! Nur: ›Wenn du es nicht weißt, werde ich es dir sicher nicht sagen.‹«

»Sehr hilfreich.« Suze rollt mit den Augen.

»Ja, nun. Sie schien mich nicht besonders zu mögen. Ich weiß nicht, wieso.«

Ich behalte lieber für mich, dass sie meinte, ich hätte ein »etepetete Stimmchen«, und dass ihre letzten Worte zu mir waren: »Und jetzt verpiss dich, Prinzessin.«

»Diesen Corey hat sie mit keinem Wort erwähnt?« Suze klappert mit ihrem Stift auf dem Tisch.

»Nein.«

»Aber Corey wohnt in Las Vegas. Also will dein Dad vielleicht zu ihm.«

»Das glaube ich auch.«

»Du *glaubst* es!«, fährt Suze mich an. »Bex, wir brauchen handfeste Fakten!«

Es ist ja schön und gut, dass Suze der Ansicht ist, ich

müsste auf alles eine Antwort haben. Aber Mum und ich wissen ja nicht einmal, wie Corey oder Raymond mit Nachnamen heißen, ganz zu schweigen von sonst irgendwelchen Details. Mum meint, Dad hätte die beiden immer nur erwähnt, wenn er sich an die Reise erinnerte, was einmal im Jahr vorkam, zu Weihnachten, aber sie hat nie so richtig zugehört. (Sie meinte sogar: Kennt man eine Geschichte von der sengenden Hitze im Death Valley, kennt man alle, und sie hätten sich doch auch einfach einen hübschen Swimmingpool suchen können.)

Ich habe *corey las vegas* gegoogelt, *corey graham bloomwood, corey brent* und alles, was mir sonst noch so einfiel. Das Problem ist nur, dass es in Las Vegas viele Coreys gibt.

»Okay.« Alicia beendet ihr Telefonat. »Trotzdem vielen Dank.«

Alicia hat alle möglichen Leute angerufen, um herauszufinden, ob Bryce erwähnt hat, wo er in Las Vegas absteigen wollte. Bisher weiß niemand etwas.

»Kein Glück?«

»Nein.« Sie seufzt schwer. »Suze, ich fühle mich, als würde ich dich im Stich lassen.«

»Du lässt mich doch nicht im Stich!«, sagt Suze sofort und drückt Alicias Hand. »Du bist ein Engel.«

Die beiden ignorieren mich geflissentlich. Vielleicht ist es sowieso mal an der Zeit, eine kleine Pause einzulegen. Ich zwinge mich zu einem freundlichen Lächeln und sage: »Ich gehe mir kurz die Beine vertreten. Angeblich gibt es hinter dem Diner einen Viehstall. Bestellt ihr mir bitte die Waffeln mit Ahornsirup? Und Pancakes und einen Erdbeermilchshake für Minnie. Komm mit, Schätzchen.« Ich nehme Minnies kleine Hand in meine und fühle mich sofort getröstet. Wenigstens Minnie liebt mich bedingungslos.

(Oder zumindest wird sie es tun, bis sie dreizehn ist und

ich ihr sagen muss, dass sie nicht im superkurzen Mini zur Schule darf, woraufhin sie mich mehr hassen wird als sonst jemanden auf der Welt.)

(O Gott, das sind nur noch elf Jahre. Warum kann sie nicht für immer zweieinhalb bleiben?)

3

Als wir uns auf den Weg zum Hinterausgang des Diners machen, sehe ich Mum und Janice aus der Damentoilette kommen. Janice trägt eine weiße Sonnenbrille auf dem Kopf, deren Anblick Minnie sehnsuchtsvoll aufseufzen lässt.

»Die mag ich!«, sagt sie zögerlich und deutet mit dem Finger. »Bittteeeee?«

»Schätzchen!«, sagt Janice. »Möchtest du die haben?«

»Janice!«, rufe ich entsetzt, als sie Minnie die Sonnenbrille gibt. »Das sollst du doch nicht!«

»Ach, das macht nichts«, lacht sie. »Ich habe so viele Sonnenbrillen.«

Dabei muss ich zugeben, dass Minnie mit dieser übergroßen, weißen Brille geradezu anbetungswürdig aussieht. Trotzdem kann ich ihr das nicht durchgehen lassen.

»Minnie«, sage ich ernst. »Du hast dich noch nicht mal dafür bedankt. Und du sollst nicht betteln. Was macht die arme Janice denn jetzt, wo sie keine Sonnenbrille mehr hat?«

Die Brille rutscht an Minnies Nase herunter, und sie hält sie fest, während sie angestrengt nachdenkt.

»Danke«, sagt sie schließlich. »Danke, Weniss.« (»Janice« kriegt sie noch nicht so richtig hin.) Sie greift in ihre Haare, löst ihr rosa kariertes Stoffschleifchen und reicht es Janice. »Weniss Schleife.«

»Aber Süße!« Unwillkürlich muss ich kichern. »Janice trägt doch keine Schleifchen.«

»Unsinn!«, sagt Janice. »Das ist lieb von dir, Minnie, vielen Dank.«

Sie steckt das Schleifchen in ihre grauen Haare, wo es völlig deplatziert wirkt, und plötzlich übermannt mich eine Woge der Zuneigung. Ich kenne Janice schon ewig. Sie ist ein bisschen verrückt. Sie ist spontan mit nach L.A. geflogen, um Mum zu unterstützen und hat uns alle mit Geschichten über ihren Ikebana-Kursus unterhalten. Es ist immer nett, sie dabeizuhaben. (Außer natürlich, wenn sie mit illegalen Drogen dealt.)

»Danke, dass du mitgekommen bist, Janice«, sage ich überschwänglich und umarme sie so gut es geht angesichts der Tatsache, dass ihre diebstahlsichere Bauchtasche wie ein Schwangerschaftsbäuchlein ihr Oberteil ausbeult. Mum und sie haben sich identische Taschen umgeschnallt, und wenn man mich fragt, könnten die beiden ebenso Schilder vor sich hertragen, auf denen steht: FETTE BEUTE! Das habe ich allerdings bisher für mich behalten, weil sie sich auch so schon genug Sorgen machen.

»Mum…« Ich drehe mich um und will sie auch an mich drücken. »Keine Sorge. Dad geht es bestimmt gut.«

Aber sie ist total verspannt und erwidert meine Umarmung gar nicht richtig. »Das ist ja alles schön und gut, Becky«, sagt sie aufgebracht. »Aber diese Heimlichtuerei. So was kann ich überhaupt nicht brauchen, nicht in meinem Alter.«

»Ich weiß«, sage ich verständnisvoll.

»Dein Dad wollte dich gar nicht Rebecca nennen. *Ich* war diejenige, die den Namen mochte.«

»Ich weiß.«

Dieses Gespräch hatten wir bestimmt schon zwanzig Mal. Es war so ziemlich das Erste, was ich von Mum wissen wollte, als sie nach L.A. kam: »Warum heiße ich *Rebecca*?«

»Du weißt doch, wie dieses Buch«, fährt Mum fort. »Dieser Roman von Daphne du Maurier.«

»Ich weiß.« Geduldig nicke ich.

»Aber Dad wollte nicht. Er schlug Henrietta vor.« Mums Wangen beben.

»*Henrietta.*« Ich rümpfe die Nase. Ich bin so was von überhaupt keine Henrietta.

»Warum um alles in der Welt wollte er dich nicht Rebecca nennen?« Mums Stimme wird schrill.

Keiner sagt was. Alles ist ganz still, bis auf dieses leise Klickern, weil Mum an ihrer Perlenkette herumnestelt. Es tut mir weh zu sehen, wie ihre Finger zittern. Dad hat ihr diese Perlenkette geschenkt, eine echte Antiquität von 1895, und ich habe Mum damals beim Kauf beraten. Sie war so verzückt und selig. Dad bekommt einen MB – einen Megabonus – und kauft uns allen davon jedes Jahr etwas Hübsches.

Mein Dad ist schon wirklich was Besonderes. Er erhält seinen MB noch immer, obwohl er längst pensioniert ist, einfach nur für seine gelegentliche Beratungstätigkeit bei der Versicherung. Luke meint, er muss wohl über ungewöhnliche Nischenkenntnisse verfügen, um ein derart hohes Honorar verlangen zu können. Dabei ist er so bescheiden. Er gibt niemals damit an. Immer kauft er uns etwas davon, und zur Feier des Tages gehen wir alle zusammen in London essen. So ein Mensch ist mein Dad. Er ist großzügig. Er ist liebevoll. Er sorgt für seine Familie. Das hier passt alles überhaupt nicht zu ihm.

Sanft nehme ich Mums Hand und löse sie von der Perlenkette.

»Du wirst sie noch zerreißen«, sage ich. »Mum, *bitte* versuch, dich zu entspannen!«

»Komm mit, Jane.« Tröstend nimmt Janice Mum beim Arm. »Setzen wir uns und essen eine Kleinigkeit. Hier gibt es Kaffee satt«, fügt sie im Gehen noch hinzu. »Die laufen mit der Kanne von Tisch zu Tisch und schenken einem nach, wenn man möchte! So viel man will! Das ist mal ein vernünftiges System. Viel besser als diese ganzen Caffè Lattes und Grandaccinos …«

Als die beiden gegangen sind, nehme ich Minnie bei der Hand und steuere auf den Hinterausgang des Diners zu. Sobald ich vor die Tür trete, geht es mir schon besser, trotz der glühenden Sonne. Ich musste da weg. Alle sind so gereizt und angespannt. Am liebsten würde ich mich mit Suze hinsetzen und mal richtig reden, aber das geht nicht, solange Alicia dabei ist …

Ach, was haben wir denn da?

Wie angewurzelt bleibe ich stehen. Nicht wegen dieses sogenannten Viehstalls, der sich als Pferch mit drei räudigen Ziegen entpuppt, sondern weil da ein Schild hängt mit der Aufschrift: HANDWERKSKUNST AUS DER REGION. Vielleicht sollte ich da mal reingehen und mir was Schönes gönnen, um mich ein wenig aufzuheitern. Mir eine kleine Freude machen und dabei gleichzeitig die lokale Wirtschaft unterstützen. Ja, das sollte ich.

Es gibt etwa sechs Stände mit Kunsthandwerk und Handwerkskunst. Ich sehe ein dürres Mädchen mit hochhackigen Wildlederstiefeln, das Halsketten in einen Einkaufskorb schaufelt und dabei der Verkäuferin zuruft: »Die sind himmlisch! Hier kaufe ich jetzt alle meine Weihnachtsgeschenke!«

Als ich näher herantrete, taucht hinter einem anderen Stand plötzlich eine weißhaarige, alte Dame auf, und ich schrecke zurück. Sie sieht selbst aus wie handgemacht. Ihre Haut ist so braun und faltig, dass sie ebenso aus gegerbtem Leder oder uraltem Holz bestehen könnte. Die Frau trägt einen Lederhut mit einer Kordel unterm Kinn, ihr fehlt ein Zahn, und der karierte Rock muss an die hundert Jahre alt sein.

»Auf Urlaub?«, erkundigt sie sich, als ich anfange, mir die Ledertaschen anzusehen

»Mehr oder weniger … na ja, nicht wirklich«, gebe ich zu.

»Eigentlich suchen wir jemanden. Mehrere. Wir sind ihnen auf der Spur.«

»Menschenjagd.« Sie nickt nüchtern. »Mein Opa war Kopfgeldjäger.«

Kopfgeldjäger? Das ist das Coolste, was ich je gehört habe. Allein die Vorstellung, selbst eine Kopfgeldjägerin zu sein! Unwillkürlich sehe ich vor meinem inneren Auge eine Visitenkarte, vielleicht mit einem kleinen Cowboyhut oben rechts in der Ecke:

REBECCA BRANDON, KOPFGELDJÄGERIN.

»Vermutlich bin ich wohl auch so was wie eine Kopfgeldjägerin«, höre ich mich unbekümmert sagen. »Sie wissen schon. Mehr oder weniger.«

Was in gewisser Weise stimmt. Schließlich jage ich Menschen. Das macht mich doch zur Menschenjägerin, oder etwa nicht? »Hätten Sie wohl ein paar Tipps für mich?«, füge ich hinzu.

»Mehr als genug«, sagt sie heiser. »Mein Opa hat immer gesagt: ›Hol sie nicht ein, hol sie ab.‹«

»Hol sie nicht ein, hol sie ab?«, wiederhole ich. »Was bedeutet das?«

»Es bedeutet: Sei schlau. Lauf keinem hinterher, der auf der Flucht ist. Such nach den Freunden. Such die Familie.« Plötzlich holt sie ein Bündel von dunkelbraunem Leder hervor. »Gönnen Sie sich doch ein feines Holster, Ma'am. Handgenäht.«

Ein Holster?

Ein Holster, etwa … für eine *Waffe?*

»Oh«, sage ich verunsichert. »Natürlich! Ein Holster. Wow. Das ist … mh … zauberhaft. Das Problem ist nur …« Ich räuspere mich verlegen. »Ich habe gar keine Waffe.«

»Sind Sie etwa unbewaffnet?«, fragt sie entgeistert.

Ich komme mir vor wie eine Memme. Ich habe noch nie eine Waffe in der Hand gehalten, geschweige denn eine besessen. Aber vielleicht sollte ich offeneren Geistes sein. Ich meine, so läuft das doch hier draußen im Wilden Westen, oder? Man trägt Hut, man trägt Stiefel, man trägt Waffe. Wahrscheinlich schlendern die Mädchen im Wilden Westen durch die Straßen und mustern die Revolver der anderen, so wie ich nach Hermès-Handtaschen Ausschau halte.

»Ich habe *im Moment* keine Waffe«, ergänze ich. »Ich habe sie gerade nicht *bei* mir. Aber wenn, dann komme ich zurück und kaufe ganz bestimmt ein Holster.«

Als ich weitergehe, überlege ich, ob ich nicht schnell ein paar Schießstunden nehmen, mir einen Waffenschein besorgen und eine Gluck kaufen sollte. Oder meine ich Glock? Oder eine Smith & Soundso. Ich weiß nicht mal, welche die Coolste ist. Es sollte eine *Vogue* für Schusswaffen geben.

Ich gehe auf den nächsten Stand zu, an dem das dürre Mädchen, das mir vorhin schon aufgefallen war, mittlerweile bereits den zweiten Einkaufskorb füllt.

»Hey«, sagt sie freundlich und blickt zu mir auf. »Diese Tücher sind um fünfzig Prozent reduziert!«

»Manche sogar um fünfundsiebzig Prozent«, stimmt die Budenbesitzerin mit ein. Sie hat einen grauen Zopf, der mit Bändern durchflochten ist, was wirklich entzückend aussieht. »Ich mache großen Schlussverkauf.«

»Wow.« Ich nehme eines der Tücher und schüttle es aus. Es ist aus ganz weicher Baumwolle, mit wunderschön gestickten Vögeln, und das zu einem unglaublichen Preis.

»Ich nehme je zwei für meine Mum und mich«, sagt das dürre Mädchen. »Sie sollten sich mal die Gürtel ansehen!« Sie deutet auf den Nachbarstand. »Also, ich finde, Gürtel kann man gar nicht genug haben.«

»Absolut«, stimme ich zu. »Ohne Gürtel geht gar nichts.«

»Nicht wahr?« Sie nickt begeistert. »Könnte ich bitte noch einen Korb bekommen?«, fügt sie an die Budenbesitzerin gewandt hinzu. »Und akzeptieren Sie auch Amex?«

Während die Verkäuferin ihr Kreditkartengerät hervorholt, nehme ich ein paar Tücher in die Hand. Aber es ist seltsam. Vielleicht bin ich einfach nicht in Tuchlaune oder so, denn obwohl nicht zu übersehen ist, wie traumhaft schön sie sind, ist mir doch nicht danach zumute, sie zu kaufen. Als stünde ein Wagen mit den köstlichsten Desserts vor mir, und ich hätte keinen Appetit.

Also gehe ich rüber zu dem Gürtelstand und werfe mal einen Blick darauf.

Ich meine, die sind sehr gut gearbeitet. Die Schnallen sind hübsch und schwer, und es gibt sie in durchaus geschmackvollen Farben. Ich kann nichts finden, was daran auszusetzen wäre. Mir ist nur nicht danach zumute, sie zu *kaufen*. Bei dem Gedanken daran wird mir sogar ein bisschen übel. Was wirklich merkwürdig ist.

Das dürre Mädchen hat fünf volle Körbe mit Waren aufgereiht und kramt in ihrem Michael-Kors-Täschchen herum. »Ich war mir sicher, dass diese Kreditkarte in Ordnung ist«, sagt sie ungeduldig. »Versuchen wir es mit einer anderen…Oh, nein!« Abrupt bückt sie sich, weil ihr die Tasche ausgekippt ist. Ich will ihr gerade zur Hand gehen, als ich meinen Namen höre.

»Bex!« Ich drehe mich um und sehe Suze in der Hintertür des Diners stehen. »Das Essen ist da…« Sie stutzt, und ihr Blick fährt an der Reihe voller Körbe entlang. »Na, das ist mal wieder typisch. Du bist beim Shoppen. Was auch sonst?«

Ihr Ton ist so scharf, dass ich spüre, wie sich meine Wangen rot färben. Doch halte ich ihrem Blick schweigend stand. Es hat keinen Sinn, etwas erklären zu wollen. Suze ist entschlossen, kein gutes Haar an mir zu lassen, was immer ich auch tue. Als sie wieder im Diner verschwindet, atme ich aus.

»Komm mit, Minnie«, sage ich und gebe mir Mühe, heiter zu klingen. »Wir sollten endlich frühstücken. Du darfst sogar einen Milchshake haben.«

»Milchshake!«, ruft Minnie begeistert. »Von einer Kuh«, erklärt sie mir. »Schokoladenkuh?«

»Nein, heute von einer Erdbeerkuh«, erkläre ich ihr und kitzle sie unterm Kinn.

Okay. Ich weiß ja, dass wir Minnie eines Tages die Wahrheit sagen müssen, was die Kühe angeht, aber ich bringe es einfach noch nicht übers Herz. Es ist so niedlich. Sie glaubt ernsthaft, es gäbe Schokoladenkühe, Vanillekühe und Erdbeerkühe.

»Von einer besonders leckeren Erdbeerkuh«, höre ich Lukes Stimme, und als ich aufblicke, sehe ich ihn in der Tür zum Diner. »Das Essen ist da.« Er zwinkert mir zu.

»Danke. Wir kommen.«

»Minnie schwingen?«, fragt unsere Kleine und blickt hoffnungsvoll auf. Luke lacht.

»Dann mal los, du Früchtchen.«

Ein paar Minuten spazieren wir herum und schwingen Minnie zwischen uns vor und zurück.

»Wie läuft's denn so?«, fragt mich Luke über Minnies Kopf hinweg. »Du warst ziemlich still im Wagen.«

»Ach«, sage ich etwas irritiert, dass es ihm überhaupt aufgefallen ist. »Na ja, ich habe … du weißt schon … nachgedacht.«

Das stimmt nicht ganz. Ich bin so still, weil ich niemanden zum Reden habe. Suze und Alicia pflegen ihre kleine Zweisamkeit, genau wie Mum und Janice. Mir bleibt nur Minnie, und die klebt an ihrem iPad und guckt *Verwünscht*.

Ich meine, ich habe es ja versucht. Als wir in L. A. losfuhren, habe ich mich zu Suze gesetzt und wollte sie mal richtig fest an mich drücken, aber sie wurde ganz starr und hat mich total auflaufen lassen. Ich kam mir so blöd vor, dass ich eilig wieder auf meinen Sitz zurück bin und so getan habe, als würde ich mich für die Landschaft interessieren.

Aber darauf will ich jetzt nicht weiter eingehen. Ich möchte Luke nicht mit meinen Problemen belasten. Er ist ein wahrer Held – da ist es ja wohl das Mindeste, ihm nicht auch noch meine albernen Sorgen aufzubürden. Ich werde würdevoll und diskret bleiben, wie man es von einer Ehefrau erwarten kann. »Danke, dass du mitgekommen bist«, sage ich. »Danke, dass du das hier mitmachst. Ich weiß, wie viel du zu tun hast.«

»Ich würde dich doch nie mit Suze allein in die Wüste fahren lassen.« Er lacht kurz auf.

Es war Suzes Idee, kurz rüber nach Vegas zu fahren – sie und Alicia waren überzeugt davon, dass sie Bryce schon bald aufspüren würden. Doch das war bisher noch nicht der Fall, und da sind wir nun, auf halber Strecke, ohne Hotelreservierung, ohne einen Plan oder sonst irgendwas …

Ich meine, ich habe ja nichts dagegen, schnell mal irgendwohin zu fahren. Aber selbst ich sehe ein, dass das alles ein bisschen durchgeknallt ist. Nur möchte ich nicht diejenige sein, die es laut aussprechen muss, weil Suze mir bestimmt dafür den Kopf abreißt. Bei dem Gedanken an Suze komme ich schon wieder unter Druck, und plötzlich kann ich es nicht mehr für mich behalten. Ich werde ein andermal würdevoll und diskret sein.

»Luke, ich glaube, ich verliere sie«, platzt es aus mir heraus. »Sie sieht mich nicht mehr an, sie spricht nicht mehr mit mir …«

»Wer, Suze?« Luke verzieht das Gesicht. »Ist mir auch schon aufgefallen.«

»Ich will Suze nicht verlieren.« Meine Stimme fängt an zu zittern. »Das darf nicht passieren. Sie ist meine Drei-Uhr-nachts-Freundin!«

»Deine was?« Verwundert sieht Luke mich an.

»Du weißt schon. So eine Freundin, die man notfalls auch mitten in der Nacht anrufen kann, und sie würde sofort vorbeikommen. So wie Janice Mums Drei-Uhr-nachts-Freundin ist, und Gary dein Drei-Uhr-nachts-Freund ...«

»Ich verstehe, was du meinst.« Luke nickt.

Gary ist der loyalste Mensch der Welt. Und er betet Luke an. Er wäre um drei Uhr nachts für ihn da, ohne zu zögern, und Luke genauso für ihn. Ich dachte immer, Suze und ich würden bis ans Ende unserer Tage ebenso eng verbunden sein.

»Wenn ich heute Nacht um drei Probleme hätte, könnte ich Suze wohl nicht mehr anrufen.« Niedergeschlagen sehe ich Luke an. »Sie würde vermutlich auflegen.«

»Das ist doch Unsinn«, sagt Luke energisch. »Suze liebt dich noch genauso wie immer.«

»Tut sie nicht.« Ich schüttle den Kopf. »Und ich kann ihr daraus nicht mal einen Vorwurf machen. Es ist alles meine Schuld ...«

»Nein, ist es nicht«, sagt Luke und lacht erstaunt. »Was redest du da?«

Verdutzt starre ich ihn an. Wie kann er das überhaupt fragen?

»Natürlich ist es das! Wäre ich früher zu Brent gefahren, wie es abgemacht war, wären wir nicht hier.«

»Becky, es ist *nicht* alles deine Schuld«, entgegnet Luke mit fester Stimme. »Du weißt nicht, was sich daraus ergeben hätte, wenn du früher zu Brent gefahren wärst. Und außerdem sind Tarquin und dein Vater erwachsene Männer. Du darfst dir nicht die Schuld geben. Okay?«

Ich höre ihn reden, aber er täuscht sich. Er begreift nicht.

»Wie dem auch sei.« Ich seufze schwer. »Suze hat nur noch Augen für Alicia.«

»Du bist dir aber schon darüber im Klaren, dass Alicia versucht, dich zu verunsichern.«

»Im Ernst?«

»Das ist doch offensichtlich. Sie redet völligen Blödsinn. Das Wort ›redaktiv‹ gibt es überhaupt nicht.«

»*Im Ernst?*« Plötzlich fühle ich mich besser. »Ich dachte, ich bin bloß zu dumm.«

»Dumm? Du bist doch nicht dumm!« Luke lässt Minnies Hand los, zieht mich an sich und blickt mir tief in die Augen. »Dusselig beim Einparken vielleicht. Aber nicht dumm. Becky, lass dich von diesem Biest ja nicht kleinkriegen.«

»Weißt du, was ich denke?« Ich spreche leiser, obwohl uns keiner hören kann. »Sie führt etwas im Schilde. Alicia meine ich.«

»Was denn?«

»Das weiß ich noch nicht«, gebe ich zu. »Aber ich werde es herausfinden.«

Luke zieht seine Augenbrauen hoch. »Sei aber vorsichtig mit dem, was du tust. Suze ist momentan sehr empfindlich.«

»Ich weiß. Das musst du mir nicht sagen.«

Luke nimmt mich in den Arm, und für einen Augenblick lasse ich mich fallen. Ich bin ganz schön erschöpft.

»Komm, gehen wir rein«, sagt er schließlich. »Übrigens glaube ich, Janice hat sich übers Ohr hauen lassen«, fügt er hinzu, als wir auf das Gebäude zugehen. »Diese Tabletten? Ich habe mir die Liste der Inhaltsstoffe angesehen, und das hübsche lateinische Wort, das da für den Hauptwirkstoff stand, bedeutet nichts anderes als Aspirin.«

»*Im Ernst?*« Fast möchte ich laut loslachen, wenn ich daran denke, wie panisch Janice ihre Tabletten in der Wüste verstreut hat. »Na, das behalten wir wohl lieber für uns.«

Als wir wieder zum Tisch kommen, steht alles voller Teller, doch scheint niemand zu essen, bis auf Janice, die Rührei in sich hineinschiebt. Mum rührt mürrisch ihren Kaffee, Suze knabbert an ihrem Daumennagel herum (was sie immer tut, wenn sie gestresst ist), und Alicia schüttet irgend so ein grünes Pulver in ihre Tasse. Wahrscheinlich wieder irgendwas ekelhaft Gesundes.

»Hallo«, sage ich in die Runde und lasse mich auf meinem Stuhl nieder. »Schmeckt's?«

»Wir versuchen hier, scharf nachzudenken«, knurrt Suze. »Und es wäre schön, wenn sich alle daran beteiligen könnten.«

Alicia flüstert ihr etwas ins Ohr, Suze nickt, und beide sehen mich schräg von der Seite an. Und für einen bitteren Augenblick komme ich mir vor wie damals in der Schule, als die anderen Mädchen mit Fingern auf meinen Turnanzug gezeigt haben. (Mum hat mich gezwungen, den alten Turnanzug zu tragen, während alle anderen schon längst den neuen hatten, und das nur, weil sie die Neuanschaffung für Nepp hielt. Ich meine, ich mache ihr keinen Vorwurf, aber ich wurde dafür ausgelacht, und zwar in jeder einzelnen Turnstunde.)

Wie dem auch sei, ich will mich nicht aufregen. Ich bin eine erwachsene Frau, die etwas zu erledigen hat. Ich beiße in meine Waffel, ziehe Dads Straßenkarte näher zu mir und starre sie an, bis die Linien verschwimmen. Die Worte der weisen Alten gehen mir gar nicht aus dem Sinn: »*Such nach den Freunden. Such die Familie.*«

Was es mit diesem Geheimnis auch auf sich haben mag, es hat in jedem Fall mit den vier Freunden zu tun. Also nochmal zurück zu den Fakten. Corey ist der Freund in Las Vegas. Das ist unser wichtigster Anhaltspunkt. Wir müssen diesen Corey finden. Wir müssen schlauer sein. Aber wie?

Bestimmt weiß ich mehr, als mir bewusst ist. Bestimmt. Ich muss nur schärfer nachdenken. Ich kneife die Augen zusammen und versuche, in der Zeit zurückzureisen. Es ist Weihnachten. Ich sitze am Kamin in unserem Haus in Oxshott. Ich kann die Schokoladenorange auf meinem Schoß riechen. Dad hat die alte Straßenkarte auf dem Kaffeetisch ausgebreitet und schwelgt in Erinnerungen an seine Reise nach Amerika. Ich höre sogar seine Stimme, zufällige Satzfetzen.

»… und dann geriet das Feuer außer Kontrolle. Das war kein Picknick, das kann ich euch sagen …«

»… man sagt ›stur wie ein Esel‹, und ich weiß auch wieso – das elende Mistvieh wollte um keinen Preis in diesen Canyon hinuntersteigen …«

»… bis tief in die Nacht saßen wir zusammen und haben Bier getrunken …«

»… Brent und Corey waren kluge Jungs – studierte Wissenschaftler …«

»… dann diskutierten sie ihre Theorien und machten sich Notizen …«

»… Corey hatte natürlich genug Geld, denn er kam aus reicher Familie …«

»… es gibt doch nichts Schöneres als beim Campen den Sonnenaufgang zu sehen …«

»… um ein Haar wäre der Wagen in eine Schlucht gestürzt, weil Raymond einfach nicht nachgeben wollte …«

»… Corey hat fortwährend gezeichnet. Er war ein waschechter Künstler, mit allem, was dazu gehört …«

Moment mal.

Corey war ein waschechter Künstler. Das hatte ich glatt vergessen. Aber da war noch irgendwas mit Corey und seiner Malerei. Was war das noch? Was *war* das noch…?

Eins muss ich sagen: Ich bin ganz gut darin, mein Gehirn herumzukommandieren. Es kann Visa-Rechnungen vergessen, wenn ich will, und Konflikte übertünchen, und es kann die gute Seite an so ziemlich allem sehen. Und jetzt befehle ich ihm, sich zu erinnern. In all diesen staubigen Ecken in meinem Kopf nachzugucken, die ich nie aufräume, und sich zu *erinnern*. Denn ich weiß, dass da noch irgendwas war… Ich weiß genau, dass da noch was war…

Ja!

»…er hat auf jedes Bild einen kleinen Adler gezeichnet, wie eine Signatur…«

Ich reiße die Augen auf. Ein Adler. Ich *wusste* doch, dass da etwas war. Na, es ist zwar nicht viel, aber immerhin ein Anfang, oder?

Ich zücke mein Handy, gebe bei Google *corey künstler adler las vegas* ein und warte auf Treffer. Irgendwie habe ich kein Netz und drücke ungeduldig auf der Tastatur herum, während mein Hirn nach weiteren Informationen sucht. Corey, der Künstler. Corey, der reiche Mann. Corey, der Wissenschaftler. Gab es noch andere Hinweise?

»Eben habe ich Nachricht von meinem Bekannten bekommen«, sagt Alicia und blickt von ihrem Handy auf. »Wieder kein Glück. Suze…« Sie hält inne, macht ein trauriges Gesicht. »Möglicherweise sollten wir zurück nach L.A. fahren und nochmal neu überlegen.«

»*Aufgeben*?« Suze zieht eine Grimasse, und mich packt die Angst. Getrieben von Adrenalin und einem ausgeprägten Sinn für Dramatik sind wir in die Wüste gerast. Wenn wir jetzt einfach aufgeben und nach Hause fahren, bricht Suze garantiert zusammen.

»Lasst uns nicht gleich das Handtuch werfen«, sage ich

und gebe mir Mühe, positiv zu klingen. »Wenn wir noch ein bisschen überlegen, kommt irgendwann bestimmt was dabei heraus...«

»Ach, wirklich, Bex?«, faucht Suze. »Du hast leicht reden. Und was trägst du dazu bei? Nichts! Was treibst du da eigentlich?« Mit wilder Geste deutet sie auf mein Handy. »Wahrscheinlich wieder Online-Shoppen.«

»Tu ich nicht!«, sage ich trotzig. »Ich recherchiere.«

»Und zwar was?«

Mein blöder Bildschirm ist eingefroren. Ich drücke nochmal auf ENTER, tippe ungeduldig darauf herum.

»Luke, du hast doch Einfluss!«, wirft Mum ein. »Immerhin kennst du den Premierminister. Kann der uns nicht helfen?«

»Der *Premierminister*?« Luke klingt etwas ratlos.

Plötzlich erscheinen die Suchergebnisse auf meinem Bildschirm. Und als ich auf der Seite nach unten scrolle, traue ich meinen Augen kaum. Da ist er! Der Corey von Dads Reise!

*Lokaler **Künstler Corey** Andrews... Signatur **Adler**... stellte in der **Las Vegas** Gallery aus...*

Das *muss* er doch sein, oder?

Eilig tippe ich *Corey Andrews* ein und halte die Luft an. Schon baut sich eine Seite mit Treffern auf. Da gibt es eine Wikipedia-Seite, Geschäftsberichte, Immobiliennachrichten, irgendeine Firma namens Firelight Innovations Inc. – alles derselbe Typ. Corey Andrews aus Las Vegas. Ich habe ihn gefunden!

»Oder dieser Mensch, den du bei der Bank of England kennst...« Mum bleibt beharrlich.

»Du meinst den Vorstandsvorsitzenden der Bank of England?«, fragt Luke nach einer Pause.

43

»Ja, den! Ruf ihn an!«

Ich möchte laut lachen, als ich Lukes Gesicht sehe. Mum scheint allen Ernstes zu erwarten, dass er das gesamte britische Kabinett hierherzitiert, um Dad zu suchen.

»Ich bin mir nicht sicher, ob das im Bereich des Möglichen liegt«, sagt Luke höflich und wendet sich Alicia zu. »Fällt dir denn niemand mehr ein, den man fragen könnte?«

»Nein.« Alicia seufzt. »Ich glaube, hier endet unser Weg.«

»Ich weiß etwas«, melde ich mich unsicher zu Wort, und alle drehen sich zu mir um.

»*Du?*«, fragt Suze misstrauisch.

»Ich habe diesen Corey von Dads Reise aufgetrieben. Er heißt Corey Andrews. Mum, klingt das vertraut?«

»Corey Andrews.« Mum runzelt die Stirn. »Ja, Andrews könnte stimmen…« Sie strahlt mich an. »Becky, ich glaube, das ist er! Corey Andrews. Er war der Reiche, wie Dad ihn immer nannte. Hat er nicht auch Bilder gemalt?«

»Genau! Und er wohnt in Las Vegas. Ich hab seine Adresse.«

»Gut gemacht, Becky, Liebes!«, sagt Janice, und unwillkürlich wird mir ganz warm vor Stolz.

»Wie hast du das rausgefunden?«, will Alicia wissen und scheint mir fast empört.

»Einfach… mh… du weißt schon. Laterales Denken.« Ich reiche Luke mein Handy. »Hier ist die Postleitzahl. Los geht's.«

Von: wunderwood@iafro.com
An: Brandon, Rebecca
Betreff: Re: Bewerbung als Kopfgeldjäger

Liebe Mrs Brandon,

vielen Dank für Ihre E-Mail. Wenn Sie sich dem Internationalen Verband der Ermittler zur Rückführung Justizflüchtiger anschließen möchten, füllen Sie bitte das beigefügte Formular aus und senden es mit den $95 Mitgliedsbeitrag an uns zurück. Dafür erhalten Sie einen Ausweis und weitere Vorteile, die Sie bitte unserer Webseite entnehmen.
Um jedoch Ihre Frage zu beantworten, müssen wir Ihnen leider mitteilen, dass wir weder »Kopfgeldjäger-Dienstabzeichen« noch anderweitige »Kopfgeldjäger-Accessoires« ausgeben.
Zwar gibt es tatsächlich ein besonderes Ausbildungsprogramm, doch bieten wir in diesem Rahmen keine speziellen Kurse zum Thema »Wie man seinen verschollenen Dad wiederfindet« an. Und auch nicht »Wie man mit seinen Kopfgeldjägerkollegen befreundet bleibt«.
Viel Glück bei Ihrem Vorhaben!

Mit freundlichen Grüßen,

Wyatt Underwood
Mitgliederbetreuung
Internationaler Verband der Ermittler
zur Rückführung Justizflüchtiger

4

Auf dem Weg nach Las Vegas ist die Stimmung im Wohnmobil gedrückt. Mum und Janice schweigen. Suze und Alicia sitzen mir tuschelnd gegenüber. Ich selbst spiele Stickers
mit Minnie und denke über Bryce nach.

Sein voller Name lautet Bryce Perry, und er war – ist –
im Golden Peace zuständig für die »persönliche Entfal-
tung«. Ich bin ihm oft genug über den Weg gelaufen, als ich
dort Kurse besucht habe, und eines will mir nicht recht ein-
leuchten: Warum ist Tarquin ihm verfallen? Warum hat Dad
ihn gebeten, mit nach Las Vegas zu kommen? Warum vertrauen ihm die beiden? Aber ich glaube, ich habe die Antwort darauf gefunden: Bryce ist ein wirklich gut aussehen-
der Mann.

Nicht dass es was mit Schwulsein zu tun hätte. Schöne
Menschen haben einfach etwas Faszinierendes. Besonders
unrasierte Männer mit markantem Kinn und eindringlichen
Augen. Man hängt an ihren Lippen und glaubt alles, was sie
sagen. Wenn morgen Will Smith zu mir käme und behaupten würde, er sei auf der Flucht vor korrupten Regierungs-
beamten und ich müsse ihm helfen, ohne Fragen zu stellen,
würde ich das sofort tun.

Na, und genauso ist es mit Bryce. Er hat diesen einneh-
menden Blick, bei dem man weiche Knie bekommt. Wenn er
spricht, lauscht man ihm wie hypnotisiert. Man denkt: *Bryce,
du hast ja so recht! Mit allem!* Selbst wenn er einem nur die
Anfangszeiten der Yogakurse mitteilt.

Suze hat seine Anziehungskraft definitiv gespürt. Ich weiß

es genau. Das erging jedem so. Aber zu Tarquin muss man sagen, dass er Bryce an einem Tiefpunkt seines Lebens kennenlernte. Kurz zuvor hatte er sich mit seiner Familie überworfen, ihm war geschäftlich ein peinliches Missgeschick passiert, und er war ganz allgemein nicht gut drauf – als plötzlich Bryce auftauchte, mit seinem Beachvolleyball, seinem freundlichen Geplauder und seiner charismatischen Persönlichkeit. Kein Wunder also, das Tarkie unter seinem Einfluss steht.

Und es ist auch kein Wunder, dass Bryce hinter seinem Geld her ist. Wenn du so reich bist wie Tarkie, sind *alle* hinter deinem Geld her. Armer, alter Tarkie. Da hat er das viele Geld und die Herrenhäuser und Ländereien, aber ich glaube, es macht ihn im Grunde gar nicht glücklich…

»Okay, in ungefähr zwanzig Minuten sind wir da.« Luke unterbricht meine Gedanken, und ich zucke zusammen. Wir alle zucken zusammen.

»Zwanzig Minuten?«

»Schon?«

»Aber wir sind doch noch gar nicht in Las Vegas!«

»Wir bleiben am Stadtrand von Las Vegas«, sagt Luke und wirft einen Blick aufs Navi. »Sieht aus wie ein Wohngebiet. Überall Golfclubs.«

»Golf!«, ruft Janice begeistert. »Vielleicht spielt Graham mit seinem Freund ja nur Golf! Wäre das möglich, Jane?«

»Na ja, er mag Golf«, sagt Mum etwas unsicher. »Suzie, Tarquin spielt doch auch Golf, oder?«

»Hin und wieder mal«, sagt Suze und klingt genauso unsicher.

»Dann ist es das.« Janice klatscht in die Hände. »Es geht um Golf!«

Golf?

Alle wechseln erstaunte Blicke. Ist Dad tatsächlich zum

47

Golfspielen hier? Sind wir etwa wie die Irren durch die Wüste gerast, nur um ihn am achtzehnten Loch vorzufinden, wie er in karierten Strickstrümpfen dasteht und *Schöner Schlag, Tarquin* sagt?

»Spielt Bryce denn Golf?« Suze wendet sich Alicia zu.

»Keine Ahnung«, sagt Alicia. »Eher unwahrscheinlich. Aber ich finde diese ganzen Spekulationen sowieso völlig sinnlos, bevor wir überhaupt da sind.«

Das zu sagen ist so was von ernüchternd und entmutigend, dass es einem schlichtweg den Wind aus den Segeln nimmt. Also schweigen wir uns an, bis Luke in eine breite, von Villen gesäumte Straße einbiegt und verkündet: »Wir sind jetzt auf der *Eagles Landing Lane*.«

Sprachlos starren wir hinaus. Ich dachte, Las Vegas bestünde ausschließlich aus grellen Lichtern und Hotels und Casinos. Irgendwie hatte ich mir vorgestellt, dass hier jeder im Hotel wohnt. Aber natürlich gibt es auch in dieser Stadt Häuser. Nur sind es im Grunde keine Häuser, sondern *Paläste*. Die Grundstücke sind riesig, alle mit mächtigen Palmen und gewaltigen Toren und dergleichen, als wollten sie sagen: *Hier wohnt ein ziemlich dicker Fisch.*

Wir kommen zum Haus mit der Nummer 235 und betrachten es schweigend. Es ist das Größte von allen, ein grauer Bau mit vier zinnenbewehrten Türmen, wie ein echtes Märchenschloss, als könnte sich jeden Moment Rapunzel aus dem Fenster lehnen.

»Was macht Corey noch gleich?«, fragt Luke.

»Ihm gehört eine Forschungsfirma«, sage ich. »Er hat unzählige Patente registrieren lassen. Und ihm gehören diverse Immobilien. Er macht alles Mögliche.«

»Was für Patente?«

»Ich weiß es doch nicht!«, sage ich. »Das war alles wissenschaftliches Kauderwelsch.«

Ich gehe meine Google-Suche durch und lese einige Einträge daraus vor: »*Corey Andrews vom Verband des Elektroingenieurwesens geehrt… Corey Andrews als Vorsitzender von Firelight Innovations Inc. zurückgetreten… Corey Andrews' wachsendes Immobilienimperium…* Oh. Moment mal. Dieser Eintrag stammt aus dem *Las Vegas Herald*, ist schon etwas älter: *Corey Andrews feiert seinen fünfzigsten Geburtstag im Mandarin Oriental mit Freunden und Bekannten.*« Konsterniert blicke ich von meinem Handy auf. »Seinen *fünfzigsten*? Ich dachte, er wäre in Dads Alter.«

»Mist.« Luke stellt den Motor ab. »Sind wir hier falsch? Ist das ein anderer Corey?«

»Tja, ich weiß nicht«, sage ich verwirrt. »Denn es ist definitiv der Corey Andrews, der seine Bilder mit einem Adler signiert.«

»Ist das eventuell Corey Junior?«, schlägt Suze vor.

»Vielleicht. Aber sind denn *beide* Maler geworden? Und würden dann auch beide ihre Bilder mit einem Adler signieren?«

Darüber denken alle erstmal nach.

»Es gibt nur eine Möglichkeit, das herauszufinden«, sagt Luke schließlich. Er steigt aus, und wir sehen zu, wie er etwas in die Gegensprechanlage sagt. Im nächsten Augenblick sitzt er schon wieder hinterm Lenkrad, und die Tore schwingen auf.

»Was haben sie gesagt?«, will Janice wissen.

»Sie dachten, wir sind wegen einer Party hier«, sagt Luke. »Ich habe sie in dem Glauben gelassen.«

Als wir zum Ende der Auffahrt kommen, bedeutet uns ein Mann im grauen Leinenanzug, das Wohnmobil direkt neben einem Gebäude zu parken, das so groß ist wie ein Flugzeughangar. Das ganze Anwesen ist gigantisch, mit mächtigen Bäumen und enorm großen Topfpflanzen überall. Von unserem Parkplatz aus ist ein Tennisnetz zu sehen, und die Luft ist erfüllt von Jazz aus unsichtbaren Lautsprechern. Die anderen Autos sind durchweg Cabriolets, die meisten mit speziellen Kennzeichen. Auf einem steht DOLLAR 34, auf einem anderen KRYSTLE, und dann parkt da noch eine Stretchlimo mit Tigerlackierung.

»Tigerauto!«, ruft Minnie begeistert. »Tigerauto, Mami!«

»Ja, das ist hübsch, Schätzchen«, sage ich und verkneife mir mein Lachen. »Und wo wollen wir jetzt hin?« Ich wende mich den anderen zu. »Seid ihr euch darüber im Klaren, dass wir hier gerade Hausfriedensbruch begehen?«

»So ein Haus habe ich in meinem ganzen Leben noch nie aus der Nähe gesehen«, sagt Suze mit großen Augen.

»Suze, du besitzt ein Schloss in Schottland«, rufe ich ihr in Erinnerung.

»Ja, aber doch nicht *so* eins«, hält sie dagegen. »Das hier ist wie ein Disney-Schloss! Guck mal, es gibt sogar einen Hubschrauberlandeplatz auf dem Dach!«

Der Mann in Grau kommt näher, mustert uns misstrauisch von oben bis unten.

»Sind sie wegen Peytons Party hier?«, fragt er. »Dürfte ich erfahren, wie Sie heißen?«

Ich muss zugeben, dass wir nicht gerade wie Partygäste aussehen. Wir haben ja nicht einmal ein Geschenk für Peyton dabei, wer auch immer das sein mag.

»Wir stehen nicht auf der Liste«, sagt Luke sanft. »Aber wir würden gern Corey Andrews sprechen. Es geht um eine ziemlich dringende Angelegenheit.«

»Es geht um Leben und Tod«, kräht Mum dazwischen.

»Wir kommen alle extra aus Oxshott«, fügt Janice hinzu. »Oxshott in England.«

»Wir suchen meinen Dad«, erkläre ich.

»Und meinen Mann«, ergänzt Suze und schiebt sich nach

vorn. »Er ist verschollen, und wir glauben, dass Corey vielleicht etwas darüber wissen könnte.«

Der Mann im Leinenanzug weiß nicht recht, was er tun soll.

»Ich fürchte, Mr Andrews ist momentan beschäftigt«, sagt er und weicht vor Suze zurück. »Wenn Sie mir Ihre Kontaktdaten geben, werde ich diese gern weiterleiten ...«

»Aber wir müssen ihn *jetzt* sprechen!«, fleht Mum.

»Es wird nicht lange dauern«, sagt Luke.

»Will Tigerauto fahren!«, wirft Minnie entschlossen ein.

»Wir machen bestimmt keine Umstände«, fügt Mum eifrig hinzu. »Wenn Sie uns einfach nur ...«

»Bitte geben Sie Mr Andrews das hier.« Wir hören eine dunkle Stimme hinter uns, und als wir uns umdrehen, sehen wir, wie Alicia vortritt und dem Mann eine Karte vom Golden Peace überreicht, mit dessen markanten, glänzenden Insignien und ein paar handschriftlichen Worten darauf.

Der Mann nimmt die Karte entgegen, liest schweigend und sein Gesichtsausdruck verändert sich.

»Nun ...«, sagt er. »Ich werde Mr Andrews mitteilen, dass Sie da sind.«

Er macht sich auf den Weg, und alle starren Alicia an, die selbstgefällig und in ihrer nervigen Art doch bescheiden wirkt.

»Was hast du geschrieben?«, will ich wissen.

»Ein paar Worte, die vielleicht hilfreich sein könnten«, sagt sie nur.

Dann höre ich, wie sich Mum und Janice mit lautem Flüstern darauf einigen, dass der Name »Alicia Merrelle« in den Staaten einen geradezu »royalen« Klang hat und man sich nur mal vorzustellen braucht, wie viele Prominente sie im Golden Peace kennengelernt haben muss – nicht dass sie jemals tratschen würde, zumal sie doch so ein nettes und diskretes Mädchen ist.

Nett und diskret? Ich habe Mum doch von Alicia Biest-Langbein erzählt, immer und immer wieder...

Na gut. Egal.

Schon wenige Minuten später kehrt unser Freund im Leinenanzug zurück und geleitet uns schweigend zum Haus – alle bis auf Luke, der beim Wohnmobil bleibt, um mit Gary zu telefonieren. (Auf der Konferenz in London macht ein Gerücht über einen jungen Minister aus der Regierung die Runde.) Die mächtige Eingangstür ist mit Eisenbeschlägen versehen, und einen Augenblick lang denke ich, dass bestimmt gleich die Zugbrücke runtergelassen wird. Stattdessen umrunden wir das ganze Haus/Schloss/Domizil und laufen im Gänsemarsch zwischen makellos gepflegten Hecken umher, wie im Labyrinth von Hampton Court, bis wir zu einer schier endlosen Rasenfläche kommen, wo eine gigantische Hüpfburg und eine Tafel voller Speisen und Getränke aufgebaut sind. Millionen Kids toben herum, unter einem Banner, auf dem steht: ALLES LIEBE ZUM FÜNFTEN GEBURTSTAG, PEYTON!

Ach. *Das* ist also Peyton. In Wahrheit lässt sich unmöglich sagen, wer Peyton ist, weil jedes einzelne kleine Mädchen ein glitzerndes Prinzessinnenkleid trägt. Nicht zu übersehen ist allerdings, bei wem es sich um Corey handelt, so respektvoll wie der Mann im Leinenanzug an ihn herantritt und auf uns deutet.

Er ist schon eine erstaunliche Erscheinung, dieser Corey. Er ist braungebrannt, mit dichtem, schwarzem Haar und offenbar gezupften Augenbrauen. Er sieht jünger aus als mein Dad, also ist er vielleicht tatsächlich der Sohn? Obwohl es mir doch komisch vorkommt, dass *beide* ihre Bilder mit Adlern signieren sollen. Neben ihm steht eine Frau, von der ich annehme, dass es sich um Mrs Corey handelt, und bei ihrem Anblick fällt mir nur das Wort »Zuckerguss« ein. Ihre Haare schimmern blond, sie trägt ein Glitzertop, bestickte Jeans, Strasssandalen, unzählige Ringe und Armreifen, und eine funkelnde Spange in den Haaren. Im Grunde sieht sie aus wie jemand, der einen Eimer Glitter über sich ausgekippt hat. Außerdem hat sie große Brüste, und ihr Top ist sehr tief ausgeschnitten. Und damit meine ich: *sehr* tief. Für einen Kindergeburtstag.

Endlich kommt Corey zu uns herüber, und wir fünf sehen einander fragend an. Wir haben noch gar nicht entschieden, wer eigentlich für uns sprechen soll oder was wir sagen wollen oder sonst irgendetwas. Da drängt sich wie üblich Alicia vor.

»Mr Andrews«, sagt sie. »Ich bin Alicia Merrelle.«

»Mrs Merrelle.« Corey nimmt ihre Hand. »Es ist mir eine Ehre! Was kann ich für Sie tun?«

Aus der Nähe betrachtet, sieht er doch nicht mehr *so* jung aus. Seine Haut ist ultrastraff gespannt, wie nach allzu vielen Schönheitsoperationen. Und jetzt weiß ich überhaupt nichts mehr. Ist das nun Dads Corey oder nicht? Gerade will ich den Mund aufmachen, als Mrs Corey an seiner Seite erscheint. Würde man sie in einen Baumwollrock stecken und den Glitzerlidschatten abwischen, sähe sie wahrscheinlich aus wie dreiundzwanzig. Vielleicht *ist* sie ja erst dreiundzwanzig.

»Liebling?«, sagt sie zu Corey. »Was gibt es denn?«

»Ich weiß es selbst nicht.« Er lacht kurz auf. »Was *gibt* es denn eigentlich? Das hier ist jedenfalls Alicia Merrelle«, fügt er an seine Frau gewandt hinzu. »Ihr gehört das Golden Peace. Meine Frau Cyndi.«

Cyndi stöhnt auf und staunt Alicia an. »Ihnen gehört das Golden Peace? Ein wahrhaft inspirierender Ort! Ich besitze Ihre DVD, meine Freundin hat bei Ihnen eine spirituelle Auszeit genommen… Wie können wir Ihnen behilflich sein?«

»Wir suchen meinen Vater«, sage ich. »Er heißt Graham Bloomwood, und wir glauben, dass Sie ihn vor vielen Jahren gekannt haben. Oder…vielleicht Ihr Vater? Heißt Ihr Vater auch Corey?«

»Sein Vater hieß Jim«, lacht Cyndi. »Es gibt nur einen Corey Andrews auf der Welt, stimmt's nicht, Baby?«

»Wundervoll!«, sage ich begeistert. »Dann sind Sie also 1972 mit meinem Vater auf den Straßen Amerikas herumgereist. Sie waren zu viert.«

Irgendetwas verrät mir, dass ich was Falsches gesagt habe. In Coreys Gesicht rührt sich nichts, aber ich kann es an seinen Augen sehen. Ein kurzes Aufblitzen von Feindseligkeit.

»1972?« Cyndi runzelt die Stirn. »Damals wäre Corey für eine solche Reise doch noch viel zu jung gewesen! Wie alt warst du damals, Liebling?«

»Ich fürchte, da kann ich Ihnen nicht weiterhelfen«, sagt Corey angestrengt. »Wenn Sie uns jetzt bitte entschuldigen würden.«

Als er sich abwendet, kann ich die kleinen Narben hinter seinen Ohren sehen. Ach, du je. Hier geht es nur um Eitelkeiten. Deshalb bestreitet er, meinen Dad zu kennen. Cyndi eilt einem Kind zu Hilfe, das hingefallen ist, doch bevor sich Corey aus dem Staub machen kann, hält Mum ihn am Arm fest.

»Mein Mann ist verschollen!«, ruft sie theatralisch. »Sie sind unsere einzige Hoffnung!«

»So leid es mir tut, aber Sie *müssen* derselbe Corey sein!«, sage ich mit fester Stimme. »Ich weiß es genau. War mein Dad hier bei Ihnen? Haben Sie was von ihm gehört?«

»Dieses Gespräch ist beendet.« Wütend funkelt er mich an.

»Halten Sie Kontakt zu Brent oder Raymond?« Ich bleibe

hartnäckig. »Wussten Sie, dass Brent in einem Wohnwagen lebt? Mein Dad hat gesagt, er muss etwas ›in Ordnung bringen‹. Wissen Sie, worum es dabei geht?«

»Bitte verlassen Sie mein Grundstück«, sagt Corey nur. »Wir feiern hier den Geburtstag meiner Tochter. Tut mir leid, wenn ich Ihnen nicht helfen konnte.«

»Könnten Sie uns dann wenigstens sagen, wie Raymond mit Nachnamen heißt?«

»Raymond Earle?«, flötet Cyndi fröhlich, als sie sich wieder zu uns gesellt. »Das ist der einzige Raymond, von dem ich Corey je habe sprechen hören.«

Es ist nicht zu übersehen: Corey kocht vor Wut.

»Cyndi, lass diese Leute«, fährt er sie an. »Sie wollen gerade gehen. Kümmere dich wieder um die Party.«

»Cyndi, wo wohnt Raymond?«, frage ich eilig. »War es nicht Albuquerque? Oder San Diego? Oder … Milwaukee?«

Ich zähle wahllos irgendwelche Namen auf, in der Hoffnung, Cyndi zu einer Antwort zu bewegen, und es klappt.

»Oh, nein, er wohnt doch irgendwo da unten bei Tucson, oder?« Unsicher schaut sie zu Corey auf. »Aber er ist ein bisschen verrückt, war's nicht so, Baby? Ein totaler Einsiedler? Ich meine, mich zu erinnern, dass du von ihm erzählt hast …« Angesichts des Blicks, den Corey ihr zuwirft, verlässt sie der Mut, und sie schweigt.

»Dann haben Sie also doch Kontakt zu ihm!« Mit einem Mal packt mich der Frust. Wir sind *so was* von auf der richtigen Fährte. Wenn uns dieser dämliche, plastikgesichtige Idiot allerdings nicht helfen will, stecken wir schon wieder fest. »Corey, was ist 1972 passiert? Warum muss mein Dad irgendwas ›in Ordnung bringen‹? Was ist *los*?«

»Bitte verlassen Sie mein Grundstück«, sagt Corey und wendet sich zum Gehen. »Ich rufe die Security. Das hier ist eine private Geburtstagsfeier.«

»Mein Name ist Rebecca!«, rufe ich ihm nach. »Sagt Ihnen das was?«

»Ach!«, ruft Cyndi. »Wie deine Älteste, Liebling!«

Corey dreht sich nochmal um und mustert mich mit so einem seltsamen Ausdruck im Gesicht. Keiner sagt ein Wort. Mir scheint, alle halten die Luft an. Er hat also auch eine Tochter, die Rebecca heißt. Was geht hier *vor*?

Dann macht er abrupt kehrt und stapft zurück zur Party.

»Nun, es war nett, Sie kennenzulernen!«, sagt Cyndi etwas verunsichert. »Nehmen Sie sich beim Rausgehen ein Geschenkbeutelchen für Ihre Kleine mit.«

»Aber das geht doch nicht!«, sage ich sofort. »Die sind schließlich für Peytons Gäste bestimmt.«

»Wir haben sowieso viel zu viele. Bitte bedienen Sie sich.« Dann stolpert sie auf ihren hohen Absätzen Corey hinterher. Ich kann hören, wie sie ihn verwundert fragt: »Baby, was hat das alles zu bedeuten?«

Im nächsten Augenblick kommt der Mann im Leinenanzug um die Ecke, in Begleitung zweier weniger edel gekleideter Kerle. Sie tragen Jeans, die Haare zum Bürstenschnitt rasiert, und ihre Mienen sind so ausdruckslos, als wollten sie sagen *Ich mach hier nur meinen Job*, während sie dich brutal zu Brei schlagen.

Das vermute ich jetzt einfach mal.

»Äh… gehen wir«, sage ich besorgt.

»Du meine Güte.« Janice schluckt. »Diese Männer sehen ja *furchterregend* aus.«

»Rüpel!«, sagt Mum entrüstet, und plötzlich stelle ich mir vor, wie sie sich den Männern mit einem dieser Kampfschritte entgegenstellt, die man ihr in der Seniorinnenselbstverteidigungsgruppe in Oxshott beigebracht hat.

»Mum, wir müssen los«, dränge ich, bevor sie auf irgendwelche schrägen Ideen kommt.

»Ich glaube, wir sollten aufbrechen«, stimmt Alicia mir zu. »Mehr werden wir hier vorerst nicht in Erfahrung bringen.«

»Danke!«, rufe ich den beiden Burschen mit Bürstenschnitt zu. »Wir sind schon auf dem Weg. Super Party, wir nehmen uns nur noch ein Geschenkbeutelchen ...«

Als Luke mit Minnie auf einen gigantischen, von Geschenkbeuteln übersäten Tisch zusteuert, biegt plötzlich Cyndi um die Ecke, mit einem Cocktail in der Hand. Als sie uns sieht, kommt sie eilig angelaufen.

»Es ist mir so furchtbar unangenehm«, seufzt Cyndi. »Mein Mann kann gegenüber Leuten, die er nicht kennt, manchmal furchtbar miesepetrig sein. Ich sage ihm immer: ›Liebling! Lach doch mal!‹« Sie nimmt einen Beutel mit einer lila Schleife und wirft einen Blick hinein. »Also, in diesem hier steckt eine Ballerina-Puppe.« Sie hält Minnie den Beutel hin. »Magst du Ballerinas, Süße?«

»Schenktüte!«, ruft Minnie begeistert. »Danke-für-das-schöne-Fest«, fügt sie gewissenhaft hinzu. »Danke-für-das-schööööööne-Fest.«

»Du bist ja ein süßer Fratz.« Cyndi strahlt sie an. »Und dieser Akzent!«

»Es ist wirklich ein schönes Fest«, sage ich höflich.

»Mein Mann ist sehr großzügig«, sagt Cyndi ernst. »Wir sind vom Glück verwöhnt. Aber wir wissen es auch zu schätzen. Wir nehmen es nicht als selbstverständlich.« Sie nickt zum Tisch. »Für jeden dieser Geschenkbeutel geht ein zweiter an ein unterprivilegiertes Kind.«

»Wow.« Ich blinzle sie an. »Das ist ja eine schöne Idee.«

»So sehe ich die Welt. Ich bin hier nicht hineingeboren.« Mit langem Arm deutet sie auf die Burg. »Ich denke oft an die Menschen, die nicht so viel Glück haben wie wir. Und das möchte ich auch Peyton vermitteln.«

»Sehr gut.« Ich empfinde direkt leise Bewunderung. Ich

schätze, an Cyndi ist wohl mehr dran, als es auf den ersten Blick den Anschein hat.

»Corey hat auch eine Stiftung für wohltätige Zwecke gegründet«, fügt sie hinzu. »Er ist wirklich ein ungeheuer großherziger Mensch. Er denkt immer nur an andere.« Ihr Blick verschleiert sich ein wenig. »Aber das haben Sie sicher schon bemerkt, als Sie ihm begegnet sind.«

»Äh … total!«, lüge ich. »Also, es war sehr nett, Sie kennenzulernen.«

»Das Vergnügen war ganz meinerseits! Bye, bye, Mäuschen!« Sie kneift Minnie in die Wange. »Mach's gut.«

»Ach, eins noch«, füge ich beiläufig hinzu, als wir uns schon abwenden. »Ich habe nur gerade überlegt … Können Sie mir sagen, warum Corey seine erste Tochter Rebecca genannt hat?«

»Oje.« Cyndi wirkt betreten. »Ich habe keine Ahnung. Wissen Sie, die beiden reden kaum noch miteinander. Ich habe sie nie kennengelernt. Es ist schon irgendwie traurig.«

»Ach.« Das muss ich erstmal verdauen.

»Ich hätte sie vorhin gar nicht erwähnen sollen. Corey spricht überhaupt nicht gern über seine Vergangenheit. Er meint, es bringt Unglück. Einmal habe ich versucht, Rebecca zum Thanksgiving einzuladen, aber …« Einen Moment lang wirkt sie niedergeschlagen, dann hellt ihre Miene unvermittelt wieder auf. »Wie dem auch sei. Darf ich Ihnen noch einen kleinen Snack mit auf den Weg geben?«

5

Dieser Geschenkbeutel ist der helle Wahnsinn.

Inzwischen ist eine halbe Stunde vergangen, und wir haben am nächsten Diner Halt gemacht, um etwas zu essen und uns erneut zu sammeln. Minnie packt den Beutel auf dem Tisch aus, und wir alle sitzen mit offenen Mündern da. Die Ballerina-Puppe ist erst der Anfang. Hinzu kommen eine DKNY-Armbanduhr, ein Young-Versace-Hoodie und zwei Tickets für den Cirque de Soleil. Vor allem Suze ist entsetzt, weil sie Geschenkbeutel schon aus Prinzip nicht leiden kann. Sie findet sie ordinär. (Zwar würde sie es so nie ausdrücken, verknotet aber ihre Finger, und ich weiß, was sie denkt. Wenn sie ein Kinderfest ausrichtet, gibt es im Geschenkbeutel einen Luftballon und ein großes Stück selbst gemachtes Toffee in Butterbrotpapier.)

Als Minnie ein zauberhaftes Kate-Spade-Täschchen hervorholt, fangen Mum und Janice an, auf ihren Handys Immobilienpreise in Las Vegas zu googeln, um herauszufinden, was Coreys Haus so wert sein mag, während ich schnell das Kate-Spade-Täschchen in Sicherheit bringe. Ich werde es für Minnie aufbewahren, bis sie groß genug ist, es zu tragen. (In der Zwischenzeit könnte ich es mir ja vielleicht ein-, zweimal ausborgen.)

»Womit *genau* verdient er noch seine Brötchen?«, fragt Janice. »Gute Güte, das hier kostet sechzehn Millionen Dollar!«

»Immobilien«, sagt Mum vage.

»Nein, angefangen hat er mit Patenten«, erkläre ich. »Irgendwelche Erfindungen oder so. Offenbar hat er eine spezielle Feder entwickelt.«

Das stand auf der dritten Seite meiner Google-Suche, denn da gab es ein Profil von Corey aus dem *Wall Street Journal*. Nach deren Aussage war diese Feder seine erste Erfindung, und die bringt ihm heute noch Geld ein. Wobei ich mich frage, wie man wohl eine Feder erfinden kann. Das ist bloß ein verdrehter Draht, oder?

»Siehst du, Becky? Hättest du in Physik nur besser aufgepasst«, meint Mum. »Janice, guck mal! Dieses Haus hat gleich zwei Swimmingpools.«

»Das ist doch vulgär«, sagt Janice missbilligend und beugt sich interessiert vor. »Aber sieh dir nur mal diesen Ausblick an…«

»Ich kann nicht begreifen, wie er es geschafft hat, sein Alter zu verheimlichen«, werfe ich ein. Corey muss so alt sein wie mein Dad, aber ich habe lange im Netz gesucht und nichts gefunden, was seinen angeblich fünfzigsten Geburtstag widerlegen würde. »Ich meine, man kann sich doch heutzutage sein Alter nicht einfach aussuchen. Was ist mit Google?«

»Wahrscheinlich hat er mit dem Versteckspiel schon angefangen, bevor Google überhaupt erfunden war«, bemerkt Janice weise. »Wie Marjorie Willis, weißt du noch, Jane? Bei jedem zweiten Geburtstag hat sie ein Jahr weggelassen.«

»Ach, *die* Marjorie!«, ruft Mum. »Die ist mindestens zwei- oder dreimal vierunddreißig geworden. So muss man das machen, Liebes!« Sie wendet sich mir zu. »Allmählich und beizeiten.«

»Genau!« Janice nickt. »Fang jetzt schon damit an, Becky. Du könntest ohne weiteres zehn Jahre abziehen.«

Sollte ich das tun? Ich habe noch nie daran gedacht, mich jünger zu machen. Das Vernünftigste wäre doch eigentlich, so zu tun, als wäre man *älter,* als man eigentlich ist. Dann sagen alle: *Wow, du siehst ja phantastisch aus für deine dreiundneunzig!,* obwohl du erst siebzig bist.

Ich werde in meinen Überlegungen unterbrochen, weil Luke mich zu sich herüberwinkt. Er steht am Fenster und zieht ein seltsames Gesicht.

»Hi«, sage ich, als ich bei ihm ankomme. »Was gibt's?« Wortlos drückt er mir sein Handy in die Hand.

»Hör zu, Becky…«, sagt Dad in mein Ohr, ohne jede Einleitung. »Was soll dieser Unsinn, dass Mum nach L.A. fliegen will?«

Das ist die Stimme von meinem Dad! Er lebt! Mir ist, als würde ich gleich in Ohnmacht fallen, nur dass ich gleichzeitig jubeln möchte.

»*Dad!*«, keuche ich. »O mein Gott, bist du es wirklich?«

Schon kommen mir die Tränen. Mir war gar nicht klar, wie sehr ich mich um ihn gesorgt habe. Oder wie schuldig ich mich gefühlt habe. Oder wie viele schreckliche Bilder in meinem Kopf herumgeschwirrt sind.

»Gerade kam eine verstümmelte Nachricht auf meinem Handy an«, sagt Dad. »Wie ich schon Luke erklärt habe, ich möchte, dass du es Mum *ausredest,* okay? Sag ihr, sie soll in England bleiben.«

Macht er Witze? Hat er denn überhaupt keine Ahnung, was wir alles auszustehen hatten?

»Aber sie ist doch schon da! Und Janice auch! Dad, wir machen uns solche Sorgen um dich!« Die Worte sprudeln nur so heraus. »Und wir machen uns Sorgen um Tarkie, und wir machen uns Sorgen um…«

»Uns geht es gut«, fällt Dad mir gereizt ins Wort. »Bitte sag Mum, sie soll sich nicht aufregen. Es wird nur ein paar Tage dauern.«

»Aber wo *bist* du? Was *treibst* du?«

»Das tut nichts zur Sache«, antwortet Dad knapp. »Wir müssen ein kleines Problem unter Freunden klären, aber es wird bestimmt nicht lange dauern. Versuch du in der Zwischenzeit, deine Mutter abzulenken.«

»Aber wir fahren dir hinterher!«

»Hört *bitte* sofort auf damit!« Dad klingt richtig böse. »Das ist doch lächerlich! Kann man sich denn nicht mal um eine kleine, private Angelegenheit kümmern, ohne dass einem gleich alle Welt hinterherfährt?«

»Aber du hast uns ja nicht mal erzählt, dass du was vorhast! Du bist einfach verschwunden!«

»Ich habe euch eine Nachricht dagelassen«, sagt Dad ungeduldig. »Ihr wusstet, dass es mir gut geht. Sollte das nicht genügen?«

»Dad, du musst mit ihr sprechen, auf der Stelle! Ich reich dich gleich mal weiter …«

»Nein!«, fährt Dad mir über den Mund »Becky, ich habe hier was Wichtiges zu erledigen, und darauf muss ich mich jetzt konzentrieren. Ich bin dem nicht gewachsen, wenn deine Mutter jetzt eine Stunde lang hysterisch auf mich einredet.«

»Sie würde doch nie …«, setze ich an, stutze dann jedoch mitten im Satz. Ich gebe es ungern zu, aber er hat recht. Sobald Mum ihn am Apparat hat, wird sie zetern, bis der Akku leer ist.

»Bring deine Mutter zurück nach L.A.«, sagt Dad. »Geht in ein Spa. Da könnt ihr – wie nennt man das? – chillen.«

»*Chillen*?« Langsam werde ich sauer. »Du weigerst dich uns irgendwas zu erzählen, und dabei wissen wir genau, dass Bryce versucht, Tarkie zu manipulieren … Geht es ihm denn ganz gut so weit?«

Dad lacht kurz auf. »Bryce manipuliert hier niemanden. Er ist ein sehr hilfsbereiter, junger Mann. Er war mir unentbehrlich. Er kennt sich hier in der Gegend aus. Und er hat Tarquin unter seine Fittiche genommen. Die beiden reden stundenlang über alles Mögliche.«

Unter seine Fittiche genommen? Die beiden reden stundenlang über alles Mögliche? Das gefällt mir überhaupt nicht.

»Ist Tarkie in der Nähe?«

»Er sitzt direkt neben mir. Möchtest du ihn sprechen?«

Wie bitte? Fassungslos starre ich mein Handy an. Es raschelt in der Leitung, dann meldet sich Tarquins unverkennbar dünne Stimme: »Hallo? Becky?«

»Tarkie!« Fast platze ich vor Erleichterung. »Hi, warte, ich hol dir Suze ans ...«

»Nein, äh ... lass mal«, schneidet er mir das Wort ab. »Sag ihr einfach, dass es mir gut geht.«

»Aber sie macht sich solche Sorgen! Wir alle machen uns große Sorgen. Weißt du, dass Bryce versucht, dich zu manipulieren? Der Mann ist gefährlich, Tarkie. Er will an dein Geld. Du hast ihm doch noch nichts gegeben, oder? Tu das nicht, okay?«

»Selbstverständlich will er an mein Geld.« Tarquin klingt so sachlich, dass er mir total den Wind aus den Segeln nimmt. »Er fragt mich alle fünf Minuten danach. Nicht gerade subtil. Aber ich gebe ihm nichts.«

»Gott sei Dank!« Ich schnaufe. »Das solltest du auch nicht.«

»Becky, ich bin doch kein Vollidiot.«

»Oh«, sage ich zaghaft.

»Bei Typen wie Bryce muss man auf der Hut sein.«

»Genau.«

Jetzt bin ich völlig verwirrt. Tarkie klingt so geordnet. Ich dachte, er hätte einen Nervenzusammenbruch gehabt.

Aber was hatte dann der ganze Auftritt in L.A. zu bedeuten? Ich sehe ihn noch genau vor mir, wie er bei uns zu

Hause am Tisch sitzt, finster in die Runde blickt und Suze vorwirft, sie sei destruktiv.

»Becky, ich muss los«, sagt Tarquin. »Ich geb dir nochmal deinen Vater.«

»Nein, geh nicht!«, rufe ich, doch es ist zu spät.

»Becky?« Mein Dad ist wieder am Apparat, und ich atme tief ein.

»Dad, hör mir zu. Bitte. Ich habe keine Ahnung, was du vorhast, und wenn ich es lieber nicht wissen soll, ist das auch okay. Aber du darfst Mum nicht so in der Luft hängen lassen. Bist du irgendwo in der Nähe von Las Vegas? Denn wenn du uns jemals geliebt hast und die Zeit irgendwie erübrigen kannst, dann triff dich mit uns. Einfach nur, damit wir dich ein paar Minuten sehen. Damit wir sicher sein können, dass du auch wirklich wohlauf bist. Und dann gehst du wieder auf deine Mission. Bitte, Dad. Bitte.«

Es folgt langes Schweigen. Ich kann förmlich spüren, wie Dads Unbehagen aus dem Handy sickert.

»Ich bin ziemlich weit weg«, sagt er schließlich.

»Dann kommen wir zu dir! Gib mir deine Adresse!«

»Nein«, protestiert Dad. »Lieber nicht, nein.«

Dann wieder dieses Schweigen. Ich halte die Luft an.

Was meinen Dad betrifft, muss man wissen, dass er im Grunde ein sehr vernünftiger Mann ist. Ich meine, immerhin hat er für eine Versicherung gearbeitet.

»Na gut«, lenkt er endlich ein. »Treffen wir uns morgen auf ein schnelles Frühstück in Las Vegas. Danach könnt ihr euch alle entspannen, fahrt wieder zurück nach L.A. und lasst mich in Ruhe. Aber keine Fragen.«

»Absolut«, sage ich hastig. »Keine Fragen.«

Ich werde ihm *so was* von Fragen stellen. Da schreib ich gleich eine schöne, lange Liste.

»Wo wollen wir uns denn treffen?«

»Äh …«

Was ich über Las Vegas weiß, ist doch sehr begrenzt. Genau genommen schöpfe ich mein Wissen allein aus dem Umstand, dass ich *Ocean's Eleven* etwa tausendmal gesehen habe.

»Das Bellagio«, sage ich. »Frühstück im Bellagio, um neun Uhr.«

»Gut. Bis dann.«

Und eigentlich wollte ich ihm ja keine weiteren Fragen stellen, weil er nicht möchte, dass ich etwas darüber weiß, aber ich kann mich einfach nicht beherrschen, also platze ich heraus: »Dad, warum wolltest du mich nicht Rebecca nennen?«

Schon wieder dieses drückende Schweigen. Ich wage kaum zu atmen. Ich weiß, dass Dad noch am Apparat ist. Er ist da, doch er sagt nichts …

Und dann legt er einfach auf.

Ich drücke sofort RÜCKRUF, aber lande direkt bei seiner Mailbox. Der Versuch, Tarkie anzurufen, endet genauso erfolglos. Offenbar haben beide ihre Telefone wieder abgestellt.

»Sehr gut!«, sagt Luke, als ich schließlich aufblicke. »Du solltest die Verhandlungsführung bei Geiselnahmen übernehmen! Habe ich richtig gehört, dass wir mit den Flüchtigen zum Frühstück verabredet sind?«

»Scheint so«, sage ich und blinzle ihn an. Ich bin noch ganz benommen. Nach all dem Stress und den Sorgen stellt sich heraus, dass Dad und Tarkie unversehrt sind. Dass sie keineswegs am Grund eines Canyons liegen.

»Entspann dich, Becky!« Luke legt seine Hände auf meine Schultern. »Das ist doch eine *gute* Nachricht! Wir haben sie gefunden!«

»Ja.« Und endlich merke ich, wie sich ein Lächeln auf meinem Gesicht ausbreitet. »Das haben wir! Wir haben sie gefunden! Erzählen wir es Mum und Suze!«

Also, ehrlich. Ich dachte immer, es seien die Überbringer *schlechter* Nachrichten, die einen Kopf kürzer gemacht werden. Da hatte ich mir vorgestellt, Mum und Suze würden aufseufzen und dann jubeln und mir dazu gratulieren, dass ich Dad zu einem Frühstück in Las Vegas überreden konnte. Ich hatte mir so was wie Gruppenkuscheln vorgestellt. Doch das war wohl reines Wunschdenken.

Weder Mum noch Suze sehen glücklicher aus, seit sie erfahren haben, dass ihre geliebten Ehemänner gesund und munter sind. Kurz blitzte Freude auf, und Suze hauchte: »Gott sei Dank.« Aber inzwischen hegen und pflegen beide wieder ihren jeweiligen Groll.

Mums Spruch ist: »Warum vertraut mir mein eigener Mann nicht?« Aber immerhin klingt es fast wie ein Duett, zu dem Janice die zweite Stimme beisteuert: »Ich weiß, Jane«, und »Du hast ja so recht, Jane«, und »Jane, Schätzchen, nimm noch ein paar M&Ms«. Mum argumentiert mehr oder weniger, dass sich jeder Ehemann, der ein Geheimnis darum macht, weshalb er einfach so abhaut, respektlos verhält, und schließlich ist er doch ein erwachsener Mann, und für wen hält er sich eigentlich – Kojak?

(Ich weiß nicht genau, wie Kojak ins Spiel kommt. Offen gesagt, bin ich mir nicht mal sicher, wer Kojak ist. Irgend so ein Eierkopf aus dem Fernsehen, glaube ich.)

Suze dagegen hadert damit, dass Tarkie sie nicht sprechen wollte. Mindestens fünfundneunzigmal hat sie schon versucht, ihn anzurufen, aber jedes Mal springt seine Mailbox an, und sie wirft mir so einen bösen Blick zu, als könnte *ich* etwas dafür. Als wir uns der Skyline von Las Vegas nähern, kaut sie an ihren Fingernägeln und starrt aus dem Fenster.

»Suze?«, sage ich vorsichtig.

»Was?« Ungeduldig dreht sie sich um, als hätte ich sie bei irgendetwas Wichtigem gestört.

»Ist das nicht toll? Tarkie geht es gut!«

Mit leerem Blick sieht Suze mich an, als hätte sie keines meiner Worte verstanden.

»Ich meine, du kannst aufhören, dir Sorgen zu machen«, füge ich hinzu. »Das muss doch eine große Erleichterung sein...«

Suze zieht eine verächtliche Grimasse, als wäre ich zu dumm, das alles zu begreifen.

»Erst wenn ich ihn *sehe*«, beharrt sie. »Erst wenn ich ihn mit eigenen Augen vor mir sehe. Ich glaube immer noch, dass Bryce ihn im Visier hat. Irgendwie nimmt er Einfluss auf ihn.«

»Für mich klang Tarkie ganz okay«, sage ich aufmunternd. »Er würde doch nicht mit uns frühstücken wollen, wenn man ihn einer Gehirnwäsche unterzogen hätte, oder? Ich meine, ist das denn keine gute Nachricht?«

»Bex, du kapierst es einfach nicht«, zischt Suze, und sofort greift Alicia nach ihrer Hand, als hätte *sie* es schon längst verstanden, weil *sie* Suze eine bessere Freundin ist als ich.

Mich verlässt der Mut, und zum Trost nehme ich Minnie auf den Schoß.

»Ich soll mich nicht aufregen?«, raunt Mum giftig Janice zu. »Graham wird schon sehen, worüber *er* sich demnächst aufregen kann. Hatte ich denn jemals Geheimnisse vor ihm?«

»Da war diese Sache mit der Sonnenliege in unserer Garage«, gibt Janice zu bedenken.

»Das war etwas *völlig* anderes, Janice«, fährt Mum sie an. »Was Graham da gerade treibt, ist hinterlistig.«

»Es passt so gar nicht zu ihm«, stimmt Janice traurig zu, und damit hat sie vollkommen recht. Natürlich haben auch

Mum und Dad ihre guten und schlechten Zeiten, ihre Dramen und Enthüllungen gehabt. Aber ich kann mich nicht erinnern, dass Dad schon jemals ein solches Geheimnis um etwas gemacht hätte, vor allem Mum gegenüber.

»Wo wollen wir denn in Las Vegas übernachten?«, frage ich eilig, um das Thema zu wechseln. »Doch wohl nicht auf einem Campingplatz.«

»Nein, nein«, sagt Luke hinterm Lenkrad. »Wir stellen das Wohnmobil ab und gehen in ein Hotel.«

Trotz allem bin ich nämlich doch sehr gespannt. Ich war noch nie in Las Vegas. Und da wir ja nun wissen, dass Dad und Tarkie gesund und munter sind, könnten wir ja zur Abwechslung mal ein bisschen abschalten.

»Du musst dich entspannen, Jane«, sagt Janice, als könnte sie meine Gedanken lesen. »Vielleicht gönnen wir uns ein paar Anwendungen in einem Spa.«

»Gibt es nicht auch ein Hotel mit einem Zirkus?« Mir scheint, Mum hat sich schon wieder etwas beruhigt. »Gegen einen Zirkus hätte ich nichts einzuwenden.«

»Oder das Venetian?«, schlage ich vor. »Wir könnten mit den Gondeln fahren.«

»Es gibt auch was Ägyptisches…« Janice scrollt auf ihrem Handy herum. »Das MGM Grand… Und wir sollten mal einen Blick ins Caesars Palace werfen. Traumhaft zum Shoppen, Becky.«

»Elton John!«, wirft Mum plötzlich ein. »Ist der noch in Las Vegas?«

»*Elton John*?«, kreischt Suze schrill, und wir zucken alle zusammen. »*Gondeln*? Wie könnt ihr von Elton John und Gondeln und Caesars Palace reden? Wir sind doch nicht auf Vergnügungsreise! Wir sind nicht hier, um uns zu *amüsieren*!«

Vorwurfsvoll blitzen ihre Augen, und wir blicken sie erschrocken an.

»Okay«, lenke ich vorsichtig ein. »Erstmal suchen wir uns ein Hotel. Von da aus sehen wir dann weiter.«

»Aber keins von diesen grässlichen Themenhotels«, sagt Alicia und verzieht angewidert den Mund. »Ich denke, wir sollten uns ein themenloses Hotel suchen. Irgendetwas Konservatives, Geschäftsmäßiges.«

Staunend starre ich sie an. Konservativ? Geschäftsmäßig? In *Las Vegas*? Okay, entscheidend ist, dass wir meine Mum von ihren Sorgen ablenken und nicht in einem langweiligen, geschäftsmäßigen Zimmer herumhocken, umgeben von Power-Point-Geräten. Und außerdem möchte ich, dass Minnie ein bisschen Spaß hat. Den hat sie sich redlich verdient.

»Ich denke, wir geben uns mit dem Hotel zufrieden, wo Zimmer frei sind«, verkünde ich energisch. »Ich kümmere mich freiwillig darum.«

»Tut mir leid«, sage ich einmal mehr zu Suze. »Ich weiß, ihr wolltet eigentlich lieber etwas Geschäftsmäßiges.«

Suze wirft mir einen argwöhnischen Blick zu, und ich arrangiere meine Gesichtszüge zu einem Ausdruck des Bedauerns, während ich innerlich vor Freude strahle.

Wir stehen in der Lobby des Venetian, und es ist das abgefahrenste Hotel, in dem ich je war. Über uns ragt ein gigantischer Dom auf, verziert mit Bildern wie von venezianischen Meistern. (Vielleicht ein bisschen greller.) Es gibt sogar einen Brunnen mit einer phantastischen, goldenen Kugelskulptur. Ein Mann mit rotem Halstuch spielt Akkordeon. Ich komme mir vor, als wären wir schon mitten im Themenpark, dabei sind wir noch nicht mal über die Hotelhalle hinausgekommen!

Luke kehrt vom Empfangstresen zurück, nachdem er uns eingecheckt hat. »Da wären wir«, sagt er und schwenkt eine

Handvoll Schlüssel. »Die Zimmer liegen leider nicht nebeneinander, aber wenigstens haben wir alle ein Bett. Außerdem läuft heute eine Werbeaktion, und deshalb haben sie uns etwas geschenkt«, fügt er hinzu und schwenkt die andere Hand. »Kostenlose Spielchips fürs Casino.«

Die Chips sind in Papier gerollt, wie Bonbons, und sie sehen so *niedlich* aus. Nur leider fehlt ihnen eine hübsche Prägung, so was wie Herzchen vielleicht. Wenn ich ein Casino eröffnen würde, stünde auf allen Chips *Viel Glück!* oder *Nur nicht aufgeben!*

»Kostenlose Jetons? Typisch.« Alicia zieht die Augenbrauen hoch. »Meine könnt ihr gern haben.«

Also ehrlich. Wir sind in Las Vegas. Man muss doch zocken, wenn man in Las Vegas ist. Zwar habe ich noch nie gezockt, aber ich bin mir ziemlich sicher, dass ich es schnell lernen werde.

»Dann lasst uns mal einen Plan schmieden«, sagt Luke und lenkt uns dorthin, wo Mum und Janice sich samt Minnie auf ihren Koffern niedergelassen haben.

»Das mag ich!« Minnie streckt ihre pummeligen, kleinen Hände nach den Casino-Chips aus. »Püppchenteller, bittteeeee?«

Sie hält die Chips für kleine Teller. Das ist wirklich süß.

»Da hast du, Schätzchen«, sage ich, nehme einen Chip von Luke und gebe ihn ihr. »Du darfst deinen Püppchenteller in der Hand halten, aber steck ihn dir *nicht* in den Mund!«

Ich blicke auf und sehe, dass Suze mich entgeistert beobachtet. »Du lässt Minnie mit *Jetons* spielen?«, empört sie sich.

Bitte?

»Äh… Minnie weiß doch gar nicht, was das ist«, sage ich vorsichtig. »Sie nimmt sie als Teller für ihre Puppe.«

»Trotzdem.« Suze schüttelt den Kopf, als hätte ich eine

fundamentale Erziehungsregel gebrochen. Sie wirft einen Blick zu Alicia, die mich genauso entrüstet ansieht.

»Es ist nur ein Stück Plastik!«, sage ich ungläubig. »Ja, in einem Casino ist es ein Jeton, aber in diesem Moment, in Minnies Hand, ist es ein Püppchenteller! Meint ihr etwa, ich würde sie *zocken* lassen?«

Ich verstehe Suze nicht mehr. Zu meinem Entsetzen kommen mir die Tränen, und ich wende mich ab. Wie kann sie nur so sein? Sie guckt mir kaum noch in die Augen. Sie albert überhaupt nicht mehr mit mir herum.

Es liegt an Alicia, denke ich trübsinnig. Alicia Biest-Langbein hat Suze eingelullt. Ich meine, Alicia hatte noch nie Sinn für Humor – aber wenigstens *wussten* wir das. Wir wussten, wie Alicia war, und wir haben sie dafür gehasst. Jetzt ist sie nach außen hin superlieb und zuckersüß, und Suze lässt sich davon total einwickeln. Aber im Kern ist Alicia immer noch dieselbe, die sie früher war. Kalt. Humorlos. Selbstgerecht. Und sie steckt meine beste Freundin damit an.

Ich bin derart in Grübeleien versunken, dass ich einen Moment brauche, bis mir bewusst wird, dass mir mein piependes Handy eine eingehende SMS ankündigt.

Bin unterwegs!!! Lande noch heute in Las Vegas!!!
Küsschen Danny

Danny! Eine Woge der Erleichterung überkommt mich. Danny wird mich zum Lachen bringen. Danny sorgt dafür, dass alles wieder gut wird.

Danny Kovitz ist mein berühmter Modedesigner-Freund und ein wahrer Schatz. Noch im selben Moment, als er hörte, dass Suze in Schwierigkeiten steckt, hat er angeboten, umgehend herzufliegen und sein komplettes Personal auf die Suche zu schicken oder was sonst so gefordert sein mag.

Er hat Tarkie dermaßen ins Herz geschlossen, dass er sofort zu helfen bereit war. (Also, offen gesagt, ist er scharf auf Tarkie. Aber das würde ich Suze gegenüber nie erwähnen.)

»Danny ist unterwegs!«, erkläre ich Suze. »Wir könnten uns mit ihm treffen, nett essen gehen, ein bisschen entspannen…«

Verzweifelt versuche ich, Suze ein wenig Optimismus einzuimpfen, aber da könnte ich ebenso gut versuchen, eine Backsteinmauer zu erweichen.

»Ich kann mich nicht *entspannen*, Bex«, fährt sie mich an. »Ich muss Tarkie in Fleisch und Blut vor mir sehen. Ich muss sicher sein, dass er nicht mehr unter dem Einfluss von diesem… Individuum steht.«

»Hör zu, Suze«, sage ich sanft. »Ich weiß, dass du dir immer noch Sorgen machst, aber du solltest versuchen, mal an etwas anderes zu denken. Ich will mit Minnie ins Hai-Aquarium. Kommst du mit?«

»Bestimmt nicht.« Abschätzig schüttelt Suze den Kopf.

»Aber du musst doch irgendwas unternehmen…«

»Das werde ich auch. Alicia und ich wollen uns nach einer Yogagruppe umsehen. Ein paar E-Mails beantworten, dann früh ins Bett.«

Ich starre sie an, gebe mir Mühe, mein Entsetzen zu verbergen. *E-Mails? Früh ins Bett?*

»Aber wir sind doch in Las Vegas! Ich dachte, wir könnten uns den Brunnen im Bellagio ansehen und was trinken gehen…« Mein Satz erstirbt angesichts Suzes bedrohlicher Miene.

»Ich steh nicht auf diesen ganzen Touristenquatsch«, sagt sie abschätzig, und Alicia nickt zustimmend.

Suzes Reaktion versetzt mir einen Stich. Seit wann das denn? Immerhin stand sie noch total auf diesen Touristenquatsch, als wir das eine Mal in Sevilla waren und uns Flamencokleider gekauft haben, und wie wir damit abends ausgegangen sind und dauernd »Olé!« gerufen haben. Wir konnten gar nicht aufhören zu lachen. Es war einer der lustigsten Abende meines Lebens. Wenn ich es recht bedenke, war das mit den Kleidern sogar Suzes Idee. Und sie hat außerdem auch noch eine Gitarre mit bunten Bändern daran gekauft. Also, wenn das kein Touristenquatsch ist!

»Suze, komm doch mit und guck dir wenigstens den Bellagio-Brunnen an«, flehe ich. »Das ist kein Quatsch, das ist Kult. Weißt du denn nicht mehr, wie wir zum ersten Mal in *Ocean's Eleven* waren und uns geschworen haben, eines Tages nach Las Vegas zu fahren?«

Suze zuckt nur mit den Schultern, widmet sich ihrem Handy, als sei es ihr egal, was ich zu sagen habe, und ich merke, wie bedrohlich nah ich schon wieder den Tränen bin.

»Okay. Gut. Dann viel Spaß heute Abend.«

»Du bist dir aber darüber im Klaren, dass wir morgen um neun Uhr mit deinem Vater und Tarkie zum Frühstück verabredet sind?« Suze fixiert mich mit vorwurfsvollem Blick.

»Natürlich!«

»Du wirst dir also nicht die Nacht um die Ohren schlagen, kostenlose Cocktails trinken und am Ende am Roulettetisch einschlafen?«

»Nein!«, sage ich trotzig. »Werde ich nicht! Hier werde ich sitzen, um halb neun, frisch wie der junge Morgen.«

»Na, dann.«

Suze und Alicia laufen einen Korridor entlang, der aussieht wie die Sixtinische Kapelle, und ich sehe ihnen trübsinnig hinterher, dann wende ich mich den anderen zu.

»Guckst *du* dir denn mit mir den Brunnen an?«, bitte ich Luke. »Und du, Mum? Und Janice?«

»Selbstverständlich sind wir mit dabei!«, sagt Mum, die sich von irgendwoher einen Drink besorgt hat. »Du kannst uns nicht aufhalten! Meine Zeit ist gekommen, Liebes! Meine Zeit ist gekommen!«

»Was meinst du damit?«, frage ich verwundert.

»Wenn dein Vater machen kann, was er will, dann kann ich das auch! Und wenn dein Vater das Familienvermögen verjubeln kann, dann kann ich auch das!«

Seit wir von Dad gehört haben, hat meine Mum so einen leicht irren Blick. Und jetzt, mit dem Alkohol im Blut, verstärkt sich dieser Eindruck noch.

»Ich glaube kaum, dass Dad das Familienvermögen verjubelt«, sage ich vorsichtig.

»Woher sollen wir wissen, was er treibt?«, hält Mum wütend dagegen. »All die Jahre war ich diesem Mann eine gehorsame Ehefrau. Ich habe ihm sein Essen gekocht, ich habe ihm sein Bett gerichtet, ich habe ihm jedes Wort geglaubt...«

Okay, das ist Quatsch. Mum hat ihm noch *nie* jedes Wort geglaubt, und außerdem kauft sie oft genug Fertiggerichte von Marks & Spencer.

»Und jetzt muss ich feststellen, dass er all diese Geheimnisse hat!«, fährt Mum fort. »Alles Lug und Trug!«

»Mum, er ist nur kurz mal weggefahren. Davon geht doch die Welt nicht unter...«

»Alles Lug und Trug!«, wiederholt Mum, die meinen Einwand einfach ignoriert. »Janice, hättest du vielleicht Lust, dein Glück an einem einarmigen Banditen zu versuchen?«

»Wir sind ruck, zuck wieder da«, ruft Janice aufgeregt und folgt Mum durch die Lobby.

Ooooookay. Ich glaube, ich sollte Mum besser im Auge behalten.

»Minnie, wollen wir uns die großen Fischis ansehen?« Ich schließe sie in meine Arme. Sie war ein solcher Schatz und hat den ganzen Tag brav mit uns im Wohnmobil verbracht. Jetzt hat sie sich ein bisschen Abwechslung verdient.

»Fischis!« Minnie klappt den Mund auf und zu, schnappt nach Luft wie ein Barsch.

Da steckt eine kleine Broschüre in dem Willkommenspäckchen von unserem Hotel, und als ich mir die *Zehn Attraktionen für Kids* durchlese, bleibt mir glatt die Spucke weg. Die haben hier wirklich alles! Es gibt den Eiffelturm und New Yorker Wolkenkratzer und ägyptische Pyramiden und Delfine und sogar Zirkusnummern. Es ist, als hätte jemand die ganze Welt in eine einzige Straße gequetscht und alles Langweilige weggelassen.

»Komm mit, Süße!«, sage ich und reiche ihr die Hand. Wenigstens kann ich dafür sorgen, dass Minnie ihren Spaß hat.

6

Zwei Stunden später ist mir ganz schwindlig vor lauter Lichtern und Musik und Straßenlärm. Und dann das Gepiepe! Las Vegas ist die piepigste Stadt, die ich kenne. Es ist, als spielten überall laute Livebands, die ihre Musik allein mit Glücksspielautomaten machen und immer dasselbe Stück spielen: *piep-piep-piiiiieep-piep*. Und sie hören niemals auf. Nur wenn sie hin und wieder Geld ausspucken, was dann das Trommelsolo sein könnte

Ich habe richtig Kopfschmerzen von dem Lärm, aber das ist mir egal, denn wir amüsieren uns königlich. Wir sind den Sunset Strip rauf- und runtergefahren, in einer Limo, die uns der Concierge vom Venetian besorgt hat, und haben an dem einen oder anderen Hotel Halt gemacht. Es fühlt sich an wie auf Weltreise. Ich habe Minnie sogar ein »Poulet Parisienne« zum Abendessen spendiert. (Es waren Hühnchenstreifen.)

Jetzt sind wir wieder im Venetian, das einem richtig friedlich und normal vorkommt, verglichen mit all den anderen Hotels, in denen wir waren. (Obwohl ich bei »normal« zu bedenken gebe, dass Himmel, Wolken, Kanäle und Markusplatz allesamt unecht sind.) Luke hat sich zurückgezogen, um seine E-Mails abzuarbeiten. Mum und Janice haben Minnie mitgenommen, um sich nach Gondelfahrten zu erkundigen, und ich sehe mir die Shops an. Oder besser die »Shoppes«. (Warum heißen die Läden hier »Shoppes«? Ist das nicht altertümliches Englisch? Und sollten wir nicht eigentlich in Italien sein?)

Hier gibt es jedenfalls massenweise Shoppes, von Designerboutiquen über Galerien bis zu Souvenirläden. Diese Shopping Mall ist wirklich beeindruckend. Als ich so vor mich hin schlendere, hat die Luft genau die richtige Temperatur, und der künstliche Himmel ist hellblau, mit kleinen, dekorativen Wölkchen. Eine Opernsängerin im Samtkleid geht umher und trällert irgendeine hübsche Arie. Ich war gerade bei Armani und habe dort ein graues Kaschmirjackett entdeckt, das Luke bestimmt *blendend* stehen würde. (Nur dass es achthundert Dollar kostet – deshalb habe ich gezögert. Ich denke, er sollte es vorher wenigstens mal anprobieren.) Das alles hier ist einfach atemberaubend, und ich sollte bester Dinge sein. Aber die bittere Wahrheit ist, dass ich es nicht bin.

Andauernd sehe ich Suzes Gesicht vor mir und empfinde tiefe, drückende Trauer. Es ist, als würde sie mich nicht mehr kennen. Und dabei war sie diejenige, die mich gebeten hat mitzukommen. Sie war diejenige, die dastand, meine Hände hielt und sagte: »Ich brauche dich.« Das passt doch irgendwie nicht zusammen.

Ich hatte Suze schon einmal verloren, als ich damals auf Hochzeitsreise war. Aber das kam anders. Da sind wir langsam auseinandergedriftet. Diesmal ist es eher so, dass sie mich von sich wegstößt.

Inzwischen bin ich in einem großen Souvenirladen gelandet, und während ich Sachen in meinen Korb lege, seufze ich vor lauter Unglück. *Hör auf damit, Becky!*, sage ich mir immer wieder. *Konzentrier dich auf die Souvenirs!* Bisher habe ich eine Schneekugel mit der Skyline von Las Vegas im Korb, ein paar Dollarzeichenmagnete und einen Stapel T-Shirts mit der Aufschrift WAS IN VEGAS PASSIERT, BLEIBT IN VEGAS. Ich greife nach einem Aschenbecher in Schuhform und überlege, ob ich jemanden kenne, der raucht...

Doch schon gewinnen die Grübeleien wieder die Oberhand. Soll es das etwa gewesen sein? Ist unsere Freundschaft aus und vorbei? Nach all den Jahren, all den Höhen und Tiefen … Sind wir wirklich am Ende unseres gemeinsamen Weges angekommen? Ich kann mir einfach nicht erklären, was dermaßen schiefgegangen ist. Ich weiß ja, dass ich mich in L.A. nicht gerade toll benommen habe. Aber habe ich denn wirklich alles *kaputt* gemacht?

Da steht ein Ständer, an dem allerlei Schmuck mit Würfeln hängt, und ich lege trübsinnig ein paar Kettchen in meinen Korb. Vielleicht gefallen sie ja Mum und Janice. Früher hätte ich zwei Stück für Suze und mich gekauft, und wir hätten uns darüber schlappgelacht, aber das traue ich mich heute nicht mehr.

Was soll ich nur tun? Was *kann* ich denn tun?

Geistesabwesend streife ich durch den Laden, bis mir auffällt, dass ich immer wieder an denselben Artikeln vorbeikomme. Ich muss damit aufhören. *Mach schon, Becky, reiß dich zusammen!* Ich kann schließlich nicht ewig so rumlaufen und vor mich hin brüten. Ich werde jetzt diese Sachen kaufen, und dann sehe ich mal nach, wie es Mum bei den Gondeln ergangen ist.

Der Laden ist ziemlich gut besucht, und es gibt drei Kassen. Als ich in der Schlange endlich vorne stehe, lächelt mich eine hübsche Kassiererin im Glitzerjäckchen an.

»Hi! Ich hoffe, Sie hatten ein angenehmes Einkaufserlebnis!«

»Oh«, sage ich. »Also … ja. Es war super, danke.«

»Wir wären Ihnen sehr dankbar, wenn Sie es für uns beurteilen würden«, sagt sie und scannt meine Waren. Sie reicht mir ein kleines Kärtchen, auf dem steht:

Mein heutiges Einkaufserlebnis war:

☐ Bestens. (Das freut uns sehr!)

☐ Bloß okay. (Oh-oh – warum denn nur?)

☐ Schrecklich. (Das tut uns sehr leid! Bitte teilen Sie
uns das Problem mit!)

Ich nehme den Stift von ihr entgegen und starre diese Karte an. Ich sollte *Bestens* ankreuzen. Mit dem Laden war alles in Ordnung, und ich habe gekriegt, was ich wollte. Ich kann mich nicht beschweren. Na los. *Bestens.*

Aber irgendwie... weigert sich meine Hand. Ich fühle mich keineswegs bestens.

»Das macht dann dreiundsechzig zweiundneunzig«, sagt das Mädchen und mustert mich neugierig, als ich ihr das Geld gebe. »Ist alles okay?«

»Äh... ich weiß nicht.« Zu meinem Entsetzen stehen mir plötzlich wieder die Tränen in den Augen. »Ich weiß nicht, was ich ankreuzen soll. Sicher, ich sollte *Bestens* wählen, aber ich bringe es einfach nicht fertig. Meine beste Freundin hat sich von mir entfremdet, und ich kann an nichts anderes mehr denken, und deshalb ist für mich im Moment rein gar nichts bestens. Nicht mal das Shoppen.« Betrübt lasse ich die Schultern hängen. »Tut mir leid. Ich sollte Ihnen nicht länger Ihre Zeit stehlen.«

Ich greife nach meinem Beleg, aber die Frau zieht ihn zurück. Voll Sorge sieht sie mich an. Sie heißt Simone, wie ich ihrem Namensschild entnehme.

»Sind Sie denn zufrieden mit Ihren Einkäufen?« Sie öffnet die Tragetasche, damit ich einen Blick hineinwerfen kann, und ich fühle mich etwas benommen.

»Ich weiß es nicht«, sage ich verzweifelt. »Ich weiß nicht mal, warum ich das alles gekauft habe. Es sollten Geschenke sein. Sie wissen schon. Souvenirs.«

»Okay ...«

»Aber ich weiß überhaupt nicht, was ich für wen gekauft habe, und dabei soll ich doch eigentlich nur Sinnvolles kaufen. Ich habe deswegen sogar an einem Komplettkurs im Golden Peace teilgenommen.«

»Das Golden Peace!« Ihre Augen leuchten auf. »Den Kurs hatte ich auch belegt!«

»Gibt's ja nicht.« Ich starre sie an.

»Online.« Sie wird ein bisschen rot. »Einen Aufenthalt konnte ich mir nicht leisten. Aber die haben eine App, also ... Ich hatte ein schlimmes Problem mit meinem Kaufverhalten. Sie können es sich ja vorstellen, wenn man hier arbeitet ...« Simone deutet auf den Laden. »Aber ich habe mein Problem im Griff.«

»Wow.« Ich blinzle sie an. »Na, dann wissen Sie ja, wovon ich rede.«

»Kaufe mit Sinn und Verstand«, zitiert sie.

»Genau!« Ich nicke eifrig. »Das habe ich mir einrahmen lassen!«

»*Warum* kaufen Sie?«

»Ja!«

»Brauchen Sie das?«

»Genau! Wir hatten eine ganze Sitzung zu dem Thema ...«

»Nein, nein.« Simone sieht mir in die Augen. »Ich frage Sie: Brauchen Sie das? Oder sind Sie nur hier, um sich zu trösten?« Simone hat die Schneekugel aus meiner Einkaufstasche genommen und hält sie mir hin. »Brauchen Sie das wirklich?«, wiederholt sie.

»Oh«, sage ich irritiert. »Ich weiß nicht. Na ja, ich meine, ich *brauche* es natürlich nicht. Niemand *braucht* eine Schneekugel. Ich wollte sie verschenken an ... Ich weiß nicht. Vielleicht an meinen Mann.«

»Sehr schön! Wird sie ihm bleibende Freude bereiten?«

Ich versuche, mir vorzustellen, wie Luke die Schneekugel schüttelt und sich ansieht, wie es darin herumwirbelt. Ich meine, einmal würde er das wahrscheinlich machen.

»Keine Ahnung«, räume ich ein. »Könnte sein.«

»*Könnte* sein?« Sie schüttelt den Kopf. »Nur *könnte*? Was haben Sie gedacht, als Sie das Ding in Ihren Korb gelegt haben?«

Ertappt. Ich habe überhaupt nichts gedacht. Ich habe es einfach nur mitgenommen.

»Ich glaube, das brauche ich doch nicht.« Ich beiße mir auf die Lippe. »Und eigentlich will ich es auch gar nicht wirklich.«

»Dann geben Sie es zurück. Soll ich den Kauf stornieren?«

»Ja, bitte«, flüstere ich dankbar.

»Diese T-Shirts.« Simone zieht sie aus der Tragetasche. »Für wen sollen die sein, und passen sie zu den Leuten, für die sie gedacht sind?«

Ernüchtert betrachte ich die T-Shirts. Ich hatte mir noch nicht überlegt, wer sie wohl *tragen* würde. Ich habe sie gekauft, weil ich in einem Souvenirladen bin und es sich dabei um Souvenirs handelt.

Als Simone meinen Gesichtsausdruck sieht, schüttelt sie den Kopf. »Stornieren?«, fragt sie knapp.

»Ja, bitte.« Ich hole die Würfelkettchen heraus. »Und die hier auch. Was habe ich mir nur dabei gedacht? Ich würde sie wahrscheinlich meiner Mum und ihrer Freundin schenken, die sie bestimmt nach fünf Sekunden wieder abnehmen würden, und dann liegen sie nur noch im Haus herum, bis sie in drei Jahren an die Wohlfahrt gehen, wo sie dann aber auch keiner haben will.«

»O mein Gott, Sie haben ja so recht«, höre ich eine heisere Stimme hinter mir und sehe eine Frau in mittleren Jahren, die mindestens sechs Würfelkettchen aus ihrem Korb hervorholt. »Ich wollte sie meinen Freundinnen zu Hause mitbringen. Aber die tragen sie doch auch nicht, oder?«

»Niemals«, stimme ich ihr zu.

»Ich möchte mein Geld zurück.« An der Nachbarkasse hat uns eine Frau in Jeans zugehört und wendet sich nun an ihre Kassiererin, eine Rothaarige. »Tut mir leid, ich habe gerade einen Haufen Schund gekauft. Ich weiß gar nicht, welcher Teufel mich geritten hat.« Sie zieht eine mit Strass besetzte Las-Vegas-Baseballkappe aus ihrer Tragetasche. »Die setzt meine Schwiegertochter sowieso nie im Leben auf.«

»Verzeihung, Sie wollen Ihr Geld zurück?« Die rothaarige Kassiererin klingt empört. *»Jetzt gleich?«*

»Die macht das doch auch!« Die Frau in Jeans deutet auf mich. »Sie gibt gleich alles zurück.«

»Nicht alles«, sage ich eilig. »Ich versuche nur, mit Sinn und Verstand einzukaufen.«

Die rothaarige Kassiererin wirft mir einen vernichtenden Blick zu. »Bitte unterlassen Sie das.«

»Das gefällt mir!«, ruft die Frau in Jeans begeistert. »›Mit Sinn und Verstand.‹ Okay, worauf kann ich denn noch verzichten?« Sie wühlt in ihrer Einkaufstüte und kramt einen Las-Vegas-Flachmann hervor. »Auf den hier. Und auf das.« Sie zieht ein Dollarzeichenbadehandtuch heraus. »Das geht alles zurück.«

An der hintersten Kasse sehe ich, dass auch dort eine Frau steht und stutzt. »Warten Sie«, sagt sie zu ihrer Kassiererin. »Vielleicht brauche ich dieses blinkende Las-Vegas-Schild doch nicht. Könnte ich es bitte zurückgeben?«

»Schluss damit!«, keift die rothaarige Kassiererin. »Keine Stornierungen mehr!«

»Sie dürfen die Retouren nicht verweigern!«, entgegnet die Frau in Jeans. »Das hier möchte ich auch zurückgeben.« Sie wirft ein pink glänzendes Fotoalbum auf den Tresen.

»Ich mach mir doch nur was vor. Nie im Leben klebe ich da Fotos rein.«

»Ich will das alles nicht mehr haben!« Die Frau an der dritten Kasse schüttet den gesamten Inhalt ihrer Einkaufstüte auf den Tresen. »Ich gehe doch nur shoppen, weil mir so schrecklich langweilig ist.«

»Ich auch!«

In den Schlangen, die sich vor den Kassen gebildet haben, stehen noch andere Frauen, die verunsichert in ihre Körbe blicken und Einkäufe herausnehmen. Es ist, als würde sich das Ent-Shoppen wie eine Epidemie ausbreiten.

»Was ist hier los?« Eine Frau im Hosenanzug kommt anmarschiert und fährt die Kassiererinnen barsch an. »Warum entleeren alle Kundinnen ihre Körbe?«

»Die Kundinnen geben die Waren zurück!«, erklärt die rothaarige Kassiererin. »Die sind alle verrückt geworden! Und *die* da hat damit angefangen!« Mit bösem Blick deutet sie auf mich.

»Das war doch keine Absicht!«, erwidere ich hastig. »Ich wollte mir einfach genau überlegen, was ich da kaufe. Und dann nur das kaufen, was ich brauche.«

»Nur das kaufen, was Sie *brauchen*?« Die Frau im Hosenanzug zieht ein Gesicht, als hätte ich etwas entsetzlich Gotteslästerliches gesagt. »Ma'am, seien Sie bitte so freundlich, Ihren Einkauf so bald wie möglich abzuschließen und unser Geschäft zu verlassen.«

Also ehrlich. Man könnte meinen, ich hätte eigenhändig versucht, den Kapitalismus zu stürzen oder so. Als mich die Geschäftsführerin im Hosenanzug zur Tür geleitete, hat sie mir allen Ernstes noch ins Ohr gezischt: »Haben Sie nicht mitbekommen, was in Japan passiert ist? Wollen Sie denn, dass hier dasselbe passiert? *Wollen* Sie das?«

Ich meine, ich hatte schon ein schlechtes Gewissen, weil die Angelegenheit tatsächlich ein wenig aus dem Ruder gelaufen war. Sämtliche Kundinnen stellten ihre Waren wieder ins Regal zurück und fragten einander: »Warum shoppen wir überhaupt?« oder »Braucht man das wirklich?« – während das Personal aufgeregt umherwirbelte und winselte: »Aber Souvenirs mag doch jeder!« und »Das hier gibt es zum halben Preis! Nehmen Sie gleich drei davon!«

Trotzdem ist das Ganze eigentlich nicht meine Schuld, oder? Schließlich habe ich doch nur darauf hingewiesen, dass kein Mensch je Würfelkettchen tragen würde.

Letzten Endes bestand mein Einkauf lediglich aus einem kleinen Puzzle für Minnie. Das war zwar nicht gerade aufregend, bot mir dafür aber eine ganz andere Art der Befriedigung. Als ich meinen Beleg entgegennahm ($ 7.32), spürte ich, wie sich eine friedliche Ruhe in mir ausbreitete. Ich habe auf dem Beurteilungskärtchen sogar *Bestens* angekreuzt.

Während ich jedoch auf dem Rückweg an den vielen Shoppes entlanglaufe, verliere ich gleich wieder den Mut. Ich nehme mein Handy und simse Luke:

Wo bist du?

Sofort antwortet er:

Nach wie vor im Konferenzzentrum. Ein paar Mails sind noch zu bearbeiten. Und du?

Ich seufze vor Erleichterung, allein weil ich Kontakt zu ihm habe, und tippe:

> Ich bin bei den Shoppes. Luke, glaubst du, Suze wird je
> wieder meine Freundin sein? Ich meine, ich weiß ja, dass
> es in L.A. zwischen uns schiefgegangen ist, aber jetzt
> gebe ich mir doch alle Mühe, was sie nicht mal zu mer-
> ken scheint, und sie interessiert sich nur noch für Alicia
> und...

Oh. Kein Platz mehr. Na gut, er wird mich schon verstehen.

Erst nachdem ich SENDEN gedrückt habe, fällt mir ein: Vielleicht war mein Gefühlsausbruch ein Fehler. Luke hat so seine Schwierigkeiten mit ellenlangen Sorgen-SMS. Oft habe ich das Gefühl, dass er sie gar nicht erst liest. Doch kurz darauf piept mein Handy mit der nächsten Nachricht:

> Du brauchst etwas Ablenkung, Liebste. Ich bin bald fer-
> tig, dann führe ich dich ins Casino aus. Ich schreib dir, so-
> bald ich unterwegs bin. Deine Mutter passt auf Minnie
> auf. Hab ich schon geklärt. xxx

Wow, Glücksspiel! Sofort bin ich Feuer und Flamme, kann mich einer gewissen Beklommenheit allerdings nicht erwehren. In meinem ganzen Leben hatte ich noch nie mit Glücksspiel zu tun, von Lotto einmal abgesehen. Ich meine, früher hatten wir immer ein Familienlos von der *Grand National Lottery*, aber das war eher Dads Ding, und nur er hat sich darum gekümmert. Ich habe noch nie einen Fuß in ein Wettbüro gesetzt, geschweige denn Poker gespielt.

Andererseits kenne ich alle James-Bond-Filme, und ich glaube, dass man aus denen viel lernen kann. Zum Beispiel: Lass dir nichts anmerken. Zieh eine Augenbraue hoch, wenn du an deinem Cocktail nippst. Das kriege ich bestimmt alles hin, nur was die *Regeln* angeht, da bin ich mir nicht ganz sicher.

Ich finde eine kleine Cafeteria und bestelle mir gerade einen Caffè Latte, als ich an einem der Bistrotische eine Frau mit blond gebleichtem Pferdeschwanz sitzen sehe. Ich schätze, sie dürfte wohl Mitte fünfzig sein. Sie trägt eine schwarze, mit Strass bestickte Jeansjacke und spielt auf ihrem Handy Karten. Vor ihr steht ein Riesenbecher voller Kleingeld für die Glücksspielautomaten, und ihr T-Shirt hat die Aufschrift ROCKWELL CASINO NIGHT 2008.

Die versteht bestimmt was vom Zocken. Und ganz bestimmt ist sie auch gern bereit, einer blutigen Anfängerin zu helfen, oder? Ich warte, bis sie eine Pause macht, dann trete ich an ihren Tisch.

»Entschuldigen Sie«, sage ich freundlich. »Ich dachte gerade, ob Sie mir wohl ein paar Spieltipps geben könnten?«

»Bitte?« Die Frau blickt von ihrem Handy auf und blinzelt mich an. O mein Gott, sie hat Dollarzeichen auf den Augenlidern. Wie um alles in der Welt hat sie das denn hingekriegt?

»Äh…«, Ich versuche, nicht allzu schamlos ihre Augenlider anzustarren. »Ich bin hier nur zu Besuch und habe noch nie um Geld gespielt. Ich weiß eigentlich gar nicht, wie das geht.«

Die Frau starrt mich misstrauisch an, als würde ich irgendwas im Schilde führen.

»Sie sind in Las Vegas und haben noch nie gezockt?«, sagt sie schließlich.

»Bin gerade erst angekommen« erkläre ich. »Ich will nachher ins Casino, aber ich weiß weder, was ich spielen noch wo ich anfangen soll. Ich dachte nur, ob Sie mir vielleicht ein paar Tipps geben könnten?«

»Sie wollen Tipps von mir?« Während mich die Frau weiterhin taxiert, fällt mir auf, dass ihre Augen ziemlich gerötet sind. Tatsächlich sieht sie bei all dem Strass und Make-up nicht eben gesund aus.

»Oder könnten Sie mir vielleicht ein Buch empfehlen?«, schlage ich vor.

Die Frau ignoriert einfach meine Frage, als sei sie ihr zu dumm, und widmet sich wieder ihrem Kartenspiel. Ohne erkennbaren Grund verfinstert sich plötzlich ihre Miene.

»Wissen Sie was?«, sagt sie. »Mein Tipp ist: Lassen Sie die Finger davon. Halten Sie sich fern. Retten Sie sich.«

»Oh«, erwidere ich verunsichert. »Na ja, ich wollte nur mal kurz Roulette ausprobieren oder so.«

»Das glauben sie am Anfang alle. Sind Sie suchtgefährdet?«

»Mh...« Ich stutze, versuche rückhaltlos ehrlich mit mir zu sein. Bin ich suchtgefährdet? Der eine oder andere würde diese Frage vielleicht bejahen. »Ich gehe gern shoppen«, gebe ich zu. »Ich meine, früher habe ich mir viel zu viel gekauft. Ich habe gleich mehrere Kreditkarten ausgereizt. Da hat die Sache etwas überhandgenommen. Aber mittlerweile läuft es schon viel besser.«

Die Frau stößt ein leises, freudloses Lachen aus.

»Sie glauben, Kaufsucht sei schlimm? Warten Sie, bis Sie mit dem Glücksspiel anfangen. Allein schon, die Spielchips in der Hand zu halten. Dieser Rausch. Die Erregung. Es ist wie Crystal Meth. Man braucht es nur einmal zu probieren, und das war's dann. Man ist ihm verfallen. Schon beginnt die Abwärtsspirale. Und irgendwann stehen die Bullen vor der Tür.«

Ich starre sie an, fassungslos. Aus der Nähe betrachtet ist sie mir doch etwas unheimlich. Ihre Gesichtsmuskeln bewegen sich nicht richtig, und man kann erkennen, wo ihre Extensions beginnen. Sie tippt auf ihr Handy ein, und schon erscheint auf ihrem Display das nächste Kartenspiel.

»Okay!«, sage ich fröhlich und ziehe mich zurück. »Na, jedenfalls vielen Dank für Ihre Hilfe...«

»Crystal Meth«, wiederholt die Frau mit finsterer Stimme und sieht mich mit diesen blutunterlaufenen Augen an. »Nicht vergessen: Crystal Meth!«

»Crystal Meth.« Ich nicke. »Das merk ich mir. Bye!«

Crystal Meth?

O Gott. Sollte ich wirklich ins Casino gehen? Ist das womöglich doch keine so gute Idee?

Diese Begegnung ist nun fast eine Stunde her, und immer noch bin ich erschüttert, obwohl ich inzwischen eine beruhigende Gondelfahrt mit Mum und Janice und Minnie unternommen habe. Mum und Janice sind losgezogen, um sich noch einen »klitzekleinen Cocktail« zu genehmigen, wie Mum es nennt, und Minnie und ich haben uns oben in unser Hotelzimmer zurückgezogen. Minnie spielt »Shops«, und ich spiele mehr oder weniger mit, nur dass ich nebenbei auch noch versuche, mich zu schminken, und mir zudem Sorgen um meinen drohenden Abstieg in die Spielsucht mache.

Ob ich wohl tatsächlich sofort und auf der Stelle abhängig werde? Gleich wenn sich das Rouletterad zum allerersten Mal dreht? Plötzlich habe ich so ein schreckliches Bild vor Augen, wie ich mit zerzausten Haaren an einem Casinotisch sitze, Luke mit glasigem Blick anstarre und knurre: »Ich werde gewinnen. Ich werde gewinnen«, während er mich wegzuzerren versucht und Mum im Hintergrund leise schluchzt. Vielleicht sollte ich da lieber gar nicht runtergehen. Vielleicht ist es zu gefährlich. Vielleicht sollte ich lieber auf dem Zimmer bleiben.

»Mehr Shops!« Minnie schnappt sich die letzte Tüte mit Kartoffelchips aus der Minibar und baut sie feierlich vor sich auf. »*Shop*, Mami, *Shop*!«

»Okay…« Ich komme zu mir und reiße Minnie schnell die

Tüte aus der Hand, bevor sie diese zerdrücken kann und wir sie bezahlen müssen.

Eltern sein bedeutet, aus Erfahrung lernen. Und eine wertvolle Regel, die ich heute gelernt habe, lautet: Sag nicht »Minibar«, wenn Minnie in der Nähe ist. Sie dachte, ich meinte »Minnie Bar« – ihr eigenes Schränkchen voller Puppenspielzeug. Es war ihr einfach nicht mehr auszureden. Also habe ich ihr am Ende erlaubt, die Minibar leer zu räumen, und nun liegen auf dem Teppich überall kleine Tüten und Fläschchen verstreut. Das legen wir nachher alles wieder zurück. (Falls es sich allerdings um eine elektronische Minibar handeln sollte, könnten wir Probleme kriegen. Aber dann muss Luke eben beim Empfang anrufen und das für uns regeln. So was kann er gut.)

Ich habe bereits eine Flasche Tonic und eine Toblerone bei Minnie »gekauft«, und jetzt zeige ich auf den Orangensaft.

»Könnte ich bitte einen Orangensaft haben?«, frage ich, während ich mir gleichzeitig die Wimpern tusche. Ich strecke meine freie Hand nach der Flasche aus, doch Minnie hält sie fest.

»Die darfst du nicht haben«, sagt sie ernst. »Musst warten. Wir haben kein *Geld.*«

Überrascht sehe ich sie an. Wen ahmt sie denn jetzt nach? Oh.

O mein Gott. Ich glaube, sie meint mich.

Ich weiß, ich stehe nun da wie eine Rabenmutter, aber, ganz ehrlich, nur so komme ich mit ihr zurecht, wenn wir zusammen shoppen gehen.

Was das Sprechen betrifft, hat Minnie in letzter Zeit große Fortschritte gemacht. Worüber ich mich natürlich sehr freue. Alle Eltern möchten hören, wie ihr Kind seine innigsten Gedanken formuliert. Das Problem dabei ist, dass sich Minnies innigste Gedanken größtenteils darum drehen, dass sie etwas haben will.

Sie schreit nicht mehr »Miiiiinniiie«, was früher ihr Schlachtruf war. Stattdessen sagt sie: »Das mag ich.« Wir laufen im Supermarkt herum, und sie sagt ständig nur: »Das mag ich, das *mag* ich, Mami«, immer ernster, als wollte sie mich zu einer neuen Religion bekehren.

Und dabei beschränkt sie sich keineswegs auf Dinge, die sie gebrauchen kann. Sie packt Spülbürsten, Tiefkühlbeutel und Heftklammern ein. Als wir das letzte Mal shoppen waren, meinte sie alle naslang: »Das *mag* ich, biiiiiiiiitte«, und ich habe immer nur genickt und die Sachen wieder so ins Regal zurückgelegt, dass sie nicht drankam, bis sie irgendwann richtig ausgeflippt ist und herumgeschrien hat: *»Ich will was kaaaaaaaauuufen!*«, und zwar so verzweifelt, dass die umstehenden Kunden lachen mussten. Da hat sie prompt aufgehört und sich freudestrahlend umgesehen, und schon mussten die Leute nur noch mehr lachen.

(Manchmal frage ich mich, ob ich in dem Alter eigentlich genauso war. Darauf muss ich Mum unbedingt mal ansprechen.)

(Dann wiederum, wenn ich es recht bedenke, bin ich mir gar nicht so sicher, ob ich es wirklich wissen will.)

Seitdem besteht meine neue Taktik beim Shoppen darin, Minnie zu erzählen, dass wir kein Geld haben. Was sie mehr oder weniger begreift. Nur dass sie sich nun an wildfremde Menschen wendet und sagt: »Wir haben kein *Geld*«, mit todtrauriger Stimme, was schon mal peinlich werden kann.

Jetzt redet sie mit Speaky, ihrer Puppe, und zwar laut: »Leg. Es. *Zurück*.« Sie nimmt Speaky eine Tüte Erdnüsse weg und bedenkt die Puppe mit einem strafenden Blick. »Ist. Nicht. *Deins*.«

O Gott. So klinge ich in ihren Ohren?

»Sprich doch nett mit Speaky«, schlage ich vor. »So.«

Ich nehme Speaky und wiege sie in meinen Armen, woraufhin Minnie sie mir besitzergreifend wegreißt. »Speaky weint«, verkündet sie. »Speaky braucht... was Süßes?«

Plötzlich hat sie so ein schelmisches Blitzen in den Augen, und unwillkürlich möchte ich laut loslachen.

»Wir haben aber nichts Süßes«, erkläre ich ihr, ohne die Miene zu verziehen.

»Ist das was Süßes?« Unsicher nimmt sie die Toblerone.

»Nein, das ist etwas Langweiliges für Erwachsene«, schwindel ich. »Nichts Süßes.«

Minnie starrt die Toblerone an, und ich kann förmlich sehen, wie ihr kleines Hirn schwer arbeitet. Sie hat noch nie Toblerone gegessen, also muss sie es wohl erraten haben.

»Das ist nichts Süßes«, wiederhole ich in sachlichem Ton. »Was Süßes kaufen wir ein *andermal*. Jetzt wird es Zeit aufzuräumen.«

Minnies Entschlossenheit wankt. Sie mag ja glauben, alles zu wissen, aber schlussendlich ist sie eben doch erst zweieinhalb.

»Dankeschön!« Ich nehme ihr die Toblerone ab. »Könntest du jetzt vielleicht die Fläschchen zählen?«

Das war ein genialer Schachzug, da Minnie für ihr Leben gern zählt, auch wenn sie jedes Mal die Vier auslässt. Gerade haben wir alle Fläschchen wieder in die Minibar gestellt und widmen uns den Snacks und Erfrischungen, als die Tür aufgeht und Mum hereinkommt, mit Janice im Schlepptau. Die Wangen der beiden glühen, Janice hat ein Plastikkrönchen auf dem Kopf, und Mum hält einen Becher mit Münzen in der Hand.

»Hallo!«, sage ich. »Wie waren eure Cocktails?«

»Ich habe über dreißig Dollar gewonnen!«, verkündet

91

Mum mit einem grimmigen Ausdruck des Triumphes. »*Endlich* habe ich es deinem Vater mal gezeigt.«

Mum redet wirr. Was will sie Dad denn damit gezeigt haben? Aber es hat keinen Sinn, dagegen anzureden, wenn sie in dieser Stimmung ist.

»Bravo!«, sage ich. »Hübsches Krönchen, Janice.«

»Ach, das gab's geschenkt«, schnauft Janice. »Werbung für einen Tanzwettbewerb.«

»Wir ruhen uns ein bisschen aus, solange du mit Luke unterwegs bist, und danach ziehen wir um die Häuser«, sagt Mum und schwenkt ihren Becher. »Hast du falsche Wimpern dabei, die ich mir ankleben könnte, Liebes?«

»Also … ja«, sage ich ein wenig überrascht. »Aber ich wusste gar nicht, dass du falsche Wimpern trägst, Mum.«

»Was in Vegas passiert, bleibt in Vegas«, erklärt sie und wirft mir einen vieldeutigen Blick zu.

Was in Vegas passiert? Okay, meint sie damit nur falsche Wimpern oder noch irgendwas anderes? Ich überlege schon, wie ich sie taktvoll fragen könnte, ob mit ihr alles in Ordnung ist oder ob sie langsam abdreht, als mein Handy mit einer SMS piept.

»Es ist Danny!«, verkünde ich und bin schon gleich viel besser drauf. »Er ist da! Unten am Empfang!«

»Na, wenn du so weit bist, geh nur runter und triff dich mit ihm«, schlägt Mum vor. »Wir setzen Minnie in die Wanne und bringen sie ins Bett. Oder, Janice?«

»Aber natürlich!«, stimmt Janice zu. »Die kleine Minnie ist mir niemals eine Last.«

»Seid ihr sicher?« Ich runzle die Stirn. »Denn ich könnte das ohne weiteres auch selbst machen …«

»Sei nicht albern, Becky!«, sagt Mum. »Ich sehe mein Enkelkind ohnehin viel zu selten. Na komm, Minnie, setz dich auf Omas Schoß.« Sie breitet die Arme aus, damit

Minnie hineinlaufen kann. »Wir lesen dir eine hübsche Geschichte vor und spielen was und… Ich weiß!« Sie strahlt.
»Gönnen wir uns doch ein leckeres Stückchen Toblerone!«

7

Ich entdecke Danny an einem Ecktisch im Bouchon, einem feinen Restaurant mit weißen Tischtüchern. Er ist extrem braungebrannt (das kann unmöglich echt sein), er trägt eine babyblaue Bikerjacke und sitzt da mit einem sehr blonden, sehr blassen Mädchen, das bis auf ihren dunkelroten Lippenstift völlig ungeschminkt ist.

»Danny!« Ich laufe hinüber und schlinge meine Arme um seinen hageren Leib. »O mein Gott! Du hast überlebt!«

Ich habe Danny nicht mehr gesehen, seit er versucht hat, zu wohltätigen Zwecken das Grönlandeis zu überqueren. Er musste jedoch vorzeitig ausgeflogen werden, weil er sich den Zeh gestoßen hatte oder dergleichen, und danach brauchte er ganz dringend Erholung in Miami.

»Um Haaresbreite«, sagt Danny. »Das war richtig knapp.«

Es war so was von *kein bisschen* knapp. Ich habe mit Dannys Geschäftsführer gesprochen: Ich kenne die Wahrheit. Allerdings bat er mich, Danny bloß nicht zu widersprechen, weil Danny davon überzeugt ist, dass er beinah umgekommen wäre.

»Du Ärmster«, sage ich. »Es muss schrecklich gewesen sein! Der viele Schnee und ... äh ... Wölfe?«

»Es war ein Albtraum!«, sagt Danny im Brustton der Überzeugung. »Weißt du, Becky, ich habe dir in meinem Testament einiges vermacht, und du warst *so* nah dran, mich zu beerben.«

»Wirklich?« Unwillkürlich bin ich interessiert. »Du hast mir was vermacht? Was denn zum Beispiel?«

»Ein paar Klamotten«, sagt Danny vage. »Meinen Eames-Stuhl. Einen Wald.«

»Einen *Wald*?« Ungläubig glotze ihn an.

»Ich hab da diesen Wald in Montana gekauft. Du weißt schon, wegen der Steuer. Ich dachte mir, Minnie könnte da vielleicht spielen oder irgendwas …« Da fällt ihm was ein. »Das ist übrigens Ulla.«

»Hi, Ulla!« Ich winke fröhlich, doch Ulla blinzelt nur nervös, murmelt »Hi« und widmet sich wieder ihrer Arbeit. Sie skizziert etwas auf einem großen Block, und als ich einen Blick darauf werfe, sehe ich, dass sie das Blumenarrangement auf dem Tisch zeichnet.

»Ulla ist meine neue ›Ideensammlerin‹«, sagt Danny mit großer Geste. »Ihr ganzer Block ist schon voll.« Er deutet darauf. »Meine neue Kollektion wird komplett Las-Vegas-inspiriert sein.«

»Ich dachte, sie sollte Inuit-inspiriert werden?«, entgegne ich.

Als wir zuletzt Kontakt hatten, war die Rede von blanken Knochen, Handwerkskunst der Inuit und unermesslich weißer Weite, die Danny mit einem übergroßen Hosenrock ausdrücken wollte.

»Inuit meets Las Vegas«, sagt Danny, ohne mit der Wimper zu zucken. »Und hast du schon gezockt?«

»Ich traue mich nicht.« Ein kalter Schauer läuft mir über den Rücken. »Da war vorhin so eine Frau, die hat gesagt, Glücksspiel ist wie Crystal Meth, und wenn ich es nur ein einziges Mal ausprobiere, bin ich für immer dem Untergang geweiht.«

Ich hoffe, er sagt: *Das ist doch Quatsch*, aber Danny nickt nur feierlich.

»Das könnte passieren. Meine Schulfreundin Tania hat sich von einer einzigen Nacht Onlinepoker nie mehr erholt. Es hat sie sofort gepackt, und sie war nie mehr dieselbe. Ziemlich traurige Geschichte.«

»Wo ist sie jetzt?«, frage ich ängstlich. »Ist sie … tot?«

»Mehr oder weniger.« Er nickt. »Alaska.«

»Aber Alaska ist doch nicht *tot*!«, sage ich empört.

»Sie arbeitet auf einer Bohrinsel.« Danny nimmt einen Schluck Wein. »Sie ist sogar sehr erfolgreich. Ich glaube, sie leitet den ganzen Laden. Aber vorher war sie spielsüchtig.«

»Dann ist es doch gar keine traurige Geschichte«, sage ich angekratzt. »Am Ende ist sie Chefin auf einer Bohrinsel geworden.«

»Hast du eine Ahnung, was es bedeutet, Chefin auf einer Bohrinsel zu sein?«, hält Danny dagegen. »Hast du so ein Ding schon mal gesehen?«

Immer wieder vergesse ich, wie schnell Danny einen zur Verzweiflung bringen kann.

»Egal«, sage ich etwas unwirsch. »Darum geht es doch gar nicht. Es geht darum …«

»Ich weiß, worum es geht!«, fällt Danny mir siegessicher ins Wort. »Ich bin dir mindestens zehn Schritte voraus. Ich habe Flyer, ich habe Aufkleber, ich habe Kugelschreiber, ich habe T-Shirts …«

»T-Shirts?« Ich mustere ihn.

Danny zieht seine Bikerjacke aus und führt mir ein T-Shirt vor, auf dem Tarquin abgebildet ist. Dabei handelt es sich um ein Schwarzweißfoto von einem Modeshooting, das Tarkie vor einer Weile gemacht hat. Es zeigt ihn mit nacktem Oberkörper, um den er sich ein dickes Tau gewickelt hat, und er blickt seelenvoll in die Kamera. Es ist ein tolles Foto, aber dennoch schrecke ich zurück. Suze hasst dieses Bild. Sie findet, dass Tarquin darauf wie ein schwules Supermodel aussieht. (Was zugegebenermaßen tatsächlich der Fall ist.)

Und sie wird nicht eben glücklich sein, wenn sie feststellen muss, dass es sich auf einem T-Shirt wiederfindet.

Darunter steht SUCH MICH und dazu Suzes Handynummer.

»Ich hab gleich einen ganzen Schwung mitgebracht«, sagt Danny stolz. »Kasey und Josh verteilen gerade die Flyer beim Caesars Palace.«

»Kasey und Josh?«

»Meine Assistenten. Wir müssen sein Gesicht unter die Leute bringen. Regel Nummer eins, wenn man einen Vermissten sucht. Meine PR-Abteilung ist gerade dabei, neue Kanäle auszuloten. Ich habe auch jemanden, der mit den Herstellern von diesen Milchtüten redet ...«

»Moment mal.« Plötzlich dämmert es mir. »Deine Assistenten verteilen in diesem Augenblick Fotos von Tarquin?«

»In der ganzen Stadt«, tönt Danny. »Wir haben zehntausend Stück gedruckt.«

»Aber wir haben ihn doch schon gefunden.«

»Was?« Vor Schreck zuckt Danny regelrecht zusammen.

»Na ja, mehr oder weniger«, räume ich ein. »Ich meine, wir haben mit ihm gesprochen. Wir treffen uns morgen zum Frühstück im Bellagio.«

»Im *Bellagio*?« Danny klingt empört. »Ist das dein Ernst? Ich dachte, er sei gekidnappt worden. Ich dachte, man hätte ihn einer Gehirnwäsche unterzogen.«

»Suze denkt das auch immer noch. Jedenfalls findet sie keine Ruhe, ehe sie nicht endlich vor ihm steht ... Egal, zeig doch mal die Flyer«, füge ich eilig hinzu. »Du bist unglaublich, Danny. Absolut wunderbar. Suze wird dir so dankbar sein.«

»Es gibt drei Versionen zur Auswahl«, sagt Danny schon wieder besänftigt. »Ulla, die Flyer?«

Kurzerhand langt Ulla in ihre große Ledertasche und holt

drei Zettel heraus, die sie mir über den Tisch hinweg reicht. Jeder davon zeigt ein anderes, atemberaubendes Schwarzweißfoto von Tarquin, auf dem er aussieht wie ein grüblerischer, schwuler Pornostar – alles vom selben Modeshooting. Unter dem einen Foto steht SUCH MICH wie auf dem T-Shirt, auf einem anderen WO BIN ICH?, und auf dem dritten steht SO ALLEIN, und auf allen prangt Suzes Handynummer.

»Cool, oder?«

»Äh …« Ich räuspere mich. »Ja! Genial!«

Ich darf auf keinen Fall zulassen, dass Suze diese Flugblätter zu Gesicht bekommt.

»Ich glaube nicht, dass Kasey und Josh *alle* verteilen müssen«, sage ich vorsichtig. »Vielleicht nicht die ganzen zehntausend.«

»Aber was mache ich dann mit dem Rest?« Für einen Augenblick scheint Danny ratlos, dann glättet sich seine Stirn. »Ich weiß! Eine Installation! Vielleicht sollte meine nächste Kollektion von dieser Erfahrung inspiriert sein!« Seine Miene hellt sich auf. »Ja! Kerker. Kidnapping. Bondage. So total düster, weißt du? Total *noir*. Models in Ketten. Ulla!«, ruft er. »Schreib auf: *Fesseln, Ketten, Sackleinen, Leder …* und *Hot Pants*«, fügt er nach kurzer Überlegung hinzu.

»Ich dachte, deine nächste Kollektion verbindet die Inuit mit Las Vegas.«

»Okay, dann eben die übernächste«, sagt er ungerührt. »Und wo ist jetzt Suze?«

»Oh.« Augenblicklich geht mir meine gute Laune verloren. »Sie ist mit Alicia zusammen. Du erinnerst dich an Alicia Biest-Langbein? Inzwischen hat sie einen gewissen Wilton Merrelle geheiratet und …«

»Becky, ich weiß, wer Alicia Merrelle ist«, schneidet Danny mir das Wort ab. »Sie ist eine ziemlich große Nummer. Ihr Haus ist ständig im *Architectural Digest* abgebildet.«

»Erinnere mich bloß nicht daran«, sage ich trübsinnig. »Oh, Danny, es ist schrecklich. Sie hat mir Suze weggenommen. Die beiden sind andauernd zusammen. Suze hat völlig ihren Sinn für Humor verloren, und alles nur wegen dieser Alicia...« Ich wische mir über die Nase. »Ich weiß nicht mehr, was ich machen soll.«

»Tja.« Danny überlegt einen Moment, dann zuckt er mit den Schultern. »Menschen ändern sich. Freundschaften zerbrechen. Wenn du Suze liebst, solltest du sie vielleicht loslassen.«

»Sie *loslassen*?« Ich bin sprachlos. Wie kann er nur so etwas sagen?

»Menschen ändern sich, das Leben ändert sich... Das ist der Lauf der Dinge. Vielleicht hat es einfach so sein sollen.«

Ich starre das Tischtuch an. In meinem Kopf dreht sich alles vor lauter Unglück. Es kann doch nicht sein, dass ich Suze an Alicia Biest-Langbein verlieren soll. Das *kann* nicht sein.

»Und wie ist sie heutzutage so, unsere Alicia?«, fragt Danny. »Noch immer das süße Herzchen von früher? Versucht sie immer noch, anderer Leute Ehen kaputt zu machen?«

Ich bin erleichtert. Wenigstens Danny weiß, wie Alicia wirklich ist.

»Sie tut so, als wäre sie geläutert«, sage ich düster. »Aber ich traue ihr nicht. Irgendwas führt sie im Schilde.«

»Ist es denn die Möglichkeit!« Danny spitzt die Ohren. »Was denn?«

»Ich weiß nicht«, gebe ich zu. »Aber es muss so sein. Tut sie doch immer. Behalte sie besser im Auge.«

»Verstanden.« Er nickt.

»Nicht dass du ihr heute Abend begegnen würdest.« Trübe ziehe ich den Kopf ein. »Da sind wir nun schon in

Las Vegas. Ich habe mit Tarquin und Dad gesprochen, und wir wissen, dass es den beiden gut geht. Wir sollten feiern. Aber Alicia und Suze weigern sich, ein bisschen Spaß zu haben. Sie wollen lieber früh ins Bett. Ist das zu fassen?«

»Also, *ich* will Spaß haben.« Danny nimmt meine Hand und umklammert sie mit seinen warmen, trockenen Fingern. »Guck nicht so traurig, Becky. Wo sollen wir hin? Ins Casino?«

»Da treffe ich mich nachher mit Luke«, erkläre ich. »Obwohl, ich hab direkt ein bisschen… du weißt schon, Schiss.«

»Warum?«

Ja, hat er denn nicht *zugehört?*

»Na, darum!« Ich gestikuliere wild. »Crystal Meth!«

»Das nimmst du doch nicht etwa ernst, oder?« Danny lacht. »Becky, Zocken macht *Spaß!*«

»Du verstehst nicht! Ich bin von meiner Persönlichkeit her besonders gefährdet! Mein ganzes Leben könnte im Sumpf der Sucht versinken! Du wirst versuchen, mich zu retten, aber es wird dir nicht gelingen!«

Ich habe genug Filme über das Schicksal Drogenabhängiger gesehen. Ich weiß doch, wie so was läuft. Eben sagt man noch: *Ich nehme nur einen einzigen Zug*, und schon findet man sich mit ungewaschenen Haaren vor Gericht wieder und kämpft um das Sorgerecht für seine Kinder.

»Entspann dich!« Danny winkt nach der Rechnung. »Gehen wir rüber zu den Spieltischen! Solltest du irgendwelche Anzeichen einer Sucht erkennen lassen, zerre ich dich da weg. Versprochen.«

»Selbst wenn ich dich beschimpfe und bespucke und beteuere, dass mir meine Freunde und Familie total egal sind?«, frage ich ängstlich.

»Dann erst recht. Komm schon, wollen wir doch mal sehen, ob wir nicht Lukes Ersparnisse verballern können!

Kleiner Scherz!«, fügt er angesichts meiner erschrockenen Miene hinzu. »Ein *Scherz*!«

Man braucht nur ein paar Minuten zum Casino, und als wir es betreten, atme ich tief ein. Das ist es also. Las Vegas *in echt*. Das pulsierende Herz der Stadt. Ich schaue mich um, geblendet von dem vielen Neon, dem gemusterten Teppich und den Glitzerkleidern. Alle scheinen hier auf die eine oder andere Weise zu leuchten, und sei es nur die juwelenbesetzte Armbanduhr, die im Licht der Lampen blitzt und blinkt.

»Hast du Chips?«, fragt Danny, und ich krame meine Spielmarken hervor. Luke hat mir seine auch gegeben, also halte ich ziemlich viele in Händen.

»Das sind alles in allem fünfzig Dollar«, rechne ich ihm vor.

»*Fünfzig*?« Danny guckt mich ungläubig an. »Das reicht ja kaum für einen Einsatz. Man braucht dreihundert, Minimum.«

»Ich gebe garantiert keine dreihundert aus!«, sage ich entsetzt. Mein Gott, ist das teuer. Für dreihundert Dollar kriegt man schon einen richtig hübschen Rock.

»Also, ich für meinen Teil habe vorhin Chips für fünfhundert gekauft«, sagt Danny, und seine Augen leuchten. »Ich bin bereit.«

»Fünfhundert?« Man höre und staune! Ich starre ihn an.

»Ich gewinne zehnmal so viel, wart's nur ab. Ich habe das Gefühl, das Glück ist ganz auf meiner Seite.« Er pustet an seine Fingerspitzen. »Bestimmt habe ich heute ein glückliches Händchen.« Seine Begeisterung wirkt ansteckend, und als wir uns im Casino umsehen, packt auch mich eine gewisse Vorfreude. Und Furcht. Beides.

So etwas wie das hier habe ich noch nie erlebt. Es liegt eine ungeheure Spannung in der Luft. Die Menschen strahlen sie förmlich aus, wenn man an den Spieltischen vorbeikommt, so eine gesteigerte Wahrnehmung wie in der Warteschlange kurz vor einem Musterverkauf. Von überall hört man laute Stimmen, wenn irgendwo jemand gewinnt oder verliert, dazu das Klappern der Chips und das Klirren der Cocktails auf den Tabletts leicht bekleideter Kellnerinnen. Und über allem tönt das unablässige Piepen der Automaten.

»Was wollen wir spielen?«, frage ich. »Roulette?«

»Black Jack«, sagt Danny entschlossen und schiebt mich zu einem großen Tisch.

Alles sieht so erwachsen, so ernst und *real* aus. Als wir an dem Tisch Platz nehmen, blickt keiner auch nur kurz auf, um Hallo zu sagen. Es ist ein bisschen wie an einem Tresen, nur dass die Bar mit Stoff überzogen ist, und statt Drinks auszuschenken, verteilt eine Croupière Karten. Außer uns sitzen dort noch zwei ältere Herren und ein Mädchen mit Hut und Smoking, das ziemlich schlecht gelaunt zu sein scheint.

»Ich weiß gar nicht, wie das geht!«, flüstere ich Danny panisch zu.

Na ja, *irgendwie* weiß ich natürlich schon, wie man das spielt. Es ist so ähnlich wie »Siebzehn und vier«, oder? Das spiele ich jedes Jahr zu Weihnachten mit Mum und Dad. Aber gelten in Las Vegas vielleicht andere Regeln?

»Ganz einfach«, sagt Danny. »Leg ein paar Chips hin. Zwanzig Dollar.« Er nimmt mir die Chips ab und schiebt sie entschlossen in einen Kreis auf dem Tisch. Unsere asiatisch aussehende Croupière interessiert sich gar nicht weiter für meine Chips, sondern wartet nur ab, bis alle gesetzt haben, um dann die Karten zu verteilen.

Ich habe eine Herzsechs und eine Piksechs.

»Twist!«, verkünde ich, und alle starren mich an.

»Man sagt nicht ›Twist‹«, meint Danny bei einem Blick in meine Karten. »Du solltest splitten.«

102

Ich weiß nicht, was das bedeutet, aber ich vertraue Danny.

»Okay«, sage ich beherzt. »Splitten.«

»Du brauchst es nicht zu *sagen*!«, raunt mir Danny zu. »Leg nochmal so viele Chips da hin« – er deutet auf den Tisch – »und zeig mit den Fingern ein ›V‹.«

»Okay.« Ich folge seinen Anweisungen und komme mir plötzlich sehr cool und professionell vor. Die Croupière trennt meine beiden Karten voneinander und gibt neu.

»Ach, jetzt versteh ich!«, rufe ich, als sie mir eine Kreuzacht und eine Herzzehn gibt. »Jetzt habe ich zwei Stapel. Da gewinne ich bestimmt!«

Ich blicke in die Runde und sehe den anderen beim Spielen zu. Das macht ja richtig Spaß!

»Becky, du bist dran«, flüstert Danny mir zu. »Alles wartet nur auf dich.«

»Okay.« Ich betrachte meine Karten. Auf einem Stapel liegen vierzehn Punkte und auf dem anderen sechzehn. Was soll ich tun? Soll ich es wagen? Hm… unentschlossen rasen meine Gedanken hin und her.

»Becky?«

»Ja, Moment noch…« Gott, die Entscheidung fällt mir schwer! Ich meine, so *richtig* schwer. Wie soll ich mich bloß entscheiden? Ich schließe die Augen und versuche, die Götter des Glücksspiels zu befragen, aber die sind offenbar gerade zum Tee.

»Becky?«, wiederholt Danny nachdrücklich.

Alle am Tisch mustern mich stirnrunzelnd. Also echt. Merken die denn nicht, wie schwierig das ist?

»Hmmm.« Ich reibe an meiner Stirn herum. »Ich weiß nicht recht. Lass mich kurz nachdenken…«

»Ma'am?« Inzwischen sieht mich auch die Croupière ungeduldig an. »Ma'am, Sie sollten jetzt spielen.«

Mann, ist Zocken stressig! Das ist ja, als müsste man sich

entscheiden, ob man einen heruntergesetzten Mantel im Ausverkauf bei Selfridges ersteht, wenn es bei Liberty vielleicht noch einen Besseren geben könnte, wobei man damit rechnen muss, dass einem der von Selfridges weggeschnappt wird, wenn man ihn nicht gleich mitnimmt.

»Was soll ich tun?« Flehentlich blicke ich in die Runde. »Wie können Sie alle nur so ruhig bleiben?«

»Ma'am, es ist ein *Glücks*spiel. Man trifft einfach eine Entscheidung.«

»Okay, weiter«, sage ich. »Mehr Karten, oder wie das heißt. Auf beide Stapel. Oder sollte ich lieber *double down* machen?« Ich wende mich Danny zu. Ich weiß nicht, was *double down* bedeutet, kenne es aber aus Filmen, also muss es das geben.

»*Nein!*«, sagt Danny energisch.

Die Croupière gibt mir eine Neun und eine Zehn, beendet die Runde und sammelt meine Chips ein.

»Wie?«, frage ich verwundert. »Was ist gerade passiert?«

»Du warst drüber«, sagt Danny.

»Aber… das war alles? *Sagt* sie denn nicht mal was?«

»Nein. Sie nimmt nur dein Geld. Und meins auch. Mist.«

Ich mustere die schweigende Croupière, fühle mich ein wenig vor den Kopf gestoßen. Ich finde, Glücksspiel sollte doch mit etwas mehr *Zeremonie* verbunden sein. So wie wenn man sich was Teures kauft und die Verkäuferin es einem in einer hübschen Tüte überreicht, mit den Worten: *Eine gute Wahl!*

Mir persönlich gefällt Shoppen wesentlich besser als Casino, in jeder Hinsicht. Man gibt genauso viel Geld aus, *kriegt* dafür aber auch was. Ich meine, mal ehrlich: Ich habe kaum fünf Sekunden auf meinem Hocker gesessen, vierzig Dollar ausgegeben und rein gar nichts dafür bekommen.

»Ich brauche eine Pause«, sage ich und lasse mich vom

Hocker gleiten. »Holen wir uns was zu trinken.« Ich werfe einen Blick auf mein Handy und sehe eine neue Nachricht. Luke ist unterwegs.

»Gute Idee«, stimmt Danny zu. »Und? Bist du nun spielsüchtig geworden, Becky?«

»Ich *glaube* nicht«, sage ich und spüre meinen Gefühlen nach. »Vielleicht bin ich doch kein geborener Zocker.«

»Du hast verloren«, sagt Danny weise. »Warte, bis du anfängst zu gewinnen. Das ist der Moment, in dem man nicht mehr aufhören kann. Oh, hey, Luke!«

Souverän und selbstbewusst steuert Luke direkt auf uns zu. Seine dunklen Haare schimmern im Schein der vielen Lichter.

»Danny!« Luke klopft ihm auf den Rücken. »Na, wieder aufgetaut?«

»Sehr witzig!« Danny schüttelt sich. »Ich kann noch immer kaum darüber sprechen.«

Luke wirft mir einen Blick von der Seite zu, und ich muss grinsen. Das Problem mit Danny ist, dass er sich *sehr* ernst nimmt. Aber er ist dabei so liebenswert, dass man es ihm einfach nicht übel nehmen kann.

»Und hast du uns schon ein Vermögen gewonnen, Becky?«, fragt Luke.

»Nein, ich hab verloren«, sage ich. »Glücksspiel ist nichts für mich.«

»Aber du hast ja noch gar nicht richtig angefangen!«, hält Danny dagegen. »Gehen wir an einen anderen Tisch!«

»Ach«, sage ich und bleibe sitzen. Ich weiß immer noch nicht, was am Glücksspiel so toll sein soll. Zu verlieren ist schon mal von Haus aus schlecht. Und zu gewinnen ist zwar super, aber danach könnte man süchtig werden.

»Möchtest du denn gar nicht spielen, Becky?« Neugierig sieht Luke mich an.

»Irgendwie doch. Nur… was ist, wenn ich *tatsächlich* gewinne und dann danach süchtig werde?«

»Du schaffst das schon«, sagt Luke beschwichtigend. »Aber überleg dir vorher eine Strategie und bleib dabei.«

»Was denn für eine Strategie?«

»Zum Beispiel: Ich spiele *soundso lange*, dann höre ich auf. Ich setze *soundso viel*, dann gehe ich. Oder frei nach dem Motto: ›Hör auf, wenn es am schönsten ist.‹ Man darf nur nie gutes Geld schlechtem hinterherwerfen. Wenn man verliert, verliert man. Versuch nie, durchs Zocken wieder auf die Gewinnerstraße zu kommen!«

Einen Moment lang schweige ich, um das alles zu verarbeiten. »Gut. Okay.« Schließlich blicke ich auf. »Ich habe eine Strategie.«

»Sehr gut. Und was möchtest du spielen?«

»Nicht Blackjack«, platze ich heraus. »Das ist ein blödes Spiel. Ich bin für Roulette!«

Wir steuern auf einen leeren Roulettetisch zu und nehmen auf hohen Hockern Platz. Der Croupier, ein Kahlkopf von Mitte dreißig, begrüßt uns mit einem verschmitzten Lächeln und einem freundlichen: »Guten Abend und willkommen an meinem Tisch!« Schon jetzt mag ich ihn lieber als die Frau beim Blackjack. Die war doch die schlechte Laune in Person. Kein Wunder, dass ich verloren habe.

»Hi!« Ich erwidere sein Lächeln und setze einen einzelnen Chip auf Rot, während sich Luke und Danny für Schwarz entscheiden. Fasziniert beobachte ich, wie sich das Rouletterad dreht. *Komm schon, Rot… komm schon, Rot…*

Klappernd bleibt die Kugel liegen, und ich blinzle erstaunt. Ich habe gewonnen! Ich habe tatsächlich gewonnen!

»Das ist mein allererster Gewinn in Las Vegas!«, erkläre ich dem Croupier, und er lacht.

»Vielleicht haben Sie ja eine Glückssträhne.«

»Vielleicht!« Ich setze nochmals auf Rot und konzentriere mich auf den Tisch. Es ist schon ein faszinierender Anblick, dieses rotierende Rad. Geradezu hypnotisch. Wir alle starren es an, unfähig, uns abzuwenden, bis es immer langsamer wird und die Kugel schließlich liegen bleibt…

Juhu! Ich hab schon wieder gewonnen!

Okay. Roulette ist das genialste Spiel der Welt. Ich weiß überhaupt nicht, wieso wir unsere Zeit mit diesem blöden Blackjack vergeudet haben. Mittlerweile ist eine halbe Stunde vergangen, und ich habe so oft gewonnen, dass ich mich wie die Göttin des Glücksspiels fühle. Bei Luke und Danny halten sich Gewinn und Verlust in etwa die Waage, nur ich habe mehrere Stapel Chips angehäuft und bin immer noch gut dabei.

»Ich bin ein Naturtalent!«, juchze ich, als ich den nächsten Stapel Chips gewinne. Ich nehme einen Schluck Margarita und lasse meinen Blick über den Tisch schweifen, überlege mir meinen nächsten Schachzug.

»Du hast *Glück*«, korrigiert mich Luke.

»Glück… Talent… ist doch dasselbe…«

Ich nehme alle meine Chips, konzentriere mich kurz, dann setze ich den ganzen Haufen auf Schwarz. Luke schiebt ein paar seiner Chips auf *Ungerade*, und alle verfolgen atemlos den Lauf der Kugel.

»Schwarz!«, quieke ich, als die Kugel bei der Zehn liegen bleibt. »Ich hab schon *wieder* gewonnen!«

Als Nächstes setze ich meine Chips auf Schwarz, dann auf Rot, dann nochmal auf Rot. Und irgendwie gewinne ich immer weiter. Ein paar Typen, die Junggesellenabschied feiern, kommen zu uns an den Tisch, und als der Croupier denen erzählt, dass ich eine Glückssträhne habe, rufen sie jedes Mal »Beck-y! Beck-y!«, wenn ich gewinne. Ich kann nicht fassen, dass es so gut läuft! Ich bin ein Glückskind!

Und was soll ich sagen? Danny hatte recht. Glücksspiel ist etwas völlig anderes, wenn man gewinnt. Ich bin wie im Rausch. Alles andere in meinem Leben verliert an Bedeutung. Ich sehe nur noch das Rouletterad, wie es vor meinen Augen verschwimmt, wenn es sich dreht, dann langsam zur Ruhe kommt… und ich *schon wieder* gewonnen habe!

Einer von den Jungs, er heißt Mike, tippt mir an die Schulter. »Wie machst du das?«

»Ich weiß nicht«, sage ich bescheiden. »Ich konzentriere mich einfach. Ich wünsche mir die Farbe irgendwie herbei.«

»Bist du oft hier?«, fragt ein anderer.

»Ich habe in meinem ganzen Leben noch nie um Geld gespielt«, sage ich, benommen von der ganzen Aufmerksamkeit. »Aber vielleicht sollte ich das ändern!«

»Du solltest echt nach Las Vegas ziehen.«

»Genau!« Ich drehe mich zu Luke um. »Wir sollten unbedingt hierherziehen!«

Ich nehme meine Chips, zögere einen Moment, dann schiebe ich sie alle auf die Sieben.

»Ernsthaft?«, fragt Luke und zieht die Augenbrauen hoch.

»Ernsthaft«, gebe ich zurück und nehme noch einen Schluck von meiner Margarita. »Sagen wir einfach, ich empfange gewisse Signale. Die Sieben.« Ich wende mich an die Umstehenden. »Das ist meine Zahl. Die Sieben.«

Die Jungs rufen im Chor: »*Sie*-ben, *Sie*-ben!« Einige setzen sogar ihre Chips auch noch schnell auf die Sieben. Dann starren wir gemeinsam das Rad an, wie die Besessenen.

»Sieben!« Alle am Tisch jubeln, als die Kugel liegen bleibt. Ich habe gewonnen! Selbst der Croupier hebt eine Hand, um mich abzuklatschen.

»Die Kleine hat's drauf!«, ruft Mike.

»Welche Zahl kommt jetzt, Becky?«, will ein anderer wissen.

»Verrate es uns, Becky!«

»Becky!«

»Worauf sollen wir setzen, Becky?«

Alle warten darauf, dass ich meinen Einsatz mache. Doch ich betrachte nur meine Chips und zähle kurz zusammen. Zweihundert… vierhundert…dazu der Stapel… Perfekt! Ich kann nicht anders als mir ins Fäustchen zu lachen.

»Was?«, drängt einer von den Jungs. »Was rätst du uns, Becky?«

Mit triumphierendem Lächeln wende ich mich dem Croupier zu. »Ich möchte bitte auszahlen lassen.«

»Auszahlen?« Mike macht ein langes Gesicht. *»Wie jetzt?«*

»Ich habe genug gespielt.«

»Nein, nein, nein!« Mike stammelt vor Entsetzen. »Es läuft doch! Spiel! Du musst weiterspielen!«

»Aber ich habe achthundert Dollar gewonnen«, erkläre ich ihm.

»Das ist doch super! Spiel weiter, Mädchen! Setz deine Chips ein!«

»Nein, du verstehst nicht«, sage ich geduldig. »Für achthundert Dollar kriege ich dieses traumhafte Jackett für Luke.«

»Was denn für ein Jackett?« Luke macht ein verdutztes Gesicht.

»Ich habe es bei Armani entdeckt, als ich durch die Shoppes geschlendert bin. Es ist aus grauem Kaschmir. Gehen wir doch hin und sehen es uns an!« Ich drücke seinen Arm. »Es würde dir so gut stehen.«

»Ein *Jackett*?« Mike versteht die Welt nicht mehr. »Sag mal, bist du verrückt geworden? Du hast es voll drauf! Du kannst doch jetzt nicht einfach abhauen!«

»Doch, kann ich. Das war meine Strategie.«

»Deine *Strategie*?«

»Luke hat gemeint, ich bräuchte eine Strategie. Also habe ich beschlossen, meine Strategie ist, gerade genug zu gewinnen, dass ich Luke dieses Armani-Jackett kaufen kann. Und das habe ich jetzt beisammen.« Ich strahle triumphierend. »Also höre ich auf.«

»Aber ... aber ...« Mike fehlen die Worte. »Du kannst noch nicht aufhören! Du hast eine echte Glückssträhne!«

»Aber es könnte auch sein, dass ich von nun an nicht mehr gewinne«, erkläre ich. »Ich könnte alles verlieren.«

»Du wirst nicht verlieren! Sie gewinnt doch, oder?« Er sucht die Zustimmung seiner Freunde.

»Becky gewinnt bestimmt!«, ruft ein anderer.

»Aber es könnte auch sein, dass ich anfange zu *verlieren*«, wiederhole ich geduldig. »Und dann wäre ich nicht mehr in der Lage, das Jackett zu bezahlen.«

Begreifen die denn überhaupt nichts?

»Becky, bitte bleib!« Bierselig legt Mike mir seinen Arm um die Schulter. »Wir haben es doch gerade so lustig, oder?«

»Oh, es war total nett«, sage ich sofort. »Ich habe eure Gesellschaft sehr genossen. Und das Glücksspiel macht mir auch Spaß, in gewisser Weise jedenfalls ... Aber es macht mir *viel* mehr Spaß, Luke dieses Jackett zu kaufen. Tut mir leid«, füge ich an den Croupier gewandt hinzu. »Ich möchte nicht unhöflich sein. Sie haben wirklich einen bezaubernden Roulettetisch.« Ich höre Luke vor Lachen prusten. »Was ist denn?«, frage ich ihn. »Was ist so komisch?«

»Nichts, Liebste«, sagt er, nimmt meine Hand und küsst sie. »Aber über deinen möglichen Abstieg in die Hölle der Spielsucht müssen wir uns wohl kaum den Kopf zerbrechen, zumindest *vorerst* nicht.«

Das Jackett steht Luke fabelhaft. Ich wusste es. Es ist sehr eng geschnitten, figurbetont und hebt die schokoladigen

Strähnen in seinem Haar hervor. Alle Verkäuferinnen sind voll der Bewunderung, als er aus der Umkleidekabine tritt und sich im großen Spiegel betrachtet. Nur schade, dass Danny ihn nicht anschwärmen kann, denn der spielt immer noch Roulette mit den Typen vom Junggesellenabschied.

»Perfekt!«, sage ich. »Ich wusste doch, dass es dir steht!«

»Danke«, sagt Luke und lächelt sein Spiegelbild an. »Ich bin wirklich gerührt.«

Ich krame meinen Gewinn hervor und zähle das Bargeld auf den Tresen, während eine Verkäuferin das Jackett in einer hübschen, quadratischen Schachtel verpackt.

»Und jetzt«, sagt Luke, als wir den Laden verlassen, »möchte ich mich gern revanchieren. Das hier wollte ich dir die ganze Zeit schon geben.« Er reicht mir den Ausdruck einer E-Mail. »Eines unserer Londoner Teams berät Mac, und die haben dem gesamten Personal Gutscheine für einen Preisnachlass über neunzig Prozent geschickt. Einen glorreichen Augenblick lang dachte ich, es ginge um ›Apple Mac‹…« Sein Seufzer hat etwas Komisches. »Dabei geht es nur um Make-up. Also kannst du meinen Gutschein natürlich gerne haben.«

»Oh, danke.« Ich überfliege das Angebot. »Wow. Neunzig Prozent!«

»Wo werden die Mac-Produkte wohl verkauft?« Er sieht sich um. »Bei Barneys? Wollen wir da mal reingehen?«

»Eigentlich… lieber nicht«, sage ich nach kurzer Überlegung. »Muss nicht sein. Du würdest dich bestimmt nur langweilen.«

»Du willst gar nicht?« Luke wirkt überrascht.

Ich betrachte die E-Mail und versuche, eine Erklärung für meine Reaktion zu finden. Bei dem Gedanken, für mich selbst Make-up auszusuchen, auch wenn es reduziert ist, kriege ich so ein ganz komisches Gefühl im Bauch.

O mein Gott, ich weiß überhaupt nicht, was in letzter Zeit mit mir los ist. Das Jackett für Luke habe ich gern gekauft. Und auch das kleine Puzzle für Minnie. Aber irgendwie bringe ich es nicht fertig, *mir* Make-up zu kaufen. Das wäre nicht... Mir ist so seltsam... Ich habe es nicht...

Ich habe es nicht verdient. Blitzartig schießt mir dieser trübselige Gedanke durch den Kopf und lässt mich innerlich zusammenzucken.

»Nein danke.« Ich zwinge mich zu einem fröhlichen Lächeln. »Erlösen wir Mum und Janice von ihren Babysitter-Pflichten.«

»Du möchtest nicht mal mehr herumspazieren? Dir all die Lichter ansehen?«

»Nein danke.«

Das Hochgefühl von vor wenigen Minuten ist dahin. Seit Luke vorgeschlagen hat, mir etwas Gutes zu tun, meldet sich in meinem Kopf eine kritische Stimme zu Wort. Nur handelt es sich dabei nicht um die freundliche, ausgeglichene Golden-Peace-Stimme, die mir sagt, ich soll mit »Sinn und Verstand« kaufen und alles »in Maßen tun«. Es ist hingegen eine harsche, ungnädige Stimme, die mir sagt, dass ich rein gar nichts verdiene.

Wir lassen den Lärm und die laute Musik der Shoppes hinter uns und steuern die Fahrstühle an. Luke wirft mir immer wieder nachdenkliche Blicke zu, und schließlich sagt er: »Becky, Liebste, ich glaube, du musst erstmal dein *Mojo* wiederfinden.«

»Was für ein Mojo denn?«, frage ich. »Ich habe nichts verloren.«

»Ich glaube, doch. Was ist los, Liebling?« Er dreht mich zu sich um und legt mir seine Hände auf die Schultern.

»Na ja... du weißt schon.« Ich habe einen dicken Kloß im Hals. »Alles eben. Es ist doch alles meine Schuld, die ganze

Reise. Ich hätte früher zu Brent fahren sollen. Ich hätte mehr auf Dad hören sollen. Kein Wunder, dass Suze ...«

Ich stocke. Meine Augen brennen, und Luke seufzt.

»Suze wird auch wieder zu sich kommen.«

»Aber ich habe mit Danny darüber gesprochen, und er meinte, dass Freundschaften nun mal zerbrechen und ich Suze loslassen soll.«

»Nein.« Luke schüttelt energisch den Kopf. »Nein, nein! Da irrt er sich. *Manche* Freundschaften zerbrechen. Das mit Suze und dir wird *nie* zerbrechen.«

»Ich glaube, es ist schon zerbrochen«, sage ich traurig.

»Gib nicht gleich auf, Becky! Du bist doch sonst kein Mensch, der aufgibt! Okay, du hast nicht immer alles richtig gemacht, und Suze hat nicht immer alles richtig gemacht ... Aber ich kenne euch beide, und ich weiß, dass ihr noch sehr lange befreundet sein werdet. Ich sehe euch schon vor mir, wie ihr als Großmütter eifrig Häkeltipps für Babyschühchen austauscht.«

»Meinst du?«, frage ich mit leisem Optimismus. »Glaubst du wirklich?«

Ich kann mir Suze und mich gut als alte Damen vorstellen. Suze wird lange, weiße Haare haben und einen eleganten Gehstock, und sie wird immer noch atemberaubend schön sein, mit nur ganz wenigen Falten. Und ich werde nicht so schön sein, aber dafür wunderschöne Accessoires tragen. Die Leute werden mich ›Die alte Dame mit der aparten Kette‹ nennen.

»Gib Suze nicht auf«, sagt Luke. »Du brauchst sie. Und sie braucht dich, auch wenn es ihr momentan nicht bewusst ist.«

»Aber sie hat nur noch Augen für Alicia«, klage ich hoffnungslos.

»Ja, aber eines Tages wird sie genauer hinsehen und merken, wer und was Alicia wirklich ist«, entgegnet Luke trocken und drückt den Fahrstuhlknopf. »Bis dahin darfst du nicht vergessen, dass du noch immer ihre Freundin *bist*. Sie hat dich gebeten, mit auf diese Reise zu kommen. Lass dich ja nicht von Alicia verrückt machen.«

»Okay«, sage ich kleinlaut.

»Es ist mein Ernst, Becky«, beharrt Luke fast ärgerlich. »Willst du etwa zulassen, dass Alicia dich verdrängt? Kämpf um deine Freundschaft! Denn sie ist es wert.«

Er klingt dermaßen entschlossen, dass ich spüre, wie in mir ein winziges Fünkchen Hoffnung aufglimmt.

»Okay«, sage ich schließlich. »Okay, das werde ich.«

»So ist's brav.«

Inzwischen stehen wir vor unserem Hotelzimmer. Luke zückt die Schlüsselkarte, wischt über den Sensor und drückt die Tür auf – und ich erstarre vor Schreck.

Was soll das bedeuten?

»Guten Abend, Rebecca, Luke«, höre ich eine wohlbekannte, eisige Stimme.

Okay. Träume ich? Oder hatte ich zu viele Margaritas? Das kann doch nicht wahr sein!

Aber es ist wahr. Elinor, meine Schwiegermutter, sitzt stocksteif auf einem Hocker, in einem Wickelkleid von Diane von Fürstenberg, und nimmt mich mit ihrem Gimlet-Blick ins Visier.

»Mutter!« Auch Luke klingt geschockt. »Was *machst* du hier?«

Innerlich schrecke ich zurück, als ich sein Gesicht sehe. Die Beziehung zwischen Luke und seiner Mutter war von jeher schwierig, aber in jüngster Zeit hat sie einen neuen Tiefpunkt erreicht. Vor zwei Tagen habe ich in L.A. die erfolgloseste Mutter-Sohn-Versöhnung aller Zeiten angeschoben. Luke ist rausgerannt. Elinor ist rausgerannt. Mein

114

Traum, so etwas wie ein Kofi-Annan-mäßiger Konfliktlöser zu werden, ist geplatzt. Seitdem ist Luke in dieser Hinsicht etwas empfindlich. Und nun – ohne jede Vorwarnung – sitzt sie einfach da.

»Elinor ist zu meiner Rettung gekommen!«, verkündet Mum theatralisch, dort auf dem Sofa, gleich neben Janice. »Ich habe ja sonst niemanden, an den ich mich wenden kann, also habe ich Elinor angerufen!«

Niemanden, an den sie sich wenden kann? Wovon redet sie da? Sie hat ein ganzes Wohnmobil voller Ansprechpartner.

»Mum«, sage ich vorsichtig. »Das stimmt doch nicht. Du hast mich, Suze, Luke ...«

»Ich brauchte jemanden mit Einfluss!« Mum schwenkt ihr Weinglas in meine Richtung. »Und nachdem Luke sich *geweigert* hat, seine Kontakte zu nutzen ...«

»Jane«, sagt Luke, »ich weiß wirklich nicht, was du dir von mir erhofft hast ...«

»Ich habe mir von dir erhofft, dass du Himmel und Hölle in Bewegung setzt! Elinor hat mir ihre Hilfe sofort angeboten. Sie versteht mich. Nicht wahr, Elinor?«

»Aber wir haben Dad doch gefunden!«, protestiere ich. »Wir haben ihn aufgespürt!«

»Nun, das konnte ich ja nicht wissen, als ich bei Elinor angerufen habe«, erwidert Mum unerschütterlich. »Sie ist sofort hergekommen, um zu helfen. Sie ist eben eine *echte* Freundin.«

Das ist doch irre. Mum *kennt* Elinor ja kaum. Es ist schließlich nicht so, als wären wir eine von diesen großen, glücklichen Familien, in denen sich alle einig sind und dauernd miteinander telefonieren. Soweit ich weiß, sehen unsere familiären Beziehungen folgendermaßen aus:

Elinor blickt auf Mum und Dad herab (zu provinziell).

Mum kann Elinor nicht leiden (zu hochnäsig).

Dad mag Elinor eigentlich, hält sie aber für eine stocksteife alte Schachtel (womit er recht haben könnte).

Luke und Elinor sprechen höchst selten miteinander.

Minnie liebt alle, besonders »Grana« (Mum) und »Lady« (Elinor). Leider liegt sie schon im Bett und schläft und ist von daher keine große Hilfe.

Also. Nirgendwo in dieser Aufstellung steht: *Mum und Elinor sind gut befreundet.* Ich wusste nicht einmal, dass Mum ihre Telefonnummer hat. Als ich einen Blick zu Luke hinüberwerfe, sehe ich, wie sich seine Miene verfinstert.

»Was soll meine Mutter denn für dich tun?«, fragt er.

»Wir wollen uns gerade auf den Weg machen, um die Lage zu besprechen«, sagt Mum. »Sie war noch nie in Las Vegas und wir ja auch nicht, also ist heute *Ladies' Night*.«

»*Frauenpower*!«, stimmt Janice eifrig mit ein.

»Du siehst fabelhaft aus, Elinor.« Ich kann es mir nicht verkneifen. »Hübsches Kleid.«

Immerhin war ich es, die Elinor vorgeschlagen hat, ein Wickelkleid zu tragen und nicht ständig diese endlos steifen Kostüme. Und schon wieder hat sie meinen Rat beherzigt! Sie trägt ein schwarzweiß gemustertes Kleid, das perfekt sitzt – bestimmt hat sie es ändern lassen – und in dem sie so viel femininer aussieht. Als Nächstes sollte ich ihr einen Stufenschnitt vorschlagen. (Aber eins nach dem anderen.)

Ich spüre, wie sauer Luke auf seine Mutter ist.

»Mutter«, sagt er. »Du musst dich nicht bemüßigt fühlen, in dieser Sache tätig zu werden. Dass Jane dich angerufen hat, war unangemessen.«

»*Unangemessen?*« Mum ist empört. »Elinor gehört doch zur Familie, oder etwa nicht, Elinor?«

»Sie war in letzter Zeit gesundheitlich etwas angeschlagen«, erklärt Luke. »Es tut ihr sicher nicht gut, in das erstbeste Familiendrama hineingezogen zu werden. Mutter...« Er wendet sich Elinor zu. »Falls du noch nicht gegessen hast, schlage ich vor, dass wir zwei gleich eine späte Mahlzeit zu uns nehmen. Becky, du hast doch nichts dagegen, oder?«

»Nein«, sage ich eilig. »Ganz und gar nicht. Geh du nur.«

»Denn im Grunde...« Luke klingt betreten, als er wieder Elinor anspricht. »Also, ich habe mich neulich Abend schlecht benommen, und ich würde das gern wiedergutmachen. Ich glaube, jetzt wäre eine gute Gelegenheit, zerschlagene Brücken wieder aufzubauen...« Luke kratzt sich im Nacken, und ich weiß, wie schwer es ihm fällt, besonders vor uns anderen. »Und ich möchte dich um Entschuldigung bitten. Fangen wir doch mit einem Abendessen an.«

»Ich weiß deine Worte zu schätzen, Luke«, beginnt Elinor nach einer kurzen, steifen Pause. »Danke. Ich glaube, wenn du dazu bereit bist, könnten wir...« Sie klingt genauso betreten wie Luke. »Wir könnten... einen Schlussstrich unter die Vergangenheit ziehen und noch einmal von vorn beginnen?«

Ich halte die Luft an und werfe Luke einen kurzen Blick zu. Ich kann kaum glauben, dass ich die Worte »Schlussstrich ziehen« und »noch einmal von vorn beginnen« gehört habe. Sie vertragen sich wieder! Na, endlich! Hoffentlich bringt das gemeinsame Abendessen die beiden einander wieder näher, damit von jetzt an alles besser wird.

»Sehr schön!« Ein Lächeln der Erleichterung breitet sich auf Lukes Gesicht aus. »Ich wüsste nicht, was ich lieber täte. Ich besorge uns einen Tisch, wir essen zu Abend, sprechen vielleicht über diesen Urlaub in den Hamptons, von dem die Rede war...«

»Ich bin noch nicht fertig«, unterbricht ihn Elinor. »Ich weiß deine Worte zu schätzen, Luke, und ich möchte auch, dass wir die Unstimmigkeiten der Vergangenheit hinter uns lassen. Aber ich habe beschlossen, dass ich heute Abend … mit Jane und Janice ausgehen werde.«

Mir fällt die Kinnlade herunter. Elinor und Mum? Gehen zusammen aus? In Las Vegas?

»Stimmt genau.« Mum klopft Elinor auf die Schulter. »Du kommst mit uns und amüsierst dich.«

»*Frauenpower*!«, ruft Janice noch einmal. Ihre Wangen sind rosig, und ich frage mich, wie viele von diesen kleinen Fläschchen Wein sie schon intus hat.

»Du willst lieber mit *den* beiden ausgehen? Anstatt mit *mir*?«, fragt Luke, als könne er es nicht glauben.

Fairerweise muss man sagen, dass es tatsächlich unglaublich ist. Denn als Elinor meiner Familie vorgestellt wurde, war sie dermaßen hochnäsig und hat sich aufgeführt, als hätten alle Bloomwoods die Pest oder so was.

»Jane hat versprochen, mir Fotos von Minnie zu zeigen«, sagt Elinor. »Ich möchte gern wissen, wie sie als Baby aussah. Ich habe doch so viel davon versäumt.«

Traurig blinzelt sie, was mir direkt einen Stich versetzt. Die arme Elinor stand schon viel zu lange am Rande unserer Familie.

»Stimmt genau, Elinor! Du brauchst nur die Fotos auf meinem iPhone durchsehen, dann schicke ich dir alle, die du haben willst«, bestätigt Mum, zieht ihre Jacke über und steht auf. »Du könntest dir eine Collage für die Küche zusammenstellen. Oder … ich weiß! Du magst doch so gerne puzzeln, oder? Na, dann lass dir doch ein Puzzle mit einem Foto von Minnie machen! So was kriegt man bei jedem Snappy Snaps.«

»Ein Puzzle?« Elinor überlegt. »Ein Bild von Minnie als Puzzle? Welch hübsche Idee.«

»Oh, ich habe haufenweise solche Ideen.« Mum fängt an,

sie zur Tür zu schieben. »Na, komm! Können wir, Janice? Elinor, hast du eigentlich schon mal gespielt?«

»Hin und wieder spiele ich Baccara in Monte Carlo«, sagt Elinor gespreizt. »Mit den Broisiers. Alte monegassische Familie.«

»Gut! Dann zeigst du uns am besten gleich mal, wie es geht. Ich muss ein bisschen Dampf ablassen, Elinor, das darfst du mir glauben. Bye, Becky, Liebes! Wir sehen uns morgen früh im Bellagio, Punkt neun Uhr. Dein Vater kann sich schon mal auf was gefasst machen. Also, Elinor, was hältst du von einem Cocktail?«

Während Mum immer weiterredet, fällt hinter ihnen die Tür ins Schloss. Luke und ich sehen uns nur an.

18:46 **Unbekannte Nummer**
Hey Sexy!

18:48 **Unbekannte Nummer**
Dich finde ich überall!

18:57 **Unbekannte Nummer**
Um zehn im flamingo frag nach juan

18:59 **Unbekannte Nummer**
Wie viel pro Stunde?

19:01 **Unbekannte Nummer**
Coole Fotos!!! Ich steh auf das dicke Tau!!!!

19:07 **Unbekannte Nummer**
Isch libe disch einsame man

19:09 **Unbekannte Nummer**
Wie viel?

19:10 **Unbekannte Nummer**
Mach mir heiße Lippe, jederzeit gerne

19:12 **Unbekannte Nummer**
Ich will dich buchen

19:14 **Unbekannte Nummer**
Männer oder Frauen?

8

Es ist der Morgen danach. Ich weiß nicht, wer den Morgen danach erfunden hat, aber der Typ gehört *erschossen*.

Wir haben Viertel vor neun, und ich sitze an einem großen, runden Tisch im Restaurant Bellagio und warte auf die anderen. Mein Kopf pocht sanft zur Hintergrundmusik, und ich fühle mich ein wenig grün. Was wieder beweist, dass der Wein vom Zimmerservice nicht weniger Wirkung zeigt als Restaurantwein.

Was im Übrigen auch für die Cocktails vom Zimmerservice gilt.

Okay, *okay*. Und für die diversen Absacker vom Zimmerservice.

Es war allerdings auch nicht gerade förderlich, dass Minnie uns nachts um drei mit ihrem Geschrei geweckt hat, weil sie dachte, ihr Bett sei »im Wasser«. Daran sind nur diese dämlichen Gondeln schuld. Die sollten Warnschilder aufstellen.

Gerade kommt Luke vom Büfett zurück mit Minnie, die eine Schale mit Cornflakes vor sich herträgt.

»Mami! Flakes!«, ruft sie, als hätte sie eine seltene Delikatesse entdeckt. »Hab *Flakes*!«

»Toll, Süße! Lecker!« Dann sehe ich Luke an. »Sie hat das ganze Bellagio-Büfett zur Auswahl und entscheidet sich für Cornflakes?«

»Ich hab versucht, sie für eine Hummerplatte mit frischen Shrimps zu begeistern«, sagt Luke grinsend. »Wollte sie nicht.«

Bei dem Gedanken an frische Shrimps und Hummer will sich mir der Magen umdrehen. Was ist das denn für eine Idee?

»Die haben sogar Trüffelomelettes«, fügt Luke hinzu, während Minnie anfängt, ihre Cornflakes zu knuspern.

»Super«, sage ich wenig begeistert.

»Und es gibt einen Schokoladenbrunnen und French Toast und …«

»Luke, hör auf!«, stöhne ich. »Rede bitte nicht vom Essen.«

»Hast du zu leiden?« Luke grinst.

»Nein«, sage ich würdevoll. »Ich habe einfach keinen Appetit.«

Da fällt mir ein … Vielleicht könnte ich endlich mit meiner 5:2-Diät anfangen. Genau. Und heute wäre dann der Tag, an dem ich nichts esse.

Ein Kellner schenkt mir Kaffee nach, und ich nehme einen vorsichtigen Schluck. Im nächsten Moment dringt ein vertrauter Laut an mein Ohr, und ich blicke auf. Ist das nicht Mums Stimme? O mein Gott, ist dieses Gespenst da drüben etwa meine *Mutter*?

Sie steht beim Empfang, die Haare völlig verwuschelt, die Augen verschmiert, mit einer Glitzerblume hinterm Ohr.

»Meine Tochter«, sagt sie. »Meine Tochter Becky. Könnten Sie die bitte für mich suchen? Und ich brauche dringend eine Tasse Kaffee …« Sie greift in ihr zerzaustes Haar. »Oh, mein Kopf …«

»Mum!« Ich winke wild. »Hier drüben!«

Als Mum mich entdeckt, fällt mir auf, dass sie noch ihr Kleid von gestern Abend trägt. War sie denn überhaupt nicht im Bett?

»Mum!«, rufe ich noch einmal und laufe ihr durchs Restaurant entgegen. »Alles okay? Wo bist du gewesen?«

»Moment«, sagt sie. »Ich sag nur eben den anderen Bescheid. Mädels! Hier!«

Sie winkt zum Eingang des Restaurants hinüber, und mit einigem Erstaunen sehe ich Elinor und Janice auf mich zukommen. Sie laufen Arm in Arm. Nein, sie torkeln.

Die beiden sehen schrecklich aus. Und sie haben ebenfalls noch dieselben Kleider an wie gestern Abend. Janice trägt außerdem eine schimmernde Schärpe mit der Aufschrift KARAOKE QUEEN, und mir scheint, in Elinors Haaren stecken ein paar abgebrannte Wunderkerzen.

O mein Gott. Ich pruste kurz vor Lachen, dann halte ich mir schnell den Mund zu.

»Ihr hattet also einen lustigen Abend?«, frage ich, als sie sich zu uns gesellen. Janice blickt auf und nuschelt reumütig: »Oh, Becky, Liebes. Lass mich nie wieder Tia Maria trinken!«

»Mir ist ganz blümerant zumute«, gesteht Elinor, die kalkweiß ist. »Mein Kopf… diese Symptome… sind höchst beunruhigend…« Sie schließt die Augen, und ich stütze sie am Arm.

»Habt ihr denn überhaupt nicht geschlafen?« Ich blicke einer nach der anderen prüfend in die Augen und komme mir vor, als wäre ich hier die Erwachsene. »Habt ihr auch genug Wasser getrunken? Habt ihr was gegessen?«

»Wir haben gedöst«, sagt Mum nach kurzer Überlegung. »Im Wynn Casino, oder?«

»Mir ist sogar ausgesprochen blümerant zumute«, meldet sich Elinor wieder zu Wort und lässt den Kopf hängen wie ein Schwan.

»Du hast einen Kater«, sage ich mitfühlend. »Na komm, setz dich erstmal hin. Ich bestell dir einen Tee…«

Als wir uns dem Tisch nähern, blickt Luke von Minnies Cornflakes auf und zuckt vor Schreck zurück. »Mutter!« Er springt auf. »O mein Gott! Geht es dir nicht gut?«

»Keine Sorge. Sie hat nur einen Kater«, beruhige ich ihn.

»Die anderen auch. Elinor, hattest du schon jemals einen Kater?«

Elinor macht ein ratloses Gesicht, als ich ihr auf einen Stuhl helfe.

»Weißt du überhaupt, was ein Kater *ist*?«, versuche ich es nochmal.

»Diesen Ausdruck habe ich durchaus schon gehört«, sagt sie und lässt kurz ihre wohlbekannte Hochnäsigkeit durchscheinen.

»Na dann, herzlichen Glückwunsch zu deinem ersten Kater.« Ich schenke ihr ein großes Glas Wasser ein. »Trink das. Luke, hast du Aspirin dabei?«

Für die nächsten paar Minuten verarzten Luke und ich die drei Verkaterten, indem wir ihnen Wasser, Säfte, Tee und Schmerzmittel verabreichen. Luke und ich werfen uns immer wieder Blicke zu, und ich könnte laut loslachen, doch Elinor sieht so elend aus, dass ich es mir lieber verkneife.

»Aber hattest du es denn nett?«, frage ich schließlich, als sie endlich wieder ein bisschen Farbe im Gesicht hat.

»Ich glaube wohl.« Sie wirkt verdutzt. »Ich kann mich kaum erinnern.«

»Dann hattest du es nett«, sagt Luke.

»Hey, ihr Schlingel!« Dannys Stimme begrüßt uns schon von weitem, sodass wir uns alle umdrehen und ihn kommen sehen. Er trägt ein langes Paillettenkleid, und seine Augen sind mit lila Glitzerlidschatten geschminkt. Ich schätze mal, er war auch noch nicht im Bett.

»Danny!« rufe ich. »Was hast *du* denn da an?« Aber er ignoriert mich.

»Hey, ihr Schlingel!«, wiederholt er, und da erst merke ich, dass er Mum, Janice und Elinor meint. »Ihr habt echt gerockt letzte Nacht! Die drei haben Karaoke gesungen, im Mandala Bay.« Er wendet sich mir zu. »Deine Mum hat's echt drauf.

Ich sag nur: ›Rolling in the Deep‹. Und Elinor! Was für ein klasse Auftritt!«

»Elinor hat Karaoke gesungen?« Ich starre ihn an.

»Nein ...« Luke ist sprachlos.

»Oh, doch.« Danny grinst. »›Something Stupid‹. Im Duett mit Janice.«

»Nein ...«, sagt Luke nochmal, und alle Blicke richten sich auf Elinor, deren Kopf schon wieder über der Tischplatte hängt. Arme Elinor. Zum ersten Mal betrunken zu sein hat schreckliche Folgen, und ganz offensichtlich ist es ihr erstes Mal.

»Das wird bald besser«, sage ich und streiche ihr über den Rücken. »Nur Mut, Elinor.« Gerade schenke ich ihr noch etwas Wasser ein, als ich aus dem Augenwinkel Suze und Alicia sehe. Ich muss wohl nicht erst erwähnen, dass die beiden natürlich keinen Kater haben. Alicias Teint hat dieses polierte, gesunde Leuchten, das zu allen Angestellten im Golden Peace gehört. (Übrigens kommt das vom Golden-Peace-Bräunungsserum, *nicht* etwa von einer gesunden Lebensweise.) Suzes blonde Haare sind frisch gewaschen, und sie trägt ein langärmliges, weißes Top, das ihr etwas Engelsgleiches verleiht. Als die beiden unseren Tisch fast erreicht haben, weht mir so ein frischer, luftiger Duft entgegen, als würden sie dasselbe Parfüm benutzen, was sie vielleicht sogar tun, zumal sie doch mittlerweile allerallerbeste Freundinnen sind.

»Hallo, ihr zwei!«, begrüße ich sie und gebe mir große Mühe, höflich zu klingen. »Hattet ihr einen schönen Abend?«

»Wir waren früh im Bett«, sagt Alicia. »Und heute Morgen haben wir uns einer Tai-Chi-Gruppe angeschlossen.«

»Schön für euch!« Ich zwinge mich zu einem Lächeln. »Zauberhaft. Darf ich euch Wasser einschenken? Habt ihr Danny schon gesehen?«

Als die beiden sich setzen, kommt Danny vom Büfett zurück. Auf seinem Teller stapeln sich Hummer und Trauben, sonst nichts weiter.

»Suze! Liebchen!« Er wirft ihr eine Kusshand zu. »Ich bin für dich da, im wahrsten Sinne des Wortes. Ich. Bin.« Er deutet auf sich selbst. »Für. Dich da. Sag mir einfach, was ich tun soll.«

»Danny!«, schnaubt Suze mit grimmigem Blick. »Was zum Teufel hast du dir eigentlich dabei gedacht?«

»Dass ich am besten so schnell wie möglich herfliege!«, antwortet Danny stolz. »Meine Assistenten und ich stehen dir voll und ganz zur Verfügung. Sag mir, was wir tun sollen.«

»Ich werd dir sagen, was du auf *keinen* Fall tun sollst!«, entgegnet Suze. Sie zückt einen von Dannys Flyern und wedelt damit herum. »Du solltest auf *keinen* Fall ganz Las Vegas mit dem Gesicht meines Mannes pflastern, weil mich Millionen Leute anschreiben, die sich mit ihm ›verabreden‹ wollen! Hast du eigentlich eine Ahnung, was für Anrufe ich bekomme?«

»Nein!«, sagt Danny in freudiger Erwartung. »Was denn für welche?« Da bemerkt er Suzes Gesichtsausdruck und macht sich trotzig gerade. »Ich wollte nur helfen, Suze. Entschuldige bitte, dass ich meine Ressourcen genutzt habe, um dir zur Seite zu stehen. Beim nächsten Mal spare ich mir das.«

Ich sehe Suze beben, weil es sie solche Kraft kostet, sich zu beherrschen, und nach einem Augenblick sagt sie: »Tut mir leid, Danny. Ich weiß, dass du mir nur helfen wolltest. Aber *ehrlich*...«

»Es sind doch tolle Bilder, oder?«, schwärmt Danny und bewundert Tarkies stimmungsvollen Blick.

»Ich kann sie nicht ausstehen«, zischt Suze verächtlich.

»Ich weiß, aber trotzdem sind sie toll. Das musst du zugeben, Suze. Du bist doch Künstlerin. Du hast ein Auge dafür. Hey, in meiner neuen Kollektion gibt es einen Mantel, der perfekt für dich wäre. Mit so einer übergroßen Halskrause wie Elisabeth I. Den könntest du total gut tragen. Friede?«

Niemand kann Danny lange böse sein. Ich sehe, dass Suze schon mit den Augen rollt und sich erweichen lässt. Schließlich lehnt sie sich seufzend zurück und sagt: »Alicia, du kennst Danny Kovitz, oder? Danny, Alicia Merrelle.«

»Ich erinnere mich noch gut an Beckys Hochzeit«, flötet Danny zuckersüß, an Alicia gewandt. »Ein unvergesslicher Auftritt.«

Irgendwas blitzt in Alicias Augen auf – Zorn? Reue? –, aber sie belässt es dabei. Suze hat zwei Gläser Wasser eingeschenkt, und die beiden nippen graziös daran.

»Was habt ihr denn gestern Abend so getrieben?«, fragt Danny, woraufhin Suze den Kopf schüttelt.

»Nichts weiter. Wir waren den ganzen Abend zu Hause. Kommst du mit zum Büfett, Alicia?«

Als die beiden aufstehen, beugt Danny sich über den Tisch hinweg zu mir.

»Das ist gelogen«, flüstert er.

»Was ist gelogen?«

»Alicia war nicht den ganzen Abend im Hotel. Ich habe sie in der Lobby vom Four Seasons gesehen, gegen Mitternacht. Sie hat sich da mit einem Mann unterhalten.«

»Du machst Witze!«

»Du machst Witze!«, äfft Minnie mich nach.

»Was wollte sie da? Und warum sollte sie deshalb lügen?«

Danny zuckt mit den Schultern und stopft sich mindestens sechs Trauben auf einmal in den Mund.

»Ich brauche Eiswasser«, quengelt er. »Dieses Wasser ist nicht kalt genug. Wo ist Kasey?«

Er fängt an zu simsen, und ich lehne mich auf meinem Stuhl zurück und beobachte Alicia dabei, wie sie sich kleine Grapefruithäppchen auswählt. Ich *wusste* doch, dass sie was im Schilde führt. Was hat sie wohl um Mitternacht in der Lobby vom Four Seasons getrieben? Wenn man mich fragt, klingt das sehr verdächtig. Eben will ich Danny nach weiteren Details befragen, als mir plötzlich auffällt, dass Elinor am Tisch eingeschlafen ist. Ihr Gesicht ist zerknautscht, die Frisur zerzaust, und ich kann ein leises Schnarchen hören.

Wie gern würde ich jetzt ein Selfie mit ihr machen! Aber nein. So etwas tut eine fürsorgliche, erwachsene Schwiegertochter nicht.

»Elinor.« Ich schüttle sie sanft. »Elinor, wach auf!«

»Hm?« Abrupt fährt sie hoch und reibt sich die Augen. Besorgt rechne ich schon damit, dass gleich ihr Make-up bröckelt.

»Trink noch ein bisschen Wasser.« Ich reiche ihr das Glas und sehe auf die Uhr. »Tarkie und Dad müssten bald hier sein.«

»Falls sie überhaupt kommen«, sagt Luke, der sich sein Rührei mit Speck liebevoll mit Minnie teilt.

»Falls sie überhaupt kommen?« Bestürzt starre ich ihn an. »Was meinst du damit? Selbstverständlich kommen sie.«

»Witze«, ruft Minnie energisch dazwischen. »Du machst *Witze*.« Stolz blickt sie in die Runde und stibitzt eine Erdbeere von Mums Teller. Mum merkt es nicht einmal. Auch sie starrt Luke fassungslos an.

»Wie kommst du darauf, so etwas zu sagen, Luke? Hat Graham sich bei dir gemeldet?«

»Natürlich nicht«, erwidert Luke, als Suze sich gerade wieder zu uns setzt. »Aber jetzt ist es zehn nach neun. Ich glaube, wenn sie wirklich kommen wollten, wären sie schon da. Ich habe einen Riecher für so was.«

»Einen *Riecher*?«, fragt Mum argwöhnisch.

»Was weißt du?«, drängt Suze sofort. »Luke, was verschweigst du uns?«

»Luke weiß überhaupt nichts!«, ergreife ich hastig das Wort. »Und mit seinem Riecher liegt er meistens falsch. Ich bin mir sicher, dass sie noch kommen.«

Leider ist das eine dreiste Lüge. Normalerweise hat Luke immer den richtigen Riecher. Wie sollte er in seinem Job wohl sonst so erfolgreich sein? Er kann Menschen und Situationen treffsicher einschätzen und ist mit seinen Überlegungen allen anderen weit voraus. Und dann, während wir schweigend dasitzen und an unseren Gläsern nippen, klingelt mein Handy. Ich hole es hervor, und als ich sehe, dass »Dad« auf dem Display steht, habe ich schon so eine dunkle Ahnung.

»Dad!«, rufe ich laut und deutlich. »Sehr schön! Bist du da? Wir sitzen an dem großen runden Tisch beim Obstbüfett.«

»Becky...«, sagt er, dann herrscht Stille, und ich weiß Bescheid. Ich weiß es einfach.

»Dad, ich geb dich an Mum weiter«, sage ich heiter und doch scharf. »Jetzt gleich. Du redest mit Mum.«

Ich spiele nicht länger den Boten. Ich kann das einfach nicht.

Ich reiche Mum das Telefon und fange an, ärgerlich mein Stück Melone zu zerschneiden. Ich beuge mich tief über den Teller, während Mums Stimme immer schriller wird: »Aber wir sitzen hier alle und warten! Graham, erzähl mir nicht, dass ich mir keine Sorgen machen muss... Na, dann sag mir doch die Wahrheit.... Ich denke, ich werde selbst entscheiden, was wichtig ist und was nicht... Zurück nach L.A.?... Nein, wir haben noch kein Weingut besucht... Nein, ich möchte auch keine Weingüter besuchen...*Hör auf, mir was von gottverdammten Weingütern zu erzählen!*«

»Lass mich mit ihm reden!«, geht Suze dazwischen. »Ist Tarkie da?« Sie entwindet Mum das Handy und verlangt: »Ich will meinen Mann sprechen!…Na, und wo ist er?… Was soll das heißen: ›spazieren‹?« Sie knurrt förmlich ins Telefon. »Ich muss mit ihm sprechen!«

Wütend unterbricht sie die Verbindung und wirft das Handy auf den Tisch. Sie atmet schwer, und ihre Wangen sind ganz rot. »Wenn mir noch *einmal* jemand sagt, dass ich mich entspannen soll…«

»Das finde ich auch!«, verkündet Mum lautstark.

»Wie soll ich mich denn entspannen?«

»Weingüter! Er meint doch tatsächlich, ich soll mir Weingüter ansehen! Dem werd ich was erzählen, wenn ich ihn zu fassen kriege. Dauernd sagt er solchen Unsinn wie: ›Das ist doch keine große Sache… Ich bin ja nur ein paar Tage weg… Wo ist denn das Problem? Das Problem ist, dass er Geheimnisse vor mir hat!« Sie knallt ihre Tasse auf den Tisch. »Da ist eine andere Frau im Spiel. Ich weiß es genau.«

»Mum!«, sage ich schockiert. »Nein!«

»Oh doch!« Ihr kommen die Tränen, und sie tupft sie mit ihrer Serviette ab. »*Das* muss er ›in Ordnung bringen‹. Es hat mit einer anderen Frau zu tun.«

»Nein, bestimmt nicht!«

»Und was könnte es sonst sein?«

Alle schweigen. In Wahrheit habe ich keine Ahnung, was es sein könnte.

Vierzig Minuten sitzen wir noch da, obwohl wir wissen, dass sie nicht mehr kommen werden. Es ist, als wären wir alle wie gelähmt, zur Untätigkeit verdammt.

Außerdem ist das Büfett *richtig* gut. Und nach ein paar Tassen Kaffee ist auch mein Appetit größtenteils wiederhergestellt. Genau genommen bin ich von der 5:2-Diät zur

»Hol-dir-so-viel-wie-möglich-vom-Buffet-denn-es-kostet-ein-Vermögen«-Diät umgeschwenkt.

Mittlerweile ist Elinor wieder zu neuem Leben erwacht und in ein Gespräch mit Danny verstrickt. Wie sich herausstellt, kennen beide dieselben Damen der feinen Gesellschaft von Manhattan, weil Elinor mit denen gemeinsam Events besucht und Danny ihnen Kleider verkauft. Danny hat sogar sein Skizzenbuch aufgeschlagen und zeichnet Entwürfe für Elinor, während sie ihm dabei über die Schulter schaut.

»Das wäre gut für die Oper«, sagt er gerade, während er einen Rock schraffiert. »Oder für Vernissagen, zum Tee ...«

»Nicht zu viel Schößchen«, sagt Elinor, die seine Skizze mit kritischem Blick begutachtet. »Ich möchte keinesfalls wie ein Lampenschirm aussehen.«

»Elinor, ich werde dir genau das rechte Maß an Schößchen geben«, erwidert Danny. »Vertrau mir. Dafür habe ich ein Auge.«

»Ich habe das Geld«, entgegnet Elinor, und ich muss mir ein Prusten verkneifen. Die beiden passen perfekt zueinander. Jetzt zeichnet Danny einen wallenden Mantel mit hohem Trichterkragen.

»Dieser Schnitt schmeichelt dir«, sagt er zu Elinor. »Hinten höher, vorn tiefer. Der Kragen wird dein Gesicht umrahmen. Es sieht bestimmt umwerfend aus. Und wir werden ihn mit Kunstfell besetzen.« Er zeichnet kurzerhand das Fell ein, und Elinor ist hellauf begeistert. Um ehrlich zu sein bin ich selbst ganz fasziniert. Elinor würde in diesem Mantel wirklich *überwältigend* aussehen!

»Ich brauche dringend einen Muffin. Sonst kann ich nicht denken«, sagt Danny plötzlich und springt auf. »Bin gleich wieder da, Elinor!«

Als ich mit ihm hinüber zu den Muffins gehe, ist Danny geradezu euphorisch.

»Ich werde eine ganze Kollektion für Elinor entwerfen«, erklärt er mir. »Danny Kovitz Classic. So etwas wie eine Semi-*couture*-Linie für die Dame der Silbernen Jahre.«

»Wohl eher der Silbernen Dollars«, sage ich und grinse.

»Beides.« Er zwinkert mir zu. »Weißt du, Elinor hat ein ausgeprägtes Stilgefühl.«

»Oh, ja … Nur, dass sie ein bisschen konservativ ist.«

»Das finde ich so gar nicht«, sagt Danny selbstzufrieden. »Ich finde, sie steht neuen Ideen ausgesprochen aufgeschlossen gegenüber.«

»Na, offenbar ist sie bei dir genau richtig«, sage ich ein wenig eifersüchtig. Eigentlich hatte ich mich selbst als Elinors Modeguru gesehen. Ich meine, immerhin habe *ich* ihr zu Wickelkleidern geraten. Und jetzt will Danny einfach übernehmen und die Lorbeeren einsammeln. »Viel Spaß dabei. Wie viel willst du ihr denn dafür berechnen?«

»Ach, nicht mehr als den Preis für eine kleine Eigentumswohnung in Mexiko«, nuschelt Danny. »Ich hab schon eine gegoogelt, die mir gefällt.«

»Danny!«

»Ich muss ihr nur noch drei Mäntel mehr verkaufen.«

»*Danny!*« Ich geb ihm einen Schubs. »Hör auf, meine Schwiegermutter auszunutzen!«

»Sie nutzt doch *mich* aus!«, erwidert er. »Weißt du, wie viel Arbeit das wird? Hey, vielleicht sollte ich mir eine Waffel gönnen.«

Während er das andere Ende vom Büfett ansteuert, gehe ich hinüber zum italienischen Tresen und greife gerade nach einem Cannolo, als mein Handy klingelt. Ich werfe einen Blick auf das Display und stutze. Es ist Tarquin. Warum ruft er *mich* an? Hat er sich verwählt?

»Hi!«, sage ich atemlos. »O mein Gott, Tarkie, hi! Ich hol dir gleich Suze …«

»Nein!«, ruft Tarquin. »Ich möchte nicht mit Suze sprechen.«

»Aber…«

»Becky, wenn du sie holst, lege ich auf!«

Er klingt derart unnachgiebig, dass mir die Spucke wegbleibt.

»Aber Tarkie…«

»Ich rufe an, um mit *dir* zu sprechen, Becky. Deshalb habe ich deine Nummer gewählt.«

»Aber ich bin doch nicht deine Frau«, sage ich und komme mir ziemlich dumm vor.

»Du bist aber meine Freundin. Oder?«

»Natürlich, Tarkie…« Ich kratze mich am Kopf und versuche, meine Gedanken zu ordnen. »Was ist mit dir passiert?«

»Nichts ist mit mir *passiert*.«

»Aber du hast dich total verändert. Du klingst okay. In L.A. dachten wir alle…« Ich schweige, bevor ich sagen kann, *du drehst durch.*

Und ich weiß, es klingt extrem, aber ganz ehrlich, Tarkie war nicht mehr derselbe. Er wollte nur noch mit Bryce zusammen sein. Und er hat andauernd davon geredet, dass Suze ihn sabotiert. Es war schlimm.

»In L.A. ging es mir sehr schlecht«, erklärt Tarkie nach einer langen Pause. »Es war… klaustrophobisch. Da kann jede Beziehung eine seltsame Richtung einschlagen.«

Offenbar spricht er von sich und Bryce.

»Aber ist die Lage jetzt nicht noch viel klaustrophobischer?«, frage ich verwundert. »Ich meine, wo du die ganze Zeit mit Bryce zusammen bist, wird es ja nicht besser…«

»Ich meine nicht Bryce! Warum sollte ich Bryce meinen? Ich meine Suze!«

»*Suze?*«

133

Ich blinzle mein Handy an. Meint er... Er meint doch nicht...

»Tarkie!«, sage ich verstört. »Was willst du damit...«

»Du hast uns doch gesehen, Becky«, sagt Tarkie mit rauer Stimme. »Du musst doch gemerkt haben, dass es zwischen Suze und mir nicht gut lief. Na ja, und in L. A. ging auf einmal gar nichts mehr.«

»Es war für uns alle eine stressige Zeit«, werfe ich ein.

»Nein, es lief *richtig* schlecht zwischen uns.«

Mir liegt ein schwerer Brocken im Magen. So ein Gespräch hatte ich mit Tarkie noch nie. Suze und Tarkie haben doch immer so gut harmoniert. Das kann doch jetzt nicht vorbei sein. Ich habe das Gefühl, die ganze Welt gerät aus den Fugen, wenn Suze und Tarkie nicht glücklich miteinander sind.

»Das musst du doch gemerkt haben«, wiederholt Tarkie.

»Ich... na ja...«, stammle ich. »Ich wusste, dass du viel Zeit mit Bryce verbringst, aber...«

»Ja, und was glaubst du wohl, warum?« Tarkie klingt so aggressiv, dass ich zusammenzucke. »Entschuldige«, sagt er gleich darauf. »Ich wollte nicht die Fassung verlieren.«

Tarkie ist ein wahrer Gentleman. Ich habe so gut wie noch nie erlebt, dass er jemanden anfährt. In meinem Kopf dreht sich alles vor Kummer und Sorge, und ich kann nur noch eins denken: *Suze.*

»Tarkie, du musst mit Suze sprechen«, sage ich, »Bitte. Sie macht sich solche Sorgen um dich, dass sie schon völlig aufgelöst ist...«

»Ich kann nicht mit ihr sprechen«, unterbricht mich Tarkie. »Nicht jetzt. Becky, ich komme mit ihr nicht zurecht. Sie ist kindisch. Sie erhebt wilde Anschuldigungen, dreht mir jedes Wort im Mund um... Ich musste einfach mal raus. Dein Vater ist wunderbar. Er ist so ausgeglichen.«

»Aber Suze braucht dich!«

»Ich bin ja bald wieder da. Es dauert nur noch ein paar Tage.«

»Sie braucht dich aber jetzt!«

»Na, vielleicht kann unsere Ehe eine kleine Trennung mal ganz gut vertragen!«, schreit er mich förmlich an.

Ich weiß nicht, was ich dazu sagen soll. Ich stehe nur da, zittere vom Schock und versuche, mir zu überlegen, wie ich diesem Gespräch eine Wendung zum Besseren geben könnte.

»Und ... warum hast du eigentlich angerufen?«, frage ich schließlich.

»Ich denke, du solltest Alicia vor Bryce warnen. Ich habe herausgefunden, was er vorhat.«

»Oh, wow.« Mein Herz schlägt schneller. Wir wissen ja alle, dass Bryce nichts Gutes im Schilde führt – aber was ist es? Eine Sekte? Ein Geheimbund? O Gott, er wird doch wohl kein Terrorist sein, oder?

»Bryce versucht schon eine ganze Weile, Geld aus mir herauszuholen. Er sprach immer von einer ›Offensive‹, wollte aber nie verraten, was diese ›Offensive‹ sein sollte.«

Mein Herz setzt aus. Eine *Offensive.* O mein Gott, es stimmt. Entsetzt starre ich das Handy an und stelle mir vor, wie Bryce in einem südamerikanischen Trainingslager vor einer geheimen Armee von Gefolgsleuten steht und Befehle brüllt. Oder sich bei Google reinhackt.

»Jetzt ist er endlich mit der Wahrheit herausgekommen«, fährt Tarkie fort. »Und sein Plan ist ...«

»Ja?«

»... ein Konkurrenzunternehmen zum Golden Peace aufzubauen.«

»Ach«, sage ich nach kurzer Pause. »Ach so.«

Ich muss gestehen, ich bin etwas enttäuscht. Ich meine,

natürlich bin ich froh, dass Bryce kein Terrorist oder Sekten-
führer ist... aber trotzdem. Eine neue Investitionsmöglich-
keit? Laaang-weilig.

»Er hat sich die Daten ehemaliger Kunden vom Golden
Peace besorgt, die mit ihren Erfahrungen dort nicht eben
glücklich waren«, erklärt mir Tarquin. »Er arbeitet heimlich
daran. Alicia und ihr Mann sollten aufpassen. Bryce wird
extrem aggressiv vorgehen. Ich bin nicht der Einzige, bei
dem er sich um Geld bemüht, also ist davon auszugehen,
dass es ihm irgendwann auch gelingen wird.«

»Ach«, sage ich noch einmal. »Ich werde Alicia davon be-
richten.«

Alles Adrenalin hat sich in Luft aufgelöst. Bryce will also
mit Alicia in Konkurrenz treten. Na und? Ich mache mir
viel mehr Sorgen um Tarkie und um das, was er mit meinem
Dad treibt. Und was zwischen Tarkie und Suze los ist. Und
was um alles in der Welt ich jetzt bloß tun soll.

Plötzlich wird mir bewusst, dass ich mich in einer un-
möglichen Situation befinde. Wenn ich Alicia vor Bryces ge-
schäftlichen Plänen warne, wird sie fragen: *Woher weißt du
das?*, und ich werde zugeben müssen, dass ich mit Tarkie
telefoniert habe. Und Suze wird ausrasten.

»Tarkie, könntest du mir wenigstens verraten, was du
mit Dad treibst?« Die Worte purzeln nur so aus mir hervor.
»Bitte?«

»Becky...« Tarkie zögert. »Dein Vater ist ein guter Mensch.
Er ist sehr verantwortungsvoll. Er möchte nicht, dass ihr
wisst, was er vorhat. Ich persönlich verstehe eigentlich nicht,
wieso, aber vielleicht solltest du es einfach respektieren.« Ich
höre im Handy ein Geräusch, das klingt, als würde ein Motor angelassen. »Tut mir leid. Ich muss los. Aber mach dir
bitte keine Sorgen!«

»Tarkie, warte!«, rufe ich noch, doch die Leitung ist bereits tot, und ich starre ins Leere, versuche zu verarbeiten, was ich da eben gehört habe.

»Becky?« Als ich aufblicke, steht Luke vor mir. »Wer um Himmels willen war das denn? Du siehst aus wie der Tod persönlich!«

»Das war Tarquin«, sage ich niedergeschlagen. »Oh Luke, ich glaube, er hat gar keine Sinnkrise. Er hat eine *Ehekrise.* Er meint, er braucht Zeit ohne Suze… Zwischen den beiden läuft es nicht so gut…« Ich schlucke. »Was sage ich denn jetzt zu Suze?«

»Nichts«, entgegnet Luke sofort. »Misch dich auf *keinen* Fall in deren Beziehung ein. Sie würde ihre Wut nur an dir auslassen.«

»Er hat gemeint, sie sei« – ich zögere – »kindisch.«

»Na ja«, sagt Luke trocken. »Ich glaube, Suze macht eine ziemlich seltsame Phase durch. Und wenn du ihr jetzt etwas von ›kindisch‹ erzählst, wird eure Freundschaft *definitiv* beendet sein.«

Der Magen will sich mir umdrehen. Ich hasse diese Situation. Ich möchte irgendwem die Schuld daran geben, aber ich bin mir nicht mal sicher, ob ich sie Alicia zuschieben kann.

»Das ist alles so fürchterlich«, sage ich schwermütig.

»Es ist nicht leicht. Das ist ziemlich schwere Kost.« Luke drückt mich fest an sich und küsst meine Stirn. Ich sinke in seine Arme und atme seinen vertrauten Duft: ein Teil Aftershave, ein Teil frisch gewaschenes Hemd, ein Teil Luke.

»Ach, und übrigens hat Bryce gar keine Sekte«, eröffne ich ihm finster. »Er plant, Alicia auszutricksen. Tarkie möchte, dass ich sie warne. Aber wie denn? Ich kann ja schlecht sagen: *Soll ich dir mal was erzählen? Tarkie hat mich eben angerufen!*«

»Das ist Mist«, stimmt Luke mir zu.

Da habe ich plötzlich eine Idee. »Luke, *du* erzählst es Alicia. Behaupte einfach, es ist dir gerüchteweise zu Ohren gekommen. Lass mich einfach aus dem Spiel.«

»Oh, nein, nein!« Luke schüttelt den Kopf und lacht. »Da lasse ich mich nicht mit reinziehen.«

»Bitte!«, flehe ich. »*Bitte*, Luke.«

Wozu hat man denn einen Ehemann, wenn der einem nicht hin und wieder mal den Rücken stärkt? Haben wir das einander nicht sogar geschworen?

Schweigend schenkt Luke sich einen Grapefruitsaft ein. Als er aufblickt, seufzt er.

»Okay, ich mach's. Aber, Becky, *irgendwann* wirst du Suze beichten müssen, dass du mit Tarquin gesprochen hast. Solche Heimlichkeiten haben die unangenehme Eigenschaft, ans Licht zu kommen.«

»Ich weiß.« Ich nicke aufrichtig. »Irgendwann. Nur im Moment geht's nicht. Sie würde mich umbringen.«

»Was hat er denn sonst noch gesagt?«

»Nicht viel. Offenbar ist mein Vater ein guter Mensch.«

»Na, das wussten wir auch so!« Luke lächelt angesichts meiner Miene. »Becky, Kopf hoch! Vergiss nicht: Es ist eine gute Nachricht! Gestern dachten wir noch, Tarquin sei entführt oder ermordet worden.«

»Ja, aber es ist alles so *kompliziert*.« Traurig nehme ich mir ein Schokobrötchen, ein Mandelcroissant und einen Kopenhagener. Ein Stück bunkere ich für später, falls Minnie Hunger bekommt. »Und was machen wir jetzt? Weißt du, was ich denke? Ich denke, wenn es Tarkie gut geht und Dad nicht gefunden werden möchte, sollten wir vielleicht einfach nach Hause fahren.«

»Stimmt.« Luke nickt nachdenklich. »Da ist was dran. Möchtest *du* es deiner Mutter sagen oder soll ich?«

Okay, das war wohl nichts. Mir hätte gleich klar sein sollen, dass Mum nicht in einer Million Jahren einwilligen würde, jetzt nach Hause zu fahren. Gegen Ende unserer Diskussion, die man durchaus als »erhitzt« bezeichnen könnte (das Personal bat uns, etwas leiser zu sein), schlossen wir einen Kompromiss. Wir fahren alle gemeinsam zu dem anderen alten Freund von Dad, nämlich diesem Raymond Earle in Tucson. Erst wenn wir dort auch nichts in Erfahrung bringen, fahren wir zurück nach L.A. und warten darauf, dass Dad wieder nach Hause kommt.

Wobei Dad sich zweifelsohne weigern wird, uns zu verraten, was er getrieben hat. Und es wird eines der großen ungelösten Rätsel unserer Zeit bleiben. Und Mum wird vor Wut fast platzen. Aber das ist, wie Luke mir unermüdlich versichert, nicht mein Problem.

Inzwischen drehen wir alle noch eine letzte Runde am Büfett. Ich kann nicht glauben, dass ich mir immer noch mehr auf den Teller häufe, aber es gibt hier einfach so irre viel. Jedes Mal wenn man denkt, *jetzt hatte ich alles*, kommt man um eine Ecke und entdeckt einen Riesenstapel frischer Waffeln oder Hühnchenspieße oder Schokoerdbeeren, und die eine Hirnhälfte schreit: *Ich habe dafür bezahlt! Ich muss das alles aufessen!*, während die andere Hälfte längst stöhnt: *Ich kann nicht mehr! Nimm es weg!*

Ich gieße Minnie ein Glas Milch ein und werfe einen Blick zu Suze hinüber, die sich auf der anderen Seite vom Getränkebüfett einen Saft einschenkt. Ich bin total verspannt vor lauter schlechtem Gewissen. Noch nie hatte ich ein Geheimnis vor Suze.

Na ja, außer ganz selten vielleicht ein winzig kleines, so wie damals, als ich ihr *Monsoon*-Top, das nicht einmal ihr gehörte, ausgeliehen hatte, was sie dann erst Jahre später herausgefunden hat. Aber *davon* mal abgesehen.

Alicia wählt gerade ein paar Ananasscheibchen aus, da sehe ich, wie Luke an sie herantritt, mit seinem Handy in der Hand.

»Ach, Alicia«, sagt er beiläufig. »Mir ist da gerade was zu Ohren gekommen. Ich kann nicht sagen von wem, aber der Mann will aus verlässlicher Quelle erfahren haben, dass Bryce Perry die Absicht hat, ein Konkurrenzunternehmen zum Golden Peace aufzubauen.«

»*Was?*« Alicias Entsetzensschrei hallt durch den Raum.

»So wurde es mir jedenfalls zugetragen. Aber da solltest du vielleicht mal nachhaken.«

Luke klingt total normal und hat mich dabei kein einziges Mal angesehen. Mein Gott, ich liebe diesen Mann.

»*Das* hat er also vor?« Alicias Augen funkeln. »Deshalb hat er es auf Tarquin abgesehen? Wegen der Finanzierung?«

»Könnte sein.«

Alicias New-Age-Zen-mäßige Art kommt ihr überraschend schnell abhanden. Sie ist fuchsteufelswild.

»Wie dem auch sei…« Luke zuckt mit den Schultern. »Es ist zwar nur ein Gerücht, aber du solltest vielleicht ein paar Erkundigungen anstellen.«

»Ja. Ja. Danke für den Tipp, Luke.« Und schon ist sie auf dem Weg zu Suze. »Du *glaubst* nicht, was Luke mir eben erzählt hat!«, beginnt sie laut, dann spricht sie leiser weiter.

»Ist das wahr?«, ruft Suze erschrocken. »O mein Gott!«

»Ich weiß, ich weiß!« Die Empörung lässt Alicias Stimme wieder lauter werden. »Die ganze Zeit war er Wiltons rechte Hand, und jetzt hintergeht er uns!«

»Dann ist *das* also…« Suze hält inne, und es folgt eine seltsame Pause. Ihr Blick schweift in die Ferne, und ich frage mich, was sie wohl gerade denken mag.

Alicia hat ihr Handy gezückt und fängt an zu simsen. »Ich bin gespannt, was Wilton dazu sagt«, murmelt sie. »Er hat

Jahre gebraucht, um eine so hochkarätige Kundenkartei aufzubauen, und Bryce will sie ihm nun einfach *stehlen*?«

Ich bin dermaßen verdattert, dass ich sie mit offenem Mund anglotze. Hallo? Ausgerechnet *du* regst dich darüber auf, dass der eine die Kunden des anderen wegschnappen will?

Alicia, weißt du etwa nicht mehr, dass du versucht hast, Luke alle seine Klienten abspenstig zu machen? möchte ich am liebsten schreien. *Erinnerst du dich nicht mehr, dass du versucht hast, alles zu zerstören, wofür er so hart gearbeitet hat?*

Aber das hätte eh keinen Sinn. Ich glaube, sie hat das in ihrer Erinnerung einfach übermalt.

Während Alicia vor sich hin simst, kommt Danny herüber, mit einem Teller in der Hand, auf dem sich nun Frühstücksbacon stapelt. Ich sehe so ein böses Funkeln in seinen Augen, und er zwinkert mir kurz zu, bevor er das Wort ergreift.

»Wie ich höre, will Bryce euch Konkurrenz machen«, sagt er mit einigem Interesse. »Welch Schlag ins Kontor! Sag mal, Alicia, ob er euch wohl preislich unterbieten wird? Denn eins muss ich schon sagen: Das Golden Peace ist *viiiiiel* zu teuer.«

»Keine Ahnung«, erwidert Alicia steinern.

»Ich meine, ich steh ja auf eure Achtsamkeitskurse«, fährt Danny leichthin fort. »Aber wenn Bryce eine kostengünstigere Alternative bieten würde, wäre das ein Selbstgänger. Denn wer muss heutzutage nicht preisbewusst denken? Selbst Filmstars. Ich glaube, ihr würdet einen Haufen Klienten verlieren.«

»Danny!«, faucht Suze.

»Ich bin nur ehrlich«, hält Danny unschuldig dagegen. »Kurzum, Alicia, denkst du, euer Imperium bricht zusammen, wenn Bryce ein eigenes Center eröffnet?« Er blinzelt sie an. »Musst du dir dann einen Job suchen?«

»Danny, halt den Mund!«, fährt Suze ihn wütend an.

»Wilton und ich werden nicht zulassen, dass uns irgendein Angestellter das Wasser abgräbt«, schnaubt Alicia. »Wofür hält sich dieser Bryce Perry eigentlich?«

Immerhin sieht er *sehr* gut aus, möchte ich anmerken. Und *alle* beten ihn an. Allerdings behalte ich das lieber für mich, weil ich fürchte, dass sie mit ihrer Gabel nach mir stechen könnte.

»Komm, Alicia!« Suze wirft Danny einen bösen Blick zu. »Setzen wir uns.«

Während ich mich noch frage, ob ich ihnen folgen oder mich hinter den Muffins verstecken soll, sehe ich Elinor näher kommen. Es scheint ihr schon viel besser zu gehen, was entweder am Obstsalat liegt, den sie gegessen hat, oder an der verlockenden Aussicht auf eine maßgeschneiderte Danny-Kovitz-Classic-Garderobe (ich kann es kaum erwarten, sie in diesem Mantel zu sehen).

»Möchtest du einen Muffin?«, frage ich höflich, doch sie wirft nur einen verächtlichen Blick darauf.

»Ich glaube kaum.« Sie deutet auf Suze und Alicia. »Was hat Luke da eben über Wilton Merrelle erzählt?«

»Einer seiner Mitarbeiter will ihm Konkurrenz machen und ihm seine Kunden klauen. Wieso? Kennst du ihn?«

»Ein grässlicher Mensch«, sagt Elinor spitz, und ich verkneife mir ein breites Grinsen. Ich bin gerade genau in der richtigen Stimmung, ein bisschen über Wilton Merrelle herzuziehen.

»Inwiefern?«, frage ich nach. »Du kannst es mir ruhig erzählen. Ich kann schweigen.«

»Er hat eine Freundin von mir praktisch mit Gewalt aus ihrer Wohnung an der Park Avenue vertrieben.«

»Wie hat er das geschafft?«

»Er hat die Nachbarwohnung gekauft und meine Freundin auf das Hartnäckigste bedrängt. Die arme Anne-Marie fühlte sich in ihrer eigenen Wohnung direkt belagert. Am Ende blieb ihr nichts anderes übrig, als sie ihm zu verkaufen.«

»Die arme Frau!«, sage ich voller Mitgefühl. »Und was ist aus ihr geworden?«

»Sie sah sich gezwungen, mehr Zeit auf ihrem Anwesen in den Hamptons zu verbringen«, sagt Elinor, ohne mit der Wimper zu zucken.

Okay, an ihren rührseligen Pointen muss Elinor noch arbeiten. Aber trotzdem fühlt es sich gut an, mit ihr einen gemeinsamen Feind zu haben.

»Alicia ist genauso schlimm wie dieser Wilton«, sage ich. »Ach, noch schlimmer.« Eben will ich die lange Liste von Alicias Intrigen aufzählen, als ich sehe, wie Elinor sich eine Weintraube am Spieß nimmt und diese verwundert betrachtet.

»Ein besonders minimalistisches Kanapee«, bemerkt sie.

»Das ist kein Kanapee. Die Traube ist für den Schokoladenbrunnen.« Ich deute darauf. »Siehst du?«

Elinor starrt die sprudelnde Schokolade an, als verstünde sie noch immer nicht. Ich nehme ihr die Weintraube ab, tunke diese in die Schokolade, lasse sie kurz abkühlen und reiche sie ihr.

»*Ah.*« Ihre Stirn glättet sich. »Ich fühle mich an das Fondue erinnert, das man in Gstaad serviert bekommt.«

»Du hast noch nie etwas in einen Schokoladenbrunnen getunkt?«

»Selbstverständlich nicht«, bestätigt sie in ihrer herablassenden Art.

Ich bin begeistert. Der allererste Kater. Der allererste Schokoladenbrunnen. Was steht noch auf Elinors Premierenliste?

»Elinor«, sage ich, als mir etwas einfällt. »Hast du eigentlich schon mal eine Jeans getragen?«

»Mitnichten«, erwidert Elinor und verzieht leicht angeekelt das Gesicht.

Sehr gut! Dann hab ich schon ein Weihnachtsgeschenk für sie. Dunkelblaue Skinny-Jeans von J Brand.

Oder traue ich mich sogar, ihr eine *zerrissene* Jeans zu schenken?

Die Vorstellung, dass Elinor an Weihnachten zerrissene Jeans auspackt, heitert mich dermaßen auf, dass ich immer noch grinse, als ich wieder zum Tisch komme. Eilig setze ich eine neutrale Miene auf, als ich Suzes gequältes Gesicht sehe.

»Ich muss Tarkie vor Bryce beschützen«, sagt sie voller Verzweiflung. »Der Kerl wird versuchen, ihn um Millionen zu bringen.«

»Wenn nicht *mehr*«, sagt Alicia düster und tippt schon wieder auf ihr Handy ein.

»Sollten wir vielleicht nochmal bei der Polizei anrufen?« Suze sucht am Tisch nach Zustimmung. »Wo wir doch jetzt diese neue Information haben?«

»Tarkie hat mir gestern versichert, dass er Bryce kein Geld geben wird«, überlege ich laut. »Ich denke, er ist ihm gewachsen. Er wird einfach nein sagen.«

»Bex, du hast doch keine Ahnung! Tarkie ist furchtbar verletzlich. Er ruft nicht an, er simst nicht … Er war so harsch zu mir in L.A. … Er ist *nicht normal*.«

Ihre blauen Augen blitzen, und ich zucke zurück. Suze kann Angst und Schrecken verbreiten, wenn sie so in Fahrt ist.

»Suze …«, versuche ich es vorsichtig. »Ich weiß, dass Tarkie in L.A. ziemlich angespannt war. Ich weiß, er hat ein paar seltsame Sachen gesagt. Aber das bedeutet doch nicht

144

zwangsläufig, dass man ihn einer Gehirnwäsche unterzogen hat. Es könnte schließlich auch sein, dass er ... also ...«

Meine Stimme erstirbt. Ich kann ja schlecht sagen: *Vielleicht möchte er im Moment einfach nicht mit dir sprechen.*

»Was weißt du denn schon?«, schnauzt Suze mich an.

»Ich wollte dir nur meine Sicht der Dinge darstellen.«

»Lass das! Ständig versuchst du, mir Steine in den Weg zu legen. Stimmt's nicht, Alicia?«

Suzes Augen sprühen Funken, und sie sieht dermaßen feindselig aus, dass es sich anfühlt, als würde etwas in mir zerreißen.

»Weißt du was, Suze?«, schreie ich. »Ich versteh einfach nicht, wieso du mich überhaupt mitgenommen hast! In L.A. meintest du noch, du bräuchtest mich, also habe ich alles stehen und liegen lassen. Und ich habe es gern getan! Aber du scheinst weder meine Anwesenheit noch meine Meinung oder sonst irgendwas von mir zu wollen. Du interessierst dich nur noch für Alicia. Und übrigens, soll ich dir mal was verraten? Sie lügt!«

Das wollte ich eigentlich so nicht sagen! Aber da es nun raus ist, empfinde ich eine enorme Genugtuung.

»Sie lügt?« Suzes Miene verfinstert sich vor Schreck. »Was meinst du?«

»Ich meine, dass sie *lügt*! Du hast doch gesagt, ihr beide wärt gestern den ganzen Abend auf eurem Zimmer gewesen, oder?«

»Waren wir auch.« Verunsichert sucht Suze Blickkontakt zu Alicia.

»*Sie* nicht! Mit wem hast du dich um Mitternacht in der Lobby vom Four Seasons getroffen, Alicia? Und bevor du es abstreitest: Danny hat dich gesehen.« Das werfe ich ihr genüsslich an den Kopf, lehne mich zurück und verschränke die Arme. *Endlich.* Alicia wird als elende Lügnerin entlarvt.

145

Nur dass sie mir gar keinen entlarvten Eindruck macht. Weder läuft sie rot an, noch wird sie verlegen oder lässt ihr Glas fallen, nichts von all dem, was ich tun würde.

»Ich habe mich mit einem Privatdetektiv getroffen«, erklärt sie eiskalt.

Einem *was*?

»Selbstverständlich nutze ich meine eigenen Quellen.« Sie wirft mir einen vernichtenden Blick zu. »Suze sollte nur nicht erfahren, dass es vergebens war, um sie nicht zu entmutigen. Vielen Dank also, Becky, dass du meine Bemühungen so gründlich zunichtegemacht hast.«

Lange herrscht am Tisch betretenes Schweigen. Mein Kopf ist ganz heiß und wirr. Ich kann nicht fassen, dass Alicia am Ende schon wieder gewonnen hat. Ist sie eine Hexe, oder was?

»Hast du dazu irgendetwas zu sagen, Becky?«, fragt Suze, wobei sie genau wie meine Schuldirektorin klingt, als ich damals diese »Bring-deinem-Lehrer-was-zum-Anziehen-mit«-Aktion gestartet habe (obwohl ich *immer* noch finde, dass es eine gute Idee war).

»Tut mir leid«, nuschle ich und blicke starr zu Boden, genau wie damals in Mrs Brightlings Büro.

»Na dann.« Suze trinkt ihren Kaffee aus. »Ich denke, wir sollten weiterfahren.«

Von: dsmeath@locostinternet.com
An: Brandon, Rebecca
Betreff: Re: Alles geht schief

Liebe Mrs Brandon,

vielen Dank für Ihre E-Mail. Es tut mir sehr leid, von Ihren Schwierigkeiten zu hören.

In der Tat kennen wir uns nun schon eine ganze Weile, und ich möchte Ihnen versichern, dass Sie mir gern Ihr »Herz ausschütten« dürfen. Ich fühle mich geehrt, dass Sie glauben, ich sei ein »weiser, alter Mentor, so wie der Weihnachtsmann«, und will Sie gern nach bestem Wissen und Gewissen beraten.

Mrs Brandon, meiner bescheidenen Meinung nach sollten Sie versuchen, eine etwas engere Bindung mit Miss Biest-Langbein einzugehen. Offenbar hat sich Lady Cleath-Stuart mit dieser Frau verbündet. Wenn Sie sich gewissermaßen im feindlichen Lager einrichten, laufen Sie Gefahr, Ihre Freundin zu verlieren. Suchen Sie nach Gemeinsamkeiten! Ich bin mir sicher, dass Ihnen angesichts Ihres Einfallsreichtums gewiss Erfolg beschieden sein wird.

Ich hoffe sehr, Ihre Reise möge von Erfolg gekrönt sein und dass Sie mit Ihrer Freundin wieder froh und glücklich werden.

Mit freundlichen Grüßen,

Derek Smeath

9

Derek Smeath ist so weise. Im Lauf der Jahre hat er mir schon viele gute Ratschläge gegeben, die ich wirklich etwas mehr hätte befolgen sollen. (Oder, na ja, überhaupt. Besonders das eine Mal, als er mir geraten hat, lieber auf Kundenkarten mit Treuepunkten zu verzichten. Dieses Set mit den beheizten Lockenwicklern habe ich tatsächlich nie benutzt.)

Während wir nun also Las Vegas hinter uns lassen, beschließe ich, *diesmal* seinem Rat zu folgen. Wenn ich mich denn mit Alicia Biest-Langbein anfreunden muss, um Suze nicht zu verlieren, dann mache ich das. Irgendwie. Ich muss nur die unverbesserliche Optimistin in mir wecken und mich auf Alicias Pluspunkte konzentrieren. Ich habe sogar »Wie komme ich mit ungeliebten Kollegen aus?« gegoogelt und ein paar nützliche Tipps gefunden wie »Suchen Sie ein gemeinsames Hobby« und »Geben Sie ihm einen liebevollen Spitznamen«. (Obwohl es für sie eigentlich keinen passenderen Spitznamen gibt als Alicia Biest-Langbein.)

Mittlerweile rasen wir den Highway entlang. Stück für Stück nähere ich mich vorsichtig Alicia und Suze, die zu zweit am Tisch sitzen. Mum, Janice und Danny hocken zusammen mit Minnie auf dem kleinen Sofa und spielen Bridge. (Sie drehen es so hin, dass Minnie jedes Mal der »Dummy« ist, was ich ganz clever finde. Das Problem ist nur, dass Minnie ihr eigenes Kartenspiel hat, das sie jedes Mal hinknallt und sagt »*Mein* Stich«, und dann versucht, alle anderen Spielkarten einzusammeln.) Elinor ist in Las Vegas geblieben, um sich ein paar Tage zu erholen. Ich kann es ihr nicht verdenken. Der erste Kater ist ein Schock. Es würde mich nicht wundern, wenn sie damit die ganze Woche zu tun hätte.

Links und rechts von uns ist nichts als Wüste mit Bergen in der Ferne, und jedes Mal, wenn ich aus dem Fenster sehe, bin ich aufs Neue begeistert. *Das* nenne ich einen Ausblick! *Das* nenne ich Landschaft! Warum kann es so was nicht in England geben? Als ich klein war, sagten Mum und Dad immer: »Guck dir nur die hübsche Gegend an, Becky!«, und meinten damit dann drei Bäume und eine Kuh. Kein Wunder, dass ich das nicht so spannend fand und es vorzog, mit meiner Barbie zu spielen.

Als ich endlich beim Tisch ankomme, blickt Suze auf – und einen schrecklichen Moment lang denke ich, dass sie mir keinen Platz machen wird. Aber nach einem angespannten Augenblick tut sie es dann doch, und ich setze mich und gebe mir Mühe, mich ganz normal zu verhalten. Als würden wir drei ständig zusammen sein. Als wären wir gute alte Freundinnen.

»Dein Top gefällt mir, Alicia«, beginne ich etwas verschämt. Ich bin zu dem Schluss gekommen, dass ich mich am schnellsten bei ihr einschleime, indem ich ihr Komplimente mache. Das Top ist völlig langweilig, aber darum geht es ja nicht.

»Ach.« Alicia betrachtet mich argwöhnisch. »Danke.«

»Und deine Haare«, füge ich wahllos hinzu. »Deine Haare sind wirklich hübsch. So glänzend.«

»Danke«, wiederholt sie knapp.

»Und ... äh ... dein Parfüm.«

»Danke«, sagt sie nochmal. »Das ist der Golden-Peace-Duft.«

»Er passt wirklich wunderbar zu dir, äh ... Ali«, probiere ich unsicher.

Sobald ich es ausgesprochen habe, wird mir klar, dass Alicia definitiv *keine* Ali ist. Verwundert mustert sie mich, und ich spüre, dass auch Suze mich anstarrt.

»Ali?«

»Ich meine… Lissy«, verbessere ich mich hastig. »Nennt dich irgendjemand Lissy? Es passt zu dir. Lissy. Liss.« Ich drücke freundlich ihren Arm, was seine Wirkung jedoch verfehlt.

»Bloß nicht!« Böse sieht sie mich an. »Kein Mensch nennt mich so. Und lass *bitte* meinen Arm los!«

»'tschuldigung«, murmle ich und suche eilig nach weiteren Komplimenten. »Aber du hast wirklich eine hübsche Nase! Sie ist so, also…« Ich schlucke, schinde Zeit. Was kann man über eine Nase sagen? »Ich mag es, wie… deine Nasenflügel beben«, höre ich mich kleinlaut sagen.

Argh. Ich mag es, *wie deine Nasenflügel beben?*

Suze wirft mir einen sehr seltsamen Blick zu, aber ich tue so, als würde ich davon nichts mitbekommen, während Alicia mich nun mit verkniffener Miene mustert.

»Oh, ich *verstehe!*«, sagt sie schließlich. »*Jetzt* weiß ich, was du vorhast! Du willst die Nummer von meinem Schönheitschirurgen. Die kriegst du aber nicht.«

Bitte? Verdutzt glotze ich sie an. Schönheitschirurg? *Wie* bitte?

So hat das keinen Sinn. Vergessen wir die Komplimente. Und die Spitznamen.

»Und Tai-Chi?«, frage ich fröhlich. »Ist das gut? Sollte ich das auch mal ausprobieren?«

»Ich kann mir kaum vorstellen, dass es dir entspricht«, sagt Alicia. »Man muss in der Lage sein, Geist und Körper zu beherrschen.« Sie bedenkt mich mit einem herablassenden Blick und sieht kurz zu Suze hinüber.

»Oh.« Ich versuche, nicht allzu beleidigt zu sein. »Okay. Dann eben…«

»*Wie* viele Schlafzimmer, sagtest du?«, fällt mir Alicia ins Wort und nimmt die wohl interessantere Konversation wieder auf, die sie vorher mit Suze geführt hat.

So viel zum Anfreunden. Totaler Reinfall. Was ist an Schlafzimmern eigentlich so interessant? Wieso lenken manche Leute das Gespräch nur *immer* wieder auf Häuser und Immobilienpreise und darauf, dass sie sich nicht entscheiden können, ob Strukturtapeten nun *out* sind oder nicht und was ich darüber denke? (Okay, Letzteres betrifft Mum. Immer wieder muss ich ihr erklären, dass ich rein gar nichts von Strukturtapeten verstehe.)

»Ach, ich weiß nicht genau«, sagt Suze. »Achtundzwanzig? Die Hälfte davon verfällt allerdings. Die betreten wir im Grunde nie.«

»Achtundzwanzig«, wiederholt Alicia. »Wenn ich mir das vorstelle. Achtundzwanzig Schlafzimmer!«

Offensichtlich sprechen sie über Letherby Hall. Arme Suze. Sie langweilt sich, wenn die Leute sie nach Details zu Letherby Hall fragen. Besonders irgendwelche Hobbyhistoriker, die ihr mit Sachen kommen wie: »Ich denke, Sie meinen vielmehr 1715«, so von oben herab. Einmal war ich mit Suze beim Gemüsemann im Dorf, als ein alter Herr sie ansprach. Er fing an, sie zu einem historisch bedeutsamen Kamin in der Großen Halle zu befragen und korrigierte sie bei jeder Kleinigkeit. Er wurde richtig aggressiv, als es darum ging, welcher von Tarkies Vorfahren nun diesen Kamin in Auftrag gegeben hatte (ist das nicht egal?), und am Ende musste ich absichtlich eine Kiste Mandarinen umstoßen, um ihn abzulenken, damit Suze ihm entwischen konnte.

»Und ist es eins von diesen Herrenhäusern, mit denen ein Titel verbunden ist?«

»Ich glaube wohl«, sagt Suze eher desinteressiert. »Lord of the Manor‹.«

»Ach was.« Alicia legt ihre zarte Stirn in Falten. »Also ist jeder Eigentümer des Hauses berechtigt, sich ›Lord‹ zu nennen.«

»Vermutlich.« Suze wirkt unsicher. »Ich meine, in unserem Fall kommt das nicht zum Tragen, weil Tarkie sowieso noch diesen anderen Titel hat.«

Die Wahrheit ist, dass Tarkie etwa sechs weitere Titel führt, nur ist Suze viel zu bescheiden, um das zu erwähnen. Tatsächlich spricht sie höchst ungern über solche Sachen. Ich hingegen habe das alles auf einer Website nachgelesen, weil ich liebend gern »Lady Brandon von Dingsda« wäre. So ein Titel kostet auch gar nicht viel, nur ein paar hundert Pfund, und man hat sein Leben lang was davon. Ich meine, warum denn eigentlich *nicht* »Lady Brandon«?

(Damals stand leider Luke auf einmal hinter mir, und dann hat er mich wochenlang damit aufgezogen.)

Als Suze mal kurz verschwinden muss, sitze ich da und betrachte Alicia. Nachdenklich blickt sie ins Leere. Okay, ich weiß ja, ich sollte eigentlich die unverbesserliche Optimistin in mir wecken, aber mein Gehirn spielt einfach nicht mit. Statt zu denken: *Hey, ich wette, Alicia ist total nett! Vielleicht könnten wir ja mal einen Milchshake zusammen trinken,* denke ich: *Was hat sie jetzt schon wieder vor?*

Vielleicht bin ich ja von Natur aus ein negativer, misstrauischer Mensch. Vielleicht sollte ich eine Therapie machen, bevor ich bei Alicia landen kann. Plötzlich sehe ich uns bei einer Partnerberatung auf dem Sofa sitzen, wo wir Händchen halten müssen, und mir entfährt so ein komisches, kleines Grunzen. Als Suze zurückkommt, macht Alicia sich gleich wieder daran, sie über Letherby Hall auszufragen.

»Mein Mann würde das Anwesen furchtbar gern mit eigenen Augen sehen«, sagt sie. »Er ist so anglophil.«

»Jederzeit gern!« Suze seufzt. »Der Unterhalt kostet ein

Vermögen. Ständig überlegen wir, wie man damit Geld verdienen könnte. Ich zeig dir alles, wenn ihr uns besuchen kommt.«

»Alicia kommt dich besuchen?«, frage ich und versuche, es so klingen zu lassen, als sei das eine supergute Idee.

»Wie sollen wir das denn jetzt schon wissen?«, faucht Suze und sieht mich an, als sei die bloße Frage unsensibel. »Ich muss ja wohl erstmal diese Sache mit Tarkie klären.«

»Okay«, presse ich hervor. »Auch gut.«

Ich bleibe noch etwas sitzen, betrachte schweigend die Landschaft, und düstere Gedanken bombardieren mein Gehirn. Langsam habe ich genug von meinem ewigen Misstrauen. Ich wollte doch optimistisch sein. *Optimistisch*. Und es gibt keinen Grund, Alicia gegenüber argwöhnisch zu sein. Keinen einzigen.

Andererseits hat Alicia schon immer irgendwas im Schilde geführt, seit ich sie kenne, und ich kann nicht anders, als mich zu fragen, worauf sie es diesmal abgesehen hat. Suze vertraut Alicia voll und ganz und ist ihr schutzlos ausgeliefert, und das weiß Alicia...

Und plötzlich sitze ich stocksteif da. Augenblick mal. Wilton Merrelle ist anglophil. Ein aggressiver, anglophiler Fiesling, der sich nimmt, was er haben will. Und Alicia sitzt hier und fragt Suze über Letherby Hall aus... Was ist, wenn Wilton Merrelle sich vorgenommen hat, demnächst ein Herrenhaus samt Titel zu besitzen? Was ist, wenn er Lord Merrelle von Letherby Hall werden will?

Während der folgenden zwanzig Meilen bleibe ich still und denke diese Theorie zu Ende. Die Idee ist absurd. Suze und Tarkie würden das Haus ihrer Vorfahren niemals verkaufen, selbst wenn man sie unter Druck setzen würde. Bestimmt nicht.

Oder?

Ich werfe einen prüfenden Seitenblick auf Suze. Ihre Haare sind in letzter Zeit immer zerzaust, als wäre ihr alles egal. Ihre Lippen sind spröde, und ihr Gesichtsausdruck ist angestrengt. In Wahrheit weiß ich gar nicht, was ich zuerst denken soll. Zwischen Suze und Tarkie läuft es nicht gut. Tarkie hat Schwierigkeiten, Letherby Hall zu unterhalten. Suze kann momentan keinen vernünftigen Gedanken fassen…

Aber sie *dürfen* nicht verkaufen. Dieses Haus befindet sich seit einer halben Ewigkeit im Familienbesitz. Die bloße Vorstellung versetzt mir einen Stich ins Herz. Und dann noch ausgerechnet an Alicia Biest-Langbein? Ich sehe Alicia schon vor mir, mit einem Krönchen auf dem Kopf, wie sie von den Dorfbewohnern verlangt, vor ihr einen Hofknicks zu machen, während ein kleines Mädchen ihr einen Blumenstrauß überreicht und flüstert: *Ihr seid so schön, Prinzessin Alicia.* Grusel. Das darf nicht passieren. *Niemals.*

Liebe Mrs Brandon,

vielen Dank für Ihre E-Mail. Es tut mir leid, dass Ihre Bemühungen, sich mit Miss Biest-Langbein anzufreunden, fehlgeschlagen sind. Darüber hinaus tut es mir leid, dass Sie sich so machtlos fühlen, »als ginge gar nichts mehr«.

Wenn ich so kühn sein darf, Mrs Brandon, würde ich sagen: »Nicht aufgeben!« Positives Handeln gibt der Seele Auftrieb. In all den Jahren, die wir uns nun kennen, habe ich Ihre dynamische Herangehensweise an die Probleme des Lebens sowie Ihren angeborenen Sinn für Gerechtigkeit stets mit Bewunderung betrachtet. Diese Eigenschaften haben Ihnen schon früher Kraft verliehen, und das werden sie gewiss auch wieder tun.

Die Lage mag im Augenblick schwierig erscheinen, aber ich bin überzeugt davon, dass Sie obsiegen werden.

Mit herzlichen besten Wünschen,

Derek Smeath

10

Der einzige Nachteil an so einer Autofahrt ist der Teil mit der *Fahrt*. Alles andere ist fabelhaft – das Wohnmobil, die Landschaft, die Musik. (Ich habe Luke vor einer Weile einen Countrysender einstellen lassen, und – *mein Gott!* – diese Sänger wissen, wie man sich fühlt. Bei einem Song mit dem Titel »Only Your Oldest Friend« musste ich fast weinen.)

Aber die Straßen, auf denen wir fahren, sind das Allerletzte. Die sind viel zu lang. Geradezu absurd. Darüber sollte sich mal jemand Gedanken machen. Außerdem ist die Landkarte tückisch und trügerisch. Sie führt dich in Versuchung. Sie lässt dich denken: Oh, ich flitze mal eben ein Stückchen über diesen Highway – das ist ja nur ein Zentimeter und kann nicht lange dauern. Ha! Ein Zentimeter? Wohl eher *ein ganzer Tag deines Lebens*.

Wie sich herausstellt, ist es ziemlich weit bis nach Tucson, Arizona, und gefühlt sogar noch viel weiter, sobald einem klar wird, dass die Ranch, zu der man will, noch *hinter* Tucson liegt! Als wir endlich bei der Red Ranch in Cactus Creek, Arizona, ankommen, waren wir praktisch den ganzen Tag unterwegs. Wir haben uns am Steuer abgewechselt und sind allesamt verspannt, erschöpft und maulfaul. Außerdem habe ich diesen Ohrwurm von *Aladdin*, weil ich mir den Film mit Minnie unterm Kopfhörer ansehen musste.

Vor dem Aussteigen habe ich mir noch die Haare gebürstet, aber sie fühlen sich trotzdem ganz platt an, weil ich mich so komisch angelehnt hatte. Meine Beine sind total verkrampft, und ich brauche dringend frische Luft.

Wenn ich mich so umsehe, ist keiner von uns sonderlich gut in Form. Mum und Janice stolpern im Staub herum wie Kühe, die aus einem Viehtransporter ins Licht wanken. Suze und Alicia nehmen Paracetamol mit Wasser aus der Flasche. Danny macht eine Reihe komplizierter Yogaübungen. Nur Minnie hat Hummeln im Hintern. Sie versucht, hüpfend einen Felsen zu umrunden, aber sie kann noch gar nicht richtig hüpfen, also rennt sie im Grunde nur und rudert dabei wild mit den Armen. Plötzlich bleibt sie stehen, bückt sich und pflückt ein winzig kleines, weißes Blümchen. Stolz bringt sie es mir, mit rosigen Wangen.

»Eine Rose«, sagt sie mit Bedacht. »Eine Rose für Mami.«

Minnie denkt, alle Blumen seien Rosen, bis auf Osterglocken, die sie »Osterlocken« nennt.

»Sehr schön, mein Schatz, vielen Dank!«, sage ich. Ich stecke mir die Blume ins Haar, was ich immer tue, und sofort rennt sie mit noch rosigeren Wangen wieder los, um mir noch ein Blümchen zu pflücken. (Dieses Spiel spielen wir oft. Mittlerweile habe ich mich schon daran gewöhnt, dass unsere Dusche dauernd von welken Blumen verstopft ist.)

Der Himmel ist dunkelblau, und in der Abenddämmerung liegt so ein wohliges Gefühl von Erwartung. In der Ferne sieht man ein rotes, felsiges Gebirge, das kein Ende zu nehmen scheint, und überall stehen Büsche, die einen würzigen Duft verströmen. Eben habe ich eine Echse durch den Staub wetzen sehen. Ich blicke zu Luke auf, doch der hat sie gar nicht bemerkt und nimmt bereits die Ranch in Augenschein.

Wir parken nicht weit von dem gigantischen Tor entfernt, das mit einer teuren Kamera und nur einem klitzekleinen Holzschild ausgestattet ist, auf dem steht, dass hier der Eingang zur Red Ranch ist und dass sie Raymond Earle gehört. Sie liegt ganz einsam, weit abseits der Straße, und ist von einem mächtigen Zaun umgeben, der Besucher fernhalten soll. Offenbar gehören zu der Ranch tausend Morgen Land, die Raymond allerdings nicht selbst bewirtschaftet, sondern verpachtet hat. Er wohnt auf seinem schwer gesicherten Anwesen ganz allein.

Wir haben das alles im *Bites 'n' Brunch* erfahren, wo wir vor zwanzig Minuten eingekehrt sind, um etwas zu trinken. Megan, die Besitzerin, war ausgesprochen redselig, und meine Mum ist eine wahre Meisterin darin, anderen Leuten Informationen aus der Nase zu ziehen, und deshalb konnten wir so ziemlich alles in Erfahrung bringen, was Megan über Raymond weiß. Was auf Folgendes hinausläuft:

1. Er verbringt nicht seine gesamte Zeit auf der Ranch. 2. Er geht aber nur selten unter Leute. 3. Er hat vor fünf Jahren eine neue Küche einbauen lassen, und die Handwerker meinten, er sei eigentlich ganz nett. 4. Er ist für seine Töpferkunst bekannt.

Wir haben also nicht gerade sonderlich viele Informationen. Aber das macht nichts. Jetzt sind wir hier, und es wird Zeit für die große Begegnung. Es wird Zeit herauszufinden, was um alles in der Welt eigentlich los ist.

»Wollen wir?« Danny beendet seine Baumstellung und deutet auf die Ranch.

»Wir können nicht alle zusammen reingehen«, sage ich. »Wir würden wie ein Sturmtrupp aussehen.« Eben will ich hinzufügen, dass ich allein gehen werde, doch Mum kommt mir zuvor.

»Da gebe ich dir recht«, sagt sie und zieht ihren Lippenstift nach. »Wenn irgendjemand diesen Mann besuchen sollte, dann ja wohl ich. Ich und Janice. *Wir* gehen da rein.«

»Janice und ich«, verbessert Alicia, und ich werfe ihr einen bitterbösen Blick zu. Erbsenzählen? Allen Ernstes? Hier und jetzt?

»Wir zwei gehen da rein.« Janice nickt eifrig.

»Möchtest du, dass ich auch mitkomme?«, schlage ich vor. »Als moralische Unterstützung?«

»Nein, Liebes, das möchte ich nicht. Was ich über deinen Dad und seine Vergangenheit auch erfahren mag ...« Mums Blick schweift ins Leere. »Um die Wahrheit zu sagen, wäre es mir lieber, wenn du nichts über diese andere Frau erfährst.«

»Mum, du weißt doch gar nicht, ob es da eine andere Frau gibt!«

»Ich weiß es, Becky«, sagt sie mit bebender Stimme wie die Heldin eines Dokudramas. »Ich *weiß* es.«

O Gott. Weiß sie es wirklich? Ich bin hin und her gerissen zwischen: a) Mum geht nur vom Schlimmsten aus, weil sie eine Drama Queen ist ... und b) nach Jahrzehnten gemeinsamer Jahre besitzt sie die Intuition einer Ehefrau, und *selbstverständlich* weiß sie es.

»Gut. Okay«, sage ich schließlich. »Geh du mit Janice.«

»Wir bleiben in der Nähe«, sagt Luke. »Nimm dein Handy mit.«

»Frag ihn nach Tarkie«, wirft Suze ein. »Vielleicht weiß er ja was.«

»Frag ihn, ob sein Haus zu verkaufen ist«, fügt Danny hinzu. »Ich habe einen Freund, der sich nach der Ruhe und Abgeschiedenheit einer Ranch sehnt. Die hier könnte genau das Richtige für ihn sein ...«

»Danny!«, sage ich genervt. »Hier geht es doch nicht um Immobilien! Es geht um ...« Ich drehe mich zu Mum, die ihre Lippen fest zusammenkneift. »Es geht darum, die Wahrheit herauszufinden.«

Alle schweigen, während Mum und Janice durch den Staub zum großen Holztor schreiten. Dort befindet sich eine Gegensprechanlage, und die beiden positionieren sich direkt davor. Mum spricht zuerst. Zu meiner Überraschung versucht es dann auch Janice, dann wieder Mum. Doch das Tor bleibt zu. Was ist los?

Schließlich kehren Mum und Janice um, und als sie näher kommen, sehe ich schon, wie aufgebracht Mum ist.

»Er hat uns einfach weggeschickt!«, ruft sie. »Ist das zu fassen?«

Augenblicklich reden alle durcheinander.

»Ach, du je!«

»*Weg*geschickt?«

»Habt ihr denn mit ihm gesprochen?«, rufe ich gegen den Lärm an. »Mit Raymond persönlich?«

»Ja! Zuerst war da so was wie eine Haushälterin, aber die hat ihn geholt, und ich habe ihm dann gesagt, dass ich Grahams Frau bin, und ihm erklärt, was passiert ist…« Sie hält inne. »Stimmt's nicht, Janice?«

»Stimmt genau.« Janice nickt. »Fabelhaft, meine Liebe. Klar und deutlich, voll auf den Punkt.«

»Und…?«, frage ich.

»Und dann hat er gesagt, dass er uns nicht helfen kann!« Mum wird immer verzweifelter. »Wir sind über sechs Stunden Auto gefahren, nur um ihn zu sprechen, und nun will er uns nicht helfen! Janice hat auch versucht, mit ihm zu reden…«

»Wir haben alles versucht«, fügt Janice traurig hinzu.

»Aber er wollte uns nicht mal für fünf Minuten reinlassen. Obwohl er mich doch sehen konnte! Mit seiner Überwachungskamera! Er konnte genau sehen, wie aufgelöst ich war. Und trotzdem hat er Nein gesagt.«

»Habt ihr ihn denn irgendwie zu Gesicht bekommen?«, frage ich neugierig. »Wie sieht er aus?«

»Nein«, sagt Mum. »Haben wir nicht. Er hat sich verkrochen.«

Wir wenden uns dem Tor zu, das für alle Welt verriegelt und verrammelt ist. Ich spüre so ein Brennen in der Brust. Für wen hält sich dieser Mann eigentlich? Wie kann er so gemein sein? Zu meiner *Mum*?

»Ich gehe hin«, sagt Alicia entschlossen, und bevor noch irgendwer Einwände erheben kann, schreitet sie auf das Tor zu und zückt eine ihrer Golden-Peace-Visitenkarten. Gespannt beobachten wir, wie sie auf die Klingel drückt, etwas sagt, ihre Karte vor die Kamera hält, wieder etwas sagt, dann richtig sauer wird und schließlich auf dem Absatz kehrt macht.

»Eine bodenlose Unverschämtheit ist das!«, schimpft sie, als sie zu uns zurückkommt. »Er behauptet doch tatsächlich, er hätte noch nie etwas vom Golden Peace gehört. Offensichtlich ist er ein Lügner. Ich weiß gar nicht, wieso wir unsere Zeit mit ihm vergeuden.«

»Er ist die einzige Spur, die wir haben!«, sagt Mum.

»Nun, vielleicht hätte Ihr Mann seine Freunde sorgfältiger wählen sollen«, sagt Alicia abfällig und lässt mal wieder ihr wahres Wesen durchscheinen.

»Nun, vielleicht sollten *Sie* Ihre Ansichten besser für sich behalten!«, zischt Mum erhitzt, und einen Moment lang fürchte ich, dass sie gleich einen Riesenstreit mit Alicia vom Zaun brechen wird, doch da greift Luke ein.

»Lasst mich es mal probieren«, sagt er und macht sich schnurstracks auf den Weg zum Tor. Wir alle beobachten gespannt, wie er ins Mikro spricht in der Hoffnung, dass er vielleicht den richtigen Zauberspruch kennt, wie Ali Baba am Höhleneingang. Doch auch er kehrt schon bald kopfschüttelnd um und gesellt sich nachdenklich zu uns.

»Ich glaube, den kriegen wir nicht geknackt«, sagt er. »Er hat seine Haushälterin vorgeschickt, damit sie mit mir spricht. Er will einfach nicht.«

»Und was machen wir jetzt?«, jammert Mum. »Da drüben ist er, und er weiß mit *Sicherheit*, worum es geht…« Wütend droht sie dem Tor mit der Faust.

»Sammeln wir uns«, sagt Luke. »Es ist schon spät. Wir sollten irgendwo einkehren. Vielleicht kommt uns ja beim Abendessen eine zündende Idee.«

Wir hoffen wohl alle, dass einer von uns beim Essen einen richtigen Geistesblitz hat. Denn als wir im Tall Rock Inn von Cactus Creek vor unseren Steaks mit Fritten und Maisbrot sitzen, herrscht allgemeiner Optimismus. Einem von uns wird doch bestimmt etwas Brauchbares einfallen, oder?

Jetzt kommt schon! *Irgendwem* wird doch wohl *irgendwas* einfallen!

Immer wieder fängt jemand an mit: »Oh! Vielleicht…«, verliert dann jedoch den Mut und verfällt wieder in Schweigen. Ich hatte etwa fünf Ideen, die aber allesamt beinhalteten, dass wir über die Mauer von Raymonds Ranch klettern müssten, und deshalb habe ich sie lieber für mich behalten.

Das Problem ist, dass wir offenbar alle davon ausgegangen sind, Raymond würde uns auf seiner Ranch willkommen heißen, uns eine Unterkunft für die Nacht anbieten, und dann würden wir gemütlich gemeinsam zu Abend essen, während Raymond Dad ans Telefon holt und alles regelt. (Na ja, zumindest habe *ich* das erwartet.)

Als die Steakteller abgeräumt sind und die Dessertkarten herumgereicht werden, hat sich die Konversation auf ein Minimum reduziert, und ich frage mich, wer wohl zuerst sagen wird: *Lasst uns aufgeben!*

Ich werde es nicht sein. Bestimmt nicht. Ich bleibe bis zum bitteren Ende dabei. Aber Janice könnte es vielleicht sein. Sie sieht mir ein wenig angeschlagen aus. Ich wette, sie sehnt sich danach, bald wieder nach Oxshott zu kommen.

»Na? Kann ich jemandem noch einen Nachtisch bringen?« Unsere Kellnerin ist an den Tisch getreten. Sie heißt Mary-Jo.

»Sie wissen nicht zufällig, wie man Kontakt zu Raymond Earle aufnehmen könnte, oder?«, frage ich spontan. »Wir sind hier, um ihn zu besuchen, aber er scheint mir ein ziemlicher Einsiedler zu sein.«

»Raymond Earle?« Sie runzelt die Stirn. »Der Typ da oben auf der Red Ranch?«

»Genau.« Hoffnung keimt in mir auf. »Sie kennen ihn?«

Vielleicht arbeitet sie ja manchmal für ihn, denke ich zuversichtlich. Vielleicht komme ich mit ihrer Hilfe auf die Ranch, wenn ich mich als ihre Assistentin ausgebe …

»Tut mir leid …« Mary-Jos Stimme unterbricht meine Gedanken. »Den kriegen wir hier nicht oft zu sehen. Hey, Patty?« Sie wendet sich der Frau hinterm Tresen zu. »Diese Leute fragen nach Raymond Earle.«

»Den kriegen wir hier nicht oft zu sehen«, sagt Patty und schüttelt den Kopf.

»Das ist wahr.« Mary-Jo dreht sich wieder zu uns um. »Den kriegen wir hier nicht oft zu sehen.«

»Na gut. Trotzdem vielen Dank«, sage ich entmutigt. »Könnte ich bitte ein Stück Apfelkuchen haben?«

»Bestimmt ist er morgen auf dem Jahrmarkt.« Eine heisere Stimme kommt aus der Ecke, und alle drehen die Köpfe zu einem älteren Mann mit Bart und einem echten Cowboyhemd mit so Kragenspitzen aus Metall. »Er wird seine Töpferwaren ausstellen wollen.«

Jeder von uns strahlt ihn an, selbst Minnie.

»Im Ernst?«

»Wird er auch ganz sicher da sein?«

»Wo ist denn dieser Jahrmarkt?«, erkundigt sich Luke. »Und wann fängt er an?«

»Na, oben in Wilderness.« Mary-Jo wirkt irritiert. »Der *Wilderness County Fair*. Ich bin davon ausgegangen, dass Sie deswegen hier in der Stadt sind. Der Markt dauert die ganze Woche. Man kann ihn nicht verfehlen.«

»Und Raymond wird dort sein?«, fragt Mum nochmal nach, um sicherzugehen.

»Normalerweise ist er immer da.« Der Bärtige nickt. »Stellt seine Töpfe im Keramikzelt aus. Verlangt irre Preise. Ich denk nicht, dass er viel verkauft.«

»Wenn Sie noch nie da waren, sollten Sie unbedingt hin«, sagt Mary-Jo begeistert. »Es ist der beste Jahrmarkt weit und breit. Die haben eine Rindershow, einen Festumzug, Line-Dance...«

Line-Dance? O mein Gott. Line-Dancing wollte ich schon *immer* mal probieren!

Ich meine, nicht, dass wir hier wären, um Line-Dancing auszuprobieren. Schuldbewusst werfe ich einen Blick zu Suze hinüber, für den Fall, dass sie meine Gedanken gehört hat.

»Okay, das klingt doch wie ein Plan«, verkündet Luke. »Wir bleiben über Nacht, fahren gleich morgen früh zu diesem Jahrmarkt, besuchen Raymond in seinem Künstlerzelt und nehmen ihn in die Zange.«

Erleichterung macht sich breit. Endlich legt Mum ihre sorgenvolle Miene ab. *Bleibt nur zu hoffen, dass dieser Raymond auch was beizutragen hat*, denke ich bei mir. Ansonsten sind wir tatsächlich am Ende unseres Weges angelangt, und ich habe keine Ahnung, was ich *dann* mit Mum machen soll.

Am nächsten Tag wache ich voller Optimismus auf. *Wilderness County Fair*, wir kommen! Wir haben in der Treeside Lodge in Wilderness übernachtet, denen gestern Abend jemand abgesagt hatte, sodass sie nur zu gern bereit waren, uns aufzunehmen. Janice und Mum mussten sich in ein winziges Zimmer quetschen, was zwar nicht ideal war, aber die einzige Alternative wäre das Wohnmobil gewesen.

Beim Frühstück war nicht zu übersehen, dass sämtliche Gäste im Hotel wegen des Jahrmarkts hier sind. Alle anderen Familien tragen T-Shirts mit der Aufschrift WILDERNESS COUNTY FAIR und Baseballkappen, und sie besprechen ihre Pläne für den Tag. Diese Begeisterung wirkt ansteckend. Gestern Abend habe ich den Markt gegoogelt, und er ist einfach riesig! Es gibt Millionen Zelte und Stände, außerdem ein Rodeo, Viehvorführungen und ein gewaltiges Riesenrad. Der Karte nach zu urteilen, befindet sich das Keramikzelt im Nordwesten des Marktes, ganz in der Nähe vom Schmuckgarbenzelt und dem Cloggingfestival, nicht weit entfernt von der Rodeoarena, wo das Wildkuhmelken, das Schweinerudeln und das Schafschütteln stattfinden.

Für mich sind das böhmische Dörfer. Ein ganzes Zelt für Schmuckgarben? Wie schmückt man denn eine Garbe? Und was ist »Clogging«? Und was um alles in der Welt ist Schweinerudeln? Ganz zu schweigen vom Schafschütteln?

»Luke, was meinst du, was Schafschütteln ist?«, frage ich und blicke von meinem Notebook auf.

»Keine Ahnung«, sagt er und legt seine Uhr an. »Vielleicht was mit *Mäh*-dreschern?«

»Mit *Mähdreschern*?« Ich verziehe das Gesicht.

»Es gibt auch einen Oreo-Stapelwettbewerb, falls du Interesse hast«, fügt er hinzu. »Hab ich gestern auf der Website entdeckt.«

Na, *das* klingt doch interessant. Ich glaube, im Oreo-Stapeln könnte ich unter Umständen ziemlich gut sein. Ich sehe mich schon vor einem Dreißigmeterstapel stehen, wie ich ins Publikum strahle und den ersten Preis entgegennehme, der vermutlich aus einer Packung Oreos besteht.

Nicht dass wir hier sind, um an irgendwelchen Wettbewerben teilzunehmen, wie ich mir eilig in Erinnerung rufe. Immerhin haben wir was zu erledigen. Wahrscheinlich bleiben wir sowieso nur eine halbe Stunde.

»Fertig?«, frage ich Luke, der gerade nach seiner Brieftasche greift. »Du auch, Minnie? Bereit für den Jahrmarkt?«

»Jahrmarkt!«, kräht Minnie begeistert. »Winnie Puh sehn!«

Hm. Das ist das Problem, wenn man seinem Kind Disneyland zeigt. Danach denkt es, jeder Jahrmarkt muss wie Disneyland sein, und es ist völlig sinnlos, einer Zweijährigen etwas von Copyright und Markenrechten erklären zu wollen, so wie Luke es gestern Abend versucht hat.

»Winnie Puh ist *vielleicht* da«, sage ich in dem Moment, in dem Luke sagt: »Winnie Puh ist *nicht* da.«

Verdutzt blickt Minnie von Luke zu mir.

»Winnie Puh ist *nicht* da«, lenke ich hastig ein, als Luke schon sagt: »Winnie Puh ist *vielleicht* da.«

Verdammt. In jedem Elternratgeber steht, wie wichtig es ist, vor dem Kind Geschlossenheit zu demonstrieren, weil es sonst durcheinanderkommt und anfängt, die Differenzen auszunutzen. Was ich hundertprozentig genauso sehe, aber es kann auch eine echte Herausforderung sein. Einmal hat Luke gesagt: »Mami will gerade los, Minnie«, als ich es mir aber inzwischen schon anders überlegt hatte. Doch statt ihm zu widersprechen, bin ich zur Haustür rausgegangen, habe »Bye!« gerufen und bin dann durchs Fenster wieder reingeklettert.

(Mum meinte, ich sei verrückt geworden, und Elternratgeber würden mehr schaden als nützen, und sie und Dad hätten solchen Quatsch nicht gebraucht und: »Guck dir doch an, was aus *dir* geworden ist, Becky.« Woraufhin Luke so ein ersticktes Schnauben von sich gab und dann »Nichts«, sagte, als wir ihn alle anstarrten.)

Ich habe Minnie ihre kleine Blue Jeans und die neue Wildlederfransenweste angezogen, die Luke ihr gestern gekauft hat, und sie sieht absolut anbetungswürdig aus: ein echtes Westerngirl. Ich trage Shorts und ein ärmelloses Top. Ich habe mich kurz im Spiegel betrachtet und... finde mich okay. Passt schon.

Irgendwie kann ich mich nicht mehr so recht dafür begeistern, wie ich aussehe. Ich warte noch darauf, dass es irgendwo in meinem Kopf *klick* macht und eine innere Stimme ruft: *Yeeaahh! County Fair! Was ziehe ich an?* Aber nichts dergleichen passiert. Alles bleibt still.

»Bist du so weit?«, fragt Luke an der Tür.

»Jep.« Ich ringe mir ein Lächeln ab. »Auf geht's.«

Ist auch egal. Was soll's? Vielleicht werde ich langsam erwachsen.

Als wir in die Lobby kommen, haben sich alle anderen dort bereits versammelt, und es liegt eine erwartungsvolle Stimmung in der Luft.

»Okay, wir gehen also direkt zum Keramikzelt«, wendet Luke sich an die Gruppe. »Jane spricht Raymond an, zusammen mit Becky, und wir anderen warten ab, was passiert.«

Es gab gestern Abend ein kleines Gerangel darum, wer Mum zu Raymond begleiten sollte. Janice meinte, sie sei immerhin ihre beste Freundin, aber ich konterte mit »Tochter«. Dann schlug Suze vor: »Könnten wir nicht alle gehen?«, wurde jedoch niedergebrüllt. Jedenfalls habe ich gewonnen, aufgrund der Tatsache, dass alles, was Raymond über Dad sagen mag, ob gut oder schlecht, Mum und ich als Erste hören sollten.

Die Einzige, die nicht das leiseste Interesse daran zeigte, Raymond kennenzulernen, war Alicia. Sie kommt auch gar nicht mit auf den Jahrmarkt. Sie sagte, sie hätte eine Verabredung in Tucson. *Eine Verabredung in Tucson?* Mal ehrlich. Wer verabredet sich denn in Tucson?

Okay, vermutlich die Leute, die in Tucson wohnen. Aber ihr wisst schon. Die mal ausgenommen.

Das mit der »Verabredung in Tucson« kaufe ich Alicia nicht ab. Ich bin mir sicher, dass sie irgendwas vorhat. Und wenn ich könnte, würde ich sie im Auge behalten. Aber das kann ich leider nicht, weil ich erstens zum Jahrmarkt muss und sie zweitens längst von einer Limousine abgeholt wurde.

Suze sitzt auf einem fassförmigen Stuhl, beugt sich über ihr Telefon und simst wie verrückt. Wahrscheinlich simst sie Alicia, weil die beiden schon seit zwanzig Minuten voneinander getrennt sind. Sie sieht schrecklich elend aus, und am liebsten möchte ich sie in den Arm nehmen oder sie aus ihrer dunklen Wolke schütteln. Aber ich wage nicht einmal, mich ihr zu nähern. Nicht nur ist Suze nicht mehr meine Drei-Uhr-nachts-Freundin, denke ich trübselig, sie ist nicht mal mehr meine Neun-Uhr-morgens-zwei-Meter-entfernt-Freundin.

»Okay?« Luke holt mich aus meinen düsteren Gedanken. »Alle bereit? Du auch, Jane?«

»Oh, ich bin bereit«, sagt Mum mit bedeutungsvollem, fast schon unheilvollem Blick. »Ich bin bereit.«

Wir hören den Markt, lange bevor wir ihn sehen. Laute Musik dröhnt uns entgegen, während wir in der Schlange zum Wohnmobilstellplatz nur schleichend vorankommen. Als wir endlich geparkt haben, müssen wir erst Tickets kaufen und dann den richtigen Eingang finden, und als wir es schließlich zu Tor B geschafft haben, sind wir allesamt fix und fertig.

(Man sollte meinen, Tor B läge gleich neben Tor A. Sollte man meinen.)

»Gute Güte«, sagt Janice, als wir uns umsehen. »Das ist sehr … überwältigend.«

Ich weiß, was sie meint. Überall ist es grell oder laut oder schlichtweg außergewöhnlich. Zelte und Stände, so weit das Auge reicht. Aus jedem Lautsprecher plärrt ein anderes Lied. Auf einem kleinen Werbezeppelin über uns am Himmel steht WILDERNESS COUNTY FAIR, und darunter schweben ein paar Heliumballons, silberne Punkte im weiten Blau, die wohl jemandem versehentlich weggeflogen sind. Ein Trupp von Cheerleader-mäßigen Mädchen in türkisfarbenen Kostümen hastet in ein nahes Zelt, und ich sehe, wie Minnie ihnen hinterherstaunt. Ein Mann führt an einem Strick ein mächtiges Wollschaf an uns vorbei, und instinktiv weiche ich einen Schritt zurück.

»Bex!« Suze rollt mit den Augen. »Es ist doch nur ein Schaf.«

Hmpf. Sie hat leicht reden – »nur ein Schaf«. Dieses Vieh hat riesige, krumme Hörner und den bösen Blick. Wahrscheinlich ist es der Gewinner vom Killer-Schaf-Kampf.

Die unterschiedlichsten Düfte hängen in der Luft – Benzin, Tierdung, Grillfleisch und das süße, scharfe Aroma frisch frittierter Donuts, das besonders ausgeprägt ist, da wir direkt neben einer Donutbude stehen.

»Kuchen!«, ruft Minnie, als sie den Stand entdeckt. »Das *mag* ich, Mami.« Begierig zerrt sie an meinem Arm, reißt mich fast um.

»Kein Kuchen«, sage ich schnell und schiebe sie vor mir her. »Komm, suchen wir die Keramik!«

Obwohl es noch früh am Tag ist, wimmelt es nur so von Besuchern: Sie drängen in die Zelte, stehen für Essen an, spazieren die Gänge zwischen den Attraktionen entlang und bleiben abrupt stehen, um einen Blick auf ihre Karte zu werfen. So dauert es eine ganze Weile, bis wir das »Kreativdorf« erreichen, und dann wissen wir nicht, welches Zelt das richtige ist. Mum ist total fokussiert und stürmt voran, mit dem Messer zwischen den Zähnen, Janice hingegen ist leicht abzulenken, und ich muss sie hinter mir herziehen und dauernd Sachen sagen wie: »Die bestickten Topflappen kannst du dir auch *später* ansehen!« Also ehrlich, die ist ja schlimmer als Minnie.

Endlich entdecken wir das Keramikzelt und werfen einen Blick in unser Programmheft. Raymond steht in der Sektion »Keramik und Porzellan« und bewirbt sich in den Kategorien »Schalen«, »Behälter mit Deckel« und »Verschiedenes«. Außerdem bietet er ein paar Stücke in der Verkaufsgalerie an. Es ist unschwer zu erkennen, welche von ihm gefertigt wurden, weil sie ungefähr fünfmal so groß sind wie alle anderen. Außerdem lässt sich leicht überblicken, dass wir ihn hier nicht finden werden, da sich außer uns nur sieben Leute in dem Zelt befinden, und das sind alles Frauen.

Ein paar Minuten lang umkreisen Mum und ich die Ausstellungsstücke schweigend, bleiben vor jedem von Raymonds Werken stehen, als könnte es uns einen Hinweis liefern. Jedes Teil ist mit einem Schild versehen, auf dem vom Einfluss der französischen Keramikerin Pauline Audette (wer?) die Rede ist und davon, dass Raymond seine Inspiration in der Natur findet und noch irgendwelches Geschwafel über Glasuren.

»Tja, er ist nicht da«, sagt Mum schließlich, als wir zu einer großen, grünen Schale kommen, die fast den ganzen Tisch einnimmt.

»Aber er muss hier gewesen sein«, entgegne ich. »Vielleicht kommt er ja wieder. Verzeihung?«, sage ich zu einer Frau im Trägertop am Nachbartisch. »Wir suchen Raymond Earle. Kennen Sie ihn? Glauben Sie, dass er heute herkommt?«

»Ach, Raymond«, sagt die Frau und verdreht kurz die Augen. »Der war vorhin hier. Vielleicht taucht er später nochmal auf. Aber er bleibt nie lang.«

»Danke. Ist diese Vase von Ihnen?«, füge ich hinzu. »Die ist hübsch.«

170

Das ist eine dreiste Lüge. Dieses Ding ist hässlich wie die Nacht, aber ich glaube, wir sollten uns ein paar Freunde zur Verstärkung suchen, falls wir Raymond zu Boden ringen müssen oder so.

»Oh, danke schön«, sagt die Frau und tätschelt das Ding liebevoll. »In der Verkaufsgalerie stehen auch ein paar Stücke von mir, falls Sie Interesse haben.« Sie deutet auf die Galerie, die sich am anderen Ende des Zeltes befindet.

»Wundervoll!«, sage ich und versuche, enthusiastisch zu klingen. »Die sehe ich mir nachher gleich an. Und sind Sie denn auch von Pauline Audette beeinflusst?«

»Pauline Audette?«, erwidert die Frau scharf. »Was haben nur alle mit dieser Pauline Audette? Bevor ich Raymond begegnet bin, hatte ich noch nie was von ihr gehört. Wussten Sie, dass er ihr nach Frankreich geschrieben hat? Dass er sie gebeten hat herzukommen, um als Preisrichterin zu fungieren? Sie hat ihm nicht mal geantwortet, auch wenn er es nie zugeben würde.« Ihre Augen funkeln. »Wenn man mich fragt, ist das prätentiös.«

»Total prätentiös«, stimme ich eilig zu.

»Wozu brauchen wir eine französische Preisrichterin, wenn wir doch Erica Fromm haben, die gleich hier in Tucson wohnt?«

»Erica Fromm.« Ich nicke. »Absolut.«

»Und Sie? Formen Sie selbst auch?« Sie betrachtet mich mit neuerlichem Interesse.

»Äh … mh …« Ich bringe es nicht fertig, rundweg Nein zu sagen. »Also … ein bisschen. Sie wissen schon, wenn ich Zeit habe.«

Was in gewisser Weise sogar fast wahr ist. Ich meine, immerhin habe ich in der Schule getöpfert, und vielleicht fange ich ja wieder damit an. Plötzlich sehe ich mich im Töpferkittel, wie ich eine traumhafte Vase erschaffe, während Luke hinter mir steht und meinen Nacken liebkost. Und wie alle am Weihnachtsabend ihre Geschenke auspacken und sagen: *Wow, Becky, wir wussten ja gar nicht, dass du so künstlerisch begabt bist!* Wieso bin ich eigentlich noch nie aufs Töpfern gekommen?

»Also dann … viel Glück«, füge ich an. »Wirklich nett, Sie kennenzulernen. Ich heiße übrigens Becky.«

»Dee.« Sie schüttelt mir die Hand, und ich gehe wieder zu Mum, die gerade eine Sammlung winziger Tonpüppchen betrachtet.

»Und?« Eifrig blickt sie auf. »Hast du etwas herausgefunden?«

»Könnte sein, dass Raymond hier später nochmal auftaucht«, erkläre ich. »Wir müssen nur das Zelt im Auge behalten.«

Luke nimmt umgehend die Organisation der Beschattung in die Hand. Mum und Janice teilt er für die erste Stunde ein, weil sie sich die Töpferwaren ohnehin ansehen wollen. Danach ist Danny dran, der vorher noch unbedingt ins Erfrischungszelt will, um sich einen traditionellen Wilderness-Eistee zu holen, der offenbar zu achtzig Prozent aus Bourbon besteht.

»Ich gehe mit Minnie ins Kinderland und kaufe ihr einen Luftballon. Wir übernehmen die dritte Schicht«, sagt Luke auf diese bestimmende Art, die er manchmal hat. »Und Becky, dann mach du doch die vierte Stunde zusammen mit Suze. Ihr hättet ein bisschen Zeit und könntet gemeinsam über den Markt schlendern. Wäre das für dich okay, Suze?«

Oha. Ich weiß schon, was Luke vorhat. Er versucht, Suze und mich zusammenzubringen, damit wir uns wieder vertragen. Was wirklich süß von ihm ist. Aber ich komme mir vor wie ein Panda, von dem verlangt wird, dass er sich mit einem anderen Panda paart, der ganz offensichtlich kein Interesse an ihm hat. Suze macht den Eindruck, als wäre sie nicht sonderlich begeistert von der Vorstellung, Zeit mit mir verbringen zu müssen. Stirnrunzelnd wirft sie mir einen finsteren, unfreundlichen Blick zu.

»Ich hätte nichts dagegen, das Zelt allein zu bewachen«, sagt sie. »Du und Becky und Minnie, ihr solltet zusammenbleiben.«

Das tut weh. Ist sie wirklich dermaßen gegen mich eingestellt, dass sie es nicht mal ertragen kann, nur ein paar Stunden in meiner Gesellschaft zu verbringen?

»Nein, es ist besser, wenn wir es so machen«, entgegnet Luke sofort. »Und während wir über den Markt spazieren, sollten wir alle natürlich auch nach Raymond Ausschau halten.«

Gestern Abend hat Luke auf einer Website mit Informationen über Tucson ein Foto von Raymond gefunden. Ich will ja nicht prahlen, aber mein Dad hat sich *viel* besser gehalten als seine alten Freunde. Dieser Corey wirkte so seltsam künstlich, und Raymond sieht aus wie ein Greis. Er hat ganz buschige, graue Augenbrauen, und auf dem Bild guckt er ziemlich mürrisch in die Kamera.

»Wir haben hier sogar ein bisschen Empfang«, sagt Luke, »wenn auch nicht überall. Falls also jemand Raymond entdeckt, simst er das sofort allen anderen. Okay?«

Als sich unser kleiner Trupp zerstreut, wirft Luke mir einen vielsagenden Blick zu, der vermutlich *Kopf hoch* bedeuten soll – dann verschwindet er mit Minnie im Gedränge. Und ich bin mit Suze allein.

Ich war nicht mehr allein mit Suze seit … Ich kann mich gar nicht mehr erinnern. Auf einmal merke ich, wie mir die Sonne den Kopf zu verbrennen scheint, und meine Haut fühlt sich ganz kribbelig an. Ich hole ein paarmal tief Luft, versuche mich zu beruhigen. Als ich Suze ansehe, starrt sie vor sich hin, als wäre ich gar nicht da. Ich habe keine Ahnung, was ich sagen soll. Geschweige denn, wo ich anfangen soll.

Sie sitzt auf einem Stapel umgedrehter Kisten, in Blue Jeans und einem weißen T-Shirt und mit diesen alten Cowboystiefeln, die sie früher immer in London getragen hat. Hier passen sie perfekt her, was ich ihr gern sagen würde, doch irgendwas verschnürt mir die Kehle. Als ich tief einatme, um endlich was zu sagen – *irgendwas* –, klingelt ihr Handy. Sie holt es hervor, starrt es an und schließt die Augen.

»Suze?«, frage ich zaghaft.

»*Was?*«, fährt sie mich an. Ich habe noch nichts gesagt, und schon ist sie aggressiv.

»Ich wollte nur … Was möchtest du zuerst machen?« Mit zitternden Fingern ziehe ich das Programmheft aus meiner Tasche. »Wollen wir uns die Schweine ansehen?«

Es wäre ein echtes Opfer meinerseits, denn eigentlich habe ich eine Heidenangst vor Schweinen. Ich meine, auf Schafe kann ich auch gut verzichten, aber Schweine sind wirklich furchterregende Tiere. Suze und Tarkie haben welche auf ihrem Hof in Hampshire, und das sind richtig böse, quiekende Monster.

Suze dagegen liebt sie heiß und innig und gibt jedem sogar einen Namen. Und wenn wir da jetzt zusammen hingehen würden, könnten wir uns vielleicht gemeinsam daran freuen, wie spitz ihre Ohren sind oder so.

»Bestimmt sind amerikanische Schweine besonders interessant«, fahre ich fort, da Suze nicht reagiert. »Oder Schafe? Die haben hier ganz viele seltene Rassen … Oh, guck mal, hier gibt es auch was mit Zwergziegen!«

Als Suze den Kopf hebt, geht ihr Blick ins Leere. Ich glaube, sie hat kein Wort mitbekommen.

»Bex, ich hab was zu erledigen«, sagt sie. »Wir sehen uns

später, okay?« Sie schwingt sich von den Kisten, und schon ist sie weg, hastet am Keramikzelt entlang und taucht in der Menge ab.

»Suze?« Erschrocken starre ich ihr hinterher. *»Suze?«*

Sie kann mich hier doch nicht einfach so stehen lassen. Wir sollen doch ein Team sein. Wir sollen zusammenhalten. Bevor ich mir noch überlegen kann, ob es eine gute Idee ist oder nicht, folge ich ihr.

Zum Glück ist Suze so groß, und ihr Haar so blond, dass man sie leicht im Blick behalten kann, obwohl das Gedränge immer schlimmer wird. Zielstrebig lässt sie das Rodeostadion links liegen, läuft durch das Schlemmerdorf, am Streichelzoo vorbei, und schleicht sich sogar durch eine Arena, in der ein Mann seinen Hund dazu bringt, durch einen Reifen zu springen. Die Stände voller Cowboyhüte und Stiefel und Sättel würdigt sie keines Blickes, obwohl sie dort normalerweise Stunden verbringen würde. Sie ist nervös und fahrig. Ich sehe es an ihren Schultern. Und ich sehe es in ihrem Gesicht, als sie endlich stehen bleibt, auf einer freien Fläche gleich hinter dem Schweinegrill.

Sie lehnt sich an einen hohen Holzpfahl und zückt ihr Handy. Schlagartig wird mir klar, dass sie nicht einfach nur fahrig ist, sondern verzweifelt. Wem schreibt sie? Alicia?

Als mein Handy piept, ziehe ich mich schleunigst zurück, damit sie mich bloß nicht bemerkt. Ich vermute eine Nachricht von Mum oder Luke oder sogar Danny, doch sie ist von … Tarquin.

Hi Becky. Wollte mich nur kurz melden. Ist Suze okay?

Entrüstet starre ich mein Handy an. Nein, sie ist nicht okay. Sie ist *nicht okay*! Ich drücke Tarquins Nummer und betrete ein Zelt voll hausgemachter Konfitüren und Konserven.

»Becky?« Tarquin klingt überrascht, dass ich anrufe. »Alles in Ordnung?«

»Tarkie, hast du eigentlich eine Vorstellung davon, was wir hier durchmachen?«, schreie ich förmlich. »Suze geht es hundmiserabel, und wir rennen hier auf einem Jahrmarkt rum auf der Suche nach einem wildfremden Mann, meine Mum hat keine Ahnung, was mein Dad treibt, und …«

»Ihr seid doch nicht etwa immer noch dabei, oder?« Tarquin klingt schockiert.

»Selbstverständlich sind wir das!«

»Verdammt noch eins! Könnt ihr deinem Dad nicht ein bisschen Privatsphäre lassen?« Tarquin klingt richtig böse. »Könnt ihr ihm nicht einfach mal *vertrauen*?«

Das hat gesessen. Von der Warte hatte ich es noch gar nicht betrachtet. Und einen Moment lang schäme ich mich auch … bis mein Blut wieder anfängt zu kochen. Das ist ja alles schön und gut, dass die Männer einfach abhauen, weil sie eine Mission zu erfüllen haben und sich dabei total cool und heldenhaft vorkommen. Aber was ist mit uns anderen, die sie einfach hinter sich zurückgelassen haben und die fürchten mussten, ihre Männer seien tot?

»Könnte *er* denn nicht meiner Mum vertrauen?«, kontere ich wütend. »Könntest *du* nicht auch Suze vertrauen? Ihr seid doch verheiratet! Ihr solltet alles miteinander teilen!«

Dazu schweigt er, und ich weiß, dass ich einen Nerv getroffen habe. Ich möchte noch mehr sagen. Ich möchte schreien: *Sei glücklich mit Suze! Seid glücklich miteinander!*

Aber man darf sich nicht in fremde Beziehungen einmischen. Es ist, als würde man in eine Wolke treten. Erst wenn man wieder heraustritt, kann man sie als solche erkennen.

»Ihr könnt uns jetzt ohnehin nicht länger verfolgen«, sagt Tarkie nach einer schmerzlich langen Pause. »Wir drei haben uns getrennt. Es gibt nichts mehr zu verfolgen.«

»Ihr habt euch *getrennt?*« Ich bin perplex. »Wie meinst du das?«

»Wir gehen getrennte Wege. Ich helfe deinem Dad bei seinem…« Er zögert. »Was auch immer. Er macht sein eigenes Ding. Und Bryce ist verschwunden. Ohne ein Wort.«

»Bryce ist verschwunden?«, frage ich erschrocken.

»Ist gestern Abend abgehauen. Keine Ahnung wohin.«

»Ach.«

Ich versteh die Welt nicht mehr. Nach allem, was gewesen ist. Bryce hat Tarquin also gar nicht in seine dunklen Machenschaften verwickelt. Er hat ihm weder das Hirn gewaschen, noch ihn über den Tisch gezogen und gezwungen, seine Immobilienanteile zu verkaufen. Er hat sich einfach aus dem Staub gemacht.

»Becky, fahrt zurück nach L.A.«, sagt Tarquin, als könnte er meine Gedanken lesen. »Brecht die Suche ab. Gebt es auf.«

»Aber vielleicht können wir euch helfen«, beharre ich. »Was ist denn los? Was habt ihr vor?«

Lasst uns teilhaben!, möchte ich am liebsten schreien. *Bitte!*

»Wir brauchen eure Hilfe nicht«, erwidert Tarquin unnachgiebig. »Sag Suze, dass es mir gut geht. Ich helfe deinem Dad. Endlich fühle ich mich zu etwas nütze. Zum ersten Mal seit… einer Ewigkeit. Ich werde mich keinesfalls davon abbringen lassen, okay? Und ich möchte nicht, dass ihr euch einmischt. Bis bald, Becky.«

Und damit legt er auf. In meinem ganzen Leben habe ich mich noch nie dermaßen machtlos gefühlt. Ich könnte heulen vor Frust, oder wenigstens gegen eine Tonne treten.

Okay, wie sich herausstellt, bringt es mich nicht besser drauf, gegen eine Tonne zu treten. (Ich trage Flipflops, und Tonnen sind echt hart.) Und es hilft auch nichts, seine Faust boxermäßig in die hohle Hand zu schlagen, wie sie es im Kino machen. (Ich habe eh nie verstanden, was am Boxen so toll sein soll, und jetzt verstehe ich es noch viel weniger. Meine Hand tut weh, obwohl ich doch *selbst* zugeschlagen habe. Man möchte sich gar nicht vorstellen, wie es wäre, wenn das jemand anders täte und dann auch noch mehrmals.)

Da wird mir bewusst, wie dringend ich mit Suze reden muss. Ich muss ihr von Tarkies Anrufen erzählen. Ich muss ihr sagen, dass es ihm gut geht und dass Bryce keine Gefahr mehr darstellt. Es ist unumgänglich, und ich muss jetzt tapfer sein und darf vor dieser Aufgabe nicht zurückschrecken.

Doch als ich aus dem Zelt trete, wird mir ganz anders. Suze sieht in etwa so ansprechbar aus wie eine Löwin, die ihre Jungen, ihr Fressen und noch dazu die Kronjuwelen bewacht. Sie pirscht auf dem Platz herum, das Telefon fest in der Hand, die Stirn in Falten, ihr Blick zuckt hin und her.

Ich überlege mir gerade ein paar beiläufige Bemerkungen, mit denen ich sie ansprechen könnte – *Hey, Suze, was für ein Zufall, dich hier zu treffen* –, als sie abrupt stehen bleibt. Sie rührt sich nicht, blickt wachsam in eine Richtung. Wartet auf etwas. Aber worauf?

Im nächsten Moment erkenne ich, wer da auf sie zukommt, und stöhne so heftig auf, dass ich fast in Ohnmacht falle. *Nein.* Das muss eine optische Täuschung sein. Ich kann es nicht fassen. Doch die hoch gewachsene Gestalt, die sich da beschwingten Schrittes nähert, ist unverkennbar.

Es ist Bryce.

Bryce. Höchstpersönlich. Hier. Auf dem Wilderness County Fair.

Mit offenem Mund beobachte ich, wie er an Suze herantritt. Er sieht so blendend aus wie eh und je, in Shorts und Flipflops. Dabei wirkt er locker und lässig, wohingegen Suze einen völlig verzweifelten Eindruck macht. Sie ist keineswegs überrascht, ihm dort zu begegnen. Offensichtlich sind sie verabredet. Aber ... Wie jetzt?

Ich meine, *wie jetzt?*

Wie kann Suze sich nur mit Bryce treffen? Wie?

Wir jagen Bryce. Wir zermartern uns das Hirn darüber, was Bryce im Schilde führen mag. Wir reden dauernd über Bryce, versuchen zu begreifen, was ihn treibt, halten ihn praktisch schon für einen Serienkiller. *Hatte Suze etwa die ganze Zeit über Kontakt zu ihm?*

Mir ist zum Heulen zumute. Ich möchte sie anschreien: *Waaaaas? Das erklär mir mal!* Ich möchte hinrennen und ihr sagen: *Das kannst du doch nicht machen!*

Aber mir bleibt nichts anderes übrig, als ihnen stumm dabei zuzusehen, wie sie sich unterhalten, ohne selbst ein Wort zu verstehen. Suze hält die Arme trotzig verschränkt, wohingegen Bryce so ruhig und gelassen wirkt, wie man es von ihm kennt. Fast rechne ich schon damit, dass er einen Volleyball hervorzaubert und anfängt, damit herumzudribbeln.

Nach einer Weile scheinen sich die beiden auf etwas zu einigen. Bryce nickt einmal kurz, dann legt er seine Hand an ihren Arm. Sofort schlägt Suze sie mit solcher Wucht zurück, dass ich richtig zusammenschrecke, doch Bryce zuckt nur mit den Schultern. Es scheint ihn eher zu amüsieren. Dann zieht er leichtfüßig von dannen, taucht in der Menge ab, und Suze bleibt allein zurück.

Sie sinkt auf einen Strohballen, lässt den Kopf hängen und sieht dermaßen elend aus, dass ihr einige Passanten schon besorgte Blicke zuwerfen. Sie ist wie in Trance, und ich wage kaum, sie zu stören. Irgendetwas sagt mir, dass sie mich noch umso wütender anfahren wird, sobald sie merkt, dass ich sie mit Bryce ertappt habe.

Aber ich muss es tun. Hier steht nicht mehr nur unsere

Freundschaft auf dem Spiel. Hier und heute geht es ums Ganze.

Entschlossen trete ich vor, setze einen Fuß vor den anderen und warte, dass sie mich bemerkt. Ihr Kopf zuckt hoch, und für einen Moment sieht sie aus wie ein gehetztes Tier in der Falle. Jeder Muskel ihres Körpers ist gespannt. Panisch blickt sie sich um, aus Angst, es könne noch jemand bei mir sein, und erst dann – als sie die Gewissheit hat, dass ich allein bin – richtet sie ihren Blick langsam wieder auf mich.

»Suze …«, beginne ich, aber meine Stimme klingt belegt, und ich weiß gar nicht recht, was ich sagen soll.

»Hast du …« Sie schluckt, als brächte sie es nicht fertig, es auszusprechen, und ich nicke.

»Suze …«

»Nicht.« Mit zitternder Stimme fällt sie mir ins Wort. Ihre Augen sind gerötet. Sie sieht krank aus, denke ich plötzlich. Krank vor Sorge. Und zwar nicht, weil sie glaubt, Tarkie sei in Gefahr. Es geht um etwas ganz anderes. Irgendwas verschweigt sie.

Eine halbe Ewigkeit sehen wir uns nur an, und es ist fast, als führten wir ein lautloses Gespräch.

Ich wünschte, du hättest mit mir geredet.

Ich auch.

Es steht ziemlich schlimm, oder?

Ja.

Dann lass es uns klären.

Ich merke, wie Suze ihren Widerstand Stück für Stück aufgibt. Langsam lässt sie die Schultern hängen. Zum ersten Mal seit Langem blickt sie mir offen in die Augen, und es tut mir in der Seele weh zu sehen, wie verzweifelt sie ist.

Aber hier geht gerade noch etwas anderes vor sich. In gewisser Weise verschiebt sich das Gleichgewicht zwischen uns. Solange ich denken kann, war ich diejenige, die Mist gebaut hat, und Suze war diejenige, die mir jedes Mal heraushelfen musste. So waren wir schon immer. Jetzt hat sich das irgendwie umgekehrt. Ich weiß zwar nicht, was los ist, aber eins weiß ich genau: Suze steckt richtig in der Klemme.

Ich habe unzählige Fragen, mit denen ich sie bombardieren möchte, doch ich glaube, sie muss sich erstmal etwas beruhigen.

»Komm mit«, sage ich. »Ist mir egal, dass es früh am Morgen ist, wir brauchen jetzt dringend einen Rachenputzer.«

Ich führe sie in ein Zelt, in dem Tequila verkostet wird, und sie folgt mir mit gesenktem Blick. Ich bestelle uns zwei Tequila und reiche ihr einen davon. Dann erst fange ich an: »Okay, Suze. Du musst mir alles erzählen. Was hat das mit dir und Bryce zu bedeuten?«

Und sobald ich ihre Miene sehe, weiß ich es.

Ich meine, im Grunde wusste ich es natürlich schon, als er hier auftauchte. Aber es so deutlich in ihrem Gesicht zu sehen, treibt mir einen Dolch ins Herz. »Suze, du hast doch nicht etwa ...?«

»Nein!«, sagt sie entsetzt. »Nicht wirklich ...«

»Was heißt ›nicht wirklich‹?«

»Ich ... wir ...« Sie blickt sich in der Bar um. »Wollen wir uns nicht irgendwo anders hinsetzen?«

»Suze, erzähl es mir einfach.« Ich habe einen dicken Kloß im Hals. »Warst du Tarkie untreu?«

Unvermittelt muss ich an ihre Hochzeit denken. Suze sah so strahlend schön aus. Sie und Tarkie waren so voller Hoffnung und Optimismus. Wir alle waren so voller Hoffnung und Optimismus.

Gut, okay, Tarkie mag manchmal etwas seltsam sein. Er mag einen sonderbaren Geschmack haben, was Kleidung angeht. Und Musik. Und überhaupt. Aber nie im Leben wäre er Suze untreu, *niemals*. Der Gedanke daran, wie ver-

181

letzt er wäre, wenn er es herausfände, treibt mir die Tränen in die Augen.

»Ich…« Ihre Hände umflattern ihren Hals. »Was zählt denn als untreu? Küssen?«

»Ihr habt euch nur geküsst?«

»Nicht wirklich.«

»Habt ihr…?«

»Nein!« Sie zögert. »Nicht *wirklich*.«

Während wir schweigen, spielt mir meine Phantasie im Schnelldurchlauf alle möglichen Szenarien vor.

»Hast du dich untreu *gefühlt*?«

Ihr Schweigen hält an. Doch auf einmal kommen auch Suze die Tränen.

»Ja«, sagt sie unglücklich. »Ich *wollte* es. Ich hatte von allem genug. Tarkie ging es so schlecht, und in England war alles so schwierig, und Bryce dagegen war so frisch und positiv und… du weißt schon…«

»Ein Sexgott.«

Ich kann mich noch gut erinnern, wie Suze und Bryce sich zum ersten Mal begegnet sind und ich schon dachte, dass es zwischen ihnen gefunkt hatte. Aber ich hätte doch nie im Leben ernstlich damit gerechnet…

Da sieht man es mal wieder: Ich bin einfach nicht misstrauisch genug. Verdammt. Ich werde nie wieder blind auf irgendwas vertrauen. Von jetzt an gehe ich immer davon aus, dass jeder mit jedem eine Affäre hat und ich es einfach nur noch nicht mitbekommen habe.

»Genau«, sagt Suze. »Er war so anders. So selbstbewusst mit allem.«

»Und wann hast du…« In Gedanken spule ich die Zeit zurück, versuche, mir das alles zu erklären. »Ich meine, *so* oft warst du doch gar nicht im Golden Peace… Habt ihr euch abends getroffen?«

182

»Frag mich nicht!«, heult Suze gequält. »Frag nicht nach Tagen und Zeiten und Orten! Es war ein Fehler, okay? Das ist mir auch klar. Aber jetzt ist es zu spät. Er hat mich in der Hand.«

»Wie meinst du das, *er hat dich in der Hand*?«

»Er will Geld«, sagt Suze tonlos. »Viel Geld.«

»Du wirst ihm doch wohl nichts geben, oder?« Ich blicke ihr fest in die Augen.

»Was soll ich denn machen?«

»Suze! Das darfst du nicht!« Fast falle ich in Ohnmacht vor Entsetzen. »Du darfst ihm nichts geben!«

»Aber er wird es Tarkie erzählen!« Tränen rinnen über Suzes Wangen. »Und dann ist meine Ehe vorbei … Die Kinder …« Sie starrt in ihr Tequilaglas. »Bex, ich habe mein Leben zerstört, und ich weiß nicht mehr, was ich tun soll. Ich konnte mit niemandem darüber sprechen. Ich war so einsam.«

Da bin ich doch leicht verletzt. Oder auch genervt. Na gut, vielleicht sogar sauer.

»Du hättest mit mir darüber sprechen können«, sage ich und gebe mir Mühe, möglichst gelassen zu klingen, im Gegensatz zu verletzt, genervt und sauer. »Du hättest dich mir immer anvertrauen können, Suze.«

»Nein, das konnte ich eben nicht! Du und Luke, ihr habt so eine perfekte Beziehung. Du hättest mich doch nie verstanden.«

Bitte? Wie kann sie so was *sagen*?

»Wir hätten uns in L. A. fast getrennt!«, entgegne ich ungläubig. »Wir hatten einen fürchterlichen Streit, und Luke ist zurück nach England geflogen, und ich wusste nicht, ob er jemals wiederkommen würde. Also ich denke, dass ich dich sehr wohl verstanden hätte. Wenn du mir nur die Chance gegeben hättest.«

»Oh.« Suze wischt sich die Augen. »Also … oh. Ich wusste ja nicht, dass es so schlimm um euch stand.«

»Ich habe ja versucht, es dir zu erzählen, aber es hat dich nicht interessiert! Du hast mich einfach ausgeschlossen!«

»Na, und du hast *mich* ausgeschlossen!«

Wir starren einander an, beide schwer atmend, beide mit glühenden Wangen und Tequilagläsern in den Händen. Ich fühle mich, als könnte ich mich jetzt öffnen und Suze endlich sagen, was ich ihr schon so lange sagen möchte.

»Okay, Suze, vielleicht habe ich dich tatsächlich ausgeschlossen.« Die Worte sprudeln nur so aus mir heraus. »Vielleicht habe ich mich in L.A. wirklich falsch verhalten. Aber weißt du was? Ich habe mich Millionen Mal dafür entschuldigt, ich bin mit dir mitgefahren, und ich gebe mein Bestes – aber du würdigst mich keines Blickes. Du willst nicht mal mit mir reden, du siehst mir nicht in die Augen, du kritisierst mich von morgens bis abends. Du interessierst dich nur noch für Alicia. Dabei sollte ich doch eigentlich deine Freundin sein.« Eine Woge des Schmerzes bäumt sich in mir auf, und schon wieder habe ich Tränen in den Augen. »Deine *Freundin*, Suze!«

»Ich weiß«, flüstert sie und starrt in ihr Glas. »Das weiß ich doch.«

»Aber warum behandelst du mich dann so mies?« Wütend wische ich an meinem Gesicht herum. »Und ich denk mir das nicht aus. Luke ist es auch aufgefallen.«

»O Gott.« Suze wirkt bedrückter als je zuvor. »Ich weiß. Ich war ganz schrecklich zu dir. Aber ich konnte dir nicht mal mehr in die Augen sehen.«

»Warum denn nicht?« Ich bin so aufgebracht, dass ich fast schreie. »Warum nicht?«

»Weil ich wusste, dass du es erraten würdest!«, platzt sie heraus. »Du *kennst* mich, Bex. Alicia nicht. Bei ihr komme ich damit durch, wenn ich mich verstelle.« Als sie den Kopf hebt, weint sie bitterlich. Ihr Gesicht hat hektische Flecken, und ihre Nase läuft. »Vor *dir* kann ich nichts verheimlichen.«

»Du hast Bryce vor mir verheimlicht«, sage ich.

»Indem ich dich gemieden habe. O Gott, Bex.« Sie rauft sich die Haare. »Mein Leben läuft schon so lange aus dem Ruder… Ich wünschte, ich hätte dir von Anfang an alles erzählt…«

Noch nie habe ich Suze in einem derart erbärmlichen Zustand erlebt. Sie wirkt irgendwie kleiner, und von ihrer überschäumenden Fröhlichkeit ist nichts mehr da. Als ich ihr verzerrtes Gesicht betrachte, fällt mir auf, dass ihre Haare unter den Extensions richtig fettig sind.

»Was ist, wenn meine Ehe scheitert, Bex?« Sie schluckt, und ich spüre eine tonnenschwere Last auf meiner Brust.

»Das wird sie nicht, Suze. Alles wird gut.« Ich schließe sie in meine Arme. »Nicht weinen. Wir überlegen uns was.«

»Ich war so blöd«, schluchzt Suze. »So was von blöd! Oder?«

Darauf sage ich lieber nichts. Ich drücke sie nur umso fester.

Ich war auch schon mal blöd. Mich hat auch schon mal was verfolgt. Und Suze war nie abfällig und hat mir nie Vorhaltungen gemacht. Sie hat mich immer unterstützt. Und genau das werde ich jetzt auch tun.

Als wir da so sitzen und uns von der mexikanischen Musik berieseln lassen, denke ich daran zurück, wie es eigentlich dazu kam, dass unsere Freundschaft in Schieflage geraten ist. Ich dachte immer, es sei allein meine Schuld. Ich dachte, es läge an mir und all meinen Sorgen. Ich bin überhaupt nicht auf die Idee gekommen, dass Suze möglicherweise eigene Sorgen haben könnte.

»O mein Gott.« Ich hebe abrupt den Kopf, als mir ein

Licht aufgeht. »*Deshalb* willst du nicht, dass Tarkie mit Bryce zusammen ist. Für den Fall, dass Bryce ihm alles erzählt.«

»Unter anderem«, gibt Suze zu.

»Moment mal.« Leise stöhne ich auf. »Hast du dir die ganze Geschichte mit der Gehirnwäsche etwa *ausgedacht*?«

»Nein! Ich war ernsthaft besorgt um Tarkie!«, entgegnet Suze trotzig. »Er ist so dünnhäutig. Und Bryce ist ein böser, manipulatorischer ...« Sie atmet tief durch. »Er ist nur hinter dem großen Geld her, und zwar um jeden Preis. Erst dachte er, Tarkie sei der Wohlhabende von uns beiden, und deshalb hatte er es auf ihn abgesehen. Dann wurde ihm klar, dass bei mir auch was zu holen ist, also hat er ... na ja.« Sie schluckt. »Er hat sich an mich rangemacht.«

»Du darfst ihm nichts geben. Das weißt du.« Suze reagiert nicht, und ich mustere sie eindringlich. »Das weißt du doch, oder, Suze? Was hast du ihm gesagt?«

»Ich habe ihm gesagt, dass ich mich heute Abend um sieben mit ihm treffe und ihm etwas Geld gebe«, murmelt Suze.

»*Suze!*«

»Was soll ich denn machen?«

»Sobald du ihm nur einmal Geld gibst, hat er dich für alle Zeiten in der Hand. Erpressern darf man niemals nachgeben. Das weiß doch jeder.«

»Aber was ist, wenn er es Tarkie erzählt?« Suze stellt ihr leeres Schnapsglas weg und fährt sich mit den Händen durch die Haare. »Bex, was ist, wenn ich alles kaputt gemacht habe? Was ist, wenn Tarkie sich von mir trennt? Was wird dann aus den Kindern?« Ihre Stimme bebt. »Ich habe mein ganzes Leben aufs Spiel gesetzt, alles ...«

Ein Musiker von der mexikanischen Kapelle kommt mit einem strahlenden Lächeln heran und schüttelt seine Maracas direkt vor Suzes Nase. Er hält ihr eine davon hin, damit sie mitschüttelt, doch da hat er sich die Falsche ausgesucht.

»*Zisch ab*!«, faucht Suze, und der Mann mit den Maracas weicht erschrocken zurück.

Eine Weile sitzen wir nur schweigend da. In meinem Kopf dreht sich alles, und zwar nicht nur vom Tequila. Ich habe tausend Fragen an Suze, wie: *Wer hat den Anfang gemacht?* und *Was meinst du mit »nicht wirklich«*. Aber ich kann sie jetzt nicht ausfragen. Das Wichtigste ist, dass wir erst mal Bryce loswerden.

»Suze, Tarkie wird dich nicht verlassen«, sage ich unvermittelt.

»Was sollte ihn davon abhalten? *Ich* würde mich verlassen.« Mit verheulten Augen blickt sie auf. »Manchmal bin ich ganz schrecklich. Ich verliere schnell die Geduld mit ihm und werfe ihm alle möglichen furchtbaren Sachen an den Kopf…«

»Ich weiß«, sage ich betreten. »Er hat es mir erzählt. Hör mal, Suze. Ich muss dir was beichten: Ich hatte Kontakt zu Tarkie, ohne dass du davon wusstest.«

Erschrocken blitzen ihre Augen auf, und sie holt tief Luft. Einen grausigen Moment lang fürchte ich, dass sie mich gleich anschreien wird. Doch dann atmet sie wieder aus, und ihr Zorn verraucht irgendwie.

»Na ja«, sagt sie schließlich. »Hätte ich mir denken können. Bestimmt hat er gesagt: *Meine Frau ist das Letzte.*«

»Nein! Natürlich nicht!« Ich überlege, wie man es taktvoll formulieren könnte. »Er hat gemeint… also… ihr hättet Unstimmigkeiten gehabt.«

»Unstimmigkeiten!« Sie stößt ein kurzes, bitteres Lachen aus.

»Aber hör doch, Suze!« Ich lasse mich nicht beirren. »Alles wird gut. Tarkie ist viel stärker, als du denkst. Er hat sich von meinem Dad abgesetzt. Er ist jetzt allein unterwegs, um ihm zu helfen, und er klingt wirklich schon viel gelöster. Er macht auf mich nicht den Eindruck, als hätte Bryce ihn manipuliert. Ich glaube, in L.A. war er nur so schlecht drauf, weil ... wegen was anderem.«

»Na klar, *meinet*wegen.«

»Nicht nur *deinet*wegen. Wegen der ganzen Situation. Aber davon hat er sich jetzt befreit ... Er fühlt sich nützlich ... Ich glaube, es geht ihm schon viel besser.«

Suze schweigt einen Moment, denkt darüber nach.

»Tarkie verehrt deinen Dad«, sagt sie schließlich. »Dein Dad ist der Vater, den er gern gehabt hätte.«

»Ich weiß.«

»Hat er gesagt, was sie vorhaben?«

»Natürlich nicht.« Ich rolle mit den Augen. »Er findet, wir sollten Dad seine Privatsphäre lassen und zurück nach L.A. fahren.«

»Vielleicht hat er recht.« Suze nimmt die Füße auf den Barhocker und schlingt ihre Arme um die Knie. »Ich meine, was tun wir hier eigentlich? Was *tun* wir hier eigentlich alle?«

Das ist wohl eine von diesen Fragen, deren Beantwortung man sich besser spart. Statt also zu sagen *Wir verfolgen Tarkie, weil du es so wolltest, Suze*, nippe ich nur an meinem Tequila.

»Erst habe ich mich selbst in eine schlimme Klemme manövriert«, sagt Suze plötzlich, »und dann alles an dir ausgelassen.«

»Nein, hast du nicht.« Ich zucke mit den Schultern, bin etwas verlegen.

»Doch, habe ich.« Sie sieht mich mit großen, traurigen Augen an. »Ich war abscheulich. Ich kann gar nicht glauben, dass du überhaupt noch mit mir redest.«

»Aber ...« Ich zögere, suche nach den passenden Worten. »Du bist meine Freundin. Und ich war in L.A. auch ziemlich abscheulich. Wir waren beide abscheulich.«

»Ich war *abscheulicher*«, seufzt Suze mutlos. »Weil ich auch noch die ganze Zeit versucht habe, dir ein schlechtes Gewissen einzureden. Aber was habe *ich* getan? *Was habe ich bloß getan?*« Ihre Stimme wird lauter und lauter, ihr Gesicht ist von Tränen überströmt. »Es war der helle Wahnsinn. Seit ich nach L.A. gekommen bin, wollte ich nur noch meinem langweiligen, alten Leben in England entfliehen. Und jetzt würde ich alles geben…« Ihre Stimme erstirbt, und sie wischt sich die Augen. »Ich würde alles dafür geben, dass…«

»Du kannst dein altes Leben wiederhaben«, sage ich mit fester Stimme. »Vor allem aber darfst du Bryce kein Geld geben.«

Suze schweigt einen Moment und knetet ihre Hände.

»Aber was ist, wenn er es Tarkie erzählt?«, flüstert sie schließlich.

»Darauf darfst du nicht warten.« Ich mache mich bereit, ihr zu sagen, was ich für richtig halte. »Suze, du musst es Tarkie selbst erzählen. Und zwar so bald wie möglich.«

Todkrank sieht sie aus, als sie mich anstarrt. Es kommt mir vor wie eine halbe Stunde, dann nickt sie.

Ich glaube, ich fühle mich fast genauso krank wie Suze. Im Laufe der Jahre musste ich Luke schon eine ganze Reihe unangenehmer Dinge beichten, so wie damals, als ich heimlich seine sechs Tiffany-Uhren bei eBay verkauft hatte. Aber Tiffany-Uhren zu verkaufen und einen anderen Mann zu küssen, ist wohl kaum vergleichbar.

Und wenn ich »küssen« sage, kann Suze sich freuen, denn es war offensichtlich weit mehr als das. (Aber was genau? Sie will es mir immer noch nicht verraten, und selbstredend bin ich viel zu erwachsen, um sie um eine Strichmännchen-Skizze zu bitten. Ich werde eben meine Phantasie gebrauchen müssen.)

(Oder lieber doch nicht. Pfui. *Böse* Phantasie.)

Wir haben abgemacht, dass ich Tarkie anrufe, um dann den Hörer an Suze weiterzureichen, und als ich auf Wählen drücke, rast mein Herz.

»Tarkie!«, sage ich barsch, als er sich meldet. »Hör zu, du musst jetzt auf der Stelle mit Suze sprechen, denn wenn nicht, rede ich nie wieder ein Wort mit dir, und mein Dad, wenn ich dem davon erzähle, auch nicht. Das Ganze ist doch *gaga*. Du kannst mich nicht dauernd anrufen und einen Bogen um Suze machen. Sie ist deine Frau. Und sie hat dir etwas sehr Wichtiges mitzuteilen.«

Am anderen Ende herrscht Schweigen, dann sagt Tarkie: »Okay, gib sie mir.« Er klingt direkt etwas kleinlaut.

Ich reiche Suze das Handy, dann ziehe ich mich zurück. Irgendwie hatte ich gehofft, Suze würde mich bitten, bei ihr zu bleiben, damit ich mein Ohr mit ans Telefon halten und auch Tarkie hören kann. Aber sie meinte, sie müsse allein mit ihm sprechen.

Was soll ich sagen? Ist ja ihre Ehe und alles. Obwohl ich ihr eine *große* Hilfe sein könnte. Ich könnte ihr Mut zusprechen und ihr soufflieren, wenn ihr mal die Worte fehlen. Ich mein ja nur.

Egal, macht nichts. Sie ist raus an die frische Luft gegangen. Ich bleibe bei der mexikanischen Kapelle sitzen und trinke eine Diet Coke, um den Tequila herunterzuspülen. Ein Typ im Poncho hat mir gerade ein Tamburin in die Hand gedrückt, und er war dabei so eifrig, dass ich einfach nicht Nein sagen mochte. Also klappere ich damit herum und singe etwas, das *meiner* Meinung nach ziemlich gutes Spanisch ist (»Aheya-aheya-aheya-aheya«), und versuche, mir Suze und Tarquin *nicht* vor dem Scheidungsrichter vorzustellen, da ist sie plötzlich wieder zurück.

Mein Herz tut einen allmächtigen Schlag, und ich lasse

das Tamburin sinken. Sie steht im Eingang des Zeltes, mit hochrotem Kopf, schwer atmend und aufgewühlt.

»Was ist passiert?«, frage ich, als sie zu mir kommt. »Suze, alles okay?«

»Bex, die Bäume auf Letherby Hall«, murmelt sie fiebrig. »Die Bäume. Kannst du dich da an was erinnern? Irgendwas?«

Bäume? Was redet sie nur?

»Äh, nein«, sage ich vorsichtig. »Mit Bäumen kenn ich mich nicht aus. Konzentrier dich, Suze! Was ist passiert? Wie steht es um euch?«

»Ich weiß nicht.« Ihre Miene ist ganz leer.

»Du *weißt* es nicht?« Ich starre sie an. »Wie kannst du es nicht wissen? Was hat er denn gesagt?«

»Wir haben geredet. Ich habe es ihm gebeichtet. Zuerst hat er es gar nicht begriffen …« Sie wischt sich über die Nase.

Okay, ich kann mir das Gespräch gut vorstellen. Suze sagt: *Mir ist was Schreckliches passiert, Tarkie,* und er denkt, sie hat ihre Wimperntusche verloren.

»Hast du dich auch *unmissverständlich* ausgedrückt?«, frage ich ernst. »Weiß er jetzt, was passiert ist?«

»Ja.« Sie schluckt. »Ja, er … Am Ende hat er es begriffen. Der Empfang war aber auch ziemlich schlecht.«

»Und?«

»Er war total schockiert. Ich glaube, ich habe mir eingeredet, er hätte vielleicht schon was geahnt … Hatte er aber nicht.«

Also ehrlich. Selbstverständlich hat er nichts geahnt. Immerhin reden wir hier von Tarkie. Allerdings behalte ich das lieber für mich, denn ich sollte sie jetzt nicht unterbrechen.

»Immer wieder habe ich ihm gesagt, wie leid es mir tut und dass es nicht halb so schlimm war, wie er es sich wahrscheinlich vorstellt« – Suze schluckt –, »und dass ich es nicht… du weißt schon… dass ich es nicht fertiggebracht habe, mit Bryce bis zum Äußersten zu gehen, und er meinte: ›Soll ich dafür jetzt auch noch *dankbar* sein?‹«

Gutes Argument, Tarkie, denke ich im Stillen. Aber auch: *Gutes Argument, Suze*. Ich meine, sie war ihm ja nicht wirklich untreu, oder? Rechtlich gesehen.

(Ist so etwas überhaupt rechtlich geregelt? Da muss ich Luke mal fragen. Der wird es wissen.)

(Oder lieber doch nicht. Wenn ich ihn frage, wird er bestimmt wissen wollen, wieso ich es wissen will, und das könnte alle möglichen Missverständnisse zur Folge haben, die ich momentan nun wirklich nicht brauchen kann.)

»Jedenfalls wollte ich, dass wir uns so bald wie möglich treffen, um zu reden«, fährt Suze mit bebender Stimme fort. »Aber er hat Nein gesagt.«

»*Nein?*«

»Er ist dabei, etwas sehr Wichtiges für deinen Dad zu erledigen, und das will er nicht unterbrechen. Und dann hatte ich plötzlich kein Netz mehr. Tja.« Suze zuckt mit den Schultern, als wäre es ihr egal, aber es ist nicht zu übersehen, dass sie die Fäuste ballt.

»Und damit war euer Gespräch beendet?«, frage ich entsetzt.

»Ja.«

»Dann weißt du also gar nicht, wie es um euch steht?«

»Nicht so richtig.« Sie lässt sich auf einen Barhocker neben mir sinken, und ich bin leicht perplex. Das kann doch nicht sein. Der ganze Sinn und Zweck eines Geständnisses ist doch, dass man darüber redet und sich am Ende entweder trennt oder verträgt.

Oder nicht?

Das Problem mit Tarkie ist allerdings, dass er kaum fernsieht und von daher gar keine Ahnung hat, wie so was läuft.

»Suze, du musst dringend ein paar DVDs kaufen«, sage ich mit Nachdruck. »Tarkie braucht ein bisschen Nachhilfe, damit er lernt, woran er sich orientieren soll.«

»Ich weiß. Er hat überhaupt nicht das gesagt, was ich erwartet hätte.«

»Hat er gesagt, dass er seine Freiheit braucht?«

»Nein.«

»Hat er gesagt *Wie kann ich jemals wieder etwas glauben, was du sagst?*«

»Nein.«

»Aber was *hat* er denn gesagt?«

»Er meinte, er kann verstehen, dass Bryce mich in Versuchung geführt hat, und dass er selbst von ihm fasziniert war...«

»Nur allzu wahr.« Ich nicke.

»... aber wir seien Cleath-Stuarts, und Cleath-Stuarts kennen keine Kompromisse. Es gilt alles oder nichts.«

»Alles oder nichts?« Ich bin empört. »Was meint er damit?«

»Ich weiß es doch nicht!«, heult Suze. »Er hat sich nicht klar ausgedrückt. Und dann fing er von diesem berühmten Baum in unserem Garten an – dem Owl's Tower.« Schon hat sie wieder diesen irren Blick. »Erinnerst du dich, dass bei uns alle großen Bäume einen Namen haben?«

Ich erinnere mich. In Suzes Gästezimmer steht ein Büchlein über Bäume, und ich habe oft genug versucht, es zu lesen, aber ich komme immer nur bis zu der Stelle, wo Lord Cleath-Stuart 1873 Saatgut aus Indien mitgebracht hat.

»Dass er von Bäumen redet, ist ein gutes Zeichen!«, rufe ich aufmunternd. »Sehr gut sogar. Es bedeutet: *Ich möchte, dass unsere Ehe Bestand hat.* Suze, ich denke, solange er von Bäumen redet, musst du dir keine Sorgen machen.«

»Du verstehst nicht!«, heult Suze wieder. »Ich weiß nicht,

welcher der Owl's Tower ist! Wir haben so viele Bäume, die irgendwas mit Eule heißen! Aber da war dieser eine berühmte, der vom Blitz getroffen wurde und eingegangen ist. Vielleicht meint er ja den.«

»O Gott.« Ich starre sie an, und meine Zuversicht ist leicht lädiert. »Tatsächlich?«

»Vielleicht will Tarkie mir sagen, dass Bryce der Blitz ist und unsere Ehe nur noch ein qualmender, verkohlter Stumpf.« Suzes Stimme bebt.

»Vielleicht aber auch nicht«, entgegne ich. »Vielleicht ist der Owl's Tower eine kräftige, gesunde Eiche, die nach vielen Sorgen und Problemen immer noch aufrecht steht. Hast du ihn nicht gefragt, welchen Baum er meint?«

Suze wirkt immer gequälter.

»Ich konnte einfach nicht zugeben, dass ich es nicht wusste«, sagt sie ganz leise. »Tarkie wollte schon immer, dass ich mich mehr für die Bäume auf unserem Grund und Boden interessiere. Also habe ich ihm letztes Jahr erzählt, ich hätte einen Rundgang mit dem Chefgärtner gemacht, und das alles sei hochinteressant.«

»Und hattest du?«

»Nein«, flüstert sie und vergräbt das Gesicht in den Händen. »Ich bin lieber ausgeritten.«

»Damit ich es richtig verstehe …« Ich lege mein Tamburin auf den Tresen, weil man mit einem Tamburin in der Hand nicht richtig denken kann. »Tarkie glaubt, er hätte dir eine verschlüsselte Botschaft zukommen lassen, die du aufgrund eurer gemeinsamen Liebe zu den Familienbäumen auch verstehst.«

»Ja.«

»Aber du hast nicht den leisesten Schimmer, was er meinte.«

»Genau.«

Also wirklich! Das ist das Problem, wenn man in einem

Herrenhaus wohnt, in dem es vor sinnreichen, poetischen Symbolen nur so wimmelt. Würden sie in einem normalen Haus wohnen, mit einem Apfelbaum und einer Ligusterhecke, dann hätten wir hier jetzt nicht diesen Heckmeck.

»Okay«, sage ich entschlossen. »Suze, du musst rausfinden, welcher Baum der Owl's Tower ist. Ruf deine Eltern an, ruf seine Eltern an, ruf euren Chefgärtner an ... oder sonstwen!«

»Das habe ich schon getan«, sagt Suze. »Ich habe allen eine Nachricht hinterlassen.«

»Und was machen wir jetzt?«

»Keine Ahnung. Warten.«

Ich kann es kaum glauben. Ob Suzes Ehe am Ende ist oder nicht, hängt an einem Baum? Das ist mal wieder *typisch Tarquin*.

Obwohl es vermutlich auch schlimmer hätte kommen können. Wenn er zum Beispiel den Plot einer Wagner-Oper gewählt hätte.

Suze steigt von ihrem Barhocker und stapft auf und ab, knabbert an ihren Fingernägeln und checkt alle zwei Sekunden ihr Telefon. Etwas Wildes liegt in ihrem Blick, und sie murmelt vor sich hin: »Ist es die Kastanie? Vielleicht die große Esche.« Wenn sie so weitermacht, wird sie noch irre.

»Hör mal, Suze.« Ich fasse nach ihrem Arm, greife jedoch ins Leere. »Beruhig dich! Im Moment kannst du nichts tun. Du musst an was anderes denken. Sehen wir uns den Markt an! Suze, *bitte*!«, flehe ich sie an und greife nochmal nach ihrem Arm. »Du hattest eine echt stressige Zeit. Das ist nicht gut für dich. Viel zu viel Cortisol im Blut. Das reinste Gift!«

Das habe ich im Golden Peace gelernt. Tatsächlich hatte ich sogar einen Kursus zum Thema *Begrenze deinen Stresslevel* belegt, der mir bestimmt gut getan hätte, wenn ich nicht dauernd zu spät vom Yogakurs gekommen wäre und die ganze Stunde über nur total gestresst dagesessen hätte. (Vermutlich wäre ich weniger gestresst gewesen, wenn ich diesen Kursus nicht belegt hätte.)

»Okay«, sagt Suze schließlich, ohne stehen zu bleiben. »Okay. Vielleicht sollte ich versuchen, mich mit etwas anderem zu beschäftigen.«

»Mein Reden! Wir haben noch ewig Zeit, bis wir das Keramikzelt bewachen sollen. Suchen wir uns eine Ablenkung!«

»Gut.« Suze bleibt endlich stehen, doch ihr Blick ist nach wie vor wild. »Du hast recht. Was wollen wir unternehmen? Ob man sich irgendwo ein Pferd ausleihen kann? Ich könnte an einem Wettbewerb teilnehmen. Ich habe noch nie bei einem Rodeo mitgemacht.«

Rodeo? Ist sie noch ganz bei sich?

»Ähm… vielleicht.«, sage ich eher zurückhaltend. »Ich dachte eigentlich eher daran, etwas herumzuschlendern. Sich die Tiere anzusehen. Wusstest du, dass sie hier auch Hühner haben?«

Suze hatte schon immer eine Schwäche für Hühner (was ich noch weniger verstehen kann als das mit den Schweinen). Ich falte mein Programmheft auseinander und will ihr gerade die einzelnen Rassen vorlesen, als ihre Augen aufleuchten.

»Jetzt weiß ich!« Sie packt mich beim Arm. »Los, komm mit!«

»Wo gehen wir denn hin?«, protestiere ich.

»Das wirst du gleich sehen.«

Suze macht einen dermaßen entschlossenen Eindruck, dass es zwecklos wäre, sich zu wehren. Aber wenigstens hat sie aufgehört, wie manisch an ihren Fingernägeln herumzukauen. Wir laufen im Bogen um die Schlemmerzelte, bahnen uns einen Weg durch die Viehstallungen und kommen am Kreativdorf vorbei. (Ehrlich gesagt kommen wir sogar zweimal daran vorbei. Ich glaube, Suze hat sich kurz verlaufen. Nicht dass sie es zugeben würde.)

»Da wären wir.« Suze bleibt vor einem Zelt stehen, an dem ein Schild mit der Aufschrift COOLE BOOTS hängt. Von drinnen hört man »Sweet Home Alabama«.

»Was soll das?«, frage ich verwundert.

»Wir gehen Stiefel kaufen«, erklärt Suze. »Immerhin sind wir hier auf einem Westernmarkt, also brauchen wir auch echte Cowboystiefel.« Sie schiebt mich ins Zelt, und mir schlägt der schwere Duft von Leder entgegen. Einen Moment lang bin ich davon derart überwältigt, dass ich den spektakulären Anblick vor meinen Augen gar nicht wahrnehme.

»O mein *Gott*«, stottere ich schließlich.

»Wahnsinn…« Suze scheint genauso überwältigt wie ich.

Arm in Arm stehen wir nur da und sind ganz ergriffen wie zwei Pilger vor einem Heiligenschrein.

Ich meine, ich war ja schon oft genug in Schuhläden, die Cowboystiefel anbieten. Da findet man dann hier und da mal welche. So was wie hier habe ich allerdings noch nie gesehen. Alle Regale reichen bis unters Zeltdach. Jedes davon hat etwa fünfzehn Borde mit einem Stiefel neben dem anderen. Da gibt es welche in Braun und Schwarz, in Rosa und Türkis. Manche mit Strass. Manche mit Stickereien. Manche mit Strass *und* Stickereien. Unter einem Schild mit der Aufschrift LUXURY BOOTS steht ein weißes Paar mit nachgemachtem Schlangenleder, das fünfhundert Dollar kostet, und daneben ein Paar aus hellblauem Straußenleder für siebenhundert. Es gibt sogar ein schwarzes Paar, das bis übers Knie reicht und mit NEUESTE MODE beschriftet ist, aber das sieht, ehrlich gesagt, etwas sonderbar aus.

Das alles ist dermaßen überwältigend, dass es uns beiden glatt die Sprache verschlägt. Suze zieht gleich ihre alten, braunen Cowboyboots aus, die sie aus Covent Garden hat, und steigt in ein pink-weißes Stiefelpaar. Mit ihrer blauen Jeans und den blonden Haaren sieht sie darin umwerfend aus.

»Oder guck dir *die* mal an.« Ich nehme ein rehbraunes Paar aus dem Regal, das an den Seiten mit kleinen Strasssteinchen verziert ist.

»Oh, wie schön!« Suze taumelt förmlich vor Entzücken.

»Oder die hier!« Ich habe ein extravagantes Paar gefunden, aus schwarzem und dunkelbraunem Leder, das intensiv nach Sattel riecht. »Für den Winter?«

Wir sind wie im Rausch. Ein Paar ist verlockender als das andere. Etwa zwanzig Minuten lang tue ich nichts weiter, als Suze Stiefel zu reichen und zu beurteilen, wie sie ihr stehen. Ihre Beine sind endlos lang, und laufend fährt sie sich mit der Hand durchs Haar und sagt: »Ich wünschte, ich hätte Caramel hier bei mir.«

(Caramel ist ihr momentanes Lieblingspferd. Und ich muss sagen, ich bin froh, dass sie ihn *nicht* dabeihat, falls sie immer noch überlegen sollte, an einem Rodeo teilzunehmen.)

Schließlich hat Suze ihre Auswahl begrenzt auf die rehbraunen Stiefel mit Strass und ein schwarzes Paar mit herrlichen Verzierungen in Weiß. Ich wette, sie kauft beide.

»Augenblick mal.« Abrupt blickt sie auf. »Bex, was ist mit dir? Wieso probierst du keine an?«

»Ach«, sage ich und fühle mich ertappt. »Mir ist nicht so danach.«

»Dir ist nicht so danach?« Erstaunt starrt Suze mich an. »Stiefel anzuprobieren?«

»Ja. Irgendwie.«

»So *gar* nicht?«

198

»Also … nein.« Ich deute auf die Boots. »Aber mach du nur.«

»Ich möchte nicht allein weitermachen.« Suze wirkt niedergeschlagen. »Ich wollte doch uns *beiden* Stiefel kaufen. Weil ich was gutzumachen habe. Damit wir wieder Freundinnen sind. Aber wenn du nicht magst …«

»Doch, das tue ich! Sehr gern sogar!«, sage ich eilig.

Ich will Suze nicht vor den Kopf stoßen, aber ich habe schon wieder dieses komische Gefühl in der Magengrube. Ich versuche, es zu ignorieren, und nehme ein Paar Stiefel vom Regal. Suze reicht mir Strümpfe.

»Die hier sind hübsch.« Ich steige hinein. Sie sind braun, mit schwarz gelasertem Muster, und sie sitzen wie angegossen. »Genau die richtige Größe. Perfekt.« Ich bemühe mich zu lächeln.

Suze steht auf Strümpfen da, mit zwei Paar Stiefeln in Händen, und mustert mich scharf.

»*Perfekt?*«

»Äh … ja.«

»Willst du denn keine anderen mehr anprobieren?«

»Na ja …« Ich betrachte die Stiefel eingehend und versuche, mich so zu fühlen wie früher. *Cowboystiefel!*, sage ich mir. *Suze will mir ein Paar coole Cowboystiefel kaufen! Yay!*

Aber irgendwie klingt es in meinen Ohren einfach nur hohl und falsch. Wenn Suze welche anprobiert, freue ich mich für sie … Aber wenn es um mich geht, ist das irgendwie was anderes. Um dennoch Enthusiasmus vorzutäuschen, nehme ich eilig ein türkisfarbenes Paar und schlüpfe hinein.

»Die sind auch ganz hübsch.«

»Ganz hübsch?«

»Ich meine …« Ich suche nach dem richtigen Wort. »Traumhaft. Die sind traumhaft.« Ich nicke, um mein Entzücken zu bekräftigen.

»Bex, hör auf damit!«, sagt Suze gestresst. »Sei normal! Sei begeistert!«

»Ich *bin* doch begeistert!«, erwidere ich, merke aber selbst, dass ich nicht sonderlich überzeugend rüberkomme.

»Was ist mit dir passiert?« Suze starrt mich an, die Wangen rot vor Erregung.

»Nichts!«

»Doch! Du bist ganz merkwürdig geworden! Du bist ganz…« Plötzlich stutzt sie. »Moment mal. Hast du Schulden, Bex? Denn heute bezahle ich…«

»Nein, ich habe ausnahmsweise mal keine Schulden. Aber…« Ich kratze mich an der Stirn. »Irgendwie habe ich das Shoppen aufgegeben. Das ist alles.«

»Du hast *das Shoppen aufgegeben*?« Bei diesen Worten fallen Suze die Stiefel aus der Hand und landen dumpf auf dem Boden.

»Nur so ein bisschen. Du weißt schon. Für mich. Ich meine, für Minnie kaufe ich nach wie vor gern ein, und genauso für Luke… Na, wie dem auch sei, *du* suchst dir jetzt erstmal ein Paar Stiefel aus!« Ich lächle sie an. »Und für mich kaufen wir ein andermal welche.« Ich hebe die Boots vom Boden auf und halte sie ihr hin. »Die sehen super aus.«

Doch Suze rührt sich nicht vom Fleck. Argwöhnisch beäugt sie mich.

»Bex, was ist los?«, fragt sie schließlich.

»Nichts«, antworte ich hastig. »Ich bin nur… du weißt schon. Ich glaube, es war wohl alles etwas stressig…«

»Du wirkst erschöpft«, sagt sie langsam. »Das ist mir vorher gar nicht aufgefallen. Ich war viel zu beschäftigt mit…« Sie überlegt. »Ich habe nicht auf dich aufgepasst.«

»Da gibt es auch nichts, worauf man aufpassen müsste. Es geht mir *gut*, Suze.«

Wir schweigen. Noch immer mustert mich Suze mit diesem argwöhnischen Blick. Dann kommt sie zu mir, nimmt meine Arme und sieht mir in die Augen.

»Okay, Bex. Was wünschst du dir in diesem Augenblick am allerallermeisten? Nicht nur Dinge, sondern auch so etwas wie – *Erlebnisse*. Eine Urlaubsreise. Einen Job. Ein Ziel... egal was!«

»Ich... na ja...«

Angestrengt versuche ich, irgendeinen Wunsch in mir wachzurufen, aber es ist eigenartig. Es ist, als wäre ich, was das angeht, innerlich ganz hohl.

»Ich wünsche mir nur... dass alle gesund bleiben«, sage ich lahm. »Weltfrieden. Du weißt schon. Das Übliche.«

»Du bist völlig neben der Spur.« Suze lässt meine Arme los. »Was ist bloß mit dir?«

»Wieso? Weil ich keine Cowboystiefel möchte?«

»Nein! Weil dich gar nichts *treibt*.« Verzweifelt sieht sie mich an. »Du hattest immer diese... diese Energie. Deine Triebfeder. Wo ist sie hin? Wofür kannst du dich begeistern?«

Ich sage nichts, doch innerlich quält mich etwas. Als ich das letzte Mal für irgendwas Begeisterung gezeigt habe, hätte es mich fast alle meine Beziehungen gekostet.

»Weiß nicht.« Ich zucke mit den Schultern, weiche ihrem Blick aus.

»Denk nach! Was *willst* du? Bex, wir sind doch ehrlich zueinander!«

»Na ja«, sage ich nach einer ellenlangen Pause. »Ich schätze...«

»Was? Bex, *rede* mit mir!«

»Na ja«, fange ich nochmal an und zucke unbeholfen mit den Achseln. »Ich schätze, am allermeisten wünsche ich mir eines Tages noch ein Baby. Aber bisher ist es nicht dazu gekommen. Also. Ich meine, vielleicht wird es nie dazu kommen. Ach, egal.« Ich räuspere mich. »Was soll's? Ist keine große Sache.«

Ich blicke auf und sehe, dass Suze mich mit kummervoller Miene betrachtet.

»Bex, davon habe ich überhaupt nichts mitgekriegt. Du hast nie was gesagt.«

»Na ja, ich hänge es eben nicht an die große Glocke.« Ich rolle mit den Augen und trete ein paar Schritte zurück. Ich will kein Mitleid. Ich hätte es von vornherein für mich behalten sollen.

»Bex ...«

»Nein.« Ich schüttle den Kopf. »Hör auf. Bitte. Alles ist gut.«

Schweigend schlendern wir ein Stück und landen im Nachbarzelt, in dem auf diversen Tischen lederne Accessoires ausgebreitet liegen.

»Was habt ihr eigentlich vor, wenn das hier vorbei ist?«, fragt Suze schließlich, als würde sie zum ersten Mal darüber nachdenken. »Will Luke wieder zurück nach England?«

»Ja.« Ich nicke. »Sobald wir wieder in L.A. sind, packen wir unsere sieben Sachen und fliegen zurück. Ich schätze, ich werde mir dort wohl einen neuen Job suchen. Aber wer weiß, ob ich überhaupt einen finde. Es ist nicht eben einfach da drüben.« Ich nehme einen geflochtenen Ledergürtel in die Hand, betrachte ihn freudlos und lege ihn wieder zurück.

»Ich wünschte, du hättest es als Stylistin in Hollywood geschafft«, sagt Suze wehmütig, und ich bin dermaßen schockiert, dass ich mich direkt am Tisch abstützen muss.

»Nein, tust du nicht! Du hast mir nur Steine in den Weg gelegt!«

»Das stimmt wohl.« Suze beißt sich auf die Lippe. »Aber trotzdem hätte ich deinen Namen gern auf der Kinoleinwand gesehen. Ich wäre so stolz auf dich gewesen.«

»Tja. Das hat sich erledigt.« Ich wende mich ab, mit starrer Miene. Es tut mir immer noch weh, wenn ich daran denke. »Und in England habe ich auch keinen Job mehr.«

»Du kannst doch deine Karriere in England wieder aufnehmen! Mit Leichtigkeit!«

»Wer weiß.«

Ich gehe zu einem anderen Stand hinüber, weg von ihren bohrenden Blicken. Ich will nicht, dass Suze unter meinen Schutzpanzer dringt. Dafür fühle ich mich noch zu wund. Und ich glaube, dass sie es spürt, denn als sie zu mir kommt, fragt sie nur: »Hättest du gern so eins?«

Sie hält ein scheußliches Lederhalsband hoch, das mit Flaschenkorken verziert ist.

»Nein«, sage ich empört.

»Gott sei Dank. Denn dann müsste ich mir *echt* Sorgen machen.«

Darauf wackelt sie so komisch mit den Augenbrauen, dass ich unwillkürlich grinsen muss. Suze hat mir gefehlt. Die alte Suze. Mir fehlt, wie wir früher miteinander waren.

Ich meine, es gefällt mir wirklich sehr, erwachsen zu sein, Ehefrau und Mutter und das alles. Es ist erfüllend. Es ist eine große Freude. Aber an dem einen oder anderen Samstagabend würde ich mir mit Suze schon gern mal wieder einen ansäuseln, *Dirty Dancing* gucken und die Haare blau färben.

»Suze, weißt du noch, wie wir beide Singles waren, damals in unserer gemeinsamen Wohnung?«, platze ich heraus. »Weißt du noch, wie ich versucht habe, dir was zu kochen? Als wir beide noch weit entfernt davon waren, verheiratet zu sein? Geschweige denn, Kinder zu haben?«

»Geschweige denn, Ehebruch zu begehen«, wirft Suze bedrückt ein.

»Schieb den Gedanken jetzt mal beiseite! Ich habe eben nur überlegt... Hast *du* dir das Eheleben so vorgestellt?«

»Keine Ahnung«, sagt sie, nachdem sie eine Weile darüber nachgedacht hat. »Nein, eher nicht. Und du?«

»Ich dachte, es wäre einfacher«, muss ich zugeben. »Bei meiner Mum und meinem Dad wirkte es immer so mühelos. Du weißt schon, Sonntagmittags das gemeinsame Essen mit der Familie, dann eine Runde auf dem Golfplatz, ein Gläschen Sherry… Alles war so ruhig und gesittet und vernünftig. Aber guck sie dir *jetzt* mal an! Oder uns! Es ist alles so *anstrengend*.«

»Du hast es doch gut«, hält Suze dagegen. »Mit dir und Luke ist alles okay.«

»Na, und mit dir und Tarkie wird auch wieder alles okay sein«, sage ich so überzeugend wie möglich. »Da bin ich mir absolut sicher.«

»Und was wird aus uns?« Suze verzieht das Gesicht. »Bex, ich war so gemein zu dir.«

»Nein, warst du nicht!«, entgegne ich sofort. »Ich meine… Wir sind… Es ist…«

Mit heißen Wangen stehe ich da. Ich weiß nicht, was ich sagen soll. Jetzt ist Suze ja lieb und nett – aber was wird, wenn Alicia zurückkommt? Bin ich dann wieder außen vor?

»Freundschaften verändern sich.« Ich gebe mir Mühe, heiter zu klingen. »Das ist eben so.«

»*Verändern* sich?« Suze klingt schockiert.

»Na ja, du weißt schon«, sage ich unglücklich. »Mit Alicia bist du jetzt enger befreundet…«

»Bin ich nicht! O Gott…« Suze kneift die Augen zusammen. »Ich war unausstehlich. Ich habe mich so schuldig gefühlt, aber anstatt es zu zeigen, war ich nur fies und gemein.« Sie reißt ihre blauen Augen auf. »Bex, Alicia ist nicht meine beste Freundin. Sie könnte nie im Leben meine beste Freundin sein. Das bist du. Zumindest… hoffe ich, du bist es noch.« Sie sieht mich an, voll Sorge. »Bist du?«

Ich habe einen dicken Kloß im Hals, als ich in ihr vertrautes Gesicht blicke. Ich fühle mich, als löste sich eine Fessel um meine Brust. Etwas, das mir schon so lange Schmerzen bereitet hat, an das ich mich fast schon gewöhnt hatte, fällt endlich von mir ab.

»Bex?«, versucht Suze es nochmal.

»Wenn ich dich um drei Uhr morgens anrufen würde ...« Meine Stimme wird immer leiser. »Würdest du rangehen?«

»Ich würde sofort vorbeikommen«, antwortet Suze ohne zu zögern. »Ich wäre da. Ich würde alles für dich tun.« Tränen schimmern in ihren Augen. »Und dich muss ich das gar nicht erst fragen, denn als ich Probleme hatte, warst du für mich da. Du bist hier.«

»Auch wenn es nicht drei Uhr morgens war«, sage ich fairerweise. »Eher so acht Uhr abends.«

»Das ist doch dasselbe.« Suze schubst mich, und ich lache, obwohl mir eigentlich eher zum Weinen ist. Suze zu verlieren war für mich, als hätte ich meinen Anker verloren. Aber jetzt habe ich sie wieder. Ich glaube, ich habe sie wieder.

Ich gehe einen Schritt zur Seite, um mich zu sammeln. Dann nehme ich spontan ein hässliches, mit Kronkorken verziertes Lederarmband – noch schlimmer als die Korkenkette – und halte es Suze an. »Guck mal! Das passt *richtig* gut zu dir.«

»Was du nicht sagst«, kontert Suze, und ihre Augen blitzen. »Na, und du siehst mit *dem hier* bestimmt aus wie eine griechische Göttin!« Sie schnappt sich ein mit knallbunten Plastiktrauben verziertes Haarband, und beide prusten wir vor Lachen. Gerade bin ich dabei, nach dem hässlichsten Teil zu suchen, das der Tisch zu bieten hat, als mein Blick auf eine vertraute Gestalt fällt, die in diesem Moment das Zelt betritt.

»Hey, Luke!« Ich winke ihm. »Hier drüben! Gibt's was Neues von Mum?«

»Mami!«, quiekt Minnie und zerrt an Lukes Arm. »Schäf-chen!«

»Nicht dass ich wüsste«, sagt Luke über das Geschrei hin-weg. »Wie läuft's bei dir?« Er gibt mir einen Kuss auf die Wange, dann wandert sein Blick von mir zu Suze und wie-der zurück, und ich sehe die Frage in seinen Augen: *Habt ihr zwei euch wieder vertragen?*

»Alles gut«, sage ich freudestrahlend. »Ich meine, nicht *alles* gut, aber … du weißt schon.«

Bis auf, dass Suze von ihrem heimlichen Liebhaber erpresst wird und möglicherweise vor den Scherben ihrer Ehe steht, ver-suche ich, ihm mit Blicken zu erklären, bin mir aber nicht sicher, ob er alles verstanden hat.

»Luke, hast du dir schon mal die Bäume von Letherby Hall genauer angesehen?«, fragt Suze, und plötzlich klingt sie wieder total verspannt. »Oder hat Tarkie dir mal irgendwas über sie erzählt? Erinnerst du dich vielleicht an einen Baum namens ›Owl's Tower‹?«

»Hm, nein. Tut mir leid.« Luke wirkt leicht verwundert, was man ihm wohl nicht verdenken kann.

»Na gut.« Suze lässt die Schultern hängen.

»Erklär ich dir später«, raune ich ihm zu, und dann: »Sag mal Suze … Du hast doch nichts dagegen, wenn ich es Luke erzähle, oder? Ich meine … alles?«

Suze läuft rot an und starrt zu Boden.

»Meinetwegen«, sagt sie trübsinnig. »Aber nicht, wenn ich dabei bin. Lieber würde ich *sterben.*«

Was?, fragt Luke lautlos.

Später, antworte ich ebenso lautlos.

»Schäfchen!«, kreischt Minnie immer noch ganz aufge-regt. »Schäääääääfchen!« Sie zerrt so heftig an Lukes Arm, dass er zusammenzuckt.

»Warte, Minnie! Wir müssen erst mit Mami sprechen.«

»Was will sie denn? Möchte sie ein Schaf kaufen?«

»Sie möchte auf einem Schaf *reiten*«, sagt Luke grinsend. »Das verbirgt sich hinter dem Schafschütteln. Kleine Kinder reiten auf Schafen. Drüben in der Arena.«

»*Gibt's* ja nicht!« Ich starre ihn an. »Die reiten auf Schafen? Geht das überhaupt?«

»Na ja, ›festklammern‹ trifft es wohl eher als ›reiten‹.« Er lacht. »Es ist ganz lustig.«

»O mein Gott.« Entsetzt starre ich ihn an. »Minnie, Schätzchen, das lässt du schön bleiben! Lieber kaufen wir dir ein hübsches Spielzeugschaf.« Ich will Minnie beim Arm nehmen, doch sie schlägt meine Hand trotzig beiseite.

»Schääääääfchen reiten!«

»Ach, lass sie doch!«, sagt Suze, die langsam wieder zu sich kommt. »Ich bin in Schottland selbst schon auf Schafen geritten.«

Ist das jetzt ihr Ernst?

»Aber das ist gefährlich!«, erkläre ich.

»Nein, ist es nicht!«, lacht Suze. »Die Kinder tragen Helme. Ich hab so was schon mal gesehen.«

»Aber dafür ist sie noch viel zu jung!«

»Die fangen hier schon mit zweieinhalb an.« Luke zieht die Augenbrauen hoch. »Eigentlich bin ich nur hier, um vorzuschlagen, dass wir sie reiten lassen.«

»Sie reiten lassen?« Fast verschlägt es mir die Sprache. »Bist du verrückt geworden?«

»Wo ist denn deine Freude am Abenteuer geblieben, Bex? Ich bin Minnies Patentante, und ich sage, wir lassen sie auf einem Schaf reiten.« Plötzlich leuchten ihre Augen wieder wie früher. »Komm, Minnie, wir sind hier im Wilden Westen! Gehen wir ein paar Schafe schütteln!«

207

Bin ich etwa die einzige, verantwortungsvolle Erwachsene hier? Allen Ernstes?

Als wir in die Arena kommen, in der das Schafschütteln stattfindet, stockt mir vor Schreck der Atem. Ich weiß überhaupt nicht, wo ich anfangen soll. Das sind doch wilde Tiere! Und da setzen die Leute ihre *Kinder* rauf! Und *jubeln*! In diesem Moment krallt sich gerade ein Fünfjähriger mit Halstuch an einem großen, weißen Wollschaf fest, das wild durch die Arena wetzt. Die Zuschauer feuern ihn an und filmen mit ihren Handys, während ein Ansager das Ganze kommentiert.

»Und der kleine Leonard ist immer noch dabei … Gut festhalten, Leonard! … Der kleine Mann hat Nerven … Aaaaah!«

Leonard ist runtergefallen, was ja wohl kaum überraschen kann, da das Vieh wie ein rasendes Untier aussieht. Drei Männer laufen los, um das Schaf einzufangen, während Leonard stolz wie Oskar aufspringt und die Menge daraufhin noch umso lauter jubelt.

»Applaus für Leonard!«

»Leo-nard! Leo-nard!«, ruft ein ganzer Pulk von Leuten, bei denen es sich bestimmt um seine Familie handelt. Leonard verbeugt sich mit großer Geste, dann reißt er sich das Tuch vom Hals und wirft es in die Menge.

Wie jetzt? Er ist ein kleiner Junge, der gerade vom Schaf gefallen ist, und kein Wimbledon-Held! Ich sehe Suze an, um meine Missbilligung mit ihr zu teilen, doch sie strahlt übers ganze Gesicht.

»Das erinnert mich an meine Kindheit«, sagt sie begeistert, was irgendwie nicht angehen kann. Immerhin stammt Suze aus einer aristokratischen Familie und ist in England aufgewachsen, nicht auf einer Ranch in Arizona.

»Hatten deine Eltern etwa Cowboyhüte auf?«, frage ich und rolle mit den Augen.

»Hin und wieder«, erwidert Suze, ohne mit der Wimper zu zucken. »Du weißt doch, wie meine Mum ist. Zu den Gymkhanas kam sie immer in den absurdesten Outfits.«

Das wiederum glaube ich aufs Wort. Suzes Mutter besitzt eine eklektische Sammlung von Kleidern, die der *Vogue* würdig wäre. Außerdem ist sie eine ausgesprochen attraktive Frau, auf so eine knochige, pferdegesichtige Weise. Hätte sie stets eine vernünftige Stylistin bei der Hand – mich zum Beispiel –, würde sie grandios und wunderbar schräg aussehen. (So allerdings sieht sie meist nur schräg aus.)

Das nächste Kind kommt in die Arena geritten, auf demselben Schaf. Oder vielleicht auch auf einem anderen. Wie soll man das erkennen? Es sieht jedenfalls genauso unberechenbar aus, und das kleine Mädchen fällt jetzt schon fast herunter.

»Und hier haben wir Kaylee Baxter!«, verkündet der Ansager. »Kaylee wird heute sechs Jahre alt!«

»Los!«, sagt Suze. »Melden wir Minnie an!«

Sie greift sich Minnies Hand und steuert auf das Anmeldezelt zu. Man muss ein Formular ausfüllen und einige Unterschriften leisten, was Luke erledigt, während ich mir Gründe überlege, wieso das Ganze keine gute Idee ist.

»Ich glaube, Minnie ist nicht ganz auf dem Damm«, erkläre ich ihm.

»Schäfchen!«, ruft Minnie dazwischen und hüpft auf und ab. »Schäf-chen rei-ten. Schäf-chen rei-ten.« Ihre Augen leuchten, und ihre Wangen sind vor Aufregung ganz rosig.

»Ich glaube, sie hat Fieber.« Ich lege ihr eine Hand auf die Stirn.

»Nein, hat sie nicht.« Luke verdreht die Augen.

»Aber ich glaube, sie hat sich vorhin den Knöchel verknackst.«

»Tut dir dein Knöchel weh?«, erkundigt sich Luke bei Minnie.

»Neeein!«, beteuert Minnie. »Tut nicht weh. *Schäfchen* reiten.«

»Becky, du kannst sie nicht in Watte packen.« Luke sieht mich eindringlich an. »Sie muss die Welt erleben. Sie muss auch mal ein Risiko eingehen.«

»Aber sie ist erst *zwei*! Verzeihen Sie…« Forsch spreche ich die Frau an, die die Formulare entgegennimmt. Sie ist schlank und braungebrannt, und auf ihrer Collegejacke steht WILDERNESS JUNIOR HIGH TWIRLERS: CHEF-COACH.

»Ja, bitte?« Sie blickt von ihrem Tisch auf. »Haben Sie Ihr Formular ausgefüllt?«

»Meine Tochter ist erst zwei«, erkläre ich. »Ich denke, sie ist wahrscheinlich noch zu klein, um mitzumachen. Habe ich recht?«

»Ist sie schon zweieinhalb?«

»Ja, aber…«

»Dann ist das kein Problem!«

»Das ist sehr wohl ein Problem! Sie kann nicht auf einem Schaf reiten! Niemand kann auf einem Schaf reiten!« Verzweifelt schlage ich die Hände überm Kopf zusammen. »Das ist doch alles total verrückt!«

Die Frau lacht herzlich. »Keine Panik, Ma'am. Die Väter halten die Kleinen die ganze Zeit fest.« Aufmunternd zwinkert sie mir zu. »Die reiten gar nicht wirklich. Das glauben sie nur.«

Die Frau spricht es »raiden« aus. *Die raiden gar nicht wirklich.*

»Am liebsten wäre es mir, wenn meine Kleine überhaupt nicht *raiden* würde«, sage ich mit fester Stimme. »Aber sollte sie doch raiden, möchte ich auf keinen Fall, und zwar auf *gar* keinen Fall, dass sie runterfällt.«

»Das wird sie nicht, Ma'am. Ihr Daddy hält sie gut fest. Stimmt's, Sir?«

»Ganz bestimmt«, bestätigt Luke nickend.

»Wenn sie also raiden soll, brauch ich ihr Formular.«

Ich kann nichts mehr tun. Meine süße Tochter wird ein Schaf raiden. Ein *Schaf.* Luke gibt das Formular ab, und wir machen uns auf den Weg zum Eingang für die Teilnehmer. Ein Typ mit einem T-Shirt vom Arizona State Fair passt Minnie einen Helm und eine Schutzweste an, dann führt er sie zu einem kleinen Stall, in dem sechs verschieden große Schafe in separaten Pferchen stehen.

»Gleich musst du dich schön festhalten«, instruiert er Minnie, die ihm aufmerksam lauscht. »Du lässt das freche Schaf nicht los. Nicht loslassen, hörst du?«

Minnie nickt eifrig, und der Typ lacht.

»Die Kleinen sind immer so witzig«, sagt er. »Sie wird schneller runterfallen, als Sie gucken können, Sir. Sie sollten sie gut festhalten.« Er sieht Luke an.

»Okay.« Luke nickt. »Dann geht's jetzt los. Fertig, Minnie?«

O Gott. Mir wird schlecht. Im Prinzip ist das doch genauso gefährlich wie Rodeo. Die setzen sie auf ein Schaf, und dann machen sie das Tor auf, und schon steht Minnie in der Arena ... wie bei *Gladiator.*

Okay, es ist nicht ganz so wie bei *Gladiator.* Aber fast genauso schlimm. Der Magen will sich mir umdrehen, als ich zwischen meinen Fingern hindurch zusehe, während Suze mit ihrem Handy fotografiert und ruft: »Du schaffst das, Minnie!«

»Wir beide laufen gleich nebenher«, sagt der Typ zu Luke. »Lassen Sie die Kleine nicht los, und wenn's brenzlig wird, reißen Sie sie schnell runter!«

»Okay.« Luke nickt.

»Dieses Schaf ist alt und gutmütig. Wir halten es extra für die Kleinen. Aber man kann nie wissen ...«

Ich sehe mir Minnie ganz genau an. Vor lauter Konzentration schiebt sie ihre Augenbrauen zusammen. Noch nie habe ich sie dermaßen fokussiert erlebt – bis auf dieses eine Mal, als sie ihr Feenkleid tragen wollte, es aber in der Wäsche war, und sie sich geweigert hat, stattdessen irgendetwas anderes anzuziehen, den ganzen Tag lang.

Plötzlich ertönt der Summer. Es geht los. Das Tor fliegt auf.

»Minnie!«, schreit Suze. »Du schaffst das! Bleib oben!«

Mein ganzer Körper steht unter Strom, während ich nur darauf warte, dass das Schaf losbockt und Minnie meterhoch durch die Luft schleudert. Doch das tut es nicht, denn der Typ mit dem T-Shirt vom Arizona State Fair hält es stramm an der kurzen Leine. Das Tier windet sich, aber im Grunde kann es nirgendwo hin.

Oh. Oh, ich verstehe.

Okay, es ist nicht *ganz* so schlimm, wie ich dachte.

»Gut gemacht, Süße!«, sagt der Typ nach zehn Sekunden zu Minnie. »Du bist sehr gut geritten! Und jetzt runter mit dir ...«

»Das soll schon *alles gewesen sein*?«, fragt Suze ungläubig, als Luke ein Stück zurücktritt, um ein Foto zu machen. »Herrje, das war ja *gar* nichts!«

»Schäfchen reiten!«, ruft Minnie entschlossen. »Will Schäfchen reiten!«

»Genug für heute ...«

»*Schäfchen* reiten!«

Und dann, ich weiß gar nicht, wie es dazu kommt – ob Minnie dem Schaf einen Tritt verpasst oder was –, aber mit einem Mal macht das Schaf einen Satz, reißt sich von dem Typen im T-Shirt los und trabt forschen Schrittes durch die Arena, mit Minnie auf dem Rücken, die sich in die Wolle krallt.

»O mein Gott!«, schreie ich. »Hilfe!«

»Festhalten, Minnie!«, kreischt Suze neben mir.

»Rettet meine Tochter!« Gleich werde ich hysterisch. »Luke, hol sie da runter!«

»Seht euch das an!«, dröhnt der Ansager aus dem Lautsprecher. »Minnie Brandon, zwei Jahre alt, Ladys und Gentlemen. Erst zwei Jahre alt und *nicht abzuwerfen*!«

Das Schaf bockt und buckelt hin und her, während Luke und der T-Shirt-Typ es zu fangen versuchen, doch Minnie hält sich grimmig fest. Wenn sie etwas unbedingt will, bekommen ihre Hände Superkräfte.

»Sie ist phantastisch!«, ruft Suze. »Guck sie dir an!«

»Minniiiiieee!«, kreische ich verzweifelt. »Hiiiiiilfe!« Ich kann das nicht länger mit ansehen. Ich muss was tun. Kurzerhand klettere ich über den Zaun und renne durch die Arena, so gut es mir in meinen Flipflops möglich ist, keuchend vor Anstrengung. »Ich rette dich, Minnie!«, schreie ich. »Lass sofort meine Tochter runter, du Schaf!«

Ich stürme auf das Tier zu und packe es bei der Wolle, um es mit Schwung zu Boden zu reißen.

Himmelarsch. Aua. Schafe sind ja richtig kräftig. Und das Mistvieh ist mir auf den *Fuß* getreten.

»Becky!«, ruft Luke. »Was machst du?«

»Das Schaf aufhalten!«, schreie ich zurück. »Schnapp es dir, Luke!«

Während ich dem Schaf hinterherrenne, höre ich Gelächter aus dem Publikum.

»Und auch Minnies Mum stürzt sich nun ins Getümmel!«, dröhnt der Ansager. »Lauf, Minnies Mum!«

»Lauf, Minnies Mum!«, rufen ein paar Halbwüchsige im Chor. »Minnies *Mum*! Minnies *Mum*!«

»Ruhe dahinten!«, kreische ich empört. »Und du gibst mir jetzt meine *Tochter*!« Grimmig werfe ich mich auf das Schaf, als es an mir vorbeitrabt, aber es ist zu schnell, und ich lande bäuchlings in einer Pfütze, oder Schlimmerem. Aua, mein *Kopf.*

»Becky!«, ruft Luke vom anderen Ende der Arena her. »Alles okay?«

»Mir geht's gut! Hol dir Minnie!« Ich rudere mit den Armen. »Schnapp dir das verdammte Schaf!«

»Schnapp dir das verdammte Schaf!«, höre ich sofort den Chor der Halbwüchsigen, mit übertrieben britischem Akzent. *»Schnapp dir das verdammte Schaf!«*

»Ruhe auf den billigen Plätzen!« Gereizt funkle ich sie an.

»Ruhe auf den billigen Plätzen!«, äffen sie mich fröhlich nach. »Wie Mylady wünschen. *Ruhe auf den billigen Plätzen!«*

Ich hasse Halbwüchsige. Und ich hasse Schafe.

Mittlerweile haben Luke, der Typ mit dem Arizona-State-Fair-T-Shirt und einige andere das Schaf in eine Ecke getrieben. Sie halten es fest und versuchen, Minnie herunterzuheben, die auf deren Hilfe jedoch höchst undankbar reagiert.

»Schäääääääfchen reiten!«, höre ich sie wütend schreien, während sie sich in die Wolle krallt. Doch als sie sich umsieht und merkt, dass sie der Star der Arena ist, strahlt Minnie übers ganze Gesicht und hebt eine Hand, um ins Publikum zu winken. Sie ist ein richtiger kleiner Angeber.

»Sehen Sie sich das an, Ladys und Gentlemen!« Der Ansager muss lachen. »Unsere jüngste Teilnehmerin ist am längsten oben geblieben! Geben wir ihr einen Riesenapplaus ...«

Das Publikum jubelt, als Luke unsere Kleine endlich vom Schaf holt und sie hochhebt, samt Helm und Schutzweste, während sie widerborstig mit den Beinen strampelt.

»Minnie!« Ich renne zu ihr, mache einen großen Bogen um das Schaf, das wieder in seinen Stall geführt wird. »Minnie, geht es dir auch gut?«

»Nochmaaaal!« Ihre Wangen glühen vor Begeisterung. »Nochmal Schäfchen reiten!«

»Nein, Süße. *Nicht* nochmal.«

Meine Knie zittern vor Erleichterung, als ich Minnie aus der Arena führe.

»Siehst du?«, sage ich zu Luke. »Es war *doch* gefährlich.«

»Siehst du?«, entgegnet Luke ganz ruhig. »Sie *hat* es geschafft.«

Okay. Ich merke, dass wir hier einen von diesen Momenten unserer Ehe haben, in denen wir uns darüber einig sind, dass wir uneinig sind, so wie damals, als ich Luke zu Weihnachten eine gelbe Krawatte geschenkt habe. (Ich finde *immer* noch, dass er gelb gut tragen kann.)

»Wie dem auch sei.« Ich nehme Minnie den Helm und die Schutzweste ab. »Gehen wir einen Tee oder einen doppelten Wodka oder irgendwas trinken. Ich bin fix und fertig.«

»Minnie war unglaublich!« Suze kommt angelaufen, mit einem breiten Grinsen im Gesicht. »So einen tollen Ritt habe ich ja noch nie gesehen!«

»Na, Hauptsache, sie ist noch in einem Stück. Ich brauche jetzt erstmal einen Rachenputzer.«

»Warte!« Suze nimmt mir Minnies Hand ab. »Ich möchte mit euch sprechen. Mit euch beiden.« Sie ist richtig aufgeregt. »Ich glaube, Minnie hat ein echtes Talent. Meint ihr nicht?!

»Wofür?«, frage ich verdutzt.

»Fürs Reiten! Habt ihr nicht gesehen, wie sicher sie oben geblieben ist? Stellt euch nur mal vor, wenn wir sie auf ein Pferd setzen würden!«

»Äh … ja«, sage ich wenig begeistert. »Na, vielleicht geht sie ja eines Tages mal reiten.«

»Du verstehst nicht!«, sagt Suze enthusiastisch. »Ich möchte sie trainieren. Ich glaube, aus ihr könnte mal eine Topvielseitigkeitsreiterin werden. Oder eine Turnierreiterin.«

»*Bitte?*« Mir fällt die Kinnlade runter.

»Ihr Gleichgewichtssinn ist enorm! Davon verstehe ich was, Bex. Man muss das Talent früh entdecken. Und Minnie zeigt erstaunliches Talent!«

»Aber, Suze…« Hilflos erstirbt mein Stimme. Wo soll ich bloß anfangen? Ich kann ja schlecht sagen: *Du hast sie doch nicht mehr alle. Sie hat sich nur an ein Schaf geklammert.*

»Dafür ist es wohl noch etwas zu früh, würde ich sagen.« Luke lächelt Suze freundlich an.

»Luke, lasst es mich versuchen!«, drängt sie. »Lasst mich aus Minnie einen Champion machen! Meine Ehe ist kaputt, mein Leben ist zerstört… aber *das* kann ich schaffen!«

»Deine Ehe ist *kaputt*?«, ruft Luke erschrocken. »Was sagst du da?«

Okay, *deshalb* ist Suze so fixiert auf Minnie.

»Suze, hör auf!« Ich nehme sie bei den Schultern. »Du weißt nicht, ob deine Ehe kaputt ist.«

»Doch! Der Baum ist nur noch ein verkohlter, verwitterter Stumpf«, schluchzt Suze. »Bestimmt.«

»Der Baum?« Luke wirkt ratlos. »Was redest du dauernd von Bäumen?«

»Nein, ist er nicht!«, entgegne ich so zuversichtlich wie möglich. »Er blüht und gedeiht. Und trägt Früchte. Und… und Vögel zwitschern zwischen seinen Zweigen.«

Suze schweigt, und ich drücke ihre Schulter fester, um ihr Zuversicht zu geben.

»Vielleicht«, flüstert sie schließlich.

»Gehen wir!«, sagt Luke. »Ich spendiere allen einen Drink. Und mir auch.« Darauf nimmt er Minnie bei der Hand und marschiert los, sodass ich mich beeilen muss, um ihn einzuholen. »Was zum Teufel ist hier eigentlich los?«, raunt er mir zu.

»Bryce«, flüstere ich diskret.

»Bryce?«

»Schscht!«, mache ich. »Erpressung. Tarkie. Baum. Owl's Tower.«

Bedeutsam zucke ich mit dem Kopf, in der Hoffnung, dass er zwischen den Zeilen lesen kann, doch er sieht mich nur verständnislos an.

»Keine. Ahnung«, flüstert er. »Wovon. Zum. Teufel. Redest. Du.«

Manchmal könnte ich an Luke verzweifeln. Wirklich wahr.

Von: dsmeath@locostinternet.com
An: Brandon, Rebecca
Betreff: Re: Hätten Sie gern einen Hut vom Jahrmarkt?

Liebe Mrs Bandon,

vielen Dank für Ihr Angebot eines personalisierten Stetsons mit der
Aufschrift »Smeathie« auf der einen und »Ist ein Held« auf der
anderen Seite. Obwohl es sehr freundlich von Ihnen ist, muss ich
doch ablehnen. Gewiss haben Sie recht mit Ihrer Vermutung,
dieser Hut würde mir bei der Gartenarbeit »blendend« stehen,
doch hege ich ernste Zweifel, ob dieser »Look« in East Horseley
angemessen wäre.

Davon abgesehen freue ich mich sehr zu hören, dass Sie und Lady
Cleath-Stuart eine Möglichkeit gefunden haben, Ihre Differenzen
beizulegen, und hoffe, dass auch Ihren weiteren Vorhaben Erfolg
beschieden sein möge.

Mit freundlichen Grüßen,

Derek Smeath

11

Okay, hier kommt mein Urteil über ländliche Jahrmärkte: Sie sind interessant und unterhaltsam, und es gibt da unheimlich viele verschiedene Sorten von Schweinen. Was super ist, wenn man Schweine mag. Allerdings ist es unheimlich anstrengend, den ganzen Tag dort zu verbringen.

Mittlerweile haben wir halb sechs, und alle sind total erschöpft. Jeder hat zweimal das Keramikzelt bewacht, aber niemandem ist Raymond über den Weg gelaufen. Suze hat noch nichts wieder von Tarkie gehört, aber sie ist damit sehr tapfer und lässt das Thema ruhen. Am Nachmittag hat sie stundenlang mit ihren Kindern telefoniert, und ich konnte hören, wie sehr sie darum bemüht war, fröhlich zu klingen – auch wenn es ihr nicht recht gelingen wollte. Wir sind jetzt den dritten Tag unterwegs, und Suze fällt es schon an ihren besten Tagen nicht besonders leicht, ihre Kinder allein zu lassen. (Und heute ist wohl kaum ihr bester Tag.)

Momentan schiebt Danny eine zusätzliche Schicht im Keramikzelt, Mum und Janice sind zum Shoppen, und ich füttere Minnie mit Pommes im Westernzelt, in dem es Strohballen und einen Tanzboden gibt. Gleichzeitig bereite ich Suze auf ihr Treffen mit Bryce vor.

»Lass dich nicht in ein Gespräch verwickeln«, erkläre ich ihr. »Sag Bryce, dass du nicht mitspielst. Und wenn er auf Konfrontation aus ist, legst du härtere Bandagen an.«

»Ich dachte, ich soll nicht mitspielen.« Suze sieht mich verwirrt an.

»Äh ... tust du auch nicht«, sage ich, selbst etwas verwirrt.

»Aber Bandagen legst du trotzdem an. Das ist was anderes.«

»Okay.« Suze sieht immer noch eher ratlos aus. »Bex, könntest du nicht mitkommen?«

»Meinst du? Bist du sicher, dass du mich dabeihaben willst?«

»Bitte!«, bettelt sie. »Ich brauche moralischen Beistand. Ich fürchte, dass ich ihm nachgebe, wenn ich ihn wiedersehe.«

»Okay, dann komme ich mit.« Ich drücke ihre Hand, was sie dankbar erwidert.

Es hat gutgetan, mit Suze über den Markt zu bummeln und dabei mit ihr zu plaudern und zu stöbern. Sie hat mir *so* gefehlt.

Und als könnte sie meine Gedanken lesen, nimmt Suze mich plötzlich in den Arm. »Heute ist ein schöner Tag«, sagt sie. »Trotz allem.«

Die Band spielt einen schwungvollen Countrysong, und eine Frau mit Lederweste hat die Bühne erklommen. Sie gibt Anweisungen zum Line-Dance, an dem sich die etwa zwanzig Leute auf dem Tanzboden versuchen. »Komm, Minnie!«, sagt Suze. »Tanz mit mir!«

Unwillkürlich muss ich lächeln, als Suze sie an die Hand nimmt. Heute Nachmittag hat sie Minnie ein Paar Stiefel gekauft, und die beiden sehen aus wie echte Cowgirls, wenn sie Hacke-Spitze-eins-zwei-drei machen.

Also, Suze macht Hacke-Spitze. Minnie hüpft nur irgendwie von einem Bein aufs andere.

»Dürfte ich wohl um diesen Tanz bitten?« Lukes Stimme überrascht mich, und lachend blicke ich auf. Er hat den ganzen Nachmittag E-Mails abgearbeitet, sodass ich ihn kaum zu Gesicht bekommen habe. Aber da ist er nun und lächelt mich an, ganz braungebrannt von der vielen Sonne.

»Weißt du denn, wie Line-Dance geht?«, erwidere ich.

»Das lernen wir schon! Na, los!« Er nimmt meine Hand und führt mich auf die Tanzfläche. Inzwischen machen ziemlich viele Leute mit, und alle bewegen sich gemeinsam vor und zurück. Ich versuche, den Anweisungen zu folgen, aber in Flipflops ist das nicht so einfach. Damit kann man nicht richtig mit der Hacke stampfen. Und drehen kann man sich damit auch nicht. Außerdem verliere ich ständig den einen Flipflop.

Schließlich gebe ich es auf und bedeute Luke, dass ich mich wieder hinsetze. Als er mir folgt, steht ihm die Frage schon ins Gesicht geschrieben.

»Was ist denn?«

»Meine Flipflops.« Ich zucke mit den Schultern. »Ich schätze, die sind nicht fürs Tanzen gedacht.«

Bald darauf gesellen sich Suze und Minnie zu uns an den Tisch.

»So, jetzt sind wir dran, Bex!« Mit leuchtenden Augen reicht Suze mir die Hand.

»Mit meinen Flipflops kann ich nicht tanzen. Ist aber nicht schlimm.« Ich erwarte, dass Suze mit den Achseln zuckt und wieder tanzen geht, doch stattdessen funkelt sie mich an, fast böse.

»Suze?«, frage ich überrascht.

»Es ist sehr wohl schlimm!«, platzt sie heraus. »Ich habe versucht, dir Cowboystiefel zu kaufen.« Sie wendet sich an Luke. »Aber sie wollte nicht. Und jetzt kann sie nicht tanzen!«

»Das ist doch kein Problem«, sage ich erschüttert. »Lass mich einfach.«

»Bex ist so merkwürdig geworden«, sagt Suze zu Luke. »Ich durfte ihr nicht mal etwas schenken. Bex…*warum* nicht?«

Die beiden mustern mich, und ich sehe die Sorge in ihren Mienen.

»Ich weiß es nicht, okay?« Unvermittelt schießen mir die Tränen in die Augen. »Mir ist einfach nicht danach. Ich möchte lieber was Sinnvolles tun. Ich geh jetzt rüber ins Keramikzelt. Luke, du musst doch bestimmt noch arbeiten, oder? Bis später, Suze. Um sieben am Schweinegrill, okay?« Und noch bevor einer von beiden etwas dazu sagen kann, bin ich schon weg.

Auf dem Weg zum Keramikzelt gehen mir allerlei trübsinnige Gedanken durch den Kopf. Ich weiß nicht, warum ich mir von Suze keine Cowboystiefel kaufen lassen wollte. Sie könnte es sich problemlos leisten. Will ich sie damit bestrafen? Oder bestrafe ich mich selbst? Oder bestrafe ich… hm…

Eigentlich weiß ich gar nicht, wen ich sonst noch bestrafen könnte. Ich weiß nur, dass Suze recht hat: Ich bin ziemlich durcheinander. Ich habe alles falsch gemacht: mit meinem Job, mit Dad, mit allem – ich habe das Gefühl, als wäre mir ein Fehler nach dem anderen unterlaufen, ohne dass ich was davon gemerkt hätte. Und dann, als ich beim Keramikzelt ankomme, wird mir plötzlich klar: Ich habe Angst. In meinem tiefsten Inneren habe ich Angst davor, noch mehr Mist zu bauen. Manche Leute verlieren den Mut zu reiten oder Ski zu laufen oder zu tauchen. Na, und ich habe den Mut zu allem verloren.

Das Keramikzelt ist erheblich voller als vorhin, und es dauert eine Weile, bis ich Danny in einer Ecke sitzen sehe. Er hat sein Skizzenbuch aufgeschlagen und zeichnet weltvergessen vor sich hin. Zu seinen Füßen stapeln sich die Skizzen, und demnach muss er schon eine ganze Weile dabei sein. Hält er denn gar nicht Ausschau nach Raymond?

»Danny!«, sage ich, und er zuckt zusammen. »Hat Raymond sich schon blicken lassen? Passt du auch gut auf?«

»Logo.« Er nickt eifrig. »Bin voll bei der Sache.« Ein paar Sekunden lang schweift sein Blick über die Menschen im Zelt – dann sinkt er wieder herab, und sein Bleistift zeichnet weiter.

Also ehrlich. Er ist so was von *kein bisschen* bei der Sache.

»Danny!« Ich lege eine Hand auf seine Skizze. »Was ist aus dem Plan geworden, das Zelt zu bewachen? Würdest du es überhaupt merken, wenn Raymond hier an dir vorbeispaziert?«

»Mensch, Becky!« Danny wendet seinen Blick zum Himmel. »Sieh es endlich ein! Raymond wird nicht kommen. Wenn er hier sein wollte, wäre er längst da. Alle anderen Künstler sind es jedenfalls.« Er deutet auf die Leute. »Ich habe mich mit ihnen unterhalten. Sie sagen, Raymond kommt so gut wie nie hierher.«

»Na, trotzdem. Wir sollten es wenigstens probieren.«

Doch Danny hört mir gar nicht zu. Er zeichnet ein atemberaubendes Gürtelkleid mit einem Cape.

»Kümmer du dich nur weiter um deine Skizzen«, seufze ich. »Mach dir um Raymond keine Gedanken. Ich behalte das Zelt im Auge.«

»Dann bin ich vom Dienst befreit?« Dannys Augen leuchten auf. »Okay, ich hol mir was zu trinken. Bis später.« Er sammelt die Skizzen ein, stopft sie in seine Ledermappe und zieht los.

Als er weg ist, wende ich mich den Leuten im Zelt zu. Ich kneife die Augen zusammen, bin voll konzentriert. Es ist ja schön und gut, dass Danny meint, Raymond würde nicht mehr auftauchen – aber was, wenn doch? Was ist, wenn es mir gelänge, das Geheimnis zu lüften? Wenn *ich* es fertigbrächte, wenn ich wirklich etwas *erreichen* könnte … dann würde ich mich vielleicht nicht mehr so nutzlos fühlen.

Ich sehe mir nochmal das Foto von Raymond auf meinem

Handy an und suche die Gesichter um mich herum ab, kann ihn aber nirgendwo entdecken. Dann drehe ich eine Runde durchs Zelt, schiebe mich durch die Menge und sehe mir die Töpfe und Teller und Vasen an. Eine cremefarbene Schale mit roten Sprenkeln gefällt mir, doch als ich näher trete, sehe ich, dass sie *Gemetzel* heißt, und mir wird etwas flau im Magen. Sind diese roten Spritzer etwa…

Urks. Igitt. Warum sollte man so was tun? Warum sollte man eine Schale *Gemetzel* nennen? Meine Güte, Töpfer sind aber auch schräg.

»Gefällt sie Ihnen?« Eine schlanke, blonde Frau im Kittel tritt an mich heran. »Das ist mein liebstes Stück.« Um ihren Hals hängt ein Schildchen, auf dem KÜNSTLER steht, also gehe ich davon aus, dass sie die Schale selbst getöpfert hat. Was wiederum bedeutet, dass sie Mona Dorsey ist.

»Zauberhaft!«, sage ich höflich. »Und die da auch.« Ich deute auf eine Vase mit wahllos verteilten, breiten, schwarzen Streifen. Die könnte Luke vielleicht gefallen.

»Das ist *Schändung*.« Sie lächelt. »Sie gehört zusammen mit *Holocaust*.«

Schändung und *Holocaust*?

»Ausgezeichnet!« Ich nicke, zeige mich beeindruckt. »Absolut. Obwohl ich mich gerade frage, ob Sie nicht vielleicht auch was mit einem etwas fröhlicheren Titel haben…«

»Fröhlicher?«

»Glücklicher. Sie wissen schon… heiterer.«

Mona runzelt die Stirn. »Ich versuche, meinen Werken einen tieferen Sinn zu geben«, sagt sie. »Steht alles hier drin.« Sie reicht mir eine Broschüre mit dem Titel *Wilderness Creative Festival: Handbuch der Künstler*. »Alle Künstler der Ausstellung beschreiben ihr Leben und erklären ihre Arbeitsweise. Meine besteht darin, die schwärzesten, morbidesten und nihilistischsten Begierden des menschlichen Wesens darzustellen.«

224

»Ach.« Ich schlucke. »Äh ...klasse.«

»Interessieren Sie sich für ein bestimmtes Stück?«

»Ich weiß nicht«, sage ich ehrlich. »Ich meine, mir gefällt, wie sie aussehen. Aber lieber wäre mir eins, das einen *Hauch* weniger deprimierend und nihilistisch ist.«

»Lassen Sie mich überlegen«, sagt Mona, dann deutet sie auf eine hohe Flasche mit schlankem Hals. »Dieses Stück heißt *Hunger in einer Welt des Überflusses.*«

»Hmm.« Ich mache ein nachdenkliches Gesicht. »Immer noch ein *klein* wenig deprimierend.«

»Oder *Gescheitert?*« Sie hält mir einen grünschwarzen Deckeltopf hin.

»Der ist sehr hübsch«, beeile ich mich ihr zu versichern. »Aber der Titel klingt schon noch *relativ* finster.«

»Sie finden, *Gescheitert* ist ein finsterer Titel?« Sie wirkt tatsächlich überrascht. Verdutzt blinzle ich sie an. Wie kann man denn *nicht* finden, dass *Gescheitert* ein finsterer Titel ist?

»Mehr oder weniger«, sage ich schließlich. »Nur ... na ja ... in meinen Ohren.«

»Merkwürdig.« Sie zuckt mit den Schultern. »Aber dieses Stück ist anders.« Sie hebt eine dunkelblaue Vase mit weißen Pinselstrichen hoch. »Ich bilde mir gern ein, dass sich unter der Verzweiflung eine Schicht Hoffnung verbirgt. Die Vase ist inspiriert vom Tode meiner Großmutter«, fügt sie hinzu.

»Oh«, sage ich mitfühlend. »Und wie heißt das gute Stück?«

»*Die Gewalt im Suizid*«, verkündet sie stolz.

Einen Moment lang bringe ich kein Wort heraus. Ich versuche, mir vorzustellen, wie ich Suze zum Essen einlade und zu ihr sage *Du musst dir unbedingt meine neue Vase ansehen! Sie heißt* Die Gewalt im Suizid.

»Oder wie wäre es mit *Marode?*«, fragt Mona. »Auch sehr schön ...«

»Wissen Sie, ich denke, darüber sollte ich erstmal eine Nacht schlafen.« Geschickt ziehe ich mich aus der Affäre. »Aber, ehrlich... tolle Töpfe! Vielen Dank, dass Sie sie mir gezeigt haben. Und viel Glück mit den morbiden menschlichen Begierden!«, füge ich hastig hinzu, als ich schon auf dem Absatz kehrt mache.

Ach du Schande. Ich hatte ja keine Ahnung, dass Tontöpfe *dermaßen* tiefsinnig und deprimierend sein können. Ich dachte, die sind nichts weiter als, na ja, eben Ton und so Zeugs. Positiv zu vermerken bleibt, dass mir bei diesem Gespräch eine gute Idee gekommen ist. Ich werde mir jetzt gleich Raymonds Eintrag in dieser Künstlerbroschüre durchlesen. Vielleicht finde ich da ja irgendeinen Hinweis.

Ich ziehe mich an den Rand des Zeltes zurück, lasse mich auf einem Hocker nieder und blättere, bis ich ihn gefunden habe. *Raymond Earle. Lokaler Künstler.*

Geboren in Flagstaff... Raymond Earle... blablabla... Karriere im Industriedesign... blabla... lokaler Philanthrop und Förderer der Künste... bla... Liebe zur Natur... bla... inspiriert von Pauline Audette... steht seit vielen Jahren in Korrespondenz mit Pauline Audette... möchte diese Ausstellung Pauline Audette widmen...

Ich blättere um und falle vor Schreck fast vom Hocker.

Gibt's ja nicht. Das *gibt's* ja gar nicht!

Das kann doch nicht sein...

Ich meine... im *Ernst*?

Während ich noch die Seite anstarre, muss ich plötzlich laut lachen. Es ist so skurril. Das ist echt schräg! Aber können wir uns das auch zunutze machen?

Selbstverständlich können wir das, sage ich mir. Die Gelegenheit ist einfach zu gut. Wir *müssen* sie sogar nutzen.

Ein Pärchen in der Nähe mustert mich verstört, und ich strahle die beiden an.

»Entschuldigung. Ich habe nur gerade etwas sehr Interessantes entdeckt. Liest sich gut!« Ich winke mit der Broschüre. »Sie sollten sich auch eine besorgen!«

Als die beiden längst weitergegangen sind, sitze ich noch immer auf meinem Hocker und muss ständig in diese Broschüre starren. In meinem Kopf fliegen die Ideen nur so herum. Ich schmiede Plan auf Plan. Ich bekomme kleine Adrenalinschübe. Und zum ersten Mal seit Langem empfinde ich so etwas wie Begeisterung. Entschlossenheit. Zuversicht.

Ich bleibe noch im Zelt, bis Mum und Janice wieder da sind. Als ich sehe, wie sie sich einen Weg durch das Gedränge bahnen, traue ich meinen Augen kaum. Mum trägt einen pinken Stetson und einen dazu passenden Gürtel voller Silbernieten. Janice hat eine neue lederne Fransenweste und hält ein Banjo in der Hand. Beide sind knallrot im Gesicht – allerdings könnte ich nicht sagen, ob das nun von der Sonne, der Eile oder von zu viel Bourbon im Eistee herrührt.

»Irgendein Lebenszeichen?«, will Mum wissen, als sie schließlich vor mir steht.

»Nein.«

»Es ist bald sieben!« Missmutig sieht Mum auf ihre Uhr. »Der Tag ist fast vorbei!«

»Vielleicht kommt er ja gegen Ende der Ausstellung nochmal«, sage ich. »Man kann nie wissen.«

»Möglich«, seufzt Mum. »Na gut, wir übernehmen die letzte Wache. Was hast du noch so vor?«

»Ich muss schnell los und…« Ich bremse mich mitten im Satz. Ich kann ja schlecht sagen: *Ich muss Suze zur Seite stehen, wenn sie sich mit ihrem erpresserischen Exliebhaber trifft.*

Ich meine, Mum und Suze stehen sich zwar nahe, aber *so* nah nun auch wieder nicht.

»Ich treffe mich mit Suze«, beende ich meinen Satz. »Wir sehen uns später, okay?« Ich lächle Mum an, doch das kriegt sie gar nicht mehr mit. Mutlos blickt sie sich im Zelt um.

»Was ist, wenn wir diesen Raymond nicht finden?« Als sie sich wieder zu mir umdreht, wirkt sie schrecklich niedergeschlagen. »Geben wir dann auf? Fahren wir nach Hause?«

»Für den Fall habe ich schon einen Plan B, Mum«, sage ich aufmunternd. »Erzähl ich dir später. Jetzt solltest du dich erstmal eine Weile hinsetzen und ausruhen.« Ich schnappe mir ein paar freie Stühle vom Rand des Zeltes. »Da wären wir. Und jetzt besorg ich euch beiden noch einen hübschen, kühlen Drink! Janice, ist das etwa ein Banjo?«

»Ich werde es mir selbst beibringen, Liebes«, sagt Janice voller Vorfreude, als sie sich hinsetzt. »Banjo wollte ich schon immer spielen. Jetzt können wir im Wohnmobil alle gemeinsam singen!«

Sollte mich jemand fragen, was Luke beim Autofahren am *ehesten* auf die Nerven gehen dürfte, dann würde mir gleich als Erstes das gemeinsame Singen zu einem Banjo einfallen.

»Oh… wundervoll!«, sage ich. »Klingt perfekt. Ich hole euch beiden noch schnell einen Eistee.«

In Windeseile erstehe ich am Erfrischungsstand zwei Pfirsicheistees, bringe sie Mum und Janice, dann flitze ich los. Es ist schon fast sieben, und langsam wird mir schrecklich flau im Magen, und ich kann nur ahnen, wie Suze sich fühlen mag.

Wir haben uns am Schweinegrill verabredet, um von dort aus gemeinsam zum Treffpunkt zu gehen. Doch als ich um die Ecke biege, trifft mich fast der Schlag. Alicia steht bei Suze. Wieso steht Alicia bei Suze?

»Oh, hi, Alicia«, sage ich so freundlich wie möglich. »Ich dachte, du hättest eine Verabredung in Tucson.«

Verabredung in Tucson. Echt jetzt. Je öfter ich es ausspreche, desto unglaubwürdiger klingt es.

»Ich dachte mir, hinterher geselle ich mich noch zu euch«, sagt Alicia nüchtern. »Und wie gut, dass ich gekommen bin! Das Ganze ist doch unglaublich!«

»Ich habe Alicia alles erzählt«, erklärt Suze mit zitternder Stimme.

»Du darfst dich nicht schuldig fühlen, Suze.« Alicia legt ihr eine Hand auf den Arm. »Bryce ist reines Gift.«

Ich werfe Alicia einen unfreundlichen Blick zu. Ich hasse Leute, die sagen: *Du darfst dich nicht schuldig fühlen.* Eigentlich meinen sie damit: *Ich möchte dich nur daran erinnern, dass du dich schuldig fühlen solltest.*

»Jeder macht mal Fehler«, sage ich forsch. »Das Wichtigste ist, Bryce loszuwerden, ein für alle Mal. Wir sollten besser gehen.«

»Alicia kommt auch mit, um mich moralisch zu unterstützen«, sagt Suze. Bilde ich es mir ein oder klingt sie, als würde sie sich dafür entschuldigen?

»Oh, okay.« Ich zwinge mich zu einem Lächeln. »Super! Bist du denn bereit?« Ich sehe Suze fest in die Augen. »Weißt du, was du ihm sagen willst?«

»Ich glaub schon.« Suze nickt.

»Hey, Mädels! Da seid ihr ja!«, begrüßt uns Dannys Stimme. Alle drehen sich um, und er steuert mit Zuckerwatte in der einen und Eistee in der anderen Hand direkt auf uns zu, die Ledermappe unbeholfen unterm Arm. Er kommt zum Stehen und mustert uns eingehend. »Hey, was ist los?«

Ich finde, wenn Suze es Alicia erzählen kann, dann kann ich es ja auch Danny erzählen. Er erfährt es sowieso irgendwann.

»Bryce ist hier«, sage ich knapp. »Suze will ihn zur Rede stellen. Er hat versucht, sie zu erpressen. Lange Geschichte.«

»Ich *wusste* es!«, ruft Danny. »Das hab ich doch schon die ganze Zeit gesagt.«

»Nein, hast du nicht!«, protestiere ich.

»Ich habe es vermutet.« Er wendet sich an Suze. »Du hast mit ihm geschlafen, richtig?«

»Falsch«, fährt Suze ihn an.

»Aber ihr habt rumgemacht. Weiß Tarkie davon?«

»Ja, ich habe ihm alles erzählt.«

»Oh, wow.« Danny zieht die Augenbrauen hoch und zupft dabei an seiner Zuckerwatte herum. »Hut ab, Suze.«

»Danke«, sagt Suze würdevoll.

»Aber … Moment mal.« Ich sehe, wie es in Danny arbeitet. »Eigentlich dachte ich, Bryce will Tarkie abzocken, um an Geld für sein neues Yogacenter zu kommen. Will er dich etwa auch abzocken? Ehemann *und* Ehefrau?«

»Offenbar«, erwidert Suze frostig.

»Der ist *gut*«, meint Danny bewundernd. »Hey, Alicia, was sagst du denn dazu? Hat den Anschein, als würde Bryce sein Center tatsächlich bauen. Bereit für den Wettbewerb?«

Danny kann so schadenfroh sein. Ich weiß, dass er Alicia bloß auf die Palme bringen will.

»Wird er nicht«, entgegnet Alicia kühl. »Nie im Leben wird diese *Person* dem Golden Peace mit einem zweitklassigen Unternehmen Konkurrenz machen können. Glaub mir, Wilton wird es zu verhindern wissen.« Sie sieht auf ihre Uhr. »Wir sollten gehen.«

»Ja, sollten wir«, bestätigt Suze.

»Dann mal los.« Danny nickt.

»*Du* kommst nicht mit!«, sagt Suze.

»Aber sicher komme ich mit«, sagt Danny unbeeindruckt. »Du brauchst allen moralischen Beistand, den du kriegen kannst. Möchtest du Eistee?« Er reicht ihr seinen Plastikbecher. »Ist fast zu hundert Prozent Bourbon.«

»Danke«, sagt Suze zögernd und nimmt einen Schluck. »Verdammt!«, prustet sie.

»Hab dich gewarnt.« Danny grinst. »Möchtest du noch?«

»Nein danke.« Beherzt hebt Suze das Kinn. »Ich bin bereit.«

Auf dem Weg zum Treffpunkt sagt keiner ein Wort. Unser kleiner Trupp flankiert Suze, wild entschlossen, sie zu verteidigen. Wir werden uns von Bryce nichts bieten lassen. Unsere Reihen sind fest geschlossen, und wir lassen uns *nicht* von seinem guten Aussehen ablenken ...

O Gott, da ist er. Lässig lehnt er an einer geschlossenen Kaffeebude, braungebrannt und golden schimmernd, mit jeansblauen Augen, die sinnend in die Ferne blicken. Er könnte ohne weiteres ein Calvin-Klein-Model sein. *Mmmmh* macht es in meinem Kopf, bevor ich es verhindern kann. Schluss damit! *Böser* Kopf ...

Doch dann fällt sein Blick auf uns und verrät seinen wahren Charakter. Prompt vergeht mir das *Mmmmh*. Ich kann nicht fassen, dass ich ihn je für etwas anderes gehalten habe als einen Widerling.

»Suze.« Er scheint überrascht, uns alle dort zu sehen. »Hast dir Verstärkung mitgebracht, hm?«

»Bryce, ich hab dir was zu sagen«, presst Suze mit bebender Stimme hervor und blickt dabei starr an ihm vorbei, genau wie ich es ihr geraten habe. »Du kannst mich nicht erpressen. Ich werde dir kein Geld geben, und ich möchte, dass du meinen Mann und mich in Ruhe lässt. Es gibt nichts, was du ihm verraten könntest. Ich habe ihm alles erzählt. Du besitzt keine Macht mehr über mich und wirst es in Zukunft unterlassen, Kontakt zu mir aufzunehmen.«

›Unterlassen‹ war meine Idee. Ich finde, es klingt so schön juristisch.

Aufmunternd drücke ich Suzes Hand und flüstere: »Super!« Da sie nur ins Leere starrt, nutze ich die Gelegenheit, einen Blick auf Bryce zu werfen. Er verzieht keine Miene, aber ich sehe in seinen Augen, dass er scharf nachdenkt.

»Erpressen?«, sagt er schließlich und fängt herzlich an zu lachen. »Was für ein hartes Wort. Ich bitte dich um eine Spende für einen guten Zweck, und du sprichst von Erpressung?«

»Für einen guten Zweck?«, wiederholt Suze fassungslos.

»*Für einen guten Zweck?*«, bellt Alicia, die mir noch aufgebrachter zu sein scheint als alle anderen. »Wie *kannst* du es wagen! Ich weiß, was du vorhast, Bryce, und glaub mir, es wird dir nicht gelingen.« Erhobenen Hauptes tritt sie einen Schritt vor. »Du wirst niemals über unsere Ressourcen verfügen. Du wirst niemals über unsere Macht verfügen. Mein Mann wird deine armseligen Bemühungen, uns Konkurrenz zu machen, *zermalmen*. Ich habe ihn bereits über deinen Plan in Kenntnis gesetzt, und wenn Wilton mit dir fertig ist, Bryce ...« Sie legt eine Pause ein. »Du wirst dir wünschen, du hättest nie auch nur einen Gedanken daran verschwendet.«

Wow. Alicia klingt wie ein Mafiaboss. Wenn ich Bryce wäre, würden mir vor Angst die Knie schlottern. Doch muss ich zugeben, dass er keineswegs einen ängstlichen Eindruck macht. Er mustert Alicia, als würde er aus ihr nicht schlau. Dann stößt er kurz ein ungläubiges Lachen aus.

»Du meine Güte, Alicia, muss das denn sein?«

Ein merkwürdiger Schatten huscht über ihr Gesicht.

»Ich weiß nicht, worauf du hinauswillst«, sagt sie mit der eisigsten Queen-Alicia-Stimme, die ich je gehört habe. »Und ich möchte dich daran erinnern, dass du nach wie vor in Diensten meines Mannes stehst.«

»Klar. Wie du meinst«, knurrt Bryce.

Einen seltsamen Augenblick lang sagt keiner was. Die Stimmung ist sehr sonderbar. Suze atmet schwer und ballt die Fäuste. Alicia funkelt Bryce an. Danny steht da und staunt. Nur Bryce verhält sich irgendwie nicht so, wie ich es von ihm erwartet hätte. Er sieht Suze nicht mal an. Sein abschätziger Blick gilt noch immer Alicia.

»Oder vielleicht... sollte ich kündigen«, sagt er langsam, und seine Augen blitzen herausfordernd. »Vielleicht habe ich ja genug von diesem ganzen Scheiß.«

»In dem Fall wärst du vertraglich an unsere Vertraulichkeitsvereinbarung gebunden«, hält Alicia sofort dagegen, bevor sonst jemand etwas sagen kann. »Darf ich dich daran erinnern, dass wir sehr, *sehr* gute Rechtsanwälte haben?«

Alicias Ton wird immer schärfer, und wir anderen tauschen verwunderte Blicke. Was hat das alles denn mit Suze zu tun?

»Dann verklag mich doch«, erwidert Bryce und schnalzt mit der Zunge. »Dazu wird es sowieso nie kommen. Oder möchtest du, dass die Presse von all dem erfährt?« Er breitet die Arme aus.

»Bryce!«, ruft Alicia. »Bedenke deine Position!«

»Ich hab genug von meiner ›Position‹! Weißt du was? Ihr armen Schweine tut mir echt *leid*.«

»Wieso denn ›leid‹?« Suze scheint sich zu fangen. »Alicia, wovon redet er?«

»Ich habe *keine* Ahnung«, faucht sie.

»Ach, bitte ....« Bryce schüttelt den Kopf. »Du manipulierst doch die Menschen, Alicia Merrelle!«

»Von dir lasse ich mich nicht beleidigen!« Alicia scheint zu glühen. »Ich schlage vor, dass sich unsere Wege hier und jetzt trennen. Ich werde meinen Mann anrufen, und er wird die entsprechenden Schritte einleiten ...«

»Himmelarsch!« Bryce ist am Ende seiner Fahnenstange angekommen. »Es reicht!« Er wendet sich um und spricht Suze direkt an. »Ich stehe nicht in Konkurrenz zu Wilton Merrelle. Ich arbeite *für* ihn. Natürlich habe ich versucht, dich um dein Geld zu bringen, aber es war nicht für mich gedacht, sondern für die Merrelles.«

Einen Moment lang herrscht fassungsloses Schweigen. Habe ich richtig gehört?

»Wie bitte?«, stammelt Suze schließlich, und Bryce stößt einen ungeduldigen Seufzer aus.

»Wilton baut ein Konkurrenzunternehmen auf. Er glaubt, wenn er *ein* Golden Peace vollkriegt, dann kriegt er auch zwei voll. Nur, dass dieses unter einem anderen Namen laufen soll. In einem anderen Preissegment. Um all die Kunden abzuschöpfen, für die das Golden Peace nicht das Richtige war und die nach einer Alternative suchen. Eine echte Win-Win-Situation.« Er sieht Alicia an. »Wie du sehr genau weißt.«

Ich starre Suze an, der es komplett die Sprache verschlagen hat, dann wende ich mich Alicia zu. Ihr Gesicht hat eine *mauve*artige Farbe angenommen.

»Du meinst…« Ich kann das gar nicht alles verarbeiten. »Du meinst…«

»Du meinst, Wilton Merrelle steckt hinter dem Ganzen?«, fragt Danny mit leuchtenden Augen. »Und als du dir Tarquin vorgenommen hast…«

»Genau.« Bryce nickt. »Das war Wiltons Idee. Er dachte, er könnte ihm einfach ein paar Millionen aus dem Kreuz leiern.« Er zuckt mit den Schultern. »Falsch gedacht. Ihr Briten sitzt echt auf eurem Geld.«

»Du hast uns *benutzt*?«, fährt Suze plötzlich Alicia an, deren Gesichtsfarbe schlagartig von mauve zu totenbleich wechselt. »Die ganze Zeit über hast du mir vorgegaukelt, meine Freundin zu sein – und dabei wolltest du nur unser Geld?«

Okay, in gewisser Weise muss man Alicia wohl bewundern. Ich kann förmlich *sehen*, wie die Muskeln in ihrem Gesicht mit Gewalt versuchen, wieder ihre alte, hochmütige Miene herzustellen. Sie ist so was wie eine Olympiasiegerin in Selbstbeherrschung.

»Ich weiß überhaupt nicht, wovon Bryce da redet«, sagt sie. »Ich bestreite das alles.«

»Willst du auch diese E-Mails bestreiten?«, fragt Bryce, der sich direkt zu amüsieren scheint. Er hält Suze sein Handy hin, und sie wirft Alicia einen hilflosen Blick zu. »Wilton hat mich auf euch beide angesetzt«, erklärt er Suze, »und Alicia wusste davon.« Er fährt zu Alicia herum. »Hast du ihn nicht gerade erst in Tucson getroffen, um dich mit ihm abzusprechen?«

Tucson?

Okay. Das mit Tucson nehme ich zurück. Offenbar gibt es doch Leute, die sich dort verabreden. Wer hätte das gedacht?

Die Muskeln in Alicias Gesicht arbeiten wieder auf Hochtouren. Sie beißt die Zähne zusammen. Ihre Augen erinnern an bleierne Steine. Sie holt tief Luft, dann geht sie zum Angriff über.

»Wir werden dich *so was* von verklagen!«, spuckt sie ihm ins Gesicht, und ich schrecke zurück.

»Dann stimmt es also.« Suze ist völlig verstört. »Ich kann es nicht fassen. Ich war so *dämlich*.«

Bryce wirft einen Blick in die Runde und schüttelt den Kopf. »Das ist doch alles total krank. Ich zieh mich raus. Hat Spaß gemacht, mit dir zu spielen, Babe«, fügt er an Suze gerichtet hinzu, und sie schüttelt sich angewidert. »Becky, schau ruhig mal wieder bei einem meiner Kurse rein!« Er lächelt sein unwiderstehliches Lächeln. »Du hast gute Fortschritte gemacht.«

»Lieber verrotte ich in der Hölle«, knurre ich ihn an.

»Auch gut.« Er wirkt amüsiert. »Wir sehen uns, Alicia.«

Und mit ein paar Schritten seiner langen Beine ist er schon verschwunden. Wir anderen bleiben schweigend stehen. Es ist, als hätte die Erde gebebt. Ich kann den Staub in der Luft förmlich sehen.

»Becky hat es gewusst«, sagt Danny schließlich in die Stille hinein.

»*Was?*« Erstaunt sieht Suze mich an.

»*Gewusst* habe ich es nicht...«, schränke ich eilig ein.

»Sie hat geahnt, dass Alicia was im Schilde führt«, erläutert Danny. »Sie hat auf dich aufgepasst, Suze.«

»Wirklich?« Suze blickt mich mit ihren großen, blauen Augen an, und ich sehe den tiefen Schmerz darin. »O Gott. Oh Bex. Ich weiß überhaupt nicht, wie ich glauben konnte, dass Alicia irgendwas anderes ist als eine böse, falsche...« Wütend dreht sie sich zu Alicia um. »Wieso bist du überhaupt mitgefahren? Um sicherzugehen, dass Bryce an mein Geld kommt? Und mit wem hast du dich im Four Seasons getroffen? Bestimmt nicht mit einem Privatdetektiv.«

»Suze, da ist noch etwas«, raune ich ihr zu. »Du musst aufpassen. Ich glaube, Alicia hat es auf Letherby Hall abgesehen.«

»Wie meinst du das?« Suze kommt einen Schritt auf mich zu, weg von Alicia. Argwöhnisch behält sie Alicia im Auge, als wäre sie eine Bombe, die jeden Moment hochgehen könnte.

»Letherby Hall?«, schnaubt Alicia. »Bist du *übergeschnappt?*«

Ich ignoriere sie einfach. »Es ist doch nicht zu übersehen, Suze! Warum will Alicia wohl alles über dein Haus wissen? Warum interessiert sie sich dafür, ob zu dem Haus auch ein

Adelstitel gehört? *Weil...*« Ich zähle es an meinen Fingern ab. »Ihr Mann ist anglophil. Die beiden wären zu gern Lord und Lady. Sie will dein Haus. Sie will deinen Titel ... und wahrscheinlich auch deinen Familienschmuck.«

Letzteres ist mir eben erst in den Sinn gekommen, aber es stimmt bestimmt. Alicia hätte nur zu gern die ganzen alten Krönchen und so. (Suze findet das meiste davon protzig, und da muss ich ihr auch irgendwie recht geben.)

»Becky, du bist ja noch gestörter als ich dachte.« Spöttisch lacht Alicia auf. »Warum um alles in der Welt sollte ich Letherby Hall haben wollen?«

»Mir machst du nichts vor, Alicia«, entgegne ich eisig. »Es ist ein prächtiges Herrenhaus, und du bist ein Snob. Wir wissen doch alle, wie viel dir gesellschaftlicher Aufstieg bedeutet.«

Alicias Blick wandert von mir zu Suze und wieder zurück – doch diesmal läuft sie nicht mauve an. Sie wirkt fassungslos.

»Gesellschaftlicher Aufstieg? In *England*? Glaubst du wirklich, Wilton und ich würden unser Leben in einem kalten Klotz ohne Bodenheizung verbringen wollen, dafür aber mit lauter Bauerntölpeln als Nachbarn?«

Klotz? Ich bin in Suzes Namen derart empört, dass ich unwillkürlich aufschreie: »Letherby Hall ist kein Klotz! Es ist ein hoch angesehenes georgianisches Herrenhaus mit einer original holzgetäfelten Bibliothek und einer besonders eleganten Parklandschaft von 1752!«

Ich hatte ja keine Ahnung, dass ich das alles weiß. Ich muss Tarkies Dad doch besser zugehört haben, als ich dachte.

»Wie dem auch sei. Glaub mir.« Alicia wirft Suze einen mitleidigen Blick zu. »Da gibt es doch so einiges, wofür ich mein Geld lieber ausgeben würde als für ein marodes, altes Gemäuer.«

»Wie kannst du es wagen!« Ich bin außer mir. »Beleidige

Suzes Haus nicht! Und wieso hast du dich dann so oft danach erkundigt, wenn es dich gar nicht interessiert?«

So. Ha! Jetzt hab ich sie.

»Irgendwie *musste* ich ja Smalltalk treiben.« Abfällig wendet sie sich an Suze. »Und über deinen lächerlichen Ehemann gibt es wirklich nur eins zu sagen, Suze: Gähn.«

Am liebsten würde ich Alicia eine reinhauen.

Aber das werde ich nicht tun. Stattdessen sehe ich Suze an, die mit zitternder Stimme sagt: »Ich glaube, du solltest jetzt besser gehen, Alicia.«

Und während sie davonstolziert, bleiben wir drei wie zu Salzsäulen erstarrt zurück.

Manches ist einfach zu groß, als dass man direkt im Anschluss darüber reden könnte. Danny kommt als Erster wieder zu sich, sagt: »Durst!« und führt uns in ein Barzelt ganz in der Nähe. Während wir unseren Apfelpunsch trinken, erzählt er uns alles über seine neue Kollektion für Elinor und führt seine Skizzen vor, was im Moment tatsächlich genau das Richtige ist. Suze braucht unbedingt etwas, worauf sie sich konzentrieren kann, das aber bloß nichts mit dem Chaos in ihrem Leben zu tun hat.

Schließlich klappt er sein Skizzenbuch zu, und wir drei sehen einander an, als würde uns erst jetzt bewusst, wo wir eigentlich sind. Dennoch bringe ich es nicht fertig, das Thema Alicia anzuschneiden. Den Atem spare ich mir lieber.

»Bex.« Suze holt tief Luft. »Ich weiß gar nicht, wie… Ich kann nicht *fassen*, dass ich auf sie reingefallen bin…«

»Hör auf«, unterbreche ich sie sanft. »Wenn wir über Alicia reden, hat sie doch wieder gewonnen, weil sie uns das Leben vermiest. Okay?«

Suze überlegt einen Moment, dann lässt sie den Kopf hängen. »Okay.«

»Gute Idee«, lobt Danny. »Ich sage, wir streichen sie aus unserem Leben. Alicia *wer*?«

»Genau.« Ich nicke. »Alicia *wer*?«

Es versteht sich von selbst, dass wir irgendwann über Alicia sprechen werden. Wahrscheinlich werden wir sogar eine komplette Woche über sie herziehen und mit Pfeilen nach ihrem Foto werfen. (Darauf freue ich mich jetzt schon.) Aber nicht jetzt. Noch ist dafür nicht der richtige Zeitpunkt.

»Tja«, sage ich in dem Versuch, das Gespräch neu anzufangen. »Was für ein Tag …«

»Ich schätze, deine Mum hat wohl kein Glück gehabt, was Raymond angeht«, sagt Suze.

»Anderenfalls hätte sie uns bestimmt schon gesimst.«

»Ist doch unglaublich, dass wir den ganzen Tag lang dieses Zelt bewacht haben und rein gar nichts dabei rausgekommen ist.«

»Nicht *nichts*«, sage ich. »Janice hat jetzt ein Banjo.«

Suze entfährt ein leises Prusten, und ich selbst muss auch grinsen.

»Aber … was machen wir denn jetzt? Wo wollen wir als Nächstes hin?« Suze beißt sich auf die Lippe. »Es hat ja wohl keinen Sinn mehr, Tarkie hinterherzufahren.« Suze spricht ganz ruhig, wenn auch mit einem leisen Beben in der Stimme.

»Wohl nicht.« Unsere Blicke treffen sich, dann wende ich mich eilig wieder ab.

»Aber was wird aus deiner Mum und deinem Dad?«

»O Gott.« Ich sinke auf meinem Stuhl zusammen. »Ich habe keine Ahnung.«

»Sollten wir es noch einmal bei Raymonds Haus versuchen? Oder gleich zurück nach L. A. fahren, wie dein Dad es schon die ganze Zeit wollte? Vielleicht hat er ja recht.« Suze blickt auf, und es ist nicht zu übersehen, wie schwer es ihr fällt zu sagen: »Vielleicht war es wirklich keine so gute Idee.«

»Nein!«, sage ich unvermittelt.

»Wir können noch nicht zurückfahren!«, protestiert Danny. »Wir sind auf einer Mission. Die müssen wir erst zu Ende bringen.«

»Schön und gut.« Suze wendet sich ihm zu. »Aber wir wissen doch überhaupt nicht, was wir tun sollen. Wir haben es weder geschafft, zu Raymond vorzudringen, noch eine andere Spur, der wir folgen könnten…«

»Also, genau genommen«, werfe ich ein, »einen Vorschlag hätte ich da noch.«

»Wirklich?« Suze starrt mich an. »Was für einen?«

»Na ja, es ist so was Ähnliches wie ein Vorschlag«, schränke ich ein. »Er ist etwas abwegig. Im Grunde verrückt. Aber zumindest eine Chance. Und wenn es nicht klappt, können wir immer noch aufgeben und wieder zurück nach L.A. fahren.«

Danny und Suze mustern mich mit wachsendem Interesse.

»Na, dann mal raus damit!«, sagt Suze. »Was wird unsere letzte Verzweiflungstat?«

»Okay.« Ich zögere, dann hole ich die Broschüre *Wilderness Creative Festival: Handbuch der Künstler* aus meiner Tasche. »Bevor ich noch irgendwas sage – guckt euch erstmal das hier an.«

Ich beobachte die beiden, wie sie die Seite in Augenschein nehmen. Wie sie überrascht das Gesicht verziehen. Genauso ist es mir auch ergangen.

»O mein *Gott*«, staunt Suze und blickt ungläubig zu mir auf. »Aber was… Ich meine, wie sollen wir…«

»Wie gesagt, ich hätte da diesen Vorschlag.«

»War auch nicht anders zu erwarten«, sagt Danny. »Du hast doch immer die besten Ideen. Spuck's aus, Beckeroo!«

Er lächelt mich aufmunternd an und lehnt sich interessiert zurück. Sofort spüre ich wieder diesen Adrenalinschub in mir. Diesen positiven Geist. Wie alte Freunde, die gekommen sind, um mich innerlich zu umarmen.

12

Allerdings muss ich zugeben, dass meine Idee allgemein für verrückt gehalten wird.

Selbst Suze, die sie gut findet, hält sie für verrückt. Luke findet die Idee unmöglich. Mum weiß nicht, ob sie gut oder schlecht ist, hofft aber verzweifelt, dass sie sich umsetzen lässt. Janice schwankt zwischen überschäumendem Optimismus und abgrundtiefem Pessimismus. Danny fährt voll darauf ab, was aber nur daran liegt, dass er mein Kostüm entworfen hat.

»Na, also.« Ich nehme eine letzte Korrektur an meinem Tuch vor. »Perfekt.« Ich wende mich meinem Publikum zu. »Was meint ihr? Eineiige Zwillinge, oder was?«

»Du siehst ihr kein bisschen ähnlich«, sagt Luke trocken.

»Ich sehe genauso aus wie sie!«

»Liebling, ich glaube, du solltest mal deine Augen untersuchen lassen.«

»Nein, ich finde das auch«, hält Danny dagegen. »Du siehst ihr schon ziemlich ähnlich.«

»Nur *ziemlich*?« Da bin ich doch leicht bestürzt.

»Niemand sieht in echt so aus wie auf einem Foto«, sagt Danny mit fester Stimme. »Wird schon gehen. Ist gut so.« Er nimmt das »Handbuch der Künstler« und hält es neben mein Gesicht – aufgeschlagen die Seite mit dem Foto von Pauline Audette. Und es ist mir ganz egal, was Luke findet. Ich sehe *doch* aus wie sie. Es ist geradezu unheimlich – umso mehr, als ich entsprechend gekleidet bin.

Ich trage ein kittelartiges Hemd, das Danny gestern Abend

auf dem Markt erstanden hat, und dazu eine weite Hose von Janice. Um den Kopf habe ich mir ein Hippietuch gebunden, weil Pauline Audette immer so was trägt. Den ganzen Morgen über hat Danny herumgezupft und abgesteckt und Kleckse von Farbe und Ton hinzugefügt, die wir im Kunsthandwerkerzelt gekauft haben. Meiner Meinung nach sehe ich *haargenau* so aus wie eine französische Keramikerin.

»Okay, ich muss üben«, verkünde ich. »Meine Nam iest Pauline Audette.«

Glücklicherweise findet man bei YouTube viele Clips von Pauline Audette, weil sie etwas macht, das sie als »Miniskulpturen« bezeichnet, wobei sie eine Handvoll Ton nimmt und daraus in knapp fünf Sekunden irgendetwas modelliert. Etwa einen Baum oder einen Vogel. (Das ist schon ziemlich beeindruckend, muss ich sagen.) Also habe ich sie mir immer wieder angehört und denke, dass ich ihren Akzent jetzt drauf habe. »Isch bin eine Keramik*artiste*«, fahre ich fort. »Mein *inspiration* 'ole isch aus die Na-tüüüüüüür.«

»Was soll das denn sein?«, fragt Janice verdutzt.

»Natur, Schätzchen«, erklärt Mum. »Natur auf Französisch.«

»Isch bin 'ier in Arisona wegen Ürlaub. Isch 'abe misch erinnert an Monsieur Raymond, der mir 'at geschrieben viele freundlisch Briefe. Da isch sag mir: *Zut alors! Isch werde visitieren Monsieur Raymond.*« Ich werfe einen Blick in die Runde. »Wie war ich?«

»Sag bloß nicht *zut alors*«, meint Luke.

»Du klingst wie Hercule Poirot«, bestätigt Suze. »Wenn du so redest, fällt er nie im Leben darauf rein.«

»Tja, es ist unsere einzige Chance«, entgegne ich. Im Grunde bin ich leicht gekränkt. Ich fand meinen Akzent eigentlich ganz gut. »Aber meinetwegen, dann sage ich eben nicht *zut alors*. Komm, Helferlein, gehen wir!«

Suze spielt meine Assistentin, im schwarzen Kostüm mit falscher Brille. Ihre Haare sind stramm zum Pferdeschwanz gebunden, und sie trägt nur einen Hauch von rotem Lippenstift. Danny bezeichnet das als »definitiven Look französischer Künstlergehilfen«.

Als ich mich an der Tür des Wohnmobils noch einmal umdrehe, blicke ich in gespannte, hoffnungsvolle Mienen. »Wünscht uns Glück!«

Alicia ist natürlich nicht mehr dabei. Keine Ahnung, wie es ihr gestern Abend noch ergangen sein mag. Wahrscheinlich hat sie sich eine Limousine bestellt und ist wieder nach L.A. gefahren. (Sie hat ein paar Sachen im Wohnmobil zurückgelassen, und Danny wollte sie schon feierlich verbrennen, aber wir haben dann beschlossen, sie ihr mit einem würdevollen Gruß nach Hause zu schicken.) Gestern beim Abendessen habe ich Mum und Janice erzählt, wie Alicia und ihr Mann sowohl Tarkie als auch Suze um ihr Geld bringen wollten, und wie fies und gemein sie war. Woraufhin beide sofort behaupteten, sie hätten ja *gleich* geahnt, dass Alicia irgendwas im Schilde führte, sie hätten einen Riecher für so was – und wie gut, dass sie mich vor ihr gewarnt hätten!

Oh, Mann.

»Becky, was ist, wenn ihr verhaftet werdet?«, fragt Janice plötzlich besorgt. »Einmal hatten wir schon Ärger mit der Polizei.«

»Ich werde doch nicht verhaftet!«, schnaube ich. »Es ist ja wohl nicht verboten, sich als jemand anders auszugeben.«

»Doch, ist es!«, widerspricht Luke und schlägt sich mit der flachen Hand an die Stirn. »Mann, Becky! Das ist Betrug.«

Luke nimmt immer alles gleich so *wörtlich*.

»Na gut, okay, in anderen Situationen vielleicht. Aber in diesem Fall ist das kein Betrug«, halte ich entschlossen dagegen. »Es geht um Wahrheitsfindung. Das wird doch wohl jeder nachvollziehen können, selbst ein Polizist. Außerdem habe ich mich schon verkleidet. Da mach ich doch jetzt keinen Rückzieher. Also, bis später.«

»Warte!«, ruft Luke. »Vergiss nicht: Sollte keine Haushälterin oder sonstiges Personal im Haus sein, sollte dein Handy keinen Empfang haben, sollte sich irgendetwas seltsam anfühlen, dann *geht* ihr!«

»Luke, wir haben bestimmt nichts zu befürchten!«, sage ich. »Schließlich ist er doch ein Freund von meinem Dad, oder?«

»Hmmm.« Luke scheint mir nicht sonderlich beeindruckt. »Okay, Hauptsache, ihr passt auf euch auf!«

»Machen wir. Komm, Suze!«

Eilig steigen wir aus dem Wohnmobil und laufen zu Raymonds Ranch. Luke fährt weiter, um den Wagen hinter der nächsten Kurve zu verstecken. Als wir uns dem massiven Tor nähern, kriege ich es doch irgendwie mit der Angst zu tun, was ich Suze gegenüber aber besser nicht erwähne. Sie würde nur sagen: *Na, dann lassen wir es doch lieber sein!* Und ich möchte diese Aktion unbedingt auf jeden Fall durchziehen. Immerhin ist das unsere letzte Chance.

Außerdem... steckt noch mehr dahinter. Diesen Plan in die Tat umzusetzen, selbst wenn er etwas albern sein sollte, hat mich quasi zu neuem Leben erweckt. Ich fühle mich stark. Und ich glaube, Suze geht es ebenso. Sie steht immer noch reichlich unter Strom – weder hat sie was von Tarkie gehört noch vom Owl's Tower noch sonst irgendwas. Aber es scheint ihr gutzutun, wenn sie ihre Energien in aktivere Bahnen lenkt.

»Los geht's!« Als wir uns dem Tor nähern, nehme ich Suze kurz bei der Hand. »Wir schaffen das! Du warst doch sogar auf der Schauspielschule, oder? Wenn ich nicht mehr weiterweiß, übernimmst du.«

Das Tor zur Ranch ist mächtig groß, und ich zähle drei

Kameras, die auf uns gerichtet sind. Das Ganze schüchtert mich doch etwas ein, aber ich rufe mir in Erinnerung, dass ich ja Pauline Audette bin, und trete zielstrebig auf die Gegensprechanlage zu. Ich drücke den Klingelknopf und warte, dass jemand antwortet.

»Moment, Suze!«, flüstere ich ihr hastig zu. »Was ist unser Codewort?«

»Mist.« Sie zieht die Augenbrauen hoch. »Weiß nicht.«

Den ganzen Morgen über haben wir darüber gesprochen, dass wir ein Codewort brauchen, uns dann aber keins überlegt.

»Kartoffel«, schlage ich spontan vor.

»Kartoffel? Spinnst du? Wie soll ich denn wohl ›Kartoffel‹ ins Gespräch einbauen?«

»Na, dann denk dir doch was Besseres aus. Nur zu!«, fordere ich sie auf, woraufhin sie mich mit großen Augen ansieht.

»Unter Druck kann ich das nicht«, raunt sie genervt. »Jetzt fällt mir nichts anderes mehr ein. Jetzt kann ich nur noch ›Kartoffel‹ denken.«

»Hallo?« Die blecherne Stimme einer Frau dringt aus dem kleinen Lautsprecher. Mir krampft sich der Magen zusammen.

»Hallo!«, sagt Suze und tritt näher heran. »Mein Name ist Jeanne de Bloor. Ich bin hier in Begleitung von Pauline Audette, um bei Mr Raymond Earle vorzusprechen. Pauline Audette«, wiederholt sie klar und deutlich.

Suze hat sich den Namen Jeanne de Bloor selbst ausgedacht. Sie hat sich überlegt, dass Jeanne in Den Haag geboren wurde, in Paris lebt, aber seit vielen Jahren einen Liebhaber in Antwerpen hat, fünf Sprachen spricht und Sanskrit lernt. (Suze ist immer sehr präzise, wenn es darum geht, Figuren zu erschaffen. Sie hat sich sogar Notizen gemacht.)

Die Gegensprechanlage bleibt still. Suze und ich tauschen fragende Blicke. Und dann, als ich Suze gerade vorschlagen will, es nochmal zu versuchen, hören wir eine männliche Stimme aus dem Lautsprecher.

»Hallo? Hier ist Raymond Earle.«

O mein Gott. Jetzt wird mir erst richtig flau im Magen, und doch trete ich vor, um zu antworten.

»'Allo!«, sage ich. »Meine Nam iest Pauline Audette. Wir 'aben korrespondiert.«

»Sie sind Pauline Audette?« Er klingt verblüfft, was man ihm wohl nicht verdenken kann.

»Isch 'abe Ihre Auschtellung auf die Markt gese'en, aber isch konnte Sie nischt finden. Also isch komme su Ihre 'aus.«

»Sie haben meine Arbeiten gesehen? Sie wollen mit mir über meine Arbeit sprechen?«

Er klingt dermaßen aufgeregt, dass mich prompt schreckliche Schuldgefühle plagen. So was darf man keinem armen, unschuldigen Töpfer antun. Man darf ihm keine falschen Hoffnungen machen. Ich bin ein schlechter Mensch.

Aber andererseits hätte er Mum und Janice eben nicht einfach so wegschicken sollen. Wie du mir, so ich dir.

»Dürfte isch in Ihre 'aus kommen?«, frage ich, doch da schwingt das Tor bereits auf.

Wir sind drinnen!

»Jeanne«, sage ich forsch für die Kameras. »Du wirst misch begleiten und Aufzeischnungen machen!«

»Selbstverstandelijk«, sagt Suze, was vermutlich ein holländischer Akzent sein soll und mich beinahe losprusten lässt.

Das Haus liegt fast einen Kilometer entfernt, am Ende eines ungepflegten Weges, und mir wird plötzlich klar, dass er uns wohl in einem Auto vermutet. Aber jetzt kann ich ja nicht mehr umkehren und das Wohnmobil holen. Während wir also auf das Haus zustapfen, entdecke ich überall seltsame Skulpturen. Ich sehe einen Stier, der scheinbar aus Autoteilen gefertigt wurde, und das schreiende Gesicht eines Mannes aus Eisen sowie zahllose abstrakte Stücke, die offenbar aus Reifen bestehen. Das Ganze ist etwas unheimlich, und ich bin heilfroh, als wir endlich beim Haus ankommen – bis ich wütendes Hundegebell höre.

»Hier ist es echt gruselig«, raune ich Suze zu, als wir auf die Klingel drücken. Vermutlich war das Haus früher einmal recht beeindruckend, inzwischen jedoch wirkt es nur noch verwahrlost. Es ist aus Stein und Holz gebaut, mit Giebeln und einer Veranda und einer massiven Eingangstür, doch das hölzerne Geländer macht einen eher morschen Eindruck, und ich sehe zwei kaputte, provisorisch vernagelte Fensterscheiben.

»Hast du noch Empfang?«, frage ich Suze leise, und sie wirft einen Blick auf ihr Telefon.

»Ja. Und du?«

»Jep. Alles gut«, sage ich etwas lauter, damit Luke mich hören kann. Suze zeichnet mit dem Handy in ihrer Tasche auf, und meins ist mit Lukes verbunden, damit alle im Wohnmobil mitbekommen, was vor sich geht.

»Sitz!«, hören wir Raymonds Stimme drinnen im Haus. »Rein da mit dir!«

Irgendwo knallt eine Tür. Im nächsten Moment hören wir, wie circa fünfundzwanzig Schlösser entriegelt werden, dann geht die Haustür auf, und Raymond Earle heißt uns willkommen.

Das erste Wort, das mir einfällt, ist »fusselig«. Raymonds Bart sieht aus wie eine graue Felldecke und reicht ihm bis auf die Brust. Um den Kopf trägt er ein blauweißes Tuch, und seine uralten Jeans sind voller Matsch oder Ton oder irgendwas. Das Haus riecht nach nassem Hund und Tabak und Staub und altem Essen, mit einem Hauch von vermodernder Vegetation.

Die eine oder andere Duftkerze könnte helfen. Am liebsten möchte ich ihm den Link zu Jo Malone geben.

»Miss Audette.« Er verneigt sich so tief, dass sein Bart herunterbaumelt. »Es ist mir eine Ehre.«

O Gott. Jetzt habe ich erst recht ein schlechtes Gewissen. Wir müssen ihn so schnell wie möglich in sein Atelier lotsen und meinen Plan in die Tat umsetzen.

»Isch bin *enchanté*, Sie endlisch einmal persönlisch zu begegnen«, sage ich feierlich. »Als isch kam nach Wilderness, isch erinnere misch an Monsieur Raymond, der 'at mir geschrieben so viele nette Brief.«

»Nun, ich freue mich sehr, Sie endlich kennenzulernen!« Er greift sich meine Hand und schüttelt sie herzlich. »Welch unerwartetes Vergnügen!«

»Ge'en wir gleisch in Atelier und begutac'ten Ihre Arbeit!«, sage ich.

»Aber gern.« Raymond wirkt überfordert. »Ich muss nur eben ... Aber kommen Sie doch! Kommen Sie rein!«

Er führt uns in einen großen Raum mit Kamin und gewölbter Holzdecke, der wirklich beeindruckend wäre, wenn nur mal jemand Ordnung schaffen würde. Staubige Stiefel, Mäntel, Hundekörbe, ein Eimer mit alten Mauersteinen, ein aufgerollter Teppich – alles liegt einfach so herum.

»Kann ich Ihnen ein Bier anbieten? Eiswasser?« Raymond führt uns weiter in eine ungepflegte Küche, in der es nach Braten riecht. An der Rückwand befinden sich Regale, auf denen Gemälde und Zeichnungen und ein paar sonderbare Skulpturen stehen. Eine Haushälterin ist gerade dabei, sie abzustauben, womit sie jedoch ihre liebe Mühe zu haben scheint.

»Vorsichtig!«, fährt Raymond sie unvermittelt an. »Nichts verrücken!« Er wendet sich mir wieder zu. »Miss Audette?«

»*Non, merci*. Isch möschte Ihre Arbeit se'en. Das Werk, das Ihnen der liebste von alle iest.« Ich versuche, ihn anzutreiben, doch Raymond scheint mir nicht jemand zu sein, der sich antreiben lässt.

»Ich habe so viele Fragen an Sie«, sagt er.

»Und isch 'abe viele Frage an Sie«, entgegne ich. Was ja auch stimmt.

»Gewiss ist Ihnen mein Darrin aufgefallen.« Er nickt zu den Regalen hin.

Darrin? Was ist ein Darrin? Ist Darrin ein Künstler?

»*Absolutement.*« Ich nicke eifrig. »Ge'en wir?«

»Wie denken Sie über sein Formverständnis?« Er mustert mich mit ernster Miene.

Okay, das ist jetzt genau die Sorte Frage, von der ich nicht wollte, dass er sie mir stellt. Ich muss mir eine überzeugende, künstlerische Antwort ausdenken, und zwar schnell. Irgendwas mit Form. Leider habe ich im Kunstunterricht nie so richtig aufgepasst.

»Der Form iest *tot*!«, verkünde ich schließlich mit meinem gallischsten Akzent. »*C'est morte.*«

Genial. Wenn die Form tot ist, muss ich nicht mehr darüber sprechen.

»Ge'en wir in die Atelier«, füge ich hinzu und versuche, Raymond aus der Küche zu manövrieren. Doch er rührt sich nicht von der Stelle. Er scheint mir geradezu erschüttert.

»Die Form ist *tot*?«, wiederholt er schließlich.

»*Oui, c'est fini.*« Ich nicke.

»Aber …«

»Form iest nischt mehr.« Ich breite die Arme aus und gebe mir Mühe, überzeugend zu wirken.

»Aber Miss Audette, w-wie kann das sein?«, stammelt Raymond. »Ihr eigenes Design … Ihre Schriften … Ihre Bücher… Geben Sie denn Ihr ganzes Lebenswerk auf? Das kann doch nicht sein!«

Konsterniert starrt er mich an. Offenbar hätte ich das nicht sagen sollen. Aber jetzt kann ich nicht mehr zurück.

»*Oui*«, sage ich nach kurzer Pause. »*C'est ca.*«

»Aber *warum*?«

»Isch bin *artiste*«, hole ich aus, um Zeit zu schinden. »Nischt Frau, nischt Mensch, *artiste.*«

»Ich verstehe nicht«, sagt Raymond unglücklich.

»Isch muss suchen der Wahr'eit«, füge ich spontan hinzu. »Isch muss couragiert sein. Die *artiste* muss vor allem stets couragiert sein, verste'en Sie? Isch muss zerstören alte Ideen. Erst dann werde isch sein wahre *artiste.*«

Ich höre Suze leise prusten, was ich jedoch ignoriere.

»Aber…«

»Isch wünsche, nischt weiter darüber zu spreschen«, falle ich ihm ins Wort.

»Aber…«

»Zu die Atelier!« Ich winke mit beiden Händen. »*Allons-y!*«

Mein Herz rast, als ich Raymond zum hinteren Teil des Hauses folge. Weiteren Gesprächen über Kunst bin ich nicht gewachsen. Ich will doch nur was über meinen Dad erfahren.

»Bist du jetzt Pauline Audette oder Yoda?«, raunt mir Suze ins Ohr.

»Halt die Klappe!«, raune ich zurück.

»Wir müssen zur Sache kommen!«

»Ich weiß!«

Wir betreten einen großen Raum mit weißen Wänden und einem Glasdach. Er ist hell, aber unaufgeräumt, mit einem schweren Holztisch in der Mitte und zwei Töpferscheiben, alles voller Ton. Doch darauf achte ich gar nicht. Ich habe die großen Regale am hinteren Ende des Raumes im Visier.

Dort steht alles voller Tonfiguren und Skulpturen und komischen Vasen. Bingo. *Das* habe ich gesucht.

Ich werfe Suze einen Blick zu, und sie nickt kaum merklich.

»Verraten Sie misch, Raymond«, sage ich. »Welsche ist für Sie kostbarste Stück in ganze Raum?«

»Nun.« Raymond zögert. »Lassen Sie mich überlegen. Einmal wäre da *Zwiefach*.« Er deutet auf eine Skulptur, die einen Mann mit zwei Köpfen darzustellen scheint. »Das Werk war vor einigen Jahren nominiert für den Preis vom Stephens Institute. Es wurde auf einigen Websites erwähnt, aber die werden Sie wohl vermutlich eher nicht ...« Er wirft mir einen hoffnungsvollen Blick zu.

»Eine schöne Stück«, sage ich mit knappem Nicken. »Und welsche liegt Sie ganz besonders am 'erzen?«

»Ach, ich weiß nicht.« Raymond gibt so ein seltsames, wuchtiges Lachen von sich. »Ich habe eine gewisse Schwäche für das hier.« Er deutet auf eine viel größere, abstrakte Skulptur, die in vielen verschiedenen Farben glasiert ist.

»Aha.« Ich nicke. »Dann 'alten wir sie eine Mal genau unter das Lup ...« Ich nehme *Zwiefach* und Suze das vielfarbige Ding. »Begutac'ten wir sie im Lischt ...« Ich setze mich ein wenig von Raymond ab, und Suze folgt mir. »Aha. Das 'ier, es erinnert misch an ein ... *Kartoffel*.«

Suze hatte recht. Kartoffel ist ein wirklich dämliches Codewort. Aber es funktioniert. Schon heben Suze und ich die Skulpturen gleichzeitig über unsere Köpfe.

(Suzes sieht viel schwerer aus als meine. Ich habe schon wieder ein ganz schlechtes Gewissen. Aber sie hat ja auch mehr Kraft als ich.)

»Okay«, sage ich mit meiner bedrohlichsten Stimme. »In Wahrheit bin ich gar nicht Pauline Audette. Mein Name ist Rebecca. Graham Bloomwood ist mein Vater. Und ich will wissen, was damals auf Ihrer gemeinsamen Reise vorgefallen ist. Wenn Sie es uns nicht sagen, zerstören wir Ihre Werke. Wenn Sie Hilfe rufen, zerstören wir Ihre Werke. Also fangen Sie am besten gleich an zu erzählen.«

Raymond gehört ganz offensichtlich zu diesen besonders langsamen Menschen, die alles erstmal gut durchdenken müssen. Es kommt mir vor, als stünden wir schon eine halbe Stunde mit schmerzenden Armen und pochendem Herzen so da und warteten auf eine Reaktion. Sein Blick wandert von mir zu Suze. Er blinzelt. Er verzieht das Gesicht. Er macht den Mund auf, um etwas zu sagen, dann klappt er ihn wieder zu.

»Wir müssen es wissen«, sage ich, um ihn anzutreiben. »Wir müssen die Wahrheit erfahren, hier und *jetzt*.«

Wieder runzelt Raymond die Stirn, als sinnierte er über die großen Mysterien des Lebens nach. Der Typ macht mich wahnsinnig.

»Sie sind gar nicht Pauline Audette?«, fragt er schließlich.

»Nein.«

»Na, Gott sei Dank.« Befremdet schüttelt er den Kopf. »Ich dachte schon, Sie hätten den Verstand verloren.« Er mustert mich eingehender. »Aber Sie sehen genauso aus wie sie. Haargenau.«

»Ich weiß.«

»*Unglaublich*. Und Sie sind nicht verwandt?«

»Nicht dass ich wüsste. Kaum zu glauben, oder?« Unwillkürlich finde ich ihn schon viel netter. Ich *wusste* doch, dass ich wie Pauline Audette aussehe.

»Nun, das sollten Sie mal googeln.« Seine Augen leuchten vor Interesse. »Vielleicht haben Sie gemeinsame Vorfahren. Sie könnten in eine dieser Fernsehshows gehen …«

»Schluss damit!«, bellt Suze und klingt wie eine Lagerkommandantin. »Raus mit der Wahrheit!« Sie wirft mir einen missbilligenden Blick zu, und ich merke, dass ich wohl etwas vom Thema abgekommen bin.

»Genau!«, rufe ich hastig und halte *Zwiefach* noch höher. »Wir sind nur aus einem einzigen Grund hier, Raymond, also sollten Sie uns besser sagen, was wir wissen wollen.«

»Und machen Sie bloß keinen Quatsch«, fügt Suze drohend hinzu. »Wenn Sie die Bullen rufen, können Sie sich von ihren beiden Lieblingsstücken verabschieden.« Sie klingt, als könnte sie es kaum erwarten. Mir war gar nicht bewusst, dass Suze eine so gewalttätige Ader hat.

Es folgt eine weitere Minute des Schweigens, die sich wie eine halbe Stunde anfühlt, während Raymond das alles verdauen muss.

»Sie sind Grahams Tochter«, sagt er schließlich und starrt mich an. »Sehen ihm gar nicht ähnlich.«

»Bin ich aber trotzdem. Und er ist verschwunden. Wir suchen ihn, um ihm zu helfen, wissen aber nur, dass er irgendwas in Ordnung bringen will. Haben Sie eine Ahnung, was das sein könnte?«

»War er hier?«, wirft Suze ein.

»Hat er Kontakt zu Ihnen aufgenommen?«

»Können Sie uns sagen, was das alles zu bedeuten hat?«

Raymonds Miene verschließt sich, während wir unsere Fragen stellen. Kurz sieht er mir in die Augen, dann wendet er sich gleich wieder ab, und ich habe so ein komisches Gefühl im Bauch. Er weiß es.

»Was ist es?«, bohre ich. »Was ist passiert?«

»Was hat er *vor*?«, stimmt Suze mit ein.

Wieder ist da dieses Flackern in Raymonds Augen, und er blickt starr in eine Ecke.

»Sie wissen es, oder?« Ich versuche, Blickkontakt zu ihm herzustellen. »Warum wollen Sie nicht reden? Warum haben Sie meine Mum abgewiesen?«

»Raus damit!«, bellt Suze.

»Was es auch sein mag – das ist seine Sache«, sagt Raymond, ohne sich zu rühren.

Er weiß es. Wir sind den ganzen Weg hierhergefahren, und er weiß es, aber er will es uns einfach nicht erzählen. Mich packt dermaßen die kalte Wut, dass ich zu zittern anfange.

»Ich schmeiß das Ding kaputt!«, schreie ich und schwinge *Zwiefach*. »Ich schmeiß alles kaputt! In einer halben Minute kann ich eine Menge Schaden anrichten! Und es ist mir völlig egal, ob Sie die Polizei rufen, denn hier geht es um meinen Dad, und ich *muss es wissen*!«

»Du meine Güte!« Raymond wirkt nach meinem Ausbruch direkt schockiert. »Ganz ruhig. Sind Sie wirklich Grahams Tochter?« Er wendet sich an Suze. »Graham war immer die Ruhe in Person.«

»Ist er noch«, sagt Suze.

»Ich komme etwas mehr nach meiner Mutter«, räume ich ein.

»Also ... Sie sind Grahams Tochter«, sagt er zum dritten Mal. Mein Gott, ist der immer so schwer von Begriff?

»Ja, ich bin Rebecca«, erkläre ich. »Aber mein Dad wollte mir diesen Namen nicht geben. Aus irgendeinem Grund. Den mir aber niemand verraten will.«

»Und Brents und Coreys Töchter heißen auch Rebecca«, wirft Suze ein.

»Brents Tochter hat gesagt: ›Wir heißen alle Rebecca‹, nur weiß ich nicht wieso, und irgendwie habe ich es satt, nicht über mein Leben Bescheid zu wissen.« Bei den letzten Worten bebt meine Stimme, dann ist der Raum von einer seltsamen Stille erfüllt.

Raymond scheint das alles zu verarbeiten. Sein Blick wandert langsam von mir zu Suze und zu den Töpfen über unseren Köpfen. (Suze tun bestimmt die Arme weh.)

Dann endlich scheint er seinen Widerstand aufzugeben. »Okay«, sagt er.

»Was okay?«, frage ich argwöhnisch.

»Ich werde Ihnen erzählen, was Ihr Dad vorhat.«

»Sie wissen es also *wirklich*?«

»Er war hier.« Er deutet auf das farbverschmierte Sofa. »Setzen Sie sich. Ich erzähle Ihnen, was ich weiß. Möchten Sie einen Eistee?«

Obwohl Raymond sich anscheinend dafür entschieden hat, nach unseren Regeln zu spielen, geben wir seine beiden Arbeiten nicht her, für alle Fälle. Wir sitzen auf dem Sofa, mit den Skulpturen auf dem Schoß, während Raymond uns Eistee aus einem Krug einschenkt und sich dann gegenüber auf einen Stuhl setzt.

»Na ja, es geht um Geld«, sagt er, als sei das doch wohl offensichtlich, und nimmt nachdenklich einen Schluck aus seinem Glas.

»Welches Geld?«

»Brent hat seine Rechte verkauft. Das Ganze liegt schon viele Jahre zurück. Aber Ihr Dad hat gerade erst davon erfahren, und fand es nicht in Ordnung. Wollte etwas deswegen unternehmen. Ich hab ihm gesagt: ›Das ist deren Sache.‹ Aber irgendwie hat es Ihrem Dad keine Ruhe gelassen. Zwischen ihm und Corey gab es schon immer… Ich weiß nicht, wie ich es nennen soll. Reibereien. Corey bringt Ihren Dad leicht auf die Palme. Also, deswegen ist er jedenfalls unterwegs.«

Raymond lehnt sich zurück, als sei damit alles geklärt, und nimmt noch einen Schluck Eistee. Entgeistert starre ich ihn an.

»Was?«, frage ich schließlich. »Wovon reden Sie eigentlich?«

»Na, Sie wissen schon«, sagt Raymond achselzuckend. »Die Feder. Das Geld.« Er blickt mir in die Augen. »Ich rede von *dem Geld*.«

»Welches Geld denn?«, entgegne ich leicht irritiert. »Ständig reden Sie von Geld, aber ich habe trotzdem keinen blassen Schimmer, worum es geht.«

»Sie wissen nichts davon?« Raymond gibt einen kleinen Laut des Erstaunens von sich. »Er hat es Ihnen nie erzählt?«

»Nein!«

»Dieser Graham! Doch nicht päpstlicher als der Papst, was?« Er schnaubt.

»Was *reden* Sie denn da?« Der ganze Frust bringt mich noch um.

»Okay.« Raymond lächelt mich kurz an. »Dann hören Sie jetzt mal zu. Es ist eine gute Geschichte. Wir haben uns alle in New York kennengelernt, wir vier, beim Kellnern. Corey und Brent waren examinierte Naturwissenschaftler. Ich war Doktorand in Design. Ihr Dad war … Ich weiß gar nicht mehr, was Ihr Dad gemacht hat. Wir waren junge Männer, die keine Ahnung hatten, was das Leben für sie bereit halten mochte, und so haben wir beschlossen, gen Westen zu ziehen. Um das Abenteuer zu suchen.«

»Okay.« Ich nicke höflich, und doch verlässt mich der Mut. Wenn jemand sagt: »Es ist eine gute Geschichte«, meint er damit *Ich werde dir nun eine wahllose Anekdote aus meinem Leben aufdrängen, und du musst mir fasziniert zuhören.* In Wahrheit habe ich diese Geschichte schon Millionen Mal von meinem Dad gehört. Als Nächstes geht es um die Sonnenuntergänge, die sengende Hitze und die Nacht, die sie draußen in der Wüste verbringen mussten. »Und wann kommt jetzt das Geld ins Spiel?«

»Dazu komme ich noch.« Raymond hebt eine Hand. »Wir haben uns also auf den Weg gemacht und den Westen bereist. Und wir haben viel geredet. Damals gab es ja noch keine Handys. Kein WLAN. Nur Musik und Gespräche. Am Tresen, am Lagerfeuer, unterwegs… überall. Corey und Brent haben ständig mit Ideen herumgespielt. Es war die Rede davon, dass sie zusammen ein Entwicklungslabor aufbauen wollten. Helle Köpfe, alle beide. Und Corey hatte Geld. Außerdem sah er sehr gut aus. Er war wohl das, was man als Alphamännchen bezeichnen würde.«

»Okay«, sage ich skeptisch, wenn ich mir den braungebrannten, seltsam anmutenden Typen vorstelle, den wir in Las Vegas besucht haben.

»Eines Abends dann« – Raymond macht eine Pause, um die Wirkung seiner Worte zu verstärken – »kam ihnen die Idee mit dieser Feder.« Ein Lächeln umspielt seine Lippen. »Schon mal was von einer Ballonfeder gehört?«

Da klingelt es irgendwo in meinem Kopf, und ich setze mich auf. »Moment mal. Hat Corey nicht eine Feder erfunden?«

»Corey und *Brent* haben eine Feder erfunden«, korrigiert mich Raymond.

»Aber…« Ich starre ihn an. »Im Netz habe ich was über diese Feder gelesen. Aber Brent wird da nirgendwo erwähnt.«

»Offenbar hat Corey ihn aus der Geschichte getilgt.« Raymond lacht trocken. »Und doch hat Brent bei der Erfindung mitgewirkt. Die erste Idee kam den beiden abends am Lagerfeuer. Sie haben das Konzept an Ort und Stelle festgehalten. Zwar sollte es noch vier Jahre dauern, bis die Feder effektiv entwickelt wurde, aber damals am Lagerfeuer hat alles angefangen. Corey, Brent, Ihr Dad und ich. Wir wurden alle Teilhaber.«

»Bitte *was*?« Ich glotze ihn an. »Mein Dad war Teilhaber?«

»Na ja, ich sage ›Teilhaber‹.« Wieder lacht Raymond trocken. »Er hat kein Geld beigesteuert. Er hat eher so etwas wie einen ›Beitrag‹ geleistet.«

»Beitrag? Was für einen Beitrag?«

Halbwegs hoffe ich zu hören, dass mein Dad selbst die geniale Idee hatte, auf der diese ganze Erfindung beruht.

»Ihr Dad gab ihnen das Papier, auf dem sie die Idee festgehalten haben.«

»*Papier*«, sage ich entmutigt. »Mehr nicht?«

»Mehr war nicht nötig! Sie haben darüber Witze gerissen. Corey und Brent brauchten dringend irgendwas zum Aufschreiben, und Ihr Dad hatte so einen großen Skizzenblock dabei. Er meinte: ›Okay, wenn ich euch meinen Skizzenblock opfere, möchte ich aber einen Anteil‹, und Corey sagte: ›Sollst du haben, Graham. Du kriegst ein Prozent.‹ Wir haben ja nur herumgealbert. Ich habe ihnen geholfen, ihre Ideen zu Papier zu bringen. Es hat ein paar Abende gedauert.« Raymond trinkt von seinem Eistee. »Aber dann haben sie ihre Feder doch tatsächlich produziert. Das Geld sprudelte nur so. Und soweit ich weiß, hat Corey Wort gehalten. Jedes Jahr hat er Ihrem Dad eine Dividende überwiesen.«

Ich bin sprachlos. Mein Dad besitzt Anteile an einer Feder? Okay, ich nehme alles zurück. Das ist eine ziemlich gute Geschichte.

»Ich hatte damals gerade geerbt«, fügt Raymond hinzu, »also habe ich mein Geld investiert. Damit bin ich bis an mein Lebensende versorgt.«

»Aber wie kann man denn mit einer Feder so viel Geld verdienen?«, fragt Suze skeptisch. »Das ist doch nur ein verdrehter Draht.«

Genau dasselbe denke ich auch gerade, behalte es aber lieber für mich.

»Es ist so etwas wie eine faltbare Feder.« Raymond zuckt mit den Schultern. »Nützliches Ding. Man findet es in

Schusswaffen, Computertastaturen… überall. Corey und Brent waren clevere Jungs. Corey hatte ein Gewehr dabei, mit dem er hin und wieder auf die Jagd ging. Abends haben sie es auseinandergebaut und mit dem Lademechanismus herumgespielt. Dabei sind sie dann auf die Idee gekommen. Sie wissen ja, wie so was ist.«

Nein, ich weiß nicht, wie so was ist. Oft genug habe ich schon mit Suze zusammengesessen, und wir haben Sachen auseinandergebaut, Schminkkästen zum Beispiel. Aber eine Feder habe ich dabei nie erfunden.

Jetzt verstehe ich auch, wieso sich mein Dad immer so für meine Physikzensuren interessiert hat. Und wieso er immer meinte: »Becky, Liebes, warum studierst du nicht Ingenieurswesen?« oder »Wissenschaft ist *nicht* langweilig, junge Dame!«

Hmm. Vielleicht hatte er recht. Jetzt wünschte ich fast, ich hätte auf ihn gehört.

Aber vielleicht können wir ja Minnie auf Naturwissenschaft trimmen, und dann erfindet sie eine noch bessere Feder, und wir werden alle steinreich. (Allerdings nur, wenn sie nicht Olympiasiegerin im Springreiten wird.)

»Sobald sie nach unserem Trip wieder zu Hause waren«, sagt Raymond, »haben sie ein technisches Labor angemietet und das kleine Ding fachgerecht entwickelt. Vier Jahre später brachten sie es auf den Markt. Oder besser: Corey brachte es auf den Markt.«

»Nur Corey? Wieso nicht Brent?«

Raymonds Miene verfinstert sich. »Brent ist nach drei Jahren ausgestiegen.«

»Nach *drei* Jahren? Sie meinen, noch *vor* der Markteinführung? Dann hat er damit also überhaupt nichts verdient?«

»So gut wie nichts. Er hat seine Rechte mehr oder weniger einfach abgetreten.«

»Aber warum um alles in der Welt sollte man so etwas tun?«, will ich wissen. »Er muss doch gewusst haben, welches Potential darin lag.«

»Ich schätze, Corey wird ihm vermittelt haben …« Raymond hält inne, dann blafft er plötzlich: »Was vorbei, ist vorbei. Das geht nur die beiden was an.«

»*Was* hat Corey ihm vermittelt?« Ich kneife die Augen zusammen. »*Was*, Raymond?«

»*Was?*«, wiederholt Suze, und Raymond schnauft genervt.

»Corey hatte die geschäftliche Seite übernommen. Vielleicht hat er Brent einen falschen Eindruck vermittelt. Vielleicht hat er ihm den Eindruck vermittelt, die Investoren seien zögerlich, der kommerzielle Nutzen sei zweifelhaft, es würde teuer werden, das Projekt auf die nächste Stufe zu heben. Also hat Brent seine Anteile verkauft für … na ja. Für kaum mehr als ein Butterbrot.«

Bestürzt starre ich Raymond an.

»Corey hat Brent *über den Tisch gezogen*? Dafür gehört er ins Gefängnis!«

Vor meinem inneren Auge blitzt erst Coreys Palast in Las Vegas auf, dann Brents Wohnwagen. Das ist so ungerecht. Ich kann es kaum ertragen.

»Soweit ich informiert bin, hat Corey nichts Unrechtes getan«, erwidert Raymond stumpf. »Mit manchem, was er sagte, hatte er ja recht – es *war* keine sichere Sache. Sie *brauchten* Investoren. Brent hätte eben genauer hinschauen sollen. Er hätte schlauer sein sollen.«

»Wissen Sie eigentlich, dass Brent im Wohnwagen lebt?«, frage ich vorwurfsvoll. »Wissen Sie, dass ihm sein Wohnwagen *gekündigt* wurde?«

»Wenn Brent so dumm war, auf Coreys Gequatsche reinzufallen, ist das sein Problem«, erwidert Raymond aggressiv. »Soweit ich weiß, hat er versucht, rechtliche Schritte einzuleiten, aber er hatte nicht genug Beweise. Es stand Aussage gegen Aussage.«

»Aber das ist so was von *mies!* Brent hat bei einer Erfindung mitgeholfen, die Millionen eingebracht hat!«

»Was soll's.« Raymond verschließt sich immer mehr, und ich spüre, wie eine Woge der Verachtung in mir aufsteigt.

»Sie wollen einfach nichts davon wissen, stimmt's?«, fauche ich. »Kein Wunder, dass Sie sich vor der Welt verstecken.«

»Wenn Brent so talentiert ist«, wirft Suze ein, »wieso hat er denn eigentlich nicht irgendwas anderes erfunden?«

»Brent war schon immer etwas labil«, sagt Raymond. »Ich glaube, der Neid auf Coreys Erfolg hat ihn zerfressen. Er fing an zu trinken, hat zu oft geheiratet … Da bleibt am Ende nicht viel übrig.«

»Kein Wunder, dass es ihn zerfressen hat!«, schreie ich fast. »Es würde jeden zerfressen! Und Sie finden das auch noch okay, ja? Einer Ihrer Freunde zieht den anderen über den Tisch, und Sie lassen es einfach geschehen?«

»Ich mische mich da nicht ein«, erwidert Raymond mit ausdrucksloser Miene. »Wir haben gar keinen Kontakt mehr.«

»Aber das Geld nehmen Sie trotzdem«, sage ich spitz.

»Genau wie Ihr Dad«, entgegnet Raymond nicht minder spitz. »Soweit ich weiß, kassiert er jährlich eine Dividende.«

Abrupt bleiben meine rasenden Gedanken stehen. Mein Dad. Die Dividende. Warum hat er nie was davon gesagt? Alles andere hat er uns über diese Reise erzählt, immer und immer wieder. Warum hat er ausgerechnet das Beste weggelassen?

Ich bin mir sicher, dass Mum von alledem nichts weiß. Das hätte sie mir erzählt. Was bedeutet, dass er es *all die Jahre* geheim gehalten hat?

Mir wird richtig heiß. Mein Dad ist der offenste, geradlinigste Mensch der Welt. Warum sollte er ein so großes Geheimnis für sich behalten?

»Und du hast wirklich überhaupt nichts davon gewusst, Bex?«, fragt Suze mit leiser Stimme.

»Rein gar nichts.«

»Warum sollte dein Dad so etwas verschweigen?«

»Keine Ahnung. Sehr merkwürdig.«

»Ist dein Dad vielleicht heimlich Milliardär?« Ihre Augen werden groß.

»Nein! Nein. Das kann nicht sein.«

»Ich glaube kaum, dass Corey Ihrem Dad so viel auszahlt«, sagt Raymond, der schamlos lauscht. »Es ist eher eine Geste unter Freunden. Ein paar tausend Dollar vielleicht.«

Ein paar tausend Dollar … jedes Jahr … da fällt es mir wie Schuppen von den Augen. Der MB. Dads Megabonus!

So lange ich denken kann, bekommt er diesen Bonus. Uns hat er immer erzählt, er hätte das Geld seiner Beratertätigkeit zu verdanken. Er hat uns davon immer was spendiert, und gemeinsam haben wir auf sein Wohl angestoßen. Also stammt der jährliche Megabonus … von Corey?

Ich sehe Suze an und merke, dass ihr gerade dasselbe durch den Kopf geht.

»Der MB«, sagt sie.

Einmal hat Suze den Tag mit uns verbracht, als Dad seinen Bonus bekam, und er ließ es sich nicht nehmen, ihr eine Lulu-Guinness-Tasche zu spendieren, obwohl sie immer wieder versucht hat, ihn davon abzubringen.

»Der MB.« Ich nicke. »Daher kommt das Geld. Es hat gar nichts mit Beratung zu tun. Es kommt von dieser Feder.«

In meinem Kopf dreht sich alles. Ich kann es einfach nicht begreifen. Mein Dad hat ein *Riesen*geheimnis. Warum hat er uns nie was davon *erzählt*?

»*Weiß* Corey, dass Brent der Wohnwagen gekündigt wurde?«, fragt Suze.

Raymond rutscht auf seinem Stuhl herum und blickt aus dem Fenster. »Ich glaube, Ihr Dad hat es ihm erzählt. Ich glaube, Ihr Dad hat Corey gebeten, eine finanzielle Einigung mit Brent zu anzustreben.«

»*Das* will er also ›in Ordnung bringen‹.« Ich werfe Suze einen Blick zu. *Jetzt* ergibt das alles endlich einen Sinn. »Und wie hat Corey darauf reagiert?«

»Ich glaube, Corey hat sich geweigert.«

»Und Sie wollten sich nicht einmischen?«

Raymond hält meinem Blick stand. »Im Leben nicht.«

Kaum zu fassen, wie sehr ich diesen Mann verachte. Er hat einfach gekniffen. Sich abgewendet. Er hat ja auch nichts auszustehen. Er kann gut von seiner geglückten Investition leben, mit seinen Töpfen und seiner Ranch und seinem verwahrlosten Haus. Aber was ist mit Brent? Brent hat vielleicht nicht mal mehr ein Dach über dem Kopf.

Mir kommen die Tränen. Ich bin so stolz auf meinen Dad, dass er sich für seinen alten Freund einsetzt und versucht, dieses Unrecht aus der Welt zu schaffen.

»Schämt sich dieser Corey denn gar nicht?«, fragt Suze. »Waren Sie nicht eigentlich Freunde?«

»Nun. Das mit Brent und Corey ist etwas komplizierter.« Raymond legt die Fingerspitzen aneinander. »Da ist noch etwas anderes im Spiel.«

»Und zwar was?«

»Na ja, ich denke, man könnte wohl sagen, bei diesem Etwas handelt es sich um Rebecca.«

Suze und ich atmen scharf ein. Ich kriege am ganzen Körper eine Gänsehaut. *Rebecca.*

»Wer … was …?« Meine Stimme will nicht, wie sie soll.

»Wir müssen wissen, wer Rebecca ist«, verlangt Suze entschlossen. »Wir müssen wissen, was das alles zu bedeuten hat. Fangen Sie ganz von vorn an, und lassen Sie kein einziges Detail aus!«

Sie klingt ein *ganz* klein bisschen herrisch, und Raymond ist sein Unmut deutlich anzumerken.

»Ich werde überhaupt nirgendwo anfangen«, knurrt er. »Ich habe genug davon, alte Geschichten aufzuwärmen. Wenn Sie etwas über Rebecca erfahren wollen, fragen Sie Ihren Dad.«

»Aber Sie müssen es uns sagen!«, protestiert Suze.

»Ich muss überhaupt nichts. Ich habe Ihnen schon genug erzählt. Das Gespräch ist hiermit beendet.« Er steht auf, und bevor ich weiß, wie mir geschieht, hat er mir *Zwiefach* aus der Hand gerissen. »Stellen Sie meine Skulptur ab!«, sagt er mit bösem Blick zu Suze. »Und verlassen Sie mein Haus, bevor ich die Polizei rufe.«

Er sieht echt bedrohlich aus, und ich schlucke. Vielleicht ist es wirklich Zeit zu gehen. Als ich vom Sofa aufstehe, kann ich aber nicht anders, als ihm meinen verächtlichsten Blick zuzuwerfen.

»Vielen Dank auch für die hübsche Geschichte. Schön, dass Sie nachts ruhig schlafen können.«

»War mir ein Vergnügen. Auf Wiedersehen.« Er deutet zur Tür. »Hey, Maria!«, ruft er in Richtung Küche.

»Moment! Eins noch. Haben Sie eine Ahnung, wo mein Dad sein könnte?«

Raymond schweigt, aber ich kann sehen, dass ihm irgendwas durch den Kopf geht.

»Haben Sie es schon bei Rebecca versucht?«, fragt er schließlich – und wieder wird mir ganz komisch, als ich meinen Namen höre.

»Nein! Verstehen Sie denn nicht? Wir wissen nichts über Rebecca. Weder ihren Nachnamen noch wo sie wohnt ...«

»Rebecca Miades«, fällt er mir ins Wort. »Lebt in Sedona, zweihundertfünfzig Meilen nördlich von hier. Ihr Dad meinte, dass er Kontakt zu ihr aufnehmen wollte. Sie war an diesem Abend damals dabei. Sie hat mitgekriegt, wie die Idee entstanden ist.«

Sie war *dabei*? Warum hat er das noch nicht erwähnt? Ich möchte mehr darüber wissen, doch bevor ich loslegen kann, kommt die Haushälterin herein.

»Maria, begleiten Sie die beiden hinaus«, sagt Raymond. »Und passen Sie auf, dass sie nichts einstecken.«

Also, ehrlich. Wir sind doch keine *Diebe*.

Dann öffnet er ohne ein weiteres Wort die andere Tür des Ateliers und tritt auf den Hof hinaus. Ich sehe noch, wie er eine Pfeife zückt und sie anzündet. Mit einem Blick auf Suze weiß ich, dass wir dasselbe denken: *Was für ein schrecklicher, schrecklicher Mensch.*

Mein Handy steckte die ganze Zeit in meiner Tasche. Was bedeutet, dass Mum – sofern die Verbindung gut genug war – zumindest einen Teil des Gesprächs verfolgt haben muss. Ich fühle mich der Aufgabe noch nicht gewachsen, ihr gegenüberzutreten, also suche ich mir draußen vor Raymonds Tor eine gestrüppfreie Stelle und setze mich erstmal hin. Ich simse Luke: Alles gut, sind unterwegs, und schon liege ich im Staub und blicke zum weiten, blauen Himmel auf.

Offen gesagt fühle ich mich ein wenig überwältigt. Ich bin stolz auf meinen Dad, dass er seinem alten Freund hilft, aber ich bin auch ratlos. Warum sagt er uns nicht die Wahrheit? Warum erfindet er irgendeinen »Bonus«? Verdammt nochmal, *wozu* diese ganze Geheimniskrämerei?

»Es ist seltsam, oder?«, sagt Suze und spricht damit meine Gedanken aus. »Jetzt *müssen* wir nach Sedona.«

»Das denke ich auch«, sage ich nach einer Pause. Obwohl ich in Wahrheit langsam genug davon habe, meinem Dad durch die ganze Weltgeschichte hinterherzufahren.

Ich sehne mich nach dem einfachen Familienleben zu Hause in Oxshott. Einfach mal fernzusehen und Mum für irgendein Fertiggericht von Marks & Spencer zu loben und darüber zu streiten, ob Prinzessin Anne sich die Haare schneiden sollte.

»Ich verstehe ja, dass Dad die Sache mit Brent in Ordnung bringen will«, sage ich mit Blick ins weite Blau. »Aber wieso hat er uns nichts davon *erzählt*?«

»Keine Ahnung«, antwortet Suze nach kurzer Überlegung. »Das ist alles einfach nur seltsam.« Sie klingt auch ziemlich erschöpft, und eine Weile schweigen wir, atmen die trockene Luft und lassen uns die amerikanische Sonne ins Gesicht scheinen. Dieser weite, blaue Himmel hat etwas Besonderes. Ich fühle mich, als wäre ich Millionen Meilen weit weg von allem und jedem. Ich fühle mich, als würde sich in meinem Kopf gerade einiges sortieren.

»Die ganze Geschichte hat uns viel zu weit voneinander entfernt«, sage ich plötzlich. »Jeder scheint sich von jedem zu entfernen. Meine Mum und mein Dad, du und Tarkie, mein Dad und ich … jeder geht eigene Wege, voller Geheimnisse und Missverständnisse. Das ist doch schrecklich. Ich will das alles nicht. Ich wünsche mir Verbundenheit. Gemeinsamkeit.« Ich stütze mich auf einen Ellenbogen. »Ich werde nach Sedona fahren, Suze. Ich will meinen Dad suchen. Was er auch tut, was er auch vorhaben mag – das alles kann er auch, wenn wir dabei sind. Denn wir sind eine *Familie*.«

»Und er kann es auch tun, wenn *ich* dabei bin«, sagt Suze prompt. »Immerhin bin ich deine beste Freundin. Ich gehöre praktisch zur Familie. Also bin ich mit dabei.«

»Und ich bin auch mit dabei!«, höre ich eine Stimme, und

schon kommt Luke um die Kurve, mit Minnie an der Hand. »Wir haben uns schon gewundert, wo ihr bleibt«, sagt er sanft. »Liebling, du kannst doch nicht einfach so von unserem Plan abweichen!«

»Wir sind nicht abgewichen. Wir schmieden Pläne.«

»Das habe ich wohl gehört.« Luke betrachtet mich mit warmherzigem Blick. »Und, wie gesagt: Ich bin dabei.«

»Ich auch!«, ruft Janice eifrig, die ihm eilig hinterhertrippelt. »Ich gehöre doch auch praktisch zur Familie. Und du hast recht. Dein Dad könnte bestimmt etwas moralischen Beistand brauchen.«

»Ich bin auch dabei!«, ruft Danny, als er hinter Janice auftaucht. »Wir haben alles am Handy mitgehört. Meine Güte, dieser Corey! Was für ein mieses Schwein! Und dieser Raymond ist auch nicht viel besser. Aber dein Dad rockt! Wir müssen ihm unbedingt helfen!«

Er ist dermaßen aufgedreht, dass mir plötzlich ganz warm ums Herz wird. Danny ist weltberühmt und sollte sich eigentlich um sein Geschäft kümmern. Er müsste nicht hier draußen sein. Niemand müsste hier draußen sein, in dieser abgelegenen Ecke von Arizona, um eine Ungerechtigkeit aus der Welt zu schaffen, die vor vielen Jahren einem Freund von meinem Dad widerfahren ist. Mal ehrlich. Die haben doch garantiert Besseres zu tun, oder? Als ich dann jedoch in so viele offene, freundliche Gesichter blicke, stehen mir schon wieder die Tränen in den Augen.

»Ja … danke«, stammle ich. »Mein Dad wüsste das sicher zu schätzen.«

»Becky?« Alle drehen sich um, und ich merke, wie Janice zusammenzuckt. Mum schleicht neben der Straße entlang, und es ist nicht zu übersehen, dass sie völlig aus dem Häuschen ist. Arme Mum. Ihr Kopf ist knallrot, ihre Frisur verwüstet.

»Warum belügt er mich?«, fragt sie nur, und ich höre den Schmerz in ihrer Stimme.

»Ich weiß es nicht, Mum«, sage ich hoffnungslos. »Bestimmt hat er eine Erklärung ...«

Mums Hände verdrehen ihre Perlenkette. Ihre Megabonusperlenkette. Oder sollten wir sie vielleicht lieber umbenennen?

»Dann fahren wir jetzt also nach Sedona?« Sie wirkt etwas unentschlossen, so als sollte ich das Kommando übernehmen.

»Ja.« Ich nicke. »So finden wir Dad vielleicht.«

Außerdem – was ich allerdings für mich behalte – lerne ich dort endlich meine Anti-Namensvetterin Rebecca kennen. Ich kann es kaum erwarten.

13

O mein Gott. Wieso habe ich noch nie von Sedona gehört? Wieso hat mir noch nie jemand was davon erzählt? Es ist atemberaubend. Es ist… unbeschreiblich.

Na ja, okay, nicht im reinen Wortsinn unbeschreiblich. Man kann es natürlich beschreiben. Man kann sagen: *Da sind überall so riesige, rote Sandsteinfelsen, die aus der Wüste ragen und einem das Gefühl geben, winzig klein und unbedeutend zu sein.* Man kann sagen: *Die Landschaft hat so etwas Raues an sich, dass es einem eiskalt über den Rücken läuft.* Man kann sagen: *Hoch oben über uns kreist ein Raubvogel am Himmel, der die gesamte Menschheit ins Visier genommen hat.*

Das alles kann man zwar sagen. Aber es zu beschreiben, ist einfach nicht dasselbe, wie es mit eigenen Augen zu sehen.

»Guck mal da…«, rufe ich immer wieder, worauf dann Danny jedes Mal mit einstimmt: »Ich weiß!«

»O mein Gott! Das…«

»Ich *weiß*. Unfassbar!«

Endlich zieht Suze nicht mehr so ein verzweifeltes Gesicht. Mum und Janice blicken aus dem gegenüberliegenden Fenster und machen sich abwechselnd auf Sehenswertes aufmerksam. Wie es scheint, hebt die Landschaft die allgemeine Stimmung.

Wir sind über Nacht in Wilderness geblieben, weil Luke meinte, es habe keinen Sinn, noch am selben Tag nach Sedona zu hetzen, und wir sollten uns alle mal ordentlich ausschlafen. Suze hat fast zwei Stunden mit ihren Kindern in

L.A. geskypt, bis Minnie und ich dazukamen und wir gemeinsam »Skype-Charade« gespielt haben, was immer viel Spaß macht. Ich weiß, dass Suze Sehnsucht nach ihrem Zuhause hat. Es geht ihr nicht gut, und ich glaube, sie schläft kaum noch. Nach wie vor hat sie nichts von Tarkie gehört, und auch von diesem blöden Baum nicht, was ich von ihren Eltern und dem Chefgärtner unmöglich finde. Ich bin richtig sauer deswegen. Ich meine, kann denn nicht wenigstens *einer* von denen mal zurückrufen?

Bei näherer Nachfrage musste Suze allerdings zugeben, dass sie nur superoberflächliche Nachrichten hinterlassen hat, weil sie fürchtete, jemand könnte erahnen, wie es um ihre Ehe bestellt ist. Also denken die wahrscheinlich, sie können damit warten, bis Suze wieder zu Hause ist. *Also ehrlich.*

Und bis dahin ist sie am Boden zerstört. Ich kann förmlich sehen, wie die Sorgen in ihren Adern brennen. Sie braucht die Antwort *jetzt*. Irgendjemand muss doch helfen können ...

Oooh. Augenblick mal. Da kommt mir plötzlich eine Idee.

Heimlich schreibe ich eine kurze E-Mail, wobei ich mein Handy unter einer Zeitschrift verstecke, damit Suze mich nicht fragt, was ich da mache. Die Idee ist etwas abwegig ... aber man weiß ja nie. Ich drücke auf SENDEN, dann stecke ich mein Telefon weg und widme mich wieder dem spektakulären Ausblick.

Heute sind wir schon bei Sonnenaufgang losgefahren und somit seit etwa fünf Stunden unterwegs, einschließlich einer Pause für ein zeitiges Mittagessen. Der Himmel hat dieses intensive Mittagsblau, und ich vergehe vor Sehnsucht nach einer Tasse Tee.

Unser Ziel ist das »High View Resort«. Der Website nach zu urteilen bietet es einen *freien Panoramablick auf die Red Rocks* und liegt außerdem *nur einen Katzensprung von den schicken Läden und Galerien von Sedona* entfernt. Allerdings haben wir einen ganz anderen Grund, dorthin zu fahren: Die hauseigene Meditationslehrerin und New-Age-Beraterin heißt… man ahnt es schon: Rebecca Miades.

Auf der Website findet sich sogar ein Bild von ihr, das ich Mum allerdings noch nicht gezeigt habe, denn wie sich herausstellt, ist Rebecca sehr hübsch, vor allem für eine Frau in ihrem Alter. Sie hat traumhaft schöne, lange Haare, rosarot gefärbt. Und so einen eindringlichen Schlafzimmerblick.

Nicht dass es relevant wäre, ob sie hübsch ist oder nicht. Ich meine, ich bin mir sicher, dass Dad… Da bin ich mir ganz sicher…

Ich weiß gar nicht, wie ich mich ausdrücken soll. Sagen wir einfach: Ich finde, Mum kann auf dieses Foto gut verzichten.

Bei jedem Blick auf Rebeccas Gesicht schrecke ich innerlich zurück. Fast hatte ich schon angenommen, dass diese »Rebecca« gar nicht existiert – aber da ist sie nun. Endlich werde ich in Erfahrung bringen, was das alles zu bedeuten hat. Was langsam auch Zeit wird. Etwas nicht zu wissen, ist echt anstrengend. Wie machen Detektive das nur? Wie schaffen sie es, dabei nicht durchzudrehen? Ununterbrochen frage ich mich *Was wäre, wenn…* und *Könnte es sein, dass…* und *Es wird doch nicht…*, bis sich mein Kopf anfühlt, als wollte er gleich platzen.

»Wir sind da«, verkündet Luke, was mich aus meinen Gedanken reißt und einen Blick aus dem Fenster werfen lässt. Das Hotel liegt etwas abseits der Straße, am Ende einer von Palmen gesäumten Zufahrt. Es handelt sich um ein eher flaches Gebäude aus rotem Stein, das sich perfekt in die Landschaft einfügt.

»Ich suche einen Parkplatz«, sagt Luke. »Geht ihr schon mal rein und meldet uns an. Und du siehst dich nach deiner Namensschwester um.« Augenzwinkernd lächelt er mich an, und ich lächle zurück. Mir scheint, er ist auf diese Rebecca genauso gespannt wie ich.

Am Empfang gestaltet es sich etwas schwierig, uns allen ein Zimmer zu besorgen, und irgendwann nimmt Suze die Sache in die Hand. Danny ist auf ein Werbeplakat für das »Regenerative Spa-Angebot« gestoßen und möchte umgehend dorthin, weil er von der vielen Fahrerei angeblich »total erschossen« ist. (Selbstverständlich liegt es an der Fahrerei und keineswegs an der durchzechten Nacht in Las Vegas oder gar am Eistee mit Bourbon auf dem Jahrmarkt.) Inzwischen habe ich eine kleine Broschüre über Rebecca Miades gefunden. Ich ziehe mich in eine Ecke der Lobby zurück, lasse mich auf einem großen Holzstuhl nieder und fange eilig an zu lesen.

Wir hier im High View Resort sind stolz, Ihnen Rebecca Miades als unser hausinternes Medium und unsere spirituelle Beraterin vorstellen zu dürfen. Rebecca begann ihre hellseherischen Studien in Indien und besuchte das *Alara Institut für Mystik*. Sie freut sich über die Gelegenheit, im spirituellen Zentrum von Sedona wirken zu können, unter dessen berühmten Felsen uralte *Vortices* und mystische Kräfte ihre Wirkung entfalten, welche die Seele stärken und beleben.

Wow. Mir war gar nicht klar, dass es in Sedona uralte *Vortices* gibt. Ganz zu schweigen von mystischen Kräften. Ich sehe mich in der Lobby des Hotels um in der leisen Hoffnung, Hinweise auf eine mystische Kraft zu finden, entdecke aber nur eine alte Dame, die auf ihr iPad eintippt. Vielleicht müsste man dafür rausgehen.

Rebecca bietet spirituelle *Vortex*-Touren, intuitive Beratung, Heilung, Aurabestimmung, Himmelskunst und Engelskommunikation…

*Engels*kommunikation? Ich blinzle die Broschüre an. So wie in… *Engel*? Davon habe ich ja noch nie gehört. Und auch nicht von Himmelskunst, was vermutlich Sternemalen bedeuten. Ein Rauschen wie Wind im Kamin weckt meine Aufmerksamkeit, und ich sehe einen jungen Mann mit längeren Haaren hinter einem Perlenvorhang hervortreten. Auf dem Schild an seinem Hemd steht SETH CONNELLY, GÄSTEBETREUUNG. Er lächelt mich freundlich an und bemerkt die Broschüre in meiner Hand.

»Interessieren Sie sich für unser New Age Center?«, fragt er höflich. »Soll ich Ihnen zeigen, wie Sie dort hinfinden?«

»Möglicherweise«, sage ich. »Ich lese gerade über Rebecca Miades.«

»Oh, Rebecca!« Auf seinem Gesicht macht sich ein strahlendes Lächeln breit. »Sie ist mir der allerliebste Mensch auf dieser Welt!«

»Tatsächlich? Und… warum? Wie ist sie denn so?«

»Sie ist lieb und *gut*… Wissen Sie, was ich meine? Und in ihrer Arbeit ist sie einfach phantastisch«, fügt er ernst hinzu. »Sie verhilft unseren Gästen zu spiritueller Erleuchtung. Unter anderem hat sie eine Ausbildung zur Engelstherapeutin absolviert, falls Sie sich dafür interessieren. Sie liest aber auch aus den Karten oder aus der Aura…«

»Sie ist sehr attraktiv«, sage ich, um ihn zu weiteren Auskünften zu bewegen. »Diese Haare!«

»Oh, ihre Haare sind das Größte.« Er nickt. »Sie färbt sie jedes Jahr neu. Blau… rot… grün… Wir haben ihr schon geraten, sich in *Rainbow* umzutaufen!« Er stößt ein jungenhaftes Lachen aus.

»Meinen Sie, ich könnte sie vielleicht mal sprechen?« Ich gebe mir Mühe, beiläufig zu klingen. »Um einen Termin zu vereinbaren oder so?«

»Aber gewiss!«, sagt er. »Sie ist meist im New Age Center zu finden. Heute war sie unterwegs, müsste aber inzwischen wieder zurück sein. Wenn Sie sich dafür interessieren, wird Ihnen einer unserer spirituellen Mentoren sicher weiterhelfen können. Einfach hier hindurch« – er deutet auf den Perlenvorhang –, »und gleich hinter dem Wartebereich ist dann auch schon das New Age Center.«

»Okay. Vielleicht schau ich da bei Gelegenheit mal rein. Danke.«

Als Seth weg ist, blicke ich mich verstohlen in der Lobby um. Mum, Minnie und Janice betrachten eine Ausstellung von Traumfängern. Suze verhandelt nach wie vor mit den Leuten am Empfang. Danny folgt einer Frau in weißer Uniform zum Spa-Bereich.

Ich glaube, ich werde da mal kurz vorbeischlendern und mir diese Rebecca aus der Nähe ansehen. Ganz allein. Nur ich. Als ich aufstehe, merke ich, wie nervös ich bin, rüge mich dafür jedoch sofort. Es gibt keinen Grund, nervös zu sein. Sie ist nur irgendeine Frau aus Dads Vergangenheit. Keine große Sache.

Mit rauschendem Perlenklappern schiebe ich mich durch den Vorhang und stehe in einem großen, luftigen Bereich, möbliert mit Sofas und Sesseln, auf denen ein paar Leute sitzen und Zeitungen oder Zeitschriften lesen. Ich sehe Topfpflanzen, ein großes Oberlicht und ein Schild mit der Aufschrift NEW AGE CENTER und will gerade in diese Richtung streben, als mir plötzlich ein Paar Herrenschuhe auffallen. Sie ragen hinter einer Pflanze hervor – zerschrammte Wildlederslipper. Ich kenne diese Schuhe – ich *kenne* sie. Auf der Lehne des dazugehörigen Korbstuhls lehnt ein Unterarm. Ein sehr vertrauter Unterarm, nur etwas sonnengebräunter als sonst.

»Dad?« Meine Stimme prescht voraus, bevor ich es verhindern kann. »*Dad?*«

Augenblicklich zuckt der braungebrannte Unterarm von der Korbstuhllehne. Der Schuh stampft auf. Abrupt scharrt der Stuhl über den Terracottaboden. Und im nächsten Augenblick steht mein Dad vor mir. Direkt vor meiner Nase. Wie er leibt und lebt. Mein vermisster Dad.

»*Dad?*«, kreische ich fast.

»Becky! Liebes!« Er scheint genauso perplex zu sein wie ich. »Was ... Wie um alles ... Wer hat dir gesagt, dass ich hier bin?«

»Niemand! Wir haben dich gesucht! Wir sind deinen Spuren gefolgt! Wir sind ... Bist du dir darüber im Klaren ...« Meine rotierenden Gedanken wollen sich nicht zu Worten formen lassen. »Dad, bist du dir eigentlich darüber im Klaren ...«

Dad schließt die Augen, als könne er es nicht fassen. »Becky, ich habe dir doch gesagt, ihr sollt es sein lassen. Ich habe dir gesagt, ihr sollt *nach Hause* fahren ...«

»Wir haben uns Sorgen um dich gemacht! Begreifst du das denn nicht?«, schreie ich. »Wir haben uns *Sorgen* gemacht!«

Alle möglichen Emotionen wallen in mir auf wie heiße Lava in einem Vulkan. Ich weiß nicht, ob ich erleichtert oder glücklich oder wütend sein soll, oder ob ich einfach nur schreien möchte. Plötzlich merke ich, dass mir Tränen über die Wangen laufen, ohne zu wissen, wie die da hingekommen sind. »Du bist einfach abgehauen«, schluchze ich. »Du hast uns im *Stich* gelassen!«

»Ach, Becky.« Er breitet die Arme aus. »Meine Süße. Komm her.«

»Nein.« Wütend schüttle ich den Kopf. »Du kannst nicht einfach… Weißt du eigentlich, in was für einem Zustand Mum ist? Mum!«, kreische ich. *»Muuuuuum!«*

Kurz darauf wird ein mächtiges Perlenrauschen laut, als Mum, Janice und Minnie gleichzeitig durch den Vorhang drängen.

»GRAHAM?«

In meinem ganzen Leben habe ich noch nichts Schrilleres gehört als die Stimme meiner Mutter in diesem Moment. Sie klingt wie eine Dampflokpfeife. Alle zucken zusammen, und ich höre Stühle über den Boden scharren, als sich die Leute zu uns umdrehen.

Mit funkelnden Augen stürmt Mum auf Dad zu, und sie schnaubt vor Zorn.

»Wo *WARST* du?«

»Jane«, sagt Dad erschrocken. »Aber Jane, ich hab dir doch gesagt, dass ich kurz was erledigen muss…«

»Kurz was erledigen? Ich dachte, du bist *TOT*!« Schluchzend bricht sie zusammen, und Dad nimmt sie in die Arme.

»Jane«, sagt er sanft. »Jane, meine Liebste. Jane, mach dir bitte keine Sorgen.«

»Wie könnte ich mir keine Sorgen machen?« Mums Kopf schnellt hoch wie eine Kobra. »Wie könnte ich mir keine Sorgen machen? Ich bin deine *FRAU*!« Dann holt sie aus und schlägt Dad mit der flachen Hand ins Gesicht.

O mein Gott. Ich habe noch nie erlebt, dass Mum Dad schlägt. Glücklicherweise spielt Minnie an dem Perlenvorhang herum und hat davon nichts mitbekommen.

»Minnie!«, sage ich hastig. »Grana und Grampa müssen… äh… reden.«

»Geh nie wieder einfach so weg!« Mittlerweile klammert sich Mum an Dad, mit Tränen im Gesicht. »Ich dachte, ich bin Witwe!«

»Das stimmt«, bestätigt Janice. »Sie hat schon die Versicherungsunterlagen rausgesucht.«

»*Witwe?*« Da muss Dad lachen.

»Wag es nicht, mich auszulachen, Graham Bloomwood!« Mum sieht aus, als könnte sie gleich nochmal zuschlagen. »*WAG ES JA NICHT!*«

»Komm, Süße!« Ich greife mir Minnies Hand und schiebe mich mit klopfendem Herzen durch den Perlenvorhang. Im nächsten Moment gesellt sich Janice zu mir, und wir sehen uns ungläubig an.

»Was gibt's?«, fragt Suze, als sie vom Empfang herüberkommt. »Was schreit deine Mum denn so? Sie ereifert sich doch hoffentlich nicht schon wieder über die korrekte Aussprache von ›Scone‹, oder?«

Mum hat Suze und mich mal zum Tee in ein schickes Hotel eingeladen und konnte es sich nicht verkneifen, mit jemandem vom Personal einen Streit darüber vom Zaun zu brechen, wie man »Scone« richtig ausspricht. Das hat bei Suze einen bleibenden Eindruck hinterlassen.

»Nein!«, sage ich, einem hysterischen Ausbruch nah. »Nein, tut sie nicht. Suze, du wirst es nicht *glauben*…«

Zwei Arizona Breezes sind nötig, um mich zu beruhigen. (Gin, Preiselbeersaft, Grapefruitsaft – *köstlich.*) Der Himmel weiß, wie viele Drinks Mum brauchen wird. Dad ist wieder da. Wir haben ihn gefunden. Nach all der Sucherei, nach all unseren Ängsten… sitzt er ganz ruhig auf einem Lehnstuhl und liest die Zeitung. Nicht zu fassen.

Ich kann kaum stillsitzen. Am liebsten würde ich sofort wieder da reingehen und Dad gnadenlos ausfragen, bis ich alles weiß, jedes einzelne noch so winzig kleine Detail. Aber Suze lässt mich nicht.

»Deine Mum und dein Dad brauchen einen Moment für

sich allein«, erklärt sie immer wieder. »Lass sie in Ruhe. Gib ihnen Zeit. Hab Geduld.«

Ich darf mich nicht mal an den beiden vorbeischleichen, um einen kurzen Blick auf diese Rebecca zu werfen. Aber Suze ist auch nicht reingerannt, um sich zu erkundigen, ob es was Neues von Tarkie gibt. Also haben wir uns alle auf den Korbstühlen draußen auf der Hotelveranda versammelt und fahren jedes Mal abrupt herum, wenn wir irgendetwas hören. Ich sage »alle«, aber Luke hat sich verzogen, um ein paar E-Mails abzuarbeiten. Wir anderen sitzen hier untätig herum wie auf heißen Kohlen. Bestimmt schon seit einer halben Stunde, mindestens …

Da hören wir den Perlenvorhang rauschen, und plötzlich sind sie wieder da. Mum sieht aus, als hätte sie einen Marathon hinter sich, während Dad angesichts der versammelten Mannschaft zurückschreckt, weil alle durcheinander rufen: »Graham!« und »Wo warst du?« und »Wie geht es dir?«

»Ja«, sagt er immer wieder. »Oh, ja. Mir geht's gut. Es geht allen gut … Meine Güte! Ich hatte ja keine Ahnung … Tja, da sind wir nun. Möchte jemand eine Kleinigkeit essen? Oder etwas trinken? Also … wollen wir was bestellen?« Er macht einen ziemlich nervösen Eindruck. Was meinem Dad normalerweise überhaupt nicht ähnlich sieht.

Als wir dann alle vor unseren Drinks und Snacks und »Leichten Mahlzeiten« sitzen, verstummt das Geplapper. Einer nach dem anderen wenden wir uns Dad zu.

»Also, raus damit«, sage ich. »Warum bist du einfach abgehauen? Wozu diese Heimlichtuerei?«

»Warum konntest du uns nicht einfach *sagen*, was los ist?«, fragt Suze mit bebender Stimme. »Ich hab mir solche Sorgen gemacht …«

»Ach, Suze, du Gute.« Betrübt verzieht Dad das Gesicht. »Ich weiß. Es tut mir so leid. Ich hatte ja keine Ahnung …« Er zögert. »Ich bin da auf eine große Ungerechtigkeit gestoßen. Und ich musste mich darum kümmern.«

»Aber Graham, warum dieses Versteckspiel?«, fragt Janice, die an Mums Seite sitzt. »Die arme Jane stand völlig neben sich und hat schon das Schlimmste befürchtet!«

»Ich weiß.« Dad wischt sich übers Gesicht. »Das weiß ich jetzt. Ich schätze, ich war wohl so dumm zu glauben, ihr würdet euch keine Sorgen machen, wenn ich euch sage, dass ihr euch keine machen müsst. Und ich habe euch gar nicht erst erzählt, worum es ging, weil …« Er seufzt. »Ach, ich komme mir so albern vor.«

»Der Megabonus«, sage ich, und Dad nickt.

»Es ist wirklich kein Vergnügen«, sagt er bedrückt, »in meinem Alter einer Lüge überführt zu werden.«

Er sieht todunglücklich aus. Ich weiß nicht, ob ich Mitleid haben oder ihm böse sein soll.

»Aber Dad, *warum*?« Ich kann nicht verhindern, dass mir mein Ärger anzumerken ist. »Warum hast du uns weisgemacht, du würdest mit Beratungen Geld verdienen? Du hättest doch keinen Megabonus erfinden müssen. Du hättest uns einfach sagen können, dass das Geld von Corey kommt. Das wäre uns doch egal gewesen!«

»Liebes, du verstehst nicht. Kurz nach deiner Geburt hatte ich meinen Job verloren. Ohne etwas dafür zu können. Überall wurden Stellen gestrichen. Aber deine Mutter …« Er zögert. »Sie hat es nicht so gut aufgenommen.«

Er sagt es mit seinem typischen Understatement, meint aber wahrscheinlich: *Sie hat mit Tellern nach mir geworfen.*

»Ich war in Sorge!«, verteidigt sich Mum. »Da würde sich doch jeder Sorgen machen! Ich hatte eine kleine Tochter, und uns ging das Geld aus …«

»Ich weiß«, sagt Dad beschwichtigend. »Es war keine leichte Zeit.«

»Du hast sie bewundernswert gemeistert, Liebes«, sagt Janice und nimmt Mums Hand. »Ich kann mich noch gut erinnern. Mit Hackfleisch hast du wahre Wunder vollbracht.«

»Ich war ein paar Monate ohne Arbeit. Die Lage war schwierig.« Dad nimmt den Faden der Geschichte wieder auf. »Und dann bekam ich aus heiterem Himmel einen Brief von Corey. Und einen Scheck. Er hatte bis dahin kaum etwas verdient, aber plötzlich kam richtig Geld rein. Er hat sich an unseren nicht ganz ernst gemeinten Deal erinnert und sich daran gehalten. Fünfhundert Pfund hat er mir geschickt. Ich konnte mein Glück nicht fassen.«

»Ihr habt ja keine Vorstellung davon, was fünfhundert Pfund damals wert waren«, stimmt Mum mit ein. »Dafür konnte man ... ein Haus kaufen!«

»Kein Haus«, korrigiert Dad. »Aber ein gebrauchtes Auto vielleicht.«

»Dieses Geld hat uns das Leben gerettet«, sagt Mum mit ihrem üblichen Hang zur Dramatik. »Es hat *dir* das Leben gerettet, Becky, Liebes! Wer weiß, ob du sonst nicht verhungert wärst!«

Ich sehe, dass Suze den Mund aufmacht, um etwas einzuwenden wie: *Es gab doch bestimmt so was wie ein Sozialamt,* aber ich schüttle den Kopf. Wenn Mum in Fahrt ist, will sie nichts von Sozialämtern hören.

»Und da habe ich dann diesen großen Fehler begangen.« Dad schweigt einen Moment, und wir alle warten, trauen uns kaum zu atmen. »Es war Eitelkeit«, sagt er schließlich. »Pure Eitelkeit. Ich wollte, dass deine Mutter stolz auf mich ist. Wir waren noch nicht lange verheiratet, frischgebackene Eltern, und ich hatte meinen Posten verloren. Also ... habe ich gelogen. Ich habe mir einen Job ausgedacht und ihr erzählt, ich hätte mir das Geld verdient.« Er verzieht das Gesicht. »Dumm. So dumm.«

»Ich weiß es noch genau, Jane!« Janices Augen leuchten auf. »Ich war gerade beim Wäscheaufhängen, weißt du noch? Du kamst angerannt und hast gesagt: ›Rate mal, was mein pfiffiger Mann gemacht hat!‹ Ich meine, wir waren alle dermaßen erleichtert.« Sie blickt in die Runde. »Ihr könnt euch gar nicht vorstellen, wie groß der Druck war, mit der kleinen Becky und all den Rechnungen…« Sie beugt sich vor und tätschelt Dads Arm. »Graham, mach dir keine Vorwürfe. Wer würde unter solchen Umständen nicht mal flunkern?«

»Es war jämmerlich«, sagt Dad seufzend. »Ich wollte unser Retter sein.«

»Du warst euer Retter«, beteuert Janice. »Du hast deiner Familie das Geld beschafft, Graham. Ganz egal wie.«

»Ich habe ihm geschrieben: *Corey, du hast meine Ehe gerettet, alter Freund.* Und er hat geantwortet: *Mal sehen, ob es nächstes Jahr auch wieder klappt!* Und so fing alles an.« Dad nimmt einen Schluck von seinem Drink, dann blickt er zu Mum und mir auf. »Ich wollte euch die Wahrheit sagen. Jedes Jahr. Aber ihr wart beide so stolz auf mich. Und mit der Zeit wurde es zur Tradition, den Megabonus gemeinsam auszugeben.«

Ich beobachte, wie Mum an ihren Perlen herumfummelt, und meine Gedanken schweifen in den Jahren zurück. Die vielen schönen Abende, an denen wir zusammen ausgegangen sind, um Dads Megabonus zu feiern. Was er uns alles spendiert hat. Glückliche Stunden voller Stolz auf ihn. Kein Wunder, dass er nichts verraten wollte. Das kann ich total verstehen.

Genauso gut kann ich verstehen, wie schockiert er war, als er erfahren musste, dass man Brent sein Dach über dem Kopf gekündigt hatte. Man muss sich die beiden ja nur mal ansehen – Dad gut versorgt und wohlhabend, Brent dagegen mittellos. Aber wie ist er bloß auf die absurde Idee gekommen, er könne einfach tagelang ohne weitere Erklärung abtauchen und sein Geheimnis trotzdem für sich behalten?

»Nur um es richtig zu verstehen, Dad...« Ich beuge mich zu ihm vor. »Du hast also gehofft, du könntest einfach rauf nach Vegas fahren, Corey besuchen, irgendwie die Sache mit Brent geradebiegen, wieder zurückkommen ... und wir würden nie nachfragen, wo du warst?«

Dad denkt einen Moment lang nach, dann sagt er: »Ja, so könnte man es wohl zusammenfassen.«

»Du hast gedacht, wir sitzen einfach so zu Hause und warten geduldig ab?«

»Ja.«

»Wir dagegen dachten, Bryce hätte Tarkie und dich entführt und wollte euch einer Gehirnwäsche unterziehen.«

»Ach...«

»Du hast geglaubt, du könntest nach Hause kommen und Mum würde fragen: *Schönen Ausflug gehabt, Schatz?*, und du würdest *Ja* antworten, und damit wäre das Gespräch beendet?«

»Mh...« Dad wirkt ratlos. »So weit hatte ich gar nicht gedacht.«

Typisch. *Männer.*

»Und hast du schon was in Sachen Brent erreicht?« Hinter mir wird eine tiefe Stimme laut, und als ich mich umdrehe, steht dort Luke. »Schön, dich zu sehen, Graham«, fügt er mit leisem Lächeln hinzu und schüttelt Dad die Hand. »Ich freue mich, dass du gesund und munter bist.«

»Ach, Brent...« Dad verzieht das Gesicht. »Die Lage ist verzwickt. Ich geb mein Bestes. Ich habe mich an Corey gewandt. Ich habe mich an Raymond gewandt. Aber...« Er seufzt. »Da stoßen sehr unterschiedliche Charaktere aufeinander.«

»Da ist doch was faul!«, sage ich ungeduldig. »Warum

sollte Corey dir jedes Jahr Geld schicken, aber Brent über den Tisch ziehen? Was hat er gegen Brent?«

»Na ja. Es geht alles auf diese Reise von damals zurück. Es hat alles zu tun mit …« Er richtet einen betretenen Blick auf Mum.

»*Cherchez la femme*«, sagt Mum und verdreht die Augen. »Ich wusste es. Habe ich es nicht gewusst? Habe ich nicht gesagt: ›Es geht um eine Frau?‹«

»Hast du!«, ruft Janice mit großen Augen. »Das hast du! Und wer war diese Frau?«

»Rebecca«, antwortet Dad, wobei die allerletzte Spannung aus seinem Körper weicht.

Es herrscht Totenstille. Ich kann sehen, wie die Blicke hin und her wechseln, aber keiner traut sich auch nur zu atmen.

»Graham«, sagt Luke schließlich so ruhig und gelassen, dass ich ihm am liebsten applaudieren würde: »Möchtest du uns das mit Rebecca erklären?«

Ich habe auf unserem kleinen Ausflug schon viele nützliche Dinge gelernt. Ich habe gelernt, dass Flipflops und Line-Dance nicht so richtig zusammenpassen. Ich habe gelernt, dass Haferschrot wohl nie meine Lieblingsspeise werden wird. (Ich habe das Zeug in Wilderness bestellt. Minnie mochte es auch nicht.) Und jetzt lerne ich gerade, dass man sich Notizen machen sollte, wenn der Vater von einer lang vergessenen, komplizierten Dreiecksbeziehung erzählt. Oder ihn besser gleich um eine PowerPoint-Präsentation mit schriftlicher Zusammenfassung bitten.

Ich bin total verwirrt. Im Grunde sollte ich die Fakten nochmal einzeln durchgehen, für mich ganz allein, ohne dieses Geschwafel von Sonnenuntergängen und dem Blut junger Männer und der Hitze des Tages und all dem lyrischen Zeug, das Dad einstreut.

Das kann doch nicht so schwer sein. Wenn ich auf DVD einer kompletten Dokudramastaffel über Serienkiller folgen kann, dann werde ich ja wohl dieser kleinen Geschichte folgen können, oder? Vielleicht sollte ich sie wie ein Dokudrama behandeln. Mit Episoden. Ja! Gute Idee.

Episode 1: Dad, Corey, Brent und Raymond waren zusammen auf Reisen und lernten in einer Bar ein hübsches Mädchen namens Rebecca Miades kennen. Corey verliebte sich unsterblich in Rebecca, doch sie kam mit Brent zusammen.

(So weit, so gut.)

Episode 2: Corey konnte Rebecca nie vergessen. (Später wird er sogar seine erste Tochter Rebecca nennen. Seine Frau wird es herausfinden, ihn einen Besessenen schimpfen und verlassen.) Als Brent und Rebecca auseinandergingen, bemühte sich Corey wieder um Rebecca, doch sie hat nur mit ihm gespielt und ist zu Brent zurückgekehrt.

(Ich *glaube*, noch kann ich folgen …)

Episode 3: Brent und Rebecca waren im Laufe einiger Jahre immer mal wieder getrennt, bekamen aber ein gemeinsames Kind, das sie ebenfalls Rebecca nannten.

(Ich bin ihr begegnet! Die Frau auf den Stufen des Wohnwagens, die mich als »Prinzessin« bezeichnet hat. Inzwischen verstehe ich irgendwie, warum sie mir gegenüber so feindselig war, aber das mit dem »etepetete Stimmchen« hätte sie sich trotzdem sparen können.)

Episode 4: Dad wusste, dass Rebecca mit Corey nur gespielt hatte, und war nicht gut auf sie zu sprechen. Und als Mum dann darauf bestand, mich Rebecca zu nennen, wollte er das eigentlich nicht.)

Episode 5: Irgendwann hatten alle den Kontakt zueinander verloren, weil es damals noch kein Facebook gab und Telefone teuer waren oder so.

(Die ältere Generation kann einem richtig leidtun. Münztelefone. Telegramme. Luftpost. Wie haben die das bloß gemacht?)

Episode 6: Dann fing Corey an, viel Geld zu verdienen. Dad bekam seinen ersten Scheck von ihm und ging davon aus, dass Brent ebenso reich geworden war. Er konnte nicht ahnen, dass Corey wegen Rebecca furchtbar eifersüchtig war und Brent deshalb ganz gezielt ausgebootet hatte.

(Und wieder: Hätten sie doch nur Facebook gehabt. Oder, na ja, zumindest hin und wieder mal miteinander telefoniert.)

Episode 7: Erst Jahre später fand Dad heraus, dass Brent keinen Penny mehr besaß. Er war so schockiert, dass er in die Staaten flog und Brent aufsuchte, was jedoch nicht die erhoffte Lösung brachte, und danach ist Brent dann abgetaucht. Also hat Dad sowohl Tarquin als auch Bryce zu Mitmusketieren ernannt und sich mit ihnen auf den Weg zu Corey gemacht. Doch der wollte nicht einmal seinen Anruf entgegennehmen, geschweige denn sich auf einen Besuch einlassen.

(Wodurch mir Corey nur noch unsympathischer wird. Wie kann man sich weigern, meinen Dad zu empfangen!)

Episode 8, Staffelfinale: Brent ist vermutlich obdachlos, was Corey jedoch kein Stück interessiert. Raymond hat sich einfach auf seiner Ranch verkrochen. Und keiner weiß, was aus Brent geworden ist, und …

»Moment mal!«, rufe ich plötzlich. »Rebecca!«

Wie konnte ich mich nur dermaßen ablenken lassen, dass ich Rebecca ganz vergessen habe?

»Dad, wusstest du, dass sie hier arbeitet?« Vor lauter Aufregung purzeln die Worte nur so aus mir hervor. »Rebecca-nach-der-ich-*nicht*-benannt-wurde arbeitet in ebendiesem Hotel! Sie ist hier!« Ich wedle mit den Händen. »Rebecca! Hier!«

»Deshalb bin ich doch hier, Liebes.« Dad wundert sich. »Nur deshalb bin ich nach Sedona gekommen.«

»Oh«, sage ich und komme mir reichlich dumm vor. »Natürlich.«

»Sie war unterwegs, soll aber angeblich bald zurück sein.« Dad deutet auf den Wartebereich. »Deshalb habe ich dort gesessen.«

»Okay. Verstehe.«

Also ehrlich, ich brauche dringend eine schriftliche Zusammenfassung.

»Und gibt es denn Hoffnung für Brent?«, fragt Luke meinen Dad, als ein Kellner uns die nächste Runde bringt. »Wie sieht deine Strategie aus?«

»Zuerst dachte ich, Corey sei mit dem Alter vielleicht sanftmütiger geworden.« Dad verzieht das Gesicht. »Da habe ich mich wohl getäuscht. Inzwischen habe ich einen Anwalt eingeschaltet, und wir nehmen uns den Fall nochmal vor. Leider wird das ohne Brent schwierig. Alles ist so lange her ... Es gibt keine Unterlagen ... Ich dachte, vielleicht könnte Rebecca irgendwie helfen ...« Er seufzt. »Aber ich weiß gar nicht, ob uns das was nützt.«

»Und was macht Tarkie?«

Die arme Suze hat so lange mit ihrer Frage gewartet. Sie sitzt ganz vorn auf ihrem Stuhl und knetet die Hände. »Geht es ihm gut? Ich hab schon ... ewig nichts von ihm gehört.«

»Suze, meine Liebe!« Sofort wendet sich Dad ihr zu. »Keine Sorge. Tarquin hat nur zu tun. Er ist allein nach Las Vegas gefahren, um mehr über Corey herauszufinden. Damit man ihn nicht mit mir in Verbindung bringen kann. Er ist ausgesprochen einfallsreich, dein Mann.«

Suzes Stirnrunzeln wird nicht besser.

»Ja, okay«, sagt sie mit bebender Stimme. »Und ... äh ... Graham, hat er dir irgendwas erzählt von ... Bäumen?«

»Von Bäumen?« Dad klingt überrascht.

»Egal.« Suze ist verzweifelt. »Macht ja nichts.« Sie nimmt ein Stück Brot und bricht es zu kleinen Brocken, ohne etwas davon zu essen.

»Ich hoffe, dieser Brent weiß auch zu schätzen, was du für ihn tust!«, sagt Mum mit roten Wangen. »Nach allem, was wir durchgemacht haben.«

»Ach, eher nicht«, meint Dad mit gutmütigem Lachen. »Aber ihr müsst ihn unbedingt kennenlernen. Er ist ein unglaublicher Dickschädel, und er kann sich selbst sein ärgster Feind sein, aber er ist auch weise. Er hat immer gesagt: ›Man kann entweder K. B. B. oder M. M. M.‹ Daran musste ich oft denken.« Dad sieht Janices verdutzten Blick. »Kleinere Brötchen Backen‹ oder ›Mehr Mäuse Machen‹«, erklärt er.

»Sehr gut!«, sagt Janice erfreut. »K. B. B. oder M. M. M. Ja, das gefällt mir. Das schreibe ich mir gleich auf.«

Sprachlos starre ich Dad an. K. B. B. oder M. M. M.? Das ist auf *Brents* Mist gewachsen?

»Aber das ist doch Beckys Motto!«, protestiert Suze, ebenso fassungslos. »Es ist so was wie ... ihre *Bibel*.«

»Ich dachte, das sei dein Spruch!«, sage ich mit leisem Vorwurf zu Dad. »Jedenfalls erzähle ich das überall. ›Mein Dad sagt immer, man kann entweder K. B. B. oder M. M. M.‹«

»Nun, das sage ich ja auch.« Er lächelt. »Aber ich kenne den Spruch von Brent. Ich habe viel von ihm gelernt.«

»Zum Beispiel?«

»Ach, ich weiß nicht.« Dad lehnt sich auf seinem Stuhl zurück mit seinem Glas in der Hand und einem verträumten Blick in die Ferne. »Brent war schon immer ein Philosoph. Und er konnte gut zuhören. Ich war damals sehr unsicher, was meinen beruflichen Werdegang anging, und er hat alles in die richtige Perspektive gerückt. Ein anderer Spruch von ihm war: ›In einem Punkt hat der andere immer recht.‹ Das hat er oft gesagt, wenn Raymond und Corey sich in die Haare gekriegt haben, was nach einigen Bierchen öfter vorkam.« Dad lacht bei der Erinnerung daran. »Dann stritten die beiden, dass die Fetzen nur so flogen, und Brent lag einfach da, die Füße hochgelegt, rauchte und meinte: ›In einem Punkt hat der andere immer recht. Hört einander zu, dann merkt ihr es auch.‹ Das hat die beiden jedes Mal auf die Palme gebracht.« Er hält inne, und mir scheint, er hat sich in seinen Erinnerungen verloren.

Okay, wenn Dad an Weihnachten wieder von dieser Reise erzählt, werde ich jedes Wort in mich aufsaugen.

»Aber warum hat Brent denn *sein* Leben nicht besser gemeistert?«, frage ich. »Ich meine, wo er doch so klug und weise war?«

Ein leicht melancholischer Ausdruck streicht über Dads Gesicht.

»Das ist nicht so leicht, wenn es um das eigene Leben geht. Er wusste damals schon, dass er zu viel trank, auch wenn er darauf geachtet hat, dass man es nicht mitbekam. Ich habe versucht, mit ihm darüber zu sprechen, aber…« Dad lässt seine Hände in den Schoß fallen. »Wir waren jung. Was verstand ich denn schon von Alkoholismus?« Er sieht furchtbar niedergeschlagen aus. »Was hätte alles aus ihm werden können…«

Es folgt ernüchtertes Schweigen. Was für eine traurige Geschichte. Jetzt geht es mir wie Dad. Ich brenne vor rechtschaffener Entrüstung. Ich möchte Brent unbedingt helfen und diesen fiesen Corey bluten lassen.

»Ich weiß nicht, wie ich weiter vorgehen soll.« Müde reibt Dad seine Augen. »Solange ich mir keinen Zugang zu Corey verschaffen kann…«

»Ich finde es unmöglich, dass er dich nicht empfangen wollte«, sage ich aufgebracht. »Seinen alten Freund.«

»Er hat sich in einer Festung verschanzt«, sagt Dad achselzuckend. »Tore, Wachleute, Hunde…«

»Wir sind auch nur reingekommen, weil gerade Kindergeburtstag gefeiert wurde und man uns für Gäste hielt«, erkläre ich ihm.

»Gut gemacht, Liebes«, sagt Dad nüchtern. »Ich habe ihn noch nicht mal ans Telefon gekriegt.«

»Wir sind seiner Frau begegnet. Sie scheint sehr nett zu sein.«

»Nach allem, was ich höre, ist sie eine ausgesprochen liebenswerte Person.« Dad nickt. »Ich dachte, vielleicht könnte ich über sie an Corey herankommen. Aber er überwacht jeden ihrer Schritte. Er muss immer wissen, wo sie ist, er liest ihre Korrespondenz…« Dad nippt an seinem Drink. »Ich habe versucht, mich mit ihr zu verabreden, nachdem ich bei Corey abgeblitzt war. Sie hat mir zurückgemailt, es ginge nicht und ich möge sie nie wieder kontaktieren. Es sollte mich nicht wundern, wenn Corey die Mail geschrieben hätte.«

»Oh, Dad«, sage ich mitfühlend.

»Ach, das war noch nicht das Schlimmste! Einmal stand ich sogar draußen vor seinem Haus, als die beiden gerade in ihrem Bugatti wegfuhren. Ich habe gewunken und gerufen… Nichts zu machen.«

Ich werde immer wütender. Wie kann er es wagen, meinen Dad dermaßen zu erniedrigen?

»Wenn Brent nur wüsste, wie viel du für ihn tust!«, sage ich. »Glaubst du, er hat eine Ahnung?«

»Das möchte ich bezweifeln«, sagt Dad mit reumütigem Lachen. »Er wusste zwar, dass ich helfen wollte. Aber er ahnt sicher nicht, was ich hier alles auf die Beine stelle…«

Er stutzt, als er den Perlenvorhang klappern hört. Im nächsten Moment zieht er so ein komisches Gesicht und blinzelt gleich mehrmals. Ich wende den Kopf, um nachzusehen, was los ist, und traue meinen Augen kaum.

Gibt's ja nicht! Das *gibt's* doch gar nicht!

Aber es passiert tatsächlich! Direkt vor meinen Augen erreicht der Plot des Dokudramas seinen Höhepunkt. Es ist wie der Einstieg in eine neue Staffel.

Staffel 2, Episode 1: Vierzig Jahre später – in einem Hotel in Sedona, Arizona – begegnen sich Graham Bloomwood und Rebecca Miades wieder.

Sie steht beim Perlenvorhang und zwirbelt eine Strähne von ihrem langen, rosarot gefärbten Haar um einen Finger. Sie trägt bernsteinfarbenen Lidschatten um ihre grünen Augen, zu viel Kajal und einen langen, wallenden Rock in Burgunderrot. Das passende Top ist tief ausgeschnitten, zeigt reichlich Dekolletee. Ihre Fingernägel sind schwarz lackiert, und ein Hennatattoo schlängelt sich an ihrem Arm hinauf. Sie sieht Dad an, sagt kein Wort, lächelt nur wie eine Katze.

»O mein Gott«, bringt Dad schließlich hervor, und er klingt ein wenig matt. »Rebecca.«

»O mein Gott«, höre ich eine barsche Stimme hinter Rebecca. »Die *Prinzessin*.«

Liebe Mrs Brandon,

vor etwa einer Stunde erhielt ich Ihre E-Mail und war angesichts
deren »Dringlichkeit« doch sehr bestürzt. Ich verstehe nicht recht,
inwiefern es wegen einer solchen Sache »um Leben oder Tod«
gehen kann, dennoch nehme ich Ihre Sorge durchaus ernst, und
wie Sie mir zu Recht in Erinnerung riefen, hatte ich Ihnen meine
»Hilfe bereits angeboten«.

Daher habe ich mich ungehend auf den Weg gemacht – mit einem
kleinen Proviantpaket und meiner Thermosflasche. Ich schreibe
Ihnen von einer Raststätte an der A27.

Demnächst hoffe ich, meinen Zielort zu erreichen, und werde Sie
über alle »aktuellen Entwicklungen« auf dem Laufenden halten.

Mit freundlichen Grüßen,

Derek Smeath

14

Okay, hier sind eindeutig zu viele Rebeccas im Spiel.

Da bin erst einmal ich, Becky.

Dann ist da Rebecca.

Und dann gibt es noch »Becca«, die Tochter von Brent und Rebecca. Das ist diese Frau, der ich im Trailerpark begegnet bin und die mich dauernd »Prinzessin« nennt, was langsam nervt.

Etwa eine halbe Stunde ist vergangen. Dad hat noch etwas zu essen und zu trinken nachbestellt (wir wollten eigentlich gar nicht mehr, aber so haben wir wenigstens was zu tun), und alle versuchen, die beiden Neuzugänge kennenzulernen. Allerdings muss ich sagen, dass wir nicht gerade entspannt miteinander sind. Mum hört nicht auf, Rebecca argwöhnisch zu mustern, insbesondere ihr äußeres Erscheinungsbild. Mum hat sehr konkrete Ansichten darüber, wie Damen eines gewissen Alters sich kleiden sollten, und das schließt weder ein tief ausgeschnittenes Dekolletee noch Hennatattoos oder gar einen Nasenring ein. (Der ist mir eben erst aufgefallen. Er ist winzig.)

Becca sitzt neben mir – ihr T-Shirt riecht stark nach Weichspüler. Sie trägt abgeschnittene Jeans und lümmelt breitbeinig auf ihrem Stuhl, während ihre Mutter wirkt wie eine elegante Hexe auf ihrem Besen.

Wie sich herausstellt, ist Becca auf der Durchreise zu ihrem neuen Job in einem Hotel in Santa Fe und macht heute Nacht hier Zwischenstation. Ich habe mich nach ihrem kleinen Hund, Scooter, erkundigt, den ich im Trailerpark kennengelernt habe, und sie hat mir erklärt, dass sie bei ihrem neuen Job kein Tier halten darf und ihn deshalb weggeben musste. Und dann hat sie mich richtig wütend angesehen, als ob ich etwas dafür könnte.

Ich verstehe überhaupt nicht, warum sie dermaßen unfreundlich ist. Man sollte doch meinen, die beiden wären begeistert von Dads Plan, Brent zu helfen, und würden ihm ihre Unterstützung anbieten. Stattdessen beantwortet Becca unsere Fragen nur widerwillig und einsilbig. Sie hat keine Ahnung, wo ihr Dad sich gerade aufhält. Er wird sich schon melden, wenn er so weit ist. Sie wüsste nicht, wie mein Dad das Unrecht wiedergutmachen könnte, das Brent angetan wurde. Nein, sie hat keine Idee. Nein, auf Brainstorming hat sie auch keinen Bock.

Währenddessen redet Rebecca von nichts anderem als diesen ach so phantastischen »spirituell reinigenden« Wanderungen, die man hier in der Gegend unternehmen kann. Als Dad sie wieder auf das Thema Brent lenkt, fängt sie an, in Erinnerungen daran zu schwelgen, wie ihnen damals im Reservat ein Schamane begegnet ist.

»Du musst mir helfen, Rebecca!«, bricht es schließlich aus Dad hervor. »Ich will Gerechtigkeit für Brent!«

»Ach, Graham.« Sie lächelt geheimnisvoll. »Du bist ein so guter Mensch. Warst du schon immer. Du hast wirklich einen wunderbaren *Flow*.«

»Gerechtigkeit…«, knurrt Becca und verdreht dabei die Augen, was mir direkt einen Stich versetzt.

»Was ist eigentlich dein Problem?«, fahre ich sie an. »Warum bist du immer so negativ? Wir sind hier, um deinem Dad zu helfen!«

»Kann sein.« Sie erwidert meinen bösen Blick. »Kann aber auch sein, dass es längst zu spät ist. Wo wart ihr 2002?«

»Wieso?«, frage ich verdutzt.

»Mein Dad hat Corey schon 2002 um Hilfe gebeten, als er ganz unten war. Hat sich einen Anzug geliehen und Corey in Las Vegas besucht. Damals hätte er deinen Dad gut an seiner Seite brauchen können.«

»Aber mein Dad war doch in England«, sage ich verwundert. »Er wusste ja gar nichts davon.«

»Natürlich wusste er davon«, erwidert Becca bissig. »Dad hat ihm geschrieben.«

Okay, das kann ich so nicht stehen lassen. »Dad!« Kurzerhand unterbreche ich sein Gespräch mit Rebecca. »Wusstest du, dass Brent Corey schon 2002 um Hilfe gebeten hat?«

»Nein.« Überrascht sieht Dad mich an. »Davon höre ich zum ersten Mal.«

»Du hast nie einen Brief von Brent bekommen?« Ich deute auf Becca. »Sie glaubt nämlich, er hätte dir geschrieben.«

»Selbstverständlich nicht!«, gibt Dad empört zurück. »Ja, denkst du denn, ich wäre untätig geblieben, wenn er mir seine schreckliche Situation geschildert hätte?«

Diese Reaktion scheint Becca zu verunsichern. »Also, Corey hat Dad erzählt, Sie wüssten davon. Corey sagte, er hätte sich mit Ihnen abgesprochen, und *Sie* hätten gemeint... Er hat gesagt, dass...« Ihr Satz erstirbt, und ich frage mich, was Corey nun eigentlich gesagt haben mag.

»Corey dürfte wohl gelogen haben, Becca«, sagt Dad sanft.

Okay. Jetzt ergibt das alles einen Sinn. Corey hat gelogen, um meinem Dad die Schuld in die Schuhe zu schieben, und deshalb verachtet uns Becca.

»Begreifst du jetzt?« Ich wende mich wieder Becca zu. »Mein Dad hat *nichts* von dem gesagt, was Corey da behauptet.«

Du hättest mir gegenüber also nicht so feindselig sein müssen, füge ich im Stillen hinzu. *Und du hättest auch nicht sagen müssen: Verpiss dich, Prinzessin!*

Ich hoffe, dass Becca reagiert, indem sie sagt: *O mein Gott. Jetzt sehe ich alles ein. Ich habe euch unrecht getan. Bitte nehmt meine Entschuldigung an.* Doch sie zuckt nur mit den Schultern, wirft einen Blick auf ihr Handy und nuschelt: »Corey werdet ihr jedenfalls nie was aus dem Kreuz leiern. Keine Chance.«

Meine Güte, sind reale Menschen frustrierend! In der Dokudramaversion hätte sie viel besser reagiert. Zwei Minuten später verkündet Becca, sie müsse los – was mir nur recht ist.

»Bis dann, Prinzessin«, sagt sie und schwingt sich ihre Tasche um die Schulter.

Am liebsten möchte ich kontern: *Bis dann, du mäkelige Miesmacherin,* stattdessen aber lächle ich und sage: »Lass mal von dir hören!«

Bloß nicht füge ich im Stillen hinzu.

Nachdem sie mit Rebecca gegangen ist, entspannt sich die Atmosphäre etwas. Suze zieht sich auf ihr Zimmer zurück, um bei ihren Kindern anzurufen. Mum überlegt, ob wir noch eine Kleinigkeit bestellen wollen, oder ob uns das den Appetit aufs Abendessen verdirbt, und Janice liest laut aus einer Broschüre über »Geistführungen« vor, als Rebecca wieder auftaucht.

»Ich dachte, das hier könnte dir vielleicht gefallen.« Ihre Augen blitzen Dad an, während sie ihm ein altes, verblichenes Schwarzweißfoto hinhält.

»Ach du je!«, sagt Dad und zückt seine Lesebrille. »Gib mal her.« Nachdem er das Foto eingehend unter die Lupe genommen hat, legt er es auf den Tisch, und ich beuge mich vor, um es mir auch anzusehen. Da sind sie alle versammelt, sitzen auf Felsen in der Wüste.

Dad ist unverkennbar Dad. Corey sieht kein bisschen so aus wie der komische, straffgesichtige Typ in Las Vegas.

Raymond dürfte sich vermutlich noch ziemlich ähnlich sehen, nur ist sein grauer Bart inzwischen derart mächtig, dass man es nicht mehr beurteilen kann. Aber die Person, auf die ich mich konzentriere, ist Brent. Ich kneife die Augen zusammen, versuche ein Gefühl für diesen Mann zu entwickeln, dem wir helfen wollen.

Er hat breite Züge. Eine eckige Stirn. Irgendwie macht er einen störrischen Eindruck, schon auf dem Foto. Aber er sieht auch so aus, als könnte er gütig und weise sein, genau wie Dad gesagt hat. Dann fällt mein Blick auf die junge Rebecca, und ich blinzle erstaunt. Mein Gott, war sie schön! Auf dem Foto sitzt sie etwas abseits von den anderen, legt ihren Kopf in den Nacken, mit wallendem Haar, und ihre Brüste springen fast schon aus dem offenherzigen Westernkleid. Ich weiß genau, warum Corey sich in sie verliebt hat. Und Brent. Mal ehrlich: Wer würde sich *nicht* in sie verlieben?

Und Raymond? Und *Dad*?

Mir wird ganz flau.

»Lass mich auch mal sehen!«, sagt Mum. Sie zieht das Foto zu sich heran und betrachtet Rebecca mit gespitzten Lippen. Nach einer Weile blickt sie auf und mustert die heutige Rebecca, ohne dass sich an ihrer Miene auch nur das Geringste verändern würde.

»Ich habe mir die Freiheit erlaubt, euch allen für morgen Massagen zu buchen«, verkündet Rebecca mit ihrer weichen, faszinierenden Stimme. »Mittags könnte das Hotel vielleicht ein Picknick organisieren. Und wenn ihr schon mal da seid, müsst ihr euch *unbedingt* die Wacholderbüsche ansehen!«

»Wir sind nicht zum Vergnügen hier«, sagt Dad. »Die Massagetermine werden wir wieder absagen müssen.«

»Ihr könntet euch doch ein paar Tage frei nehmen.« Sie schenkt ihm ein katzenhaftes Lächeln. »Ihr solltet etwas Kraft tanken.«

»Das geht leider nicht.« Dad schüttelt den Kopf. »Wir müssen am Ball bleiben.«

»Ihr seid hier in Sedona, der Heimat der Muße, Graham. Ihr solltet entspannen! Genießt es einfach!«

»Unmöglich«, erklärt Dad. »Brent zu helfen, hat oberste Priorität. Man hat ihm unrecht angetan.«

»*Unrecht*«, murmelt Rebecca und zieht die Augenbrauen hoch. Sie spricht so leise, dass ich nicht sicher bin, ob ich richtig gehört habe, Dad dagegen schon.

»Rebecca? Was soll das heißen?«

»Also wirklich!«, platzt sie heraus. »Ich kann nicht länger schweigen! Was meint ihr eigentlich, was ihr da tut? Das Ganze ist doch *verrückt*!«

»Wir wollen bei Dads altem Freund was in Ordnung bringen!«, sage ich aufgebracht. »Das ist *nicht* verrückt!«

»Was in Ordnung bringen?« Sie funkelt mich an. »Du weißt doch gar nicht, was du redest. Wenn Brent betrogen wurde, dann war er daran selbst schuld. Jeder wusste, dass Corey ein Lügner war. Hätte Brent nicht so viel gesoffen, hätte er seine fünf Sinne vielleicht noch beisammengehabt.«

»Harsche Worte«, sagt Dad erschrocken.

»Das ist nur die Wahrheit. Brent ist ein Loser. War er schon immer. Und jetzt wollt ihr ihm sein Leben wieder auf die Beine stellen.« Sie klingt fast wütend. »Soll Brent doch selber sehen, wie er sein Leben wieder in den Griff kriegt!«

Schockierte Blicke gehen hin und her. Ich vermute mal, die Beziehung zwischen Rebecca und Brent hat wohl kein allzu gutes Ende genommen.

»Aber er ist doch der Vater deiner Tochter!«, halte ich ihr vor. »Und er ist so gut wie obdachlos!«

»Was geht mich das an?«, keift Rebecca. »Sollte er wirklich

obdachlos sein, hat sich dieser Idiot das selbst zuzuschreiben!«

Noch nie habe ich erlebt, wie sich jemand so abrupt verändern kann. Ihr schleimiger Charme ist dahin, und damit auch ihre Attraktivität. Alt und verbittert sieht sie aus, so verkniffen um die Mundwinkel. Und das alles in kaum zehn Sekunden. Fast möchte ich ihr ins Ohr flüstern: *Bosheit macht hässlich!*

Dad betrachtet sie abschätzend, und ich frage mich, ob sie damals wohl auch schon so war. Vielleicht war sie sogar noch schlimmer.

Jedenfalls habe ich das Gefühl, dass Mums Sorgen völlig unbegründet sind.

»Nun …«, sagt Dad freundlich. »Wir gehen unseren Weg. Und du gehst deinen. Es war nett, dich wiederzusehen, Rebecca.«

Er erhebt sich und wartet demonstrativ. Es dauert einen Moment, dann steht auch Rebecca auf und nimmt ihre lederne Fransentasche.

»Das schafft ihr sowieso nicht!«, faucht sie. »Becca hat recht. Ihr habt keine Chance.«

Gleich koche ich über. Diese Frau ist eine solche *Hexe!*

»Hey, warte mal, Rebecca!«, rufe ich, als sie schon an der Tür ist. »Du denkst, dass ich nach dir benannt bin, stimmt's? Genau wie Becca und Coreys Tochter.«

Wortlos wendet sich Rebecca zu uns um und wirft ihre langen Haare zurück, wobei sie Dad mit ihrem siegessicheren Lächeln fixiert. Sie glaubt ernstlich, alle Männer seien dermaßen von ihr besessen, dass jeder gleich seine erste Tochter nach ihr benennt. Wie kann man nur?

»Wusst' ich's doch!« Ich durchbohre sie mit meinem Blick. »Das dachte deine Tochter nämlich, als ich sie im Trailerpark getroffen habe. Vermutlich hast du Dad gegoogelt und von mir gelesen, und dann bist du einfach davon ausgegangen, dass er mich auch deinetwegen Rebecca genannt hat.« Entschlossen hebe ich mein Kinn. »Tja, weißt du was? Hat er *nicht*. Ich bin nach dem *Buch* benannt.«

»Allerdings!«, stimmt Mum mit ein. »Nach dem *Buch*!«

»Und möchtest du noch was Interessantes wissen?«, füge ich verächtlich hinzu. »Dad wollte mich auch gar nicht Rebecca nennen. Er wollte mir jeden anderen Namen lieber geben als Rebecca. Warum wohl?«

Rebecca schweigt, bekommt aber hellrote Flecken im Gesicht. Ha! *Das* hat gesessen. Im nächsten Augenblick ist sie auch schon hinter den klappernden Perlen verschwunden, und wir anderen sehen uns nur an.

»Also, so was!«, schnauft Mum »So was ist mir in meinem ganzen Leben noch nicht...«

»Ach du jemine«, sagt Dad mit seinem typischen Hang zur Untertreibung und schüttelt den Kopf.

»Sie erinnert mich an diese Angela, die früher immer die Tombola von der Kirche organisiert hat«, sagt Janice. »Weißt du noch, Jane? Die mit den Kettchen? Fuhr einen blauen Honda.«

Nur Janice kann in einem solchen Augenblick von der Kirchentombola anfangen. Ich merke, wie ein Kichern in mir aufsteigt, das zu einem Prusten heranwächst und schließlich ein ausgewachsener Lachanfall wird. Es kommt mir vor, als hätte ich schon eine Ewigkeit nicht mehr gelacht.

Auch Dad lächelt, und selbst Mum kann dem Ganzen etwas Amüsantes abgewinnen. Als ich Luke ansehe, grinst er zurück, und dann beschließt auch Minnie, dass sie das alles zum Schreien komisch findet.

»Lustig!«, verkündet sie und hält sich den Bauch vor Lachen. »Lustige Frau!«

»Das war wirklich eine lustige Frau«, stimmt Janice ihr zu,

und dann fangen alle lauthals an zu lachen. Als Suze sich zu uns gesellt, prustet immer mal wieder jemand los, woraufhin sie staunend in die Runde blickt.

»Entschuldige.« Ich wische mir die Nase. »Erklär ich dir später. Was gibt's Neues von zu Hause?«

»Ach, alles in Ordnung«, sagt Suze. »Ich dachte nur gerade, es ist doch so ein schöner Nachmittag. Hättet ihr nicht Lust auf einen kleinen Spaziergang?«

15

Durch Sedona zu schlendern ist ein echtes Erlebnis. Die roten Felsen im Hintergrund wirken wie eine Filmkulisse, und wir sehen immer wieder hin, als müssten wir uns vergewissern, dass sie noch da sind. Als wir an den »schicken Läden und Galerien« entlangspazieren, laufen Mum und Dad Arm in Arm, was auch sehr hübsch anzusehen ist. Suze und Janice bleiben alle paar Meter mit Minnie vor Schaufenstern stehen. Luke schreibt eine E-Mail. Ich selbst trotte wie in Trance vor mich hin, nach wie vor schäumend vor Wut auf diese Rebecca (und ihre Tochter). Je mehr mir jemand einreden will, dass ich irgendwas nicht meistern kann, desto dringender will ich ihm das Gegenteil beweisen. Wir werden diese Ungerechtigkeit aus der Welt schaffen. Darauf kann sie Gift nehmen. Die wird sich noch wundern.

Unzählige Ideen und halbfertige Pläne fliegen in meinem Kopf herum... immer wieder nehme ich einen Stift und notiere mir das eine oder andere auf einem Stück Papier. Es muss doch machbar sein, irgendwie.

»Was geht in dir vor, Liebes?«, fragt Mum, als sie mich bemerkt.

»Ach, ich überlege gerade, wie man Corey erledigen könnte. Aber ich weiß noch nicht genau.« Ich werfe einen Blick auf meinen Zettel. »*Möglicher*weise hätte ich da eine Idee...«

Wir wollen uns nachher zusammensetzen, um unser weiteres Vorgehen zu besprechen. Da werde ich meinen Plan vielleicht vortragen. Aber nur vielleicht.

»Bravo, Liebes!«, sagt Mum.

Ich zucke mit den Schultern. »Ich weiß nicht. Bisher sind es nur Gedankenspielereien. Ich muss noch daran arbeiten.«

»Seht euch das mal an!«, sagt Suze, und wir bleiben alle vor einem Laden stehen, der *Someday My Prints Will Come* heißt. Im Schaufenster liegen farbenprächtige Bücher, Ordner, Schachteln und Kissen – allesamt handbedruckt mit Motiven von Bäumen, Vögeln und so Naturkram.

»Zauberhaft!«, stimmt Mum zu. »Becky, guck dir diese süßen kleinen Koffer an! Gehen wir rein!«

Wir lassen Luke draußen zurück, denn er muss noch eine superdringende E-Mail schreiben. Ansonsten würde er es sich natürlich niemals nehmen lassen, die bunt bedruckten Bilderrahmen zu bewundern. (Wer's glaubt.) Als wir eintreten, steht eine lächelnde Frau in einem mit Pfauenfedern bedruckten Kleid hinter dem Verkaufstresen auf.

»Willkommen«, sagt sie mit sanfter Stimme.

»Haben Sie diese Drucke selbst angefertigt?«, fragt Suze, und als die Frau nickt, fügt Suze hinzu: »Die sind traumhaft schön!«

Während ich herumschlendere, höre ich, wie Suze haufenweise Fragen zur Drucktechnik stellt. Suze ist künstlerisch sehr begabt. Sie könnte ohne weiteres auch so einen Laden aufmachen. Vielleicht sogar auf Letherby Hall: »The Letherby Print Collection«. Das wäre doch der Knaller! Gerade merke ich mir die Idee, um sie ihr später zu erzählen, als mir ein Regal mit Buntstiften auffällt und ich abrupt stehen bleibe. Wow. Solche Buntstifte habe ich ja noch *nie* gesehen!

Sie sind etwas dicker als normale Stifte, und jeder ist mit einem anderen Muster bedruckt. Und nicht nur das: Auch das Holz ist farbig. Da gibt es orangefarbene Stifte mit lavendelfarbenem Holz, türkisfarbene Stifte mit violettem

Holz – einfach umwerfend. Als ich mir einen davon unter die Nase halte, nehme ich einen ganz leichten, sandelholzigen Duft wahr.

»Möchtest du dir so einen kaufen, Becky?«, fragt Mum, und als ich herumfahre, sehe ich sie mit Dad und Janice auf mich zukommen. Mum trägt drei Schachteln mit aufgedruckten Bäumen vor sich her, und Janice hält ein gutes Dutzend Küchenhandtücher mit Kürbismuster in der Hand.

»Ach nein«, sage ich automatisch und lege den Stift zurück. »Aber hübsch sind sie schon, oder?«

»Die kosten nur zwei neunundvierzig«, sagt Mum und nimmt einen laubgrünen Buntstift mit bernsteinfarbenem Holz. »Nimm dir einen mit.«

»Geht schon«, sage ich hastig. »Was kauft ihr euch?«

»Ich organisiere mein Leben neu«, sagt Mum mit großer Geste. »Alles wird sortiert.« Sie klopft an ihre Schachteln. »Briefe, Kaufbelege, ausgedruckte E-Mails. Es macht mich verrückt. Die ganze Küche liegt voll davon.«

»Warum druckst du deine E-Mails aus?«, frage ich verwundert.

»Ach, E-Mails kann man doch nicht auf dem *Bildschirm* lesen!« Mum rümpft die Nase, als wäre die Vorstellung absurd. »Ich weiß überhaupt nicht, wie du das immer machst, Liebes. Und Luke erst! Seine ganzen Geschäfte erledigt er über dieses winzige Telefon! Wie kriegt er das bloß hin?«

»Ändere doch die Schriftgröße«, schlage ich vor, woraufhin Mum mich ansieht, als hätte ich gesagt: *Flieg doch zum Mars.*

»Ich kaufe mir lieber ein paar hübsche Schachteln.« Liebevoll tätschelt sie die Dinger. »Das ist viel einfacher.«

Okay. Und schon habe ich eine Idee für Mums nächsten Geburtstag. Sie kriegt einen Computerkurs.

»Und was kaufst du dir jetzt?« Mums Blick schweift über

die Auslage. »Warum denn nicht einen Buntstift? Die sind doch allerliebst.«

»Ich brauche nichts.« Ich lächle. »Gehen wir deine Schachteln bezahlen.«

»Bex will nicht mehr shoppen«, sagt Suze, als sie sich zu uns gesellt. »Obwohl sie es sich leisten könnte.« Sie hält Minnie bei der Hand. Die beiden haben sich Schürzen mit aufgedruckten Kaninchen ausgesucht.

»Wie meinst du das – *sie will nicht mehr shoppen?*«, fragt Mum perplex.

»Ich habe versucht, ihr ein paar Cowboystiefel zu kaufen. Sie wollte nicht.«

»Ich brauche keine Cowboystiefel.«

»Na, aber einen Stift brauchst du schon!«, sagt Mum gutgelaunt. »Damit du deinen Plan aufschreiben kannst, Liebes.«

»Nein.« Abrupt wende ich mich ab. »Gehen wir.«

»Die kosten nur zwei neunundvierzig«, sagt Suze und nimmt einen in die Hand. »Wow, die riechen ja toll!«

Ich lasse meinen Blick über die Buntstifte schweifen, und schon wird mir wieder ganz mies und mulmig zumute. Diese Stifte sind wirklich hübsch. Und selbstverständlich könnte ich mir einen davon leisten. Aber irgendwas blockiert mich. Dauernd höre ich wieder diese schreckliche Stimme in meinem Kopf.

»Gehen wir noch ein bisschen den Ort erkunden!«, sage ich und versuche, die anderen aus dem Laden zu lotsen. Doch Mum mustert mich mit fragender Miene.

»Becky, Liebes …«, sagt sie sanft. »Das sieht dir gar nicht ähnlich. Was ist passiert? Was geht in dir vor?«

Mums Stimme hat so etwas an sich, diese Stimme, die ich schon gehört habe, bevor ich überhaupt auf der Welt war: Irgendwie schafft sie es immer, sich an meinem Schutzpanzer vorbeizudrängeln und zu meinem Innersten vorzudringen. Ich kann nicht *nicht* auf sie hören. Und ich kann ihr auch nicht *nicht* antworten. Immerhin ist sie meine *Mum*.

»Es ist nur, na ja«, sage ich schließlich. »Ich hab Mist gebaut. Der ganze Ärger ist meine Schuld. Also …« Ich schlucke, weiche den Blicken der anderen aus. »Du weißt schon. Also habe ich es auch nicht verdient, mir irgendwas …« Ich kratze mich an der Nase. »Egal. Macht nichts. Alles gut. Ich sollte sowieso lieber aufhören zu shoppen.«

»Aber doch nicht so!«, sagt Mum entsetzt. »Nicht indem du dich *bestrafst*! Das habe ich ja noch nie gehört! Erzählen sie euch das im Golden Peace? *Du hast es nicht verdient, dir einen Buntstift zu kaufen?*«

»Na ja, so nun auch nicht«, räume ich nach einer Weile ein.

In Wahrheit haben sie uns im Golden Peace beigebracht, es ginge darum, »die Kauflust im richtigen Maße auszuleben« und »mit Sinn und Verstand zu kaufen«. Das Ziel bestünde darin, »die richtige Balance zu finden«. Das gehört möglicherweise nicht gerade zu meinen Stärken.

Mum sieht zu Suze und Dad hinüber, als suchte sie bei denen Unterstützung. »Es ist mir völlig egal, was in L. A. vorgefallen ist!«, sagt sie erhitzt. »Ich sehe vor mir eine junge Frau, die alles stehen und liegen gelassen hat, um ihrer Freundin zu helfen …« Sie zählt an ihren Fingern ab: »Die herausgefunden hat, wo Corey wohnt, die es geschafft hat, zu Raymond vorzudringen … Was noch?«

»Die Alicia durchschaut hat«, fügt Suze hinzu.

»Genau!«, sagt Mum. »Genau! Du bist ein Goldstück, Becky! Du musst kein schlechtes Gewissen haben!«

»Becky, wie kommst du nur darauf, dass diese Reise deine Schuld ist?«, wirft Dad ein.

»Ach, na ja!«, sage ich verzweifelt. »Wäre ich früher zu Brent gefahren, hätten sie ihn noch nicht vor die Tür gesetzt und er wäre jetzt nicht verschwunden …«

»Becky.« Dad legt mir seine Hände auf die Schultern und sieht mich mit diesem weisen Vaterblick an. »Keinen Moment habe ich dir die Schuld daran gegeben. Brent ist aus vielerlei Gründen verschwunden. In Wahrheit hätte er gar nicht ausziehen müssen. Ich hatte sowohl seine Mietrückstände, als auch den Wohnwagen fürs ganze nächste Jahr bezahlt.«

Er ... *Wie bitte?*

Sprachlos starre ich Dad an, und augenblicklich wird mir klar: Selbstverständlich würde Dad so was Nettes tun.

»Davon hat seine Tochter aber nichts gesagt ...«

»Vielleicht wusste sie nichts davon.« Dad seufzt. »Die Sache ist kompliziert, Becky. Dafür kann keiner was. Und die Vorstellung, dass du dir die Schuld an allem gibst, ist ... entsetzlich!«

»Oh«, sage ich kraftlos. Ich weiß nicht, was ich sonst sagen soll. Mir fällt ein Riesenstein vom Herzen.

»Und im Lichte dessen« – Dad tritt vor – »möchte ich dir bitte einen Buntstift kaufen. Du hast ihn dir redlich verdient.«

»Nein!« Mum schiebt sich vor Dad, bevor er einen Buntstift aussuchen kann, und alle starren sie überrascht an. »Darum geht es hier nicht. Es geht um Becky. Und darum, was mit Becky *los* ist.« Sie hält inne, als müsste sie ihre Gedanken sortieren, und alle tauschen verunsicherte Blicke. »Ich will keine Tochter aufgezogen haben, die meint, sich nicht mal einen Bleistift kaufen zu dürfen, weil sie ein schlechtes Gewissen hat«, sagt sie schließlich. »Becky, es gibt gute Gründe, nicht zu shoppen, und es gibt schlechte Gründe, nicht zu shoppen. Das eine hat *nichts* mit dem anderen zu tun.« Sie atmet schwer, und ihre Augen blitzen. »Niemand möchte, dass du wieder so wirst, wie du warst. Niemand möchte, dass du nochmal Visa-Abrechnungen unter dem

Bett versteckst. Entschuldige, Liebes«, fügt sie hinzu und wird ein bisschen rot. »Ich wollte eigentlich nicht davon anfangen.«

»Ist schon okay«, sage ich und spüre, dass ich auch rot werde. »Das ist kein Geheimnis mehr.« Mein Blick fällt auf eine Frau in Blau, die in der Nähe herumsteht und uns *total* belauscht. Eilig verzieht sie sich.

»Aber so geht es doch nicht. Das ist nicht mehr meine Becky.« Voll Sorge sieht sie mich an. »Ist dein Konto überzogen?«

»Also ... Nein, ist es nicht«, sage ich. »Ich habe gerade erst das Honorar für meine Arbeit als Stylistin in L.A. bekommen. Finanziell geht es mir sogar ganz gut.«

»Hättest du gern einen Bleistift?«

»Äh ...« Ich schlucke. »Ja. Ich glaube schon. Vielleicht.«

»Nun. Es ist an dir, Liebes. Du sollst deine eigenen Entscheidungen treffen. Vielleicht möchtest du ja auch nur einfach nichts kaufen.« Mum tritt zurück und putzt sich die Nase. »Aber kein Wort mehr davon, du hättest es ›nicht verdient‹. Was für eine Idee!«

Es folgt kurzes Schweigen, als alle ein wenig Abstand nehmen und so tun, als würden sie nicht hinsehen. Ich bin völlig durcheinander. In meinem Kopf wird alles neu gemischt. Manches war so lange verklemmt und löst sich nun. Es war nicht meine Schuld. Zumindest ... war nicht *alles* meine Schuld. Vielleicht ...

Vielleicht könnte ich mir ja einen Buntstift kaufen. Nur so als Andenken. Vielleicht den hübschen Violetten mit dem grauen Vogel auf orangefarbenem Holz. Ich meine, er kostet ja nur $ 2,49. Und Stifte kann man immer brauchen, oder?

Jawohl. Ich, Becky Brandon, geborene Bloomwood, werde mir einen Buntstift kaufen.

Ich greife danach, und als sich meine Finger darum schließen, breitet sich langsam ein seliges Lächeln auf meinem Gesicht aus. Und so eine Wärme in meinem Bauch. *Wie sehr habe ich dieses Gefühl vermisst…*

Oh. Augenblick mal. Kaufe ich denn auch »mit Sinn und Verstand«? Der Gedanke drängt sich mir auf, und ich halte inne, versuche, mich selbst einzuschätzen. Ach du je, ich weiß es nicht. Ich glaube, ich bin wohl noch Herrin meiner Sinne. Aber was den Verstand angeht, na ja. Im Grunde hat dieser Buntstift meinen Verstand in geradezu absurdem Maß beschäftigt.

Allerdings muss ich sagen, dass der Stift *wirklich* hübsch ist. Und das finde nicht nur ich. Das findet auch Suze.

»Hübscher Stift, Bex«, sagt Suze grinsend, als könnte sie meine Gedanken lesen. Dad nickt bekräftigend, und Janice meint: »Damit wirst du bestimmt deinen Spaß haben, Liebes!« Ich komme mir vor, als wäre ich wieder fünf Jahre alt. Besonders als Mum und Dad sich ansehen und Mum fragt: »Erinnerst du dich noch an den jährlichen Großeinkauf, bevor im September die Schule wieder losging?«, und plötzlich reise ich rückwärts durch die Zeit, und wir sehen uns Federmäppchen an, und ich bettle um das pinke, puschelige, und immer wieder fragen sie mich, ob ich denn wirklich unbedingt ein neues Geodreieck oder wie das heißt bräuchte.

(In Wahrheit habe ich jedes Jahr ein funkelnagelneues Geodreieck bekommen, ohne auch nur mit einem davon je irgendetwas ausgemessen zu haben. Nicht dass ich es Mum und Dad erzählen würde.)

»Wenn wir gleich bezahlt haben, gehen wir raus und machen noch ein paar schöne Naturfotos!«, sagt Mum entschlossen. »Das wird dich auf andere Gedanken bringen, Becky, Liebes. Tu was Kreatives! Du könntest ein Bild von

Minnie und mir auf einem großen, roten Felsen machen, und das schicken wir dann Elinor.«

Minnie? Auf einem von diesen Todesfelsen? Das soll wohl ein Witz sein.

»Schön!«, sage ich. »Oder vielleicht einfach … *neben* einem Felsen.«

Gemeinsam gehen wir zur Kasse, um zu bezahlen, und die Frau im Pfauenfederkleid ist begeistert. Und dann, als ich eben an der Reihe bin und ihr meinen Fünfdollarschein geben will, bemerke ich eine große Schachtel mit den gleichen handbedruckten Stiften und der Aufschrift *Sonderangebot: zehn zum Preis von fünf.* Ich stutze.

Zehn für den Preis von fünf. Das ist ein ziemlich gutes Angebot.

Mal sehen … Ich rechne es kurz im Kopf durch. Das wären zehn handbedruckte Buntstifte für $ 12,45. Wow. Nicht übel, oder? Da kommen zwar noch Steuern dazu, aber trotzdem. Und außerdem habe ich schon seit ewigen Zeiten einen uralten Zwanzigdollarschein in meiner Jacke, sodass ich uns allen einen Buntstift schenken könnte! Als Glücksbringer!

»Bex?«, fragt Suze, die mein Zögern sieht. »Möchtest du den Stift denn jetzt haben?«

»Ja«, sage ich abwesend. »Möchte ich. Obwohl ich gerade dachte, dass das hier doch ein ziemlich gutes Angebot ist, oder?« Ich deute auf die Schachtel. »Findest du nicht? Zehn für den Preis von fünf? Denn ich dachte gerade, ich würde euch allen gern ein Souvenir kaufen, und einen Stift kann man doch immer brauchen …«

Neben mir explodiert etwas. Ich glaube, das war Suze. Wie hat sie dieses Geräusch nur zustande gebracht?

»Was?« Ich drehe mich zu ihr um. »Was hast du?«

Zuerst antwortet sie mir gar nicht. Sie sieht mich nur mit

einem Ausdruck an, den ich nicht deuten kann. Dann drückt sie mich plötzlich an sich, so fest dass ich kaum noch Luft kriege.

»Nichts, Bex«, flüstert sie mir ins Ohr. »Nichts.«

Als wir den Laden verlassen, bin ich so gut drauf wie lange nicht. Ich bin überhaupt nicht an allem schuld! Dabei war mir gar nicht bewusst, wie *sehr* ich mich verantwortlich gefühlt habe. Jetzt bin ich wie befreit.

Wir haben die zehn Buntstifte schlussendlich gekauft, aber jeder hat ein, zwei Dollar dazu beigesteuert. Mum und Janice haben sich schon einen ausgesucht, aber Suze kann sich nicht zwischen dem türkisen und dem pinken Stift entscheiden.

»Türkis passt gut zu deinen Augen«, rate ich ihr, als sie die beiden nebeneinander hält. »Aber Pink passt zu allem. Hast du schon den hellblauen hier gesehen? Der ist auch hübsch…« Ich stutze. »Suze?« Sie hört mir gar nicht zu. Sie starrt links an mir vorbei. Als ich mich umdrehe, sehe ich, was los ist, und höre sie leise wimmern.

»Tarkie?«

Tarkie? O mein Gott. *Tarkie?*

Da steht er, eine Silhouette, die Nachmittagssonne im Rücken, sodass sein Gesicht nicht zu erkennen ist. Aber trotzdem – und das ist bemerkenswert – sieht er verändert aus.

Als wäre er ein Stück gewachsen. Steht er irgendwie anders? Hat er einen neuen Anzug?

»Tarkie«, wimmert Suze noch einmal – und als ich mich zu ihr umdrehe, laufen zwei Tränen über ihre Wangen. Im nächsten Moment rennt sie so schnell zu Tarquin, dass ich schon fürchte, sie könnte ihn umreißen.

Die Sonne blendet mich. Auch Suze wird ein Teil der Silhouette, und ich sehe zwei Schattenrissfiguren, die zu einer engen, endlosen Umarmung verschmelzen. Ich habe keine Ahnung, was innerhalb dieser Umarmung vor sich geht, ob die beiden miteinander reden oder so ... Es ist wie mit einer Blackbox im Flugzeug. Später werde ich alles erfahren.

Falls Suze es mir erzählt. Was sie vielleicht nicht tun wird. Manches ist eben doch privat. Ich meine, mittlerweile sind wir ja erwachsen. Da vertraut man sich nicht mehr alles an. (Allerdings hoffe ich sehr, *sehr*, dass sie es mir doch erzählt.)

Ich stehe da und starre die beiden an, mit der Hand am Mund, und ich kann sehen, dass die anderen Erwachsenen ebenso davon gebannt sind. Selbst Passanten sind stehen geblieben, um den beiden zuzusehen, und ich höre jemanden schwärmerisch seufzen.

»Guck mal, Becky!« Plötzlich steht Luke neben mir. »Tarquin ist da. Hast du gesehen?« Er deutet mit dem Kopf.

»Klar hab ich ihn gesehen«, raune ich. »Aber hat er ihr verziehen? Ist alles wieder gut? Was *sagt* er?«

»Ich glaube, das geht nur die beiden etwas an«, sagt Luke sanft. Ärgerlich mustere ich ihn. Das weiß ich doch. Aber wir reden hier von *Suze*.

In diesem Augenblick piept mein Handy, und als ich einen Blick darauf werfe, tut mein Herz einen kleinen Hüpfer. O mein Gott, das muss Suze sich ansehen! Auf der Stelle. Ich rücke etwas näher an die beiden heran und versuche, zu verstehen, was Tarkie gerade sagt.

»Wir haben beide vorübergehend den Verstand verloren, jeder auf seine Weise«, sagt Tarkie und sieht Suze dabei tief in die Augen. »Aber so bin ich eigentlich gar nicht. Und du bist auch nicht so.«

»Nein.« Suze schluckt. »Nein, Tarkie. Ich weiß selbst nicht, was in mich gefahren ist.«

»Du bist nicht dieses Mädchen aus L. A., das sich falsche Haare anklebt. Die wahre Suze liebt ... die Natur.« Er machte eine weite Geste mit dem Arm. »Die wahre Suze liebt … Bäume.«

Es entsteht eine längere Pause, und ich sehe, wie unruhig Suze wird.

»Oh, ja«, sagt sie schließlich. »Bäume. Absolut. Mh … da wir gerade von Bäumen sprechen …« Ihre Stimme klingt ganz quietschig, und dauernd kratzt sie sich im Gesicht. »Ich dachte nur … Ich hab gerade überlegt …« Ich sehe ihr an, dass sie ihren ganzen Mut zusammennimmt. »Wie geht es … Wie geht es Owl's Tower?«

»Unverändert«, sagt Tarkie. »Ganz genau wie immer schon.« Sein Blick ist feierlich, seine Stimme jedoch unergründlich. Verzweifelt versucht die arme Suze, seine Miene zu deuten, und ich sehe, dass ihre Lippen beben.

»Dann geht es ihm also … nicht besser?«, probiert sie. »Und auch nicht schlechter?«

»Suze, du kennst doch Owl's Tower«, sagt Tarkie und blinzelt, als würde er ihn sich bildlich vorstellen. »Ich muss ihn dir nicht erst beschreiben.«

Großer Gott, das ist die reine *Folter*.

»Suze!«, sage ich so diskret wie möglich. »Du musst dir was ansehen!« Erschrocken dreht sie sich um und macht eine wütende Geste, um mich zu verscheuchen.

»Bex, das ist jetzt wohl kaum der richtige Zeitpunkt! *Merkst* du das nicht?«

»Doch, ist es wohl! Suze, ehrlich. Tarkie, es dauert nur zwei Sekunden …« Eilig trete ich an Suze heran, bevor sie sich noch einmal weigern kann, und zeige ihr mein Handy.

Auf dem kleinen Bildschirm lächelt uns Derek Smeaths faltiges Gesicht an. Er steht in einem dunklen Wald und leuchtet mit seiner Taschenlampe an einem Baum empor. Als ich näher heranzoome, erkennt man ein metallenes Schild, auf dem steht: OWL'S TOWER.

»Das ist jetzt wirklich nicht...«, setzt Suze an, da werden ihren Augen vor Schreck ganz groß. »*Nein.*«

»Derek Smeath ist in diesem Moment dort. Der Baum ist kerngesund, Suze«, flüstere ich und scrolle durch die Fotos von blühenden, dicht belaubtem Ästen. »Er ist unverwüstlich. Genau wie du und Tarkie. Er ist stark und gesund und majestätisch. Und er rührt sich nicht von der Stelle.«

Tränen schießen Suze in die Augen, und als ihr ein leiser Schluchzer entfährt, schlägt sie die Hand vor den Mund. Ich drücke sie fest an mich. Das Ganze war ein solcher Höllentrip.

»Aber...«, bringt sie schließlich hervor und deutet auf den Bildschirm. »Wie um alles in der Welt...?«

»Erzähl ich dir später. Äh... hi, Tarkie!«, füge ich verlegen hinzu und winke ihm. »Wie geht's? Also... dann lass ich euch zwei mal wieder allein...« Ich rücke ab. »Tut mir leid, dass ich gestört habe...«

»Tarkie.« Urplötzlich bricht Suze schluchzend zusammen, als könnte sie ihre Fassade endgültig nicht mehr aufrechthalten. »Tarkie, es tut mir so schrecklich leid...«

Und dann schließt Tarkie sie in seine Arme, stark und fest, und er führt sie zu einem stillen Plätzchen im Garten eines nahen Cafés. Luke und ich sehen einander an, und mir läuft ein kalter Schauer über den Rücken. Ich hoffe, dass zwischen den beiden alles wieder gut wird. Ich meine, ich *glaube* daran. Tarkie ist hier. Sie werden sich aussprechen.

Aber da sieht man es mal wieder. So schnell kann alles vorbei sein. Ein einziger Fehler...

»Luke, lass uns bitte keine Affären haben«, sage ich unvermittelt. Ich nehme seinen Arm und sehe, wie es in seinem Gesicht zuckt, als würde ich ihn amüsieren.

»Okay«, willigt er feierlich ein. »Lass uns keine Affären haben.«

»Du nimmst mich nicht ernst!« Ich kneife ihn. »Lass das! Ich meine es, wie ich es sage!«

»Ich nehme dich ernst. Ehrlich.« Er schaut mir in die Augen, und ich sehe etwas Tieferes in seinem Blick. Eine Bestätigung, als hätte er mich verstanden. »Lass uns keine Affären haben. Und lass uns auch nie in blöden Baumrätseln sprechen«, fügt er hinzu mit einem Blitzen in den Augen. (Luke fand die ganze Sache mit dem Owl's Tower *dämlich*. Das ist überhaupt nicht sein Stil.)

»Abgemacht.« Ich nicke, und Luke beugt sich herab, um mir einen Kuss zu geben. Und ich merke, dass ich ihn so fest an mich drücke, dass ihm wahrscheinlich die Luft wegbleibt. Aber das ist mir egal. Das muss jetzt einfach sein.

Ein bisschen ist es so, als würde man auf ein Baby warten. Wir gehen in das Gartencafé, halten gebührenden Abstand von Suze und Tarkie, bestellen uns was zu trinken und treiben Smalltalk. Der Garten ist ziemlich groß, mit Felsen und Bäumen und Büschen, also mache ich ein Foto von Mum neben einem Felsen und von Minnie, die auf dem Felsen sitzt, und von einer Eidechse, die wir im Schatten entdecken. Und Mum sagt fröhlich: »Siehst du, Becky, Liebes? Es gibt so *vieles*, was du tun könntest, wenn du nur wolltest. Du könntest ja zum Beispiel Naturfotografin werden!«

Sofort ist mir klar, dass sie mit Suze oder auch mit Luke oder sogar mit beiden darüber gesprochen hat, dass ich keinen Job habe und mir deshalb Sorgen mache. Und obwohl ich bestimmt die schlechteste Naturfotografin aller Zeiten wäre, bin ich doch gerührt. Mum würde mich nie aufgeben. Ihre gesamte Weltsicht beruht darauf, dass ich alles schaffen kann. Also lächle ich und sage: »Ja! Gute Idee, Mum! Vielleicht!«, und dann mache ich von den Büschen fünfundneunzig Bilder, die wir später alle löschen werden.

Schließlich kommen unsere Getränke, und wir setzen uns. Von Zeit zu Zeit werfen wir verstohlene Blicke zu Suze und Tarkie hinüber, die *immer* noch reden. Positiv bleibt zu vermerken, dass Tarkie ihre Hand hält und sie sehr schnell und wortreich auf ihn einredet, während er ihr die Tränen mit seinem Taschentuch von den Wangen wischt. Was hoffentlich ein gutes Zeichen ist.

Ich glaube, Suze und Tarkie wollen *wirklich* miteinander verheiratet sein. Was ja schon mal eine gute Voraussetzung für eine Ehe ist.

Dann stehen sie plötzlich auf und kommen zu uns herüber, und alle geben sich Mühe, so zu tun, als würden wir uns ganz normal unterhalten und hätten nicht jede ihrer Bewegungen aufmerksam beobachtet und gedeutet.

»Also, diese Canyons aus rotem Fels...«, hebt Mum an, während Janice gleichzeitig flötet: »Leckere Limonade, was?«

»Hallo, alle zusammen«, sagt Suze kleinlaut, als sie näher kommt, und wir setzen alle eine überraschte Miene auf.

»Ach, Suze, da bist du ja!«, ruft Mum, als hätte sie schon überlegt, wo Suze wohl geblieben sein könnte. »Und Tarquin auch. Wie gut du aussiehst, Tarquin!«

Das ist nun tatsächlich eine zutreffende Bemerkung. Tarquin sieht wirklich gut aus. Seine Haare sind wieder etwas gewachsen nach dem grässlichen Kahlschnitt, den man ihm in L. A. verpasst hat, er trägt einen smarten, marineblauen Leinenanzug und wirkt entschlossener denn je.

»Schön, dich zu sehen, Jane«, sagt er und beugt sich herab, um ihr einen Kuss zu geben. »Und Janice. Wie man hört, habt ihr eine abenteuerliche Reise hinter euch.«

Ist seine Stimme auch tiefer? Und er hat noch kein einziges Mal gestammelt. Ich meine, noch hat er kaum etwas gesagt, aber trotzdem. Wo ist der schüchterne, stotternde, verstockte Aristokrat geblieben, der jedes Mal zusammenzuckt, wenn man »Buh!« macht?

Ich sehe zu Suze hinüber, die sich bedeckt hält, als wollte sie die Aufmerksamkeit nicht auf sich ziehen.

»Suze.« Ich klopfe auf den Stuhl neben mir. »Komm her. Trink was.« Dann: »Alles okay?«, raune ich ihr zu, als sie sich setzt.

»Glaub schon.« Suze wirkt erschüttert und bringt doch ein Lächeln zustande. »Wir hatten viel zu besprechen ... Tarkie ist so großherzig ...« Sie kneift die Augen zu. »Er gibt sich alle Mühe, nicht verletzt zu sein, weil er alles wieder ins Lot bringen will. Er versucht, sich auf deinen Dad und die ganze Sache zu konzentrieren. Aber er *sollte* verletzt sein! Er sollte *wütend* auf mich sein. Oder?«

Ich beobachte Tarkie, wie er meinem Dad eifrig die Hand schüttelt, mit leuchtenden Augen.

»Schön, dich zu sehen, Graham«, sagt er, und ich höre die Freude in seiner Stimme.

»Er wird seine Zeit brauchen«, sage ich. »Lass es ihn auf seine Weise tun, Suze. Ihr seid wieder zusammen. Das ist die Hauptsache.« Entsetzt starre ich sie an. »Ich meine, *seid* ihr doch, oder?«

»Ja!« Suze lacht und schluchzt gleichzeitig. »O Gott. Ja. Sind wir. Ja.«

»Hast du ihm das mit dem Owl's Tower erzählt?«

»Noch nicht«, sagt Suze verschämt und beißt sich auf die Lippe. »Aber sobald wir nach Hause kommen. Ich werde ihm alles erzählen. *Alles.* Nur nicht jetzt. Er ist ... Ich glaube, das möchte er gerade gar nicht wissen.«

»Du hast recht.« Ich mustere ihn. »Er hat sich verändert!«

»Okay, Graham«, sagt Tarkie, als er sich setzt. »Hast du meine Nachricht bekommen?«

»Absolut«, sagt Dad. »Absolut. Aber ich habe sie nicht

ganz verstanden. Du sagst, du hättest ›Kontakt‹ zu Corey aufgenommen. Willst du damit sagen, dass du ihm einen Brief geschrieben hast? Eine E-Mail?«

»Ganz und gar nicht«, erwidert Tarquin. »Ich habe mich mit ihm getroffen.«

»Getroffen?« Dad kriegt den Mund nicht wieder zu. »Auge in Auge?«

»Zum Mittagessen.«

Es herrscht sprachloses Schweigen. Tarkie hat sich mit Corey zum Mittagessen getroffen?

»Tarkie, du bist… einfach toll!«, stottert Suze.

»Gewiss nicht«, sagt Tarkie bescheiden. »Der Titel hat geholfen.«

»Aber was war der Anlass eures Treffens?«, fragt Dad ungläubig.

»Meine neue Risikokapitalgesellschaft, die eine Partnerschaft mit seinem Unternehmen anstrebt«, erklärt Tarkie und fügt dann hinzu: »Meine fiktive Risikokapitalgesellschaft.«

Dad wirft den Kopf in den Nacken und lacht schallend. »Tarquin, du bist unglaublich.«

»Tarkie, du bist genial«, sage ich aufrichtig.

»Ach, bitte«, sagt Tarkie verlegen. »Ganz gewiss nicht. Aber das Gute ist, dass ich uns Zugang zu Corey verschafft habe. Die Frage ist nun, wie wir diesen Draht am besten nutzen. Zumindest haben wir einen Ansatzpunkt.«

Beeindruckt blinzle ich Tarkie an. Er sieht so erwachsen und energisch aus wie nie zuvor.

»Nun.« Dad wirkt fast verstört. »Tarquin, das ist ein viel, viel größerer Fortschritt, als ich ihn mir je erhofft hatte.«

Ich versuche, die neuen Umstände zu verdauen. Die ändern alles. Das könnte bedeuten… Ich nehme mein Notizbuch, streiche einige Ideen, füge andere hinzu.

»Wir sollten die Lage gemeinsam besprechen«, sagt Dad.

»Aber lieber etwas später, wenn alle…«, er wirft einen für-
sorglichen Blick auf Suze, »… wieder etwas gefasster sind.«

»Gute Idee«, sagt Tarkie. »Dann erzähle ich euch alles, was
ich weiß. Und jetzt – wie wäre es mit einem kleinen Rachenputzer zur Feier des Tages?«

Eine Weile sitzen wir noch da, trinken und plaudern und gucken uns die roten Felsen an. Möglicherweise liegt in Sedona
tatsächlich etwas Mystisches, Seelenstärkendes in der Luft,
denn endlich habe ich das Gefühl, zur Ruhe zu kommen.

Als wir zum Hotel spazieren, nehmen sich Suze und Tarkie immer wieder bei der Hand, wie zur Bestätigung, und
jedes Mal spüre ich, wie sehr ich mich darüber freue. Denn
ich möchte kein Scheidungsopfer sein. Das zieht bleibende
Schäden nach sich.

»Dein Vater ist fabelhaft«, sagt Tarkie, während wir an
einer Straße warten, um sie zu überqueren.

»Ich weiß«, sage ich stolz.

»Er ist Tarkies Held«, sagt Suze und drückt liebevoll seine
Hand.

»Worüber habt ihr euch denn während der langen Fahrt
unterhalten?«, frage ich mit aufrichtiger Neugier. Ich meine,
ich weiß ja, dass Tarkie und mein Dad sich mögen, aber ich
dachte nicht, dass sie so viel gemeinsam haben. Von Golf
vielleicht mal abgesehen.

»Er hat mir eine Standpauke gehalten«, sagt Tarquin. »Und
zwar eine, die sich gewaschen hat.«

»Oh«, sage ich überrascht. »Oha. Das tut mir leid.«

»Das muss es nicht.« Tarkie runzelt die Stirn. »Er meinte,
wir hätten alle unsere Aufgabe im Leben, und ich würde
vor meiner weglaufen. Was stimmt. Zu sein, wer ich bin, na
ja, das ist keine leichte Aufgabe. Zwar habe ich sie mir nicht
ausgesucht… aber ich darf mich auch nicht davor drücken.

Ich muss mich ihr stellen.« Er macht eine Pause. »Und genau das werde ich tun. Ich werde meine Pläne für Letherby Hall in die Tat umsetzen, egal was meine Eltern denken mögen.«

»Deine Pläne sind wundervoll«, bekräftigt Suze. »Es wird ein zweites Chatsworth!«

»Na ja, vielleicht nicht ganz«, sagt Tarkie. »Was wir vorhaben, ist aber wirklich sinnvoll. Es wird funktionieren.« Er klingt, als würde er mit jemandem streiten, der in seinem Kopf sitzt. »Es funktioniert bestimmt.«

Ich sehe ihn mir an. Ich weiß nicht, was sein Dad ihm angetan hat, aber Tarkie ist daran gewachsen. Er wirkt älter. Selbstsicherer. Wie ein Mann, der ein Imperium übernehmen könnte, ohne dabei in die Knie zu gehen.

Nachdem wir die Straße überquert haben, läuft Suze neben mir, und wir suchen kurz die Zweisamkeit. (Im Grunde Zweieinhalbsamkeit, denn ich halte Minnie bei der Hand.)

»Bex …«, flüstert sie. »Ich muss dir was sagen.«

»Was?«

»Ich bin …« Sie macht so eine vage, suzemäßige Geste.

»Was?« Ich starre sie an. »Doch nicht …«

»Doch.« Ihre Wangen werden rosig.

»*Nein* … Bist du etwa …?«

»Ja!«

Okay, ich sollte sichergehen, dass wir hier im selben Film sind. Denn ich könnte das *eine* meinen, sie dagegen: *wild entschlossen, in England einen Kochkurs zu geben.*

»*Schwanger?*«, flüstere ich, und sie nickt heftig. »Wie lange weißt du es schon?«

»Tarkie war gerade einen Tag weg. Da habe ich den Test gemacht. Ich bin fast durchgedreht.« Bei der Erinnerung daran verzieht sie das Gesicht. »Es war das Grauen, Bex. Das reine Grauen. Ich dachte … Ich wusste nicht, was ich tun sollte… Ich hatte solche Angst, dass…« Ihre Stimme verklingt. »Es war ein Albtraum«, flüstert sie.

Okay, das erklärt manches. Ist sie deshalb vielleicht ständig so gereizt? Zu Beginn einer Schwangerschaft war sie bisher immer gereizt. Kein Wunder, dass sie wegen Bryce dermaßen ausgeflippt ist. Sie dachte, Tarkie würde sie verlassen, ohne zu ahnen, dass er nochmal Vater wird… Ein schrecklicher Gedanke. Und sie musste ganz allein damit fertig werden und konnte sich keinem Menschen anvertrauen.

Oder… doch?

»Weiß Alicia davon?«, frage ich abrupter als beabsichtigt.

»Nein!« Suze klingt schockiert. »Selbstverständlich nicht. Ich hätte es ihr doch nie zuerst erzählt.« Sie legt mir einen Arm um die Schulter und drückt mich an sich. »Das würde ich nie tun, Bex.«

Ich wende mich ihr zu, und jetzt fallen mir natürlich all die verräterischen Anzeichen auf, die nur eine beste Freundin erkennen kann. Die Haut um ihre Nase ist gerötet. Das passiert immer, wenn sie schwanger ist. Und…

Na gut, das ist eigentlich das einzige verräterische Anzeichen. Das und…

»Hey!« Ich rücke etwas ab. »Du hast getrunken! Diverse Tequila, Eistee mit Bourbon…«

»Hab nur so getan«, sagt Suze knapp. »Hab das Zeug heimlich weggeschüttet. Ich wusste, wenn ich zu offensichtlich darauf Rücksicht nehme, würdest du es sofort erraten.«

»Stimmt schon.« Ich nicke. »O mein Gott, Suze – vier Kinder!« Staunend starre ich sie an. »*Vier.*«

»Ich weiß.« Sie schluckt.

»Oder fünf, falls du Zwillinge bekommst. Oder sechs, falls du Drillinge…«

»Hör auf!«, sagt Suze entsetzt. »Das werde ich nicht!

322

Bex…« Ihre Miene wirkt gequält. »Ich wünschte… Ich wünschte, dass du auch…«

»Ich weiß«, falle ich ihr sanft ins Wort. »Das weiß ich doch.«

»Es ist so unfair.« Sie schluckt. »Wir haben es nicht mal geplant. Die totale Überraschung.«

Sie deutet auf ihren Bauch, und ich merke, dass ich ein kleines bisschen neidisch bin. So eine Überraschung hätte ich auch gern. Zu meinem Entsetzen merke ich, dass mir die Tränen kommen, und eilig wende ich mich ab.

Ist doch egal. Alles wird gut. Wir haben Minnie, und die ist perfekt. Mehr als perfekt. Wir brauchen nichts weiter. Ich beuge mich herab und drücke ihr einen Kuss auf ihre weiche Wange, die ich so sehr liebe, dass es schon weh tut. Und als ich mich aufrichte, sehe ich, dass auch Suze glänzende Augen hat.

»Lass das«, sage ich und muss schlucken. »*Lass* das! Hör zu. Es ist okay. Schließlich kann man nicht alles haben. Oder?«

»Nein«, sagt Suze nach einer Weile. »Nein, wohl nicht.«

»Man kann nicht alles haben«, wiederhole ich, als wir weitergehen. Das ist mein Lieblingsspruch. Ich habe ihn sogar als Kühlschrankmagnet. »Man kann nicht *alles* haben«, betone ich. »Wo sollte man das ganze Zeug denn verstauen?«

Suze prustet vor Lachen, und ich muss unwillkürlich grinsen. Sie rempelt mich mit der Schulter an, und ich schubse sie, dann nimmt sie Minnies andere Hand, und wir schwingen meine Kleine die Straße entlang, während sie »Nochmal! Nochmal!« kreischt. Und für ein paar Minuten haben sich Angst und Anspannung in Luft aufgelöst. Und wir sind nur zwei Freundinnen, die im Sonnenschein ein kleines Mädchen fliegen lassen.

16

Tarkie hat für unsere Lagebesprechung einen Konferenzraum angemietet und dabei sogar einen Preisnachlass ausgehandelt. Er ist der Mann der Stunde. Alle haben einen Notizblock, einen Glücksbringerbuntstift und ein Wasserglas vor sich auf dem Tisch, und auf meinem Block steht ganz oben *Gerechtigkeit für Brent* – dreimal unterstrichen, um die Dringlichkeit hervorzuheben.

Suze und ich sitzen nebeneinander, und immer wieder stoßen wir uns an und bewundern unsere neuen Cowboystiefel. Suze hat sie gekauft. Sie hat mich praktisch genötigt, mit ihr in diesen Laden zu gehen, und zu dem Besitzer hat sie dermaßen barsch »Wir kaufen uns Stiefel!« gesagt, dass es fast aggressiv klang. Und dann haben wir so ziemlich jedes einzelne Paar im Laden anprobiert, was echt Spaß gemacht hat.

Ich weiß gar nicht, was mit mir los war. Wie konnte ich keine Cowboystiefel haben wollen? Gibt es überhaupt Menschen, die keine Cowboystiefel haben wollen? Es ist, als hätte sich ein seltsamer Nebel aus meinem Kopf verzogen, und jetzt bin ich endlich wieder die, die ich mal war.

Meine Stiefel sind anthrazit-grau mit Silbernieten, und Minnie hat sich unsterblich in sie verliebt. Sobald die Boots aus dem Schuhkarton raus waren, hat Minnie sie sich geschnappt und ist den ganzen Abend darin herumgelaufen. Am Ende wollte sie damit sogar zu Bett gehen. Als ich gesagt habe: »Nein, Schätzchen, im Bett trägt man keine Stiefel«, wollte sie sie im Arm halten, wie einen Teddy. Und dann, als mir schlussendlich nichts anderes übrig blieb, als zu rufen: »Nein! Mami möchte sie heute Abend selbst tragen!«, meinte sie: »Aber die Stiefel haben *Minnie* lieb«, und sah mich mit diesem traurigen, vorwurfsvollen Blick an, bei dem ich ein furchtbar schlechtes Gewissen bekam, obwohl es eigentlich *meine* Stiefel sind. Oh, Mann.

Jedenfalls schläft sie jetzt. Wir haben einen sehr netten Babysitter namens Judy empfohlen bekommen, und sie passt auf, bis wir mit unserer Lagebesprechung fertig sind. Ich meine, klar hätte ich Minnie auch mitbringen und auf den Schoß nehmen können. Aber erstens ist für sie längst Schlafenszeit, und zweitens wird es jetzt ernst. Als ich in die Runde blicke, sehe ich aufmerksame Gesichter, gespannt vor Konzentration. (Bis auf Dannys Gesicht, das vom »Stabilisierungsserum« gespannt ist, das man ihm nach seiner Gesichtsmassage aufgetragen hat. Offenbar war sein Nachmittag im Spa dermaßen überirdisch, dass es ihm gar nichts ausmacht, das Wichtigste verpasst zu haben, aber schließlich kann er sich jederzeit ein Update besorgen – das heißt dass ich ihm alles erzähle.)

»Wie wir wissen, lässt Corey nichts und niemanden an sich heran. Er ist wie eine Festung.« Dads Stimme holt mich wieder zurück. »Dennoch ist es Tarquin gelungen, ins Allerheiligste vorzudringen.«

»Corey möchte mich seiner Firmenleitung vorstellen.« Tarquin nickt. »Ich habe seine Handynummer. Er meinte, ich könne ihn jederzeit anrufen.«

»Das ist ja wunderbar!«, sage ich. »Sehr gut!« Ich applaudiere ihm, und alle schließen sich mir an, doch Tarkie winkt ab.

»Trotzdem bleibt es schwierig«, fährt Tarkie fort. »Zum einen weil Corey sich aus dem Tagesgeschäft zurückgezogen hat. Seine neue Frau und die kleine Tochter sind sein Ein und

Alles, und er interessiert sich für nichts anderes mehr. Zum anderen spricht er nicht gern über seine Vergangenheit.«

»Weil seine Frau glaubt, er sei Mitte fünfzig«, werfe ich ein, und Dad muss lachen.

»Das kommt noch dazu«, sagt Tarkie. »Aber er reagiert ganz allgemein geradezu hyperempfindlich. Er weicht jeder Frage zu seiner Vergangenheit aus. Ich habe ihn direkt darauf angesprochen, ob er als junger Mann durch die Staaten gereist ist, woraufhin er sofort anfing, von seinem letzten Urlaub auf Hawaii zu erzählen.«

»Nun gut. An seine Herzensgüte können wir also nicht appellieren«, sagt Dad. »Und auch nicht an nostalgische Gefühle.«

»Leider nicht«, stimmt Tarkie zu. »Wir werden ihn irgendwie dazu *zwingen* müssen, das Richtige zu tun. Wie gesagt – momentan lasse ich den Deal, auf den Brent sich eingelassen hat, von Anwälten prüfen. Leider gibt es keine belastbaren Beweise, dass Corey Brent belogen oder irgendwie in die Irre geführt hat. Die Sache ist lange her, und so steht das Wort des einen gegen das Wort des anderen.«

»Aber Raymond hat es uns doch erzählt!«, wirft Suze ein.

»Möglich. Aber glaubst du, Raymond würde vor Gericht jemals für Brent aussagen?« Tarkie schüttelt den Kopf. »Corey wird behaupten, Brent sei einfach nur verbittert, weil er damals eine unkluge geschäftliche Entscheidung getroffen hat.«

»Wie die EMI, als sie die Beatles abgelehnt hat«, wirft Janice hilfsbereit ein. »In diesem Fall wäre Brent die EMI.«

»Nein, er wäre der Schlagzeuger«, sagt Mum. »Der andere Schlagzeuger.«

»Ringo Starr?«, fragt Janice verdutzt.

»Nein, Schätzchen, der *andere* Schlagzeuger. Pete Soundso …«

»Interessanter Einwurf, Jane«, fällt Tarkie ihr ins Wort. »Wenn wir uns jetzt vielleicht wieder dem anstehenden Thema widmen könnten...« Er fixiert Mum mit einem Blick, der für Tarkies Verhältnisse fast streng wirkt, und zu meinem Erstaunen schweigt sie.

»Es gibt da allerdings eine schwammige Formulierung, die meine Anwälte genauer unter die Lupe nehmen«, fährt Tarkie fort. »Die Frage ist nur, ob wir Kontakt zu Corey aufnehmen, bevor wir eine rechtliche Grundlage haben, oder ob wir lieber abwarten wollen.«

»Was würden wir ihm denn sagen, wenn wir Kontakt aufnehmen?«, fragt Mum.

»Wir üben Druck aus«, sagt Tarkie. »Nutzen unseren Einfluss, bringen, wenn nötig, ein Element der Bedrohung ins Spiel.«

»*Bedrohung*?«, wiederholt Janice erschüttert.

»Ich habe da eine Kundin, die uns helfen könnte«, meint Danny. »Sie ist Russin. Gibt jedes Jahr hundert Riesen aus. Wenn ihr jemandem drohen wollt, ist ihr Mann genau der Richtige.«

»Meinst du damit etwa die russische Mafia?« Entsetzt starrt Dad ihn an.

»Natürlich *nicht*.« Danny tut, als würde er seinen Mund mit einem Reißverschluss zuziehen. »Erste Regel der Mafia: Kein Wort über die Mafia.«

»Das ist total *Fight Club*!«, wendet Suze ein.

»Fight Club *und* Mafia.« Danny zuckt mit den Schultern. »Und aus meiner Haute-Couture-Show in Katar.«

»Ich wusste ja gar nicht, dass du eine Haute-Couture-Show in Katar hattest!«, sage ich begeistert.

»Ich weiß.« Danny zieht geheimnisvoll die Augenbrauen hoch. »Es liegt daran, dass ich nicht darüber sprechen darf.«

Seit wann hat er denn geheime Haute-Couture-Shows in

Katar, von denen er mir nichts erzählen darf? Ich würde ihn gern mehr dazu fragen, aber jetzt ist nicht der rechte Zeitpunkt.

»Wir können uns doch nicht mit der Mafia einlassen!« Janice sieht aus, als würde sie gleich hyperventilieren. »Graham, von der Mafia war nie die Rede!«

»Selbstverständlich werden wir uns *nicht* mit der Mafia einlassen«, sagt Dad ungeduldig.

»Ich glaube ohnehin nicht, dass es die richtige Methode wäre, Corey zu drohen«, werfe ich ein. »Je mehr man solche Leute unter Druck setzt, desto aggressiver werden sie. Wir müssen ihm schmeicheln. Ihn *überreden*. Wie in dieser Geschichte von dem Mann und seinem Cape. Nachdem der Wind es ihm nicht entreißen kann, zwingt die Sonne ihn, es freiwillig abzulegen. Weißt du noch, dass du mir die Geschichte immer vorgelesen hast, Mum?« Ich wende mich ihr zu. »Mit diesen hübschen Illustrationen?«

Ich versuche, Mum auf meine Seite zu ziehen, doch sie wirkt beunruhigt. »Becky, Liebes, ich weiß nicht, ob Bilderbücher jetzt die beste Referenz sind.«

»Warum nicht? Überreden ist definitiv die vielversprechendste Taktik.« Ich sehe mich am Tisch um. »Vergesst die Anwälte, vergesst die Mafia – darauf würde er sowieso nicht reagieren.«

»Aber Schätzchen, wie um alles in der Welt könnten wir ihn *überreden*?«, fragt Dad sanft.

»Na ja, ich hätte da schon eine Idee«, gebe ich zu.

»Was für eine Idee?«, will Suze sofort wissen.

»Es ist ein bisschen kompliziert«, räume ich ein. »Wir müssten unsere gesamten Kräfte mobilisieren. Wir müssten wieder zurück nach Las Vegas und uns dort ein Hotel suchen. Und wir müssten alles sehr sorgfältig planen. Wir würden ihm eine Falle stellen. Ihn reinlegen. Aber dafür bräuchten wir auch Elinor«, füge ich hinzu. »Irgendwie müssten wir sie für unseren Plan gewinnen.«

»Meine Mutter?« Luke kann nicht glauben, was er da hört. »Becky, was hast du jetzt wieder vor?«

»Du willst Corey *reinlegen*?« Dad macht ein sorgenvolles Gesicht.

»Du sagtest doch was von ›überreden‹!«, meint Mum. »Jemanden reinzulegen, ist *gefährlich*!«

»Schätzchen, ist das auch klug?«, fragt Dad.

»Wir würden ihn ja nur ein bisschen reinlegen«, verteidige ich mich. »Wenn wir alle zusammenarbeiten, können wir es schaffen. Ich weiß es genau.« Ich blicke in die Runde und versuche, ein wenig Begeisterung zu wecken. »Wir können doch zusammenarbeiten, oder? Bisher ging es ja auch gut. Jeder bekommt eine bestimmte Aufgabe zugeteilt. Timing und Planung sind von entscheidender Bedeutung.«

»Wie viele sind wir denn?«, fragt Suze und zählt uns an den Fingern ab. »Du, ich, Luke, Tarkie, Jane, Graham, Janice, Danny, Elinor ...«

»Könnten wir auch Ulla mit einplanen?«, frage ich Danny. »Das wäre eine große Hilfe.«

»Klar.« Danny nickt. »Alles, was du brauchst.«

»Damit wären wir also zehn«, sagt Suze. »Wir zehn legen einen Geschäftsmann in Las Vegas rein. Merkst du was?« Suze grinst mich verschmitzt an. »Wir sind *Becky's Ten*.«

»Bravo, Becky!«, ruft Janice. »Sehr gut!«

»*Becky's Ten*?«, wiederholt Dad verwundert.

»Der Film«, erklärt Suze. »*Ocean's Eleven*. Mit Brad Pitt? Und George Clooney?«

»Ach, so.« Dad ist anzusehen, dass er sich erinnert. »Den Film mochte ich.«

»Wie cool!«, sagt Danny anerkennend. »Ich spiel den Milliardär. Diese Rolle ist mir *so was* von auf den Leib geschrie-

ben. ›Zum Gruße, Handlanger.‹« Er nimmt einen osteuropä-
ischen Akzent an. »Ich verlange zu deponieren Nuklearwaffe
in Ihre Hochsicherheitstresor.«

»Ganz bestimmt werden wir nichts in irgendeinem ›Hochsicherheitstresor‹ deponieren.« Ich rolle mit den Augen.
»Und außerdem werden wir *Becky's Eleven* sein«, erkläre ich
Suze. »Es gibt da noch jemanden, den wir in unserem Team
bräuchten. Jemand Entscheidendes.«

»Wen?«

Doch ich antworte nicht. Noch fliegt mein Plan eher un-
geordnet in meinem Kopf herum. Ich muss mir erstmal alles aufschreiben und mir genau überlegen, ob es klappen
könnte.

Obwohl: Nein, muss ich gar nicht. Ich weiß jetzt schon,
dass es klappen wird.

Okay, das stimmt auch wieder nicht. Ich weiß nicht, ob
mein Plan klappen wird… aber ich weiß, dass er klappen
könnte. Dass er eigentlich klappen *müsste*.

Als ich losschreibe, fühle ich mich beschwingt. Geradezu
euphorisch. Ich tue etwas. Ich bewege etwas. Derek Smeath
hat recht: Positives Handeln gibt der Seele *tatsächlich* Auftrieb.

»Wir brauchen ein paar große Luftballons«, fügt Danny
hinzu, der sich für die Idee zunehmend begeistern kann.
»Und alle müssen Sonnenbrillen tragen, sogar in den Casinos. Ich werde euch stylen«, verkündet er enthusiastisch.
»Wir können ja schlecht Becky's Eleven sein, ohne entsprechend aufzutreten. Wie sieht dein Plan denn eigentlich aus,
Becky? Nach Vegas fahren, ins Bellagio einchecken, den
Coup landen und dann den Brunnen besichtigen, während
die Musik spielt?«

»Mehr oder weniger.« Ich nicke.

»Cool.« Danny sieht sich um. »Okay, ich bin dabei. Bist du
dabei, Suze?«

»Ich bin dabei«, ruft Suze aufgekratzt.

»Ich auch«, sagt Tarquin.

»Ich auch!«, flötet Janice.

Alle anderen am Tisch nicken, nur Dad scheint sich Sorgen zu machen. »Becky, Liebes, wie sieht dein Plan denn genau aus?«

»Das erkläre ich euch, wenn ich ihn fertig ausgearbeitet habe«, sage ich, ohne von meinen Notizen aufzublicken. »Wir müssen ein paar Dinge regeln, wieder rauf nach Las Vegas fahren, uns organisieren. Bevor wir diesen Plan allerdings angehen…« Ich lächle Dad an. »Ich glaube, es gibt da noch etwas ganz Entscheidendes, das wir vorher erledigen sollten.«

17

»Brüder und Schwestern«, tönt Elvis. »Uh-hu-hu. Wir haben uns hier versammelt. Uh-hu-hu.«

O Gott. Gleich muss ich lachen. Will der jetzt nach jeder Zeile »Uh-hu-hu« sagen?

Vor uns steht ein ziemlich eindrucksvoller Elvis. Er trägt einen schwarzen Glitzeranzug mit monströsen Schlaghosen, dazu Plateaustiefel und eine ziemlich glaubwürdige Perücke (seine echten Haare sind nicht zu sehen), und er hat bereits »Can't Help Falling in Love« gesungen, mit reichlich Hall und Hüftschwung.

Zwei Tage ist es jetzt her, dass wir Sedona hinter uns gelassen haben, und inzwischen drängeln wir uns in der »Silver Candles Elvis Wedding Chapel« von Las Vegas. Alle sind furchtbar aufgedreht – besonders Minnie, die wie ein »Blumenmädchen« gekleidet ist und das Samtkissen für die Ringe halten darf. Dabei haben wir gar keine Ringe. Suze trägt ein wallend weißes Kleid und Blumen im Haar und ist einfach unfassbar schön. Mum sitzt ganz vorn in der Kapelle und hat schon eine Handvoll Konfetti nach Suze geworfen, obwohl noch gar nichts passiert ist. (Mum und Dad saßen heute früh schon in der Hotelbar und haben mit Champagner angestoßen. Ihrer Rechnung nach zu urteilen, hatten die beiden mehr als nur ein kleines Gläschen.)

»Um dem neuerlichen Liebesversprechen dieses Paares beizuwohnen. Uh-hu-hu.« Elvis mustert Suze. »Soweit ich weiß, haben Sie Ihren Liebesschwur selbst gewählt?«

»Genau.« Suze räuspert sich und sieht Tarkie an, der mit

stolzer Miene etwas abseits steht. »Ich, Susan, verspreche dir, Becky, für immer deine Freundin zu sein.« Feierlich sieht sie mich an. »In armen wie in reichen Zeiten, bei Tag oder um drei Uhr nachts. Das schwöre ich bei meinen neuen Cowboystiefeln.«

»Uh-hu-hu«, sagt Elvis nickend.

»Hurra!«, jubelt Mum und wirft noch mehr Konfetti in die Luft.

»Und ich, Becky, schwöre dir, Suze, für immer und ewig deine Freundin zu sein«, sage ich mit leicht zitternder Stimme. »In armen wie in reichen Zeiten, bei Tag oder um drei Uhr nachts. Nichts und niemand soll uns auseinanderbringen.«

Vor allem nicht Alicia Biest-Langbein, sage ich nicht – aber alle wissen, wer gemeint ist.

»Das schwöre ich bei meinen neuen Cowboystiefeln«, füge ich noch hinzu und drehe eine kleine Pirouette. Ich liebe meine Cowboystiefel. Ich werde nie wieder etwas anderes tragen. Die eignen sich auch super zum Line-Dance, wie ich gestern Abend feststellen durfte, als wir in einer Bar waren. Suze hat darauf bestanden, und es war ein Riesenspaß. Jetzt muss ich nur noch Luke dazu bewegen, sich Cowboyboots zu kaufen, dann gehen wir im Partnerlook.

(Ich weiß, dass es dazu nie kommen wird.)

»Und ich schwöre, dass ich dich niemals verlassen werde, Suze.« Tarkie tritt vor, als er an der Reihe ist. Er nimmt Suzes Hände und hält sie ganz fest. »Ich schwöre, dich zu lieben und zu beschützen und dich in Ehren zu halten, so lange der Owl's Tower steht. Oder auch länger, falls er fallen sollte«, fügt er eilig hinzu, als er sieht, dass Suze schon den Mund aufmacht. »Viel länger. Ewig!«

»Ich schwöre, für immer deine Frau zu sein, Tarquin«, flüstert Suze. »Und nur dir allein will ich treu sein, mein geliebter Mann.«

In ihrem leichten Kleidchen sieht sie fast aus wie ein Engel, das Gesicht so voller Liebe und Hoffnung und Erleichterung. Mein Blick verschleiert sich ein wenig, während ich die beiden betrachte, und eben überlege ich, ob ich ein Taschentuch bei mir habe, als Luke aufsteht.

»Ich möchte dir auch etwas schwören, Becky«, sagt er mit derart sonorer Stimme, dass ich vor Schreck zusammenzucke. Das war nicht geplant. Wir haben sogar darüber gesprochen, aber nur gelacht und dann beschlossen, dass wir unseren Eid nicht erneuern müssen. Doch da steht Luke nun und wirkt, als sei er darüber selbst erschrocken.

Als ich ihm in die Augen blicke, glaube ich zu wissen, warum er es tut. Es ist wegen... Okay, das ist privat. Es geht um das, was in L.A. los war. Mitzuerleben wie Suze und Tarkie ins Straucheln kamen, und vor diesem Hintergrund dann unsere eigene Ehe zu betrachten. Und vielleicht vor allem, Suzes Neuigkeit zu erfahren und zu begreifen, dass nicht *wir* die Glücklichen sind, zumindest diesmal nicht. Gestern Abend, im Bett, haben wir darüber gesprochen. Bis spät in die Nacht. Und...

Na ja. Ich kann Luke gegenüber auf eine Weise ehrlich sein wie keinem anderen Menschen gegenüber, nicht mal Suze. Also. Er weiß es.

»Ich schwöre...« Luke hält inne, als suchte er nach den passenden Worten. Ich sehe ihm förmlich an, wie er verschiedene Ideen durchspielt und dann verwirft. Dabei glaube ich nicht mal, dass er Worte finden wird. Muss er auch gar nicht.

»Ich weiß«, sage ich, und plötzlich schnürt sich mir die Kehle zu. »Ich weiß. Ich auch.«

Luke blickt mir tief in die Augen, und mir wird fast ein bisschen schwummerig. Ich wünschte, wir hätten die kleine Kapelle ein paar Stündchen für uns allein. Haben wir aber nicht. Irgendwie finde ich also meine Haltung wieder, nicke und flüstere: »Amen.« Was im Grunde Unsinn ist, aber anderseits sind wir hier in Las Vegas, und da ist praktisch alles Unsinn.

»Okidoki!«, sagt Elvis, den Lukes Einwurf ein wenig überrascht zu haben scheint. »Nun denn, Ladys and Gentlemen! Wie sagt Elvis so schön? *Love Me Tender:* Lasset uns einander lieben! Lasset uns einander nimmermehr mit Argwohn begegnen. Uh-hu-hu. Kraft der mir verliehenen Vollmacht …«

»Augenblick. Ich bin noch nicht fertig«, unterbricht Luke. »Mutter …« Er wendet sich Elinor zu, die auf einer der hinteren Bänke sitzt, in einem eleganten, schwarzweißen Seidenkostüm, das ihr einfach phantastisch gut steht. Wir haben uns heute früh in Las Vegas bei ihr gemeldet, und wie zu erwarten, war sie von unserem Plan nicht eben angetan. Aber jetzt ist sie doch da, sitzt gleichmütig und kerzengerade da, mit einem Pillboxhütchen auf dem Kopf.

(Wie sich herausgestellt hat, reist sie stets mit Hut. Sie gab sich direkt erstaunt, dass wir anderen keinen tragen.)

»Dir möchte ich auch etwas versprechen«, fährt Luke fort. »Zwischen uns soll alles besser werden. Das schwöre ich.« Er holt tief Luft. »Wir werden mehr Zeit miteinander verbringen. Ferien. Wochenenden. Wir werden eine richtige Familie sein. Falls …« Er zögert. »Falls du Gefallen daran findest.«

Ich glaube, mir war gar nicht bewusst, wie ähnlich Luke seiner Mutter sieht. Schweigend betrachten sie einander mit diesen unverwechselbaren, dunklen Augen. Er wirkt angespannt und doch sehnsuchtsvoll. Genau wie sie.

»Das tue ich.« Sie nickt.

»Ich auch!«, ruft Mum, die definitiv zu viel Champagner hatte. »Selbstverständlich gehört Elinor zur Familie!« Sie springt auf und wirft Konfetti in ihre Richtung. »Ich, Jane Bloomwood, schwöre, Elinor, die Mutter meines Schwiegersohnes, zu ehren und zu respektieren. Und auch meine wundervolle Nachbarin Janice.« Mit feuchten Augen wendet sie sich ihr zu. »Janice, was würde ich nur ohne dich machen? Du bist immer für mich da. In guten wie in schlechten Zeiten … als ich mir den Knöchel gebrochen habe … als damals bei uns im Haus alle Sicherungen durchgebrannt sind und du uns zu Hilfe geeilt bist …«

»Okay, Leute, wir müssen hier irgendwie zum Ende kommen.« Elvis sieht auf seine Uhr. »Uh-hu-hu.« Er wendet sich an Suze. »Sprechen Sie mir nach: ›Ich schwöre, dir nie auf deine *Blue Suede Shoes* zu treten.‹«

Doch Suze hört ihn gar nicht. Sie ist viel zu gebannt von Mum und Janice.

»Ach, Liebchen«, sagt Janice gerührt. »Das hätte doch jeder getan.«

»Du hast uns deinen Shepherd's Pie überlassen. Deinen *Shepherd's Pie*!«

»Hast du nicht gesagt, ihr wolltet euch nichts schwören?« Dad zupft an Mums Kleid.

»Tun wir ja gar nicht!«, entgegnet Mum.

»Das tut ihr wohl! Einen Schwur nach dem anderen legt ihr ab!«, sagt er empört. »Dann will ich auch!« Dad steht auf und wendet sich Mum zu. »Ich, Graham, schwöre, dich nie mehr zu verlassen, Jane, mein Schatz!« Er schließt Mum in die Arme und drückt sie ganz fest an sich. »*Nie mehr!*«

»Genug davon!« Elvis klingt leicht gereizt. »Leute, ihr könnt hier nicht alle irgendwas schwören. Dafür habt ihr nicht bezahlt.«

»Und ich schwöre, dir von nun an immer zu vertrauen«, sagt Mum mit bebender Stimme zu Dad. »Und es ist mir völlig schnuppe, woher der Megabonus kommt … Ich bin stolz auf dich.«

»Keine Schwüre mehr!«, brüllt Elvis fast, und im nächsten Augenblick steht Danny auf, mit so einem Blitzen in den Augen.

»Ich hätte auch einen Schwur«, sagt er vergnügt. »Elinor, ich schwöre, dass ich dir eine atemberaubende neue Garderobe schneidere, wenn du schwörst, sie beim ›Met Ball‹ im Metropolitan Museum zu tragen.«

»Kraft der mir verliehenen Vollmacht…«, versucht Elvis es nochmal.

»Sonnbrille?«, sagt Minnie und läuft auf Elvis zu. Sie hält ihm Janices weiße Sonnenbrille hin, während sie verliebt auf seine Glitzerbrille deutet. »Sonnbrille mag ich! Bittteeeee?«

»Himmelarsch!« Elvis platzt der Kragen. »Kraft der mir verliehenen Vollmacht erkläre ich eure Treueschwüre für bindend.« Er deutet auf uns. »Ihr habt es nicht besser verdient. Spinner, alle, wie ihr da seid. Uh-hu-hu.«

18

Also, unsere Kostüme sind schon mal der Knaller. Der absolute Knaller.

Danny hat Luke, Dad und Tarquin in smarte Anzüge gesteckt, mit breiten Seidenkrawatten und schimmernden Hemden, die sie sich selbst nie ausgesucht hätten, und zwar in den Farben Mauve und Beige. Als Luke fertig eingekleidet war, stand er vorm Spiegel und meinte: »Ich sehe aus wie ein Gangster nach Feierabend«, als wäre das was *Schlechtes*. Hat er denn noch nie *Ocean's Eleven* gesehen?

Suze und Elinor wirken einfach unglaublich edel. Elinor ist betont teuer und elegant gekleidet, um ihre tragende Rolle zu unterstreichen, Suze trägt ein Bouclékleid mit Perlenkette, denn sie gibt die blaublütige Adlige. (Eigentlich wollte sie viel lieber der Unglaubliche Yen sein, sich unter einen Servierwagen quetschen und einen Salto rückwärts hinlegen. Ich weiß nicht, wie oft ich ihr noch erklären muss, dass es bei Becky's Eleven keinen Unglaublichen Yen gibt.)

Danny läuft in Jeans und zerrissenem T-Shirt herum, was okay ist, denn er spielt sich selbst. Mum, Janice und ich hingegen tragen unterschiedliche Personaluniformen vom *Las Vegas Convention Center*, wo die Aktion stattfinden soll.

Danny hat uns die Uniformen besorgt. Keine Ahnung, wie er es angestellt hat, nur dass es über einen »Kontakt« lief. Ich trage eine maßgeschneiderte Hausmädchenuniform mit einem Namensschild, auf dem MARIGOLD SPITZ steht. Janice trägt ein schwarzes Kleid mit kleiner Schürze – ich bin mir nicht sicher, was sie darstellen soll. Vielleicht eine Bedienung? Mum jedenfalls steckt in einem wichtig wirkenden Kostüm. Sie dürfte wohl so was wie eine Geschäftsführerin oder Concierge sein.

Von entscheidender Bedeutung ist, dass wir – wie bestellt – zwei Konferenzräume bekommen haben, mit einer Trenntür dazwischen. Den einen habe ich »Ben« getauft, den anderen »Jerry's«, und die Tür ist abgeschlossen. Vorerst.

»Okay.« Zum millionsten Mal nehme ich unser Team in Augenschein. »Weiß jeder, was er zu tun hat?«

Unablässig höre ich die Titelmelodie von *Ocean's Eleven* in meinem Kopf, nachdem wir den Film gestern Abend gesehen haben, um uns schon mal in Stimmung zu bringen. Danach haben wir Karten gespielt, Bier getrunken und uns gegenseitig gefragt: »Bist du dabei oder nicht?«

»Hast du die Cupcakes bereit?«, fragt Suze, und ich nehme den Karton aus einem Schränkchen. Ich platziere die Cupcakes auf einen Teller, und einen Moment lang stehen wir da und betrachten sie schweigend.

»Glaubst du, wir brauchen noch einen Cupcake mehr?«, frage ich.

Suze reagiert nicht. Aber ich weiß, was mir die kleine Falte auf ihrer Stirn sagen soll.

»Du glaubst, wir brauchen noch einen Cupcake«, sage ich.

Noch immer reagiert sie nicht. Ich weiß, was los ist. Sie macht einen auf Brad Pitt, und ich soll George Clooney sein.

»Okay«, sage ich ausdruckslos. »Dann nehmen wir eben noch einen dazu.« Ich stelle den letzten Cupcake oben auf die anderen und wische meine Hände ab. »Wir sind so weit.«

»Corey ist hier«, sagt Luke bei einem Blick auf sein Handy, woraufhin sich mir prompt der Magen zusammenkrampft. O mein Gott. Er ist da! Es geht los! Und für einen kurzen

Augenblick möchte ich am liebsten weglaufen. Tun wir das hier wirklich?

Wenigstens ist Minnie in Sicherheit, denn die bezaubernde Lucy passt oben im Hotelzimmer auf. (Wir haben sie aus Sedona vorübergehend als Babysitter mitgenommen, was Lukes Idee war. Brillanter Schachzug.)

»Cyndi wird in zehn Minuten hier sein«, erklärt Danny bei einem Blick auf sein Handy. »Die Sache läuft. Viel Glück!«

Meine Hände sind feucht, und plötzlich rast mein Herz. Am liebsten würde ich einfach vergessen, was wir hier vorhaben. Aber alle Augen sind erwartungsvoll auf mich gerichtet. Das hier ist mein großer Auftritt. Ich muss die Sache durchziehen. Und obwohl ich starr vor Angst bin, bin ich doch auch guter Dinge.

»Okay«, sage ich forsch. »*Showtime*. Dad, du darfst dich nicht blicken lassen. Luke, du gehst runter in die Lobby, um Corey in Empfang zu nehmen.« Luke nickt und geht hinaus, gibt mir im Vorübergehen einen kleinen Kuss.

»Ich bin stolz auf dich«, flüstert er mir ins Ohr, und ich drücke seine Hand.

»Tarkie und Elinor, rein in Ben!«, sage ich. »Danny, du hältst Telefonkontakt zu Cyndi. Ulla und Suze, rein in Jerry's! Ihr wisst alle, was ihr zu tun habt. Mum und Janice …« Ich sehe die beiden an. »Wir müssen uns verstecken.«

Ich nehme den Teller mit den Cupcakes, werfe einen kurzen Blick in die Runde, dann trete ich auf den Flur hinaus. Das Schlimmste an diesem ganzen Plan ist, dass ich jetzt warten muss. Und warten konnte ich noch nie so richtig gut. Wie soll ich es nur schaffen, nicht vor Ungeduld zu platzen?

»Ich habe ein Buch mit Sudokus dabei, mit dem wir uns die Zeit vertreiben können«, sagt Janice hilfsbereit, als wir uns zu dritt in die kleine Kammer zwängen, die ich uns aus-

340

gesucht habe. »Und mein iPad mit ein paar hübschen Filmen drauf.« Sie strahlt Mum und mich an. »Wollen wir nicht *The Sound of Music* gucken?«

Manchmal habe ich Janice richtig lieb.

Zwanzig Minuten später sind meine Nerven, obwohl mich *The Sound of Music* etwas ablenkt, nach wie vor zum Zerreißen gespannt. Was mag da drinnen vor sich gehen? *Was?* Endlich kommen wir überein, dass wir lange genug gewartet haben, und ich mache mich mit einem Eimer voller Putzzeug auf den Weg. (Das haben wir alles extra eingekauft.)

Ich klopfe an die Tür von Jerry's, warte bis ich Danny »Herein!« rufen höre, dann trete ich mit gesenktem Kopf ein.

Ich baue darauf, dass Cyndi mich nicht wiedererkennt. Zwar sind wir uns auf dem Geburtstag ihrer Tochter begegnet, aber in meiner Uniform fühle ich mich so gut wie unsichtbar. Trotzdem halte ich den Blick gesenkt. Im Augenwinkel nehme ich wahr, dass Cyndi auf einem niedrigen Stuhl am Fenster sitzt, von Suze, Danny und Ulla wie von Messdienern umringt. Auf dem Kaffeetisch stehen Champagnergläser, und Danny-Kovitz-Kartons stapeln sich am Boden.

Offenbar hat Cyndi auch Suze nicht wiedererkannt. Was allerdings kein Wunder ist, denn Suze hat sich von einer verzweifelten Frau mit strähnigen Haaren und Schatten um die Augen in eine Dame der Gesellschaft verwandelt, samt Dutt, dickem Make-up und cremefarbenem Bouclékleid, inklusive monströsem Perlenhalsband. Ulla dagegen sieht noch genauso aus wie bei unserer ersten Begegnung in Las Vegas. Sie ist dabei, eine Kohleskizze von Cyndi anzufertigen.

Cyndi ist ganz rosig im Gesicht, und ihre Augen leuchten, also vermute ich mal, dass ich den Moment verpasst habe, in dem Danny ihr erzählt hat, sie sei ihm auf den Gesellschaftsseiten von Zeitschriften aufgefallen und wie sehr er ihren »Style« bewundert.

»Raumpflege«, murmle ich.

»Oh, hi!«, sagt Danny ärgerlich. »Das passt jetzt leider überhaupt nicht.«

»Tut mir leid, Sir«, murmle ich. »Soll ich wiederkommen?«

»Könnten Sie vielleicht einmal über diesen Bildschirm da drüben wischen?« Er deutet auf einen großen Fernseher an der Wand. »Der ist total verschmiert.«

Er ist total verschmiert, weil wir ihn vorhin mit Öl bearbeitet haben. Eilig mache ich mich daran, Glasreiniger zu versprühen. Während ich so wische, spitze ich angestrengt die Ohren, um das Gespräch in meinem Rücken zu belauschen.

»Also, wie gesagt, Cyndi …«, fährt Danny fort. »Diese Jacke möchte ich Ihnen schenken, weil ich finde, dass sie Ihren Style sehr gut zusammenfasst.«

»Du lieber Gott!« Cyndi ist überwältigt. »Für mich? Wirklich?« Sie stutzt, hat die Jacke erst halb angezogen. »Wissen Sie, als die Nachricht Ihrer Assistentin kam, konnte ich es kaum glauben. Danny Kovitz möchte *mich* kennenlernen?« Sie wirft einen Blick auf Ullas Zeichnung. »Ach, das ist wirklich *zu* schmeichelhaft.«

»Ganz und gar nicht«, sagt Danny. »Ulla zeichnet alle meine Musen.«

»Musen?« Cyndi traut ihren Ohren nicht. »Ich, eine *Muse*?«

»Aber sicher!« Danny nickt. »Jetzt ziehen Sie die Jacke ruhig über!«

Während Cyndi seinem Wunsch entspricht, gibt Suze bewundernde Laute von sich.

»Sehr schön«, sagt Danny. »Wirklich sehr schön.«

»Und Sie wollen also eine Modenschau für wohltätige

Zwecke veranstalten?«, fragt Cyndi, während sie sich in dem freistehenden Spiegel bewundert, den wir als »Konferenzzubehör« geordert haben.

»Allerdings!«, sagt Danny. »Mode von mir, Danny Kovitz, moderiert von Lady Cleath-Stuart von britischem Adel. Deshalb haben wir den Kontakt zu Ihnen gesucht.« Er lächelt Cyndi an. »Wir waren sicher, dass Sie als Dame der besten Gesellschaft und geschätzte Wohltäterin gewiss daran würden teilhaben wollen.«

Ich kann sehen, dass Cyndi bei der Erwähnung des Namens »Lady Cleath-Stuart« große Augen macht. Und das aus gutem Grund! Ich meine, wir haben eine echte Starbesetzung. Die brauchten wir aber auch, um sie hierherzulocken.

Während ich am Bildschirm herumwische, beobachte ich Cyndi heimlich. Es ist nicht zu übersehen, warum Corey in sie vernarrt ist. Sie ist so *schön*. Ihre Haut ist wie Pfirsich. Ihre Lippen sind voll, die Augen groß und unschuldig. Wäre ich ein Mann, würde ich mich wahrscheinlich auch in sie verlieben. Ich kann gut verstehen, dass Corey von ihr besessen ist.

Und damit wollen wir ihn kriegen. Nicht indem wir ihn zwingen oder ihm drohen, sondern indem wir ihn dazu bringen, sich zu schämen, und zwar vor den Augen des Menschen, der ihm am meisten bedeutet.

»Mein Mann ist mit Lord Cleath-Stuart gut bekannt«, sagt Cyndi, während sie an den Ärmeln ihrer neuen Jacke zupft.

»Genau«, sagt Danny sanft. »Das ist ein weiterer Grund, warum wir an Sie gedacht haben. Weiß Ihr Mann eigentlich, dass Sie heute hier sind?«, fügt er beiläufig hinzu.

»Ich habe nicht *genau* gesagt, was ich vorhabe.« Cyndis Wangen röten sich. »Ich habe ihm erzählt, ich treffe mich mit Freunden. Aber er wird begeistert sein, davon zu hören!«

»Sehr gut!« Suze strahlt sie an. »Danny, möchtest du Cyndi das nächste Outfit zeigen?«

Ich habe genug gehört. Ich wische ein letztes Mal über den Bildschirm, dann werfe ich meinen Lappen wieder in den Eimer und ziehe mich auf den Flur zurück. Ich gehe nach nebenan zu Ben, klopfe an und schlurfe hinein.

»Raumpflege«, murmle ich, aber keiner reagiert, also fange ich schon mal an, den Fernseher abzuwischen. Luke, Tarquin, Corey und Elinor sitzen am Konferenztisch, und Corey ist mitten in einer Geschichte, die irgendwas mit einem Gewehr und einem Bären zu tun hat. Als er fertig ist, lachen Luke und Tarquin höflich, doch Elinor neigt nur den Kopf.

»Aber Lord Cleath-Stuart, bestimmt sind Sie selbst ein guter Schütze!«, sagt Corey mit hochrotem Kopf. »Bei all den Moorhühnern und so.«

»Wie wahr!«, sagt Tarquin. »Vielleicht sollten Sie sich eines Tages selbst einmal davon überzeugen.«

»Nur zu gern!« Corey wird rot und röter. »Es wäre mir eine Ehre, Lordschaft.«

»Und Ihre Frau?«, erkundigt Tarquin sich freundlich. »Würde sie vielleicht gern mit nach England kommen?«

»Sie wäre *außer* sich vor Freude!«, sagt Corey. »Und, Mrs Sherman, ich muss sagen...« Er wendet sich Elinor zu. »Ihre Einladung in die Hamptons weiß ich wirklich sehr zu schätzen.«

»Würde Ihrer Frau vielleicht auch eine Einladung zum Met Ball gefallen?« Elinor schenkt ihm ein frostiges Lächeln. »Ich führe meine Geschäftspartner gern in die Gesellschaft ein.«

»Also, das...« Für einen Moment fehlen Corey die Worte. »Das wäre für Cyndi der *Höhepunkt* des Jahres.«

Ich fange Lukes Blick auf, und er zwinkert mir kurz zu. Okay. So weit, so gut.

Ich ziehe mich zurück und bleibe schwer atmend draußen auf dem Flur stehen. Gut. Nächste Phase. Ich muss sagen, es wäre *erheblich* einfacher, wenn wir Videokameras hätten wie im echten *Ocean's Eleven*. Haben wir aber nicht.

Eilig kehre ich zur kleinen Kammer zurück, klopfe fünfmal, was unser Geheimcode ist, und trete ein.

»Alles läuft gut«, sage ich atemlos. »Janice, du bist dran.«

Ich nehme die Blumenvase, die wir extra besorgt haben, und stelle sie auf einen Rollwagen vom Zimmerservice. (Den hat Luke in einem anderen Flur gefunden. Das Tischtuch haben wir einfach umgedreht.) Mein Job bestand darin, mich davon zu überzeugen, ob die Gespräche in beiden Räumen in die richtige Richtung gehen. Was sie tun. Jetzt ist es Janices Aufgabe, das Zeichen zu geben: Beginn der nächsten Phase.

Als sie den Servierwagen nimmt, sehe ich, dass ihre Hände zittern. Überrascht starre ich sie an.

»Janice, alles okay?«

»Oh, Becky«, sagt sie verzweifelt. »Ich bin für so was nicht gemacht.«

»Wofür?«

»Für das hier!« Vor Aufregung wird sie immer lauter. »Hochkriminelle Fisimatenten!«

»Es ist nur ein klitzekleines krummes Ding«, sagt Mum beschwichtigend.

»Es ist kein *krummes Ding*.« Ich schlage mir die Faust an die Stirn. Also, ehrlich. Weiß Mum überhaupt, was ein krummes Ding ist? »Janice, du wirst es schon schaffen.« Ich gebe mir Mühe, beruhigend auf sie einzuwirken. »Bring die Blumen einfach rein, stell sie ab und geh wieder raus. Okay?« Ich drücke ihre Hand, doch sie zuckt zurück. »Okay, ich komme mit. Ist nicht schlimm. Alles wird gut.«

Ich halte ihr die Tür auf, und sie schiebt den Servierwagen

hinaus. Langsam machen wir uns auf den Weg, den Flur entlang, wobei Janice nicht aufhören kann zu zittern. Ich konnte ja nicht ahnen, dass sie *so* nervös sein würde. Ich hätte sie von vornherein nicht für unsere Elf auswählen sollen. Aber jetzt ist an dem Plan nichts mehr zu ändern.

»Guck mal! Siehst du?«, sage ich, als wir um die Ecke kommen. »Babyeierleicht, wir sind fast da…«

»Wo soll das hin?« Eine nasale Stimme trifft mich am Hinterkopf.

Bitte?

Ich fahre herum und sehe eine Frau in genau so einem Jackett, wie Mum es heute trägt. Sie hat schlecht gefärbte, schwarze Haare und kommt aus einem Raum auf der anderen Seite vom Flur. Während sie auf uns zumarschiert, mustert sie die Vase. »Was für ein Blumenarrangement ist das?«, will sie wissen. »Ich erkenne es nicht.«

Ach du je.

»Äh… weiß nicht genau«, sage ich, da Janice der Sprache nicht mehr mächtig zu sein scheint.

»Wer sind Sie?« Die Frau wirft einen Blick auf mein Namensschildchen.

»Ich bin Marigold«, sage ich selbstbewusst.

»Marigold?« Sie kneift die Augen zusammen. »Ich dachte, die ist weg.«

Was ist eigentlich los mit dieser Frau? Warum muss sie dauernd so misstrauisch sein? Das ist doch bestimmt nicht gesund.

»Tja.« Ich zucke mit den Schultern, und die Frau fährt zu Janice herum.

»Und wie heißen Sie?«

Oh, nein. Die arme Janice. Ich wende mich ihr zu, um moralischen Beistand zu leisten – und blinzle vor Schreck. Janice ist zur Salzsäule erstarrt. Noch nie habe ich solches

Entsetzen in ihrem Gesicht gesehen. Bevor ich noch den Mund aufmachen kann, ist sie in Ohnmacht gefallen.

O mein *Gott.*

»Janice!«, kreische ich und falle neben ihr auf die Knie. »Was ist los? Bist du okay?«

Sie rührt sich nicht. Das ist kein gutes Zeichen.

»Janice!« Ich reiße an ihrer Bluse herum und lausche ihrem Herzschlag.

»Atmet sie?«, will die Frau mit den schwarzen Haaren wissen.

»Ich weiß es nicht!«, sage ich böse. »So höre ich ja nichts!«

Ich drücke mein Ohr an ihre Brust, kann aber nicht sagen, ob ich nun ihren oder meinen Puls höre, also halte ich mein Gesicht direkt vor ihren Mund. So müsste ich doch spüren können, ob sie atmet, oder?

Im nächsten Augenblick höre ich ein feuchtes Flüstern an meinem Ohr: »Ich tu nur so, Liebes. Wie im Film.«

Sie...

Was?

Ich glaube es nicht.

Das war so nicht geplant. Dafür werde ich Janice später rügen müssen. Bis dahin bleibt mir nur mitzuspielen.

»Sie ist bewusstlos!«, sage ich dramatisch, als ich mich aufrichte. »Ich denke, Sie sollten besser einen Arzt rufen. Ich bin gleich wieder da. Muss das hier nur kurz abgeben.«

Als ich wieder auf den Beinen stehe, greife ich mir den Servierwagen. Ich muss diese verdammten Blumen da reinbringen. Danny und Suze brauchen das Signal. Sie werden sich schon wundern und gar nicht wissen, was zu tun ist...

»Moment mal«, sagt die Frau mit den schwarzen Haaren.

»Holen Sie endlich einen Arzt!«, rufe ich verzweifelt. Die Frau wirft mir einen düsteren Blick zu, zückt aber ihr Handy und wählt. »Juliana?«, sagt sie. »Hier ist Lori. Könntest du bitte einen Notarzt rufen?«

»Hey, Becky!« Eine fröhliche Männerstimme grüßt mich. »Becky, bist du das? Hier drüben!«

Oh, nein! Was *jetzt*? Bevor ich es verhindern kann, habe ich mich schon umgedreht – und da steht Mike, der Typ vom Roulettetisch im Venetian. Der nicht wollte, dass ich gehe. Er wartet vor dem Fahrstuhl, etwa zwanzig Meter entfernt, mit blauem Anzug und strahlendem Lächeln. »Was macht die Glückssträhne?«, ruft er. »Hey, arbeitest du echt hier?«

Mir wird ganz kalt. *Halt die Klappe!*, denke ich im Stillen. *Bitte halt die Klappe!*

»*Becky*?« Lori mustert mich zornig. Dankenswerterweise schließt sich die Fahrstuhltür, bevor sie Mike näher befragen kann.

»Na, so was!« Ich lache schrill. »Wer *war* dieser Mann? Er muss mich mit irgendwem verwechseln ... Ich habe nicht den leisesten Schimmer ... O mein Gott! *Atmet* sie noch?«

Während Lori sich wieder Janice zuwendet, galoppiere ich mit dem Servierwagen los. Ich klopfe an die Tür von Jerry's und trete ein, ohne abzuwarten. Mittlerweile trägt Cyndi einen langen Mantel und dreht und wendet sich vor dem großen Spiegel.

»Er ist einfach von Natur aus großzügig«, sagt sie gerade feierlich. »Wissen Sie? So richtig *großzügig*. Letztes Jahr hat er zum Beispiel meine ganze Familie in die Ferien eingeladen, mit allem Drum und Dran. Meine Mum, meinen Dad, meine Schwester Sherilee ...«

»Ein erstaunlicher Mensch«, murmelt Suze.

»Blumen!«, sage ich unnötigerweise und stelle sie auf einen kleinen Tisch. Dabei fange ich Suzes Blick auf und zwinkere ihr kurz zu. Sie zwinkert zurück, dann wendet sie sich an Cyndi.

»Von der Großzügigkeit Ihres Mannes wurde mir bereits berichtet«, sagt sie beiläufig. »Haben Sie schon mal von einem gewissen … Brent Lewis gehört?«

Totenstille. Ich rühre mich nicht, warte auf ihre Antwort.

»Brent Lewis?«, sagt Cyndi schließlich, und eine kleine Falte bildet sich auf ihrer Stirn. »Nein, ich glaube nicht.«

»Oh, das ist eine schöne Geschichte«, sagt Suze begeistert. »Eine zauberhafte Geschichte. Und das Beste dabei ist, dass sie Corey in so gutem Licht dastehen lässt. Ich kann gar nicht glauben, dass er Ihnen nichts davon erzählt hat!«

»Sicher ist er zu bescheiden«, wirft Danny ein.

»Er ist zu bescheiden!« Cyndi nickt mit Nachdruck. »Das sage ich ihm ständig. Dauernd sage ich: ›Corey, Liebster, stell dein Licht nicht unter den Scheffel!‹ Was ist denn das für eine Geschichte?«

»Also …« Suze strahlt. »Sie beginnt mit dieser Feder. Sie wissen schon, der berühmten Ballonfeder, mit der Corey vor vielen Jahren sein Unternehmen gegründet hat.«

»Ich habe wohl davon *gehört* …«, sagt Cyndi unsicher.

Es läuft gut. Alles unter Kontrolle.

Ich ziehe mich zurück, schließe die Tür leise hinter mir und atme tief durch. Okay. So weit, so gut. Als Nächstes ist Mum an der Reihe.

Aber was ist mit Janice passiert? Leicht verwundert stehe ich da. Eben lag sie doch noch hier am Boden. Und wo ist Lori? War der Arzt schon da? Haben sie Janice mitgenommen? Was um alles in der …

O mein Gott, da sind sie.

Am Ende des Flures sehe ich Janice, die sich schwer auf Loris Arm stützt. Und als könnte diese Lori mich spüren, fährt sie herum und sieht mich finster an.

»Hey, Sie da!«, ruft sie. »Ich muss mit Ihnen reden!«

»Nicht stehen bleiben!«, jammert Janice. »Ich muss sofort

zur Toilette! Mir ist speiübel!« Sie klammert sich an Loris Arm. »Bitte, gehen Sie nicht weg! Sie sind doch alles, was ich habe!«

Ich lach mich schlapp. Janice ist unglaublich!

»Sie da!«, bellt Lori, aber ich tue so, als würde ich sie nicht hören und laufe eilig in die andere Richtung.

»Mum!«, keuche ich, als ich zu unserer kleinen Kammer komme und die Tür aufreiße. (Keine Zeit für Geheimcodes.) »Alles läuft nach Plan, nur Janice war kurz neben der Spur. Bist du bereit?«

»Ach, Liebes.« Mum wirkt besorgt. »Ich bin mir nicht mehr so sicher.«

»Nicht du auch noch!«, sage ich erschüttert.

Ich habe Mum und Janice die denkbar einfachsten Aufgaben zugeteilt. Und beide verlieren sie die Nerven!

»Becky, komm mit mir da rein!«, fleht Mum. »Ich kann das nicht allein.«

»Aber ich war doch schon drinnen! Corey wird was merken!«

Das war der einzige Grund dafür, jedem von uns eine andere Rolle zuzuteilen – damit Corey nicht misstrauisch wird.

»Nein, wird er nicht!«, sagt Mum. »Hat er dich denn vorhin überhaupt bemerkt?«

Ich überlege einen Moment. Wahrscheinlich wohl nicht. Männer wie Corey schenken dem Personal keine Beachtung.

»Also gut.« Ich rolle mit den Augen. »Ich gehe mit dir rein. Und ich schreibe Dad.«

Ich hatte solche Angst, Dad könnte Corey versehentlich über den Weg laufen, dass ich ihn auf ein anderes Stockwerk verbannt habe. Aber jetzt kann nichts mehr passieren. Jetzt kommt sein großer Auftritt.

Mum und ich gehen draußen vor Ben in Stellung, und kurz darauf kommt Dad den Flur entlanggeschlendert.

»Alles bereit?«, fragt er mich.

»Alles nach Plan.« Ich nicke zur Tür. »Er ist da drinnen.«

»Ich kann nicht glauben, dass wir hier mitmachen.« Dad betrachtet Mum mit schiefem, ungläubigem Lächeln und deutet auf die Tür. »Kannst du glauben, dass wir hier mitmachen? Von allem Blödsinn, zu dem Becky uns im Laufe der Jahre angestiftet hat...«

»Ach, ich habe es aufgegeben, so zu denken«, erwidert Mum. »Ich lasse mich einfach treiben. Ist viel leichter.«

Also wirklich. Wovon reden die eigentlich? Ich stifte nie irgendwen zu irgendwas an.

»Aber wenn's klappt...« Dad nimmt meine Hand und drückt sie. »Becky, du hast in deinem Leben schon so einiges auf die Beine gestellt, aber das hier wird dein Meisterstück. Und das meine ich, wie ich es sage, Liebes.«

»Na ja...«, sage ich verlegen. »*Falls* mein Plan denn aufgeht.«

»Natürlich wird er das!«, beteuert Mum.

Meine Eltern stehen vor mir und betrachten mich voll Stolz, und es ist, als wäre ich wieder zehn Jahre alt und hätte in der Schule das meiste Geld für unseren neuen Korbballplatz gesammelt. (Ich habe kurze Geschichten über meine Klassenkameraden geschrieben, dazu kleine Papierpüppchen gebastelt und denen Anziehsachen ausgeschnitten. Die Mütter waren ganz *verrückt* danach.)

»Dein Wort in Gottes Ohr!«, sage ich. »Mum, wir müssen los.«

Während sie an ihrem Jackett herumzupft, wende ich mich Dad zu. »Was willst du eigentlich zu Corey sagen?«, frage ich. »Wie willst du überhaupt anfangen? Immerhin war er nicht mal bereit, mit dir zu reden... An deiner Stelle würde ich ihm eine reinhauen wollen.«

Doch Dad schüttelt nur den Kopf. »Hier geht es nicht um

Corey und mich. Hier geht es um Corey und Brent. Jetzt aber los!« Er tritt einen Schritt zurück, ich klopfe an die Tür, und schon sind Mum und ich drinnen.

Corey, Luke, Tarquin und Elinor sitzen nach wie vor am Tisch. Tarquin sagt gerade etwas von »Eigenkapital«, und alle blicken überrascht auf, was so weit ganz glaubwürdig wirkt.

»Ja?«, sagt Elinor.

»Es ist mir schrecklich unangenehm«, sagt Mum und tritt wie eine echte Hotelmanagerin auf. »Soweit ich weiß, hatten Sie einen *doppelten* Konferenzraum gebucht.«

Ihr amerikanischer Akzent ist unterirdisch, aber das scheint Corey nicht zu bemerken. Oder falls doch, sagt er zumindest nichts dazu.

»Allerdings«, erwidert Luke stirnrunzelnd. »Ich wollte mich schon beschweren.«

»Ich bitte um Verzeihung, Sir. Ich werde Ihnen die Doppeltür sofort aufschließen.«

Ich weiß gar nicht, wozu Mum moralischen Beistand braucht – sie ist genial! Sie steuert auf die Wand rechts von uns zu. Die Wand, die Ben von Jerry's trennt. Mir schlägt das Herz bis zum Hals. Es geht's los. *Jetzt geht's los.*

Sämtliche Räume haben sogenannte magische Türen. Deshalb habe ich gerade dieses Konferenzzentrum ausgewählt. Die Türen verschwinden in den Wänden, sodass zwischen den Räumen ein breiter Durchgang entsteht und man sie miteinander verbinden oder sonst was damit anstellen kann.

Ohne größere Eile, ganz und gar wie man sich eine gelangweilte Hotelmanagerin vorstellt, nähert sich Mum den Türen, die zu Jerry's führen, schließt auf und schiebt sie auseinander. Es dauert einen Augenblick, bis alle mitbekommen haben, was passiert ist, dann plötzlich …

»Corey?«, quiekt Cyndi verzückt von nebenan. Sie springt

auf und läuft zum Durchgang. »Corey, bist *du* das? O mein Gott, Baby! Was für ein *Zufall!*«

Die ganze Zeit über habe ich Corey nicht aus den Augen gelassen und konnte sehen, dass er vor Schreck zusammengezuckt ist, als er Cyndis Stimme hörte. Aber er hat sich sofort wieder gefangen. Er steht auf, mit wachsamem, argwöhnischem Blick.

»Hallo, Liebling«, sagt er, blickt in die Runde und sieht in jedes einzelne Gesicht, als wollte er *auf der Stelle* wissen, was hier los ist. »Was machst du hier? Wer sind diese Leute?«

»Das ist Danny Kovitz!«, schwärmt Cyndi. »Der berühmte Designer! Er will eine Modenschau veranstalten und mich dafür als Model haben! Und das hier ist Lady Cleath-Stuart...«

»Ihre Frau.« Corey fährt zu Tarquin herum.

»Ja, das ist sie wohl«, sagt Tarkie mit einem Ausdruck des Erstaunens, der mich fast zum Lachen bringt. »Hallo, meine Liebe.«

»Peyton und ich werden die Show eröffnen!« Cyndi sprudelt förmlich über. »Wir werden dieselben Kleider tragen. Ist das nicht toll?«

»Schön«, sagt Corey knapp. Hektisch blickt er hin und her, in dem Versuch, sich zu erklären, was hier vor sich gehen mag. Ich meine, er ist ja nicht blöd. Er wird ahnen, dass das Ganze kein Zufall sein kann.

Jetzt muss nur noch Cyndi ihren Part übernehmen. Sie weiß nichts davon, aber sie ist der Star dieser Show. Sie ist so etwas wie ein Pfirsich. Ein hübscher, überreifer Pfirsich, ganz schwer und kurz davor, zu fallen... gleich fällt er... *gleich...*

»Ach, Corey!«, ruft Cyndi. »Gerade habe ich von Brent erfahren. Du bist ja so ein guter, guter Mensch!«

Wump. Der Pfirsich ist gelandet. Der Atmosphäre im

Raum nach zu urteilen hätte es allerdings auch eine Bombe sein können. Ich riskiere einen Blick zu Corey, und mir wird ganz flau. Er ist außer sich vor Wut.

»Was meinst du, Liebling?«, sagt er schließlich mit fast freundlicher Stimme. »Wovon redest du?«

»Von Brent!«, sagt sie. »Du weißt schon. Der Vergleich.«

»*Vergleich?*« Corey klingt, als käme ihm das Wort nur schwer über die Lippen.

»Genau!«, sagt Luke beschwingt. »Dazu wollten wir gerade kommen. Zu unseren hochgeschätzten Teilhabern zählt unter anderem auch Brent Lewis, der offenbar einen entscheidenden Beitrag zur Gründung von Firelight Innovations Inc. geleistet hat.«

»Ich weiß nicht, wovon Sie reden«, sagt Corey scharf.

»Corey!« Luke lacht entspannt. »Keine falsche Bescheidenheit!« Er wendet sich Cyndi zu. »Ihr großherziger Gatte hat Brent für dessen Input bei Firelight Innovations einen finanziellen Ausgleich angeboten. Ist das nicht fabelhaft? Die Anwälte warten unten mit den Dokumenten, damit wir das Ganze schnell über die Bühne bringen können.«

»Ach, Corey, du bist ein Engel«, gurrt Cyndi und plinkert bewundernd mit den Wimpern. »Habe ich es nicht schon immer gesagt? Wie man in den Wald hineinruft, so schallt es heraus.«

»Wie wahr, wie wahr!«, meint Luke.

»Karma«, wirft Danny weise ein.

»Im Grunde ist Corey rechtlich gesehen Brent nichts schuldig«, fährt Luke fort. »Aber er würde einen alten Freund doch nie auf der Straße verhungern lassen.« Luke klopft Corey auf die Schulter. »Stimmt's, Corey, alter Knabe?«

»Selbstverständlich würde er das nicht tun!«, sagt Cyndi erschrocken. »Corey denkt immer an die anderen, nicht wahr, Baby?«

»Und so eine geringfügige Zuwendung...« Luke wirft Corey einen bedeutsamen Blick zu. »Die werden Sie kaum merken.«

Lukes Rechtsanwälte haben den Vergleich in genau der richtigen Höhe angesetzt. Gerade so viel, dass sich Brents Leben dadurch entscheidend zum Besseren verändern könnte, aber nicht so viel, dass es Corey wehtut. Tatsächlich wird er es – wie Luke sagt – kaum merken.

(Eigentlich war ich dafür, Corey so viel wie möglich abzunehmen, aber Luke meinte, nein, wir müssten pragmatisch denken, und damit hat er vermutlich recht.)

Coreys Augen blitzen vor Wut. Seine Nasenflügel sind am Rand ganz weiß. Während des Gespräches hat er den Mund mehrmals auf- und wieder zugemacht, aber bisher sind keine Worte dabei herausgekommen. Ich verstehe sein Dilemma. Solange Cyndi ihn dermaßen anhimmelt, sitzt er in der Falle.

»Baby, wir sollten diesen Brent mal zum Essen einladen«, sagt Cyndi ernst. »Du hast mir noch nie von ihm erzählt.«

»Zum Essen?« Coreys Stimme klingt erstickt.

»Am besten sollten Sie alle mitkommen!« Begeistert blickt Cyndi in die Runde. »Warum nicht gleich heute Abend? Wir stellen den Grill beim Pool auf, hören gute Musik...«

»Ich glaube nicht...«, setzt Corey an.

»*Bitte*, Corey!«, bettelt sie. »Nie kommt uns jemand besuchen!« Sie zählt die Leute ab. »Haben Sie auch Kinder dabei? Die bringen Sie alle mit! Gibt es noch jemanden, den wir fragen sollten?«

Doch es antwortet ihr niemand, weil hinter ihr die Tür aufgeht – und Dad hereinspaziert. Er bleibt vor Corey stehen und sieht ihm ins Gesicht, mit gutmütigem Lächeln. Diesen Moment möchte ich am liebsten einfrieren. Endlich, *endlich*, nach all den Jahren blicken sich Corey und Dad wieder in die Augen.

Während ich sie so betrachte, muss ich unweigerlich an dieses alte Foto denken. Vier junge Burschen, die keine Ahnung haben, was aus ihrem Leben werden wird.

Corey mag der Reichste sein. Und doch ist ihm mein Dad in jeder Hinsicht überlegen. In *jeder.*

»Corey«, sagt er nur. »Schön, dich wiederzusehen.«

»Wer sind Sie?«, fragt Cyndi verblüfft.

»Ach, ich bin mit den Anwälten hier«, antwortet Dad und schenkt ihr sein charmantestes Lächeln. »Ich wollte Corey nur Hallo sagen. Wie schön, dass du dich entschlossen hast, deinen alten Freund nicht im Stich zu lassen.«

Fasziniert lasse ich Corey nicht aus den Augen, denn ich möchte sehen, ob er sich so etwas Ähnliches wie Reue anmerken lässt. Oder Scham. Schuldgefühle. *Irgendwas.* Anzusehen ist ihm jedenfalls nichts. Was vermutlich daran liegt, dass er sich hat liften lassen.

»Nun«, sagt Dad freundlich. »Wollen wir dieses Dokument jetzt unterzeichnen?«

Er lächelt Corey an und deutet zur Tür. Doch Corey rührt sich nicht.

»Corey?«, versucht Dad es noch einmal. »Es wird nur fünf Minuten deiner Zeit in Anspruch nehmen. Mehr nicht.«

Nach wie vor rührt Corey sich nicht von der Stelle. Aber ich sehe, wie es in ihm arbeitet. Seine Augen stehen nicht still. Er denkt ... und denkt ...

»Lord Cleath-Stuart«, sagt er plötzlich und setzt sich wieder neben Tarkie an den Tisch. »Ich würde gern etwas mehr über Ihre wohltätige Stiftung erfahren. Sie sagen, Sie fördern regionale Existenzgründer?«

»Äh ... ja.« Tarquin ist verdutzt. »Hatte ich das erwähnt?«

»Ich würde gern eine halbe Million Dollar spenden«, sagt Corey. »Eine halbe Million Dollar – heute noch. Geben Sie mir die Daten, dann arrangiere ich eine Überweisung.«

»Baby!«, kreischt Cyndi. Ihr Gesicht scheint zu glühen, und sie sieht aus, als könnte sie jeden Augenblick vor Stolz in Ohnmacht fallen. »Du bist *toll*! Du bist *wunderbar*!«

»Na, was nützt einem das ganze Geld, wenn man es nicht teilen kann?«, sagt Corey steif, was wie auswendig gelernt klingt. Er sieht Dad an und fügt hinzu: »Wollen wir die andere Sache auf später verschieben?«

Verschieben?

Konsterniert sehe ich Luke an. Nein. Neeeiiin.

Corey ist dermaßen *hinterhältig*. Wir hatten ihn schon fast so weit. Wir hatten ihn so weit. Und jetzt windet er sich aus der Falle.

Cyndi ist seine Achillesferse. Cyndi hätte ihn dazu bringen sollen, den Vergleich zu unterschreiben. Darauf basiert der ganze Plan. Aber jetzt ist sie total hingerissen von dieser neuen, supergroßzügigen Spende an Tarkie. Da wird ihr der Vergleich mit Brent nicht mehr so wichtig sein. Corey wird ihn verschieben und verschieben, aber niemals unterzeichnen ...

Plötzlich empfinde ich eine unbändige Verachtung für Corey, noch stärker als vorher. Wie krank ist dieser Mensch? Er spendet lieber eine halbe Million für irgendeine Stiftung, die er gerade mal vom Hörensagen kennt, als dass er die Chance nutzt, dieses schreckliche Unrecht wiedergutzumachen, das er verursacht hat. Alles nur, weil er gekränkt ist. Alles nur, weil sie sich um eine Frau gestritten haben. Es ist furchtbar. Es ist tragisch. Es ist erbärmlich.

Aber glücklicherweise ...

Ich will ja nicht prahlen, *aber* ...

Ich habe es kommen sehen. Ha!

Okay, das stimmt so nicht ganz. Ich habe nicht geahnt, wie es *genau* passieren würde. Aber ich habe sehr wohl noch ein Ass im Ärmel.

Unauffällig schiebe ich mich zur hinteren Trennwand in Jerry's. Weil wir nämlich noch einen dritten Konferenzraum gebucht haben. (Ich habe ihn auf den Namen Häagen-Dazs getauft.) Und es gibt noch eine Nummer Elf im Team. Sie wartet in Häagen-Dazs, für den Fall, dass sie gebraucht wird.

Langsam, fast lautlos, schiebe ich die Tür auf und winke sie herein.

Es hat einen ganzen Abend gedauert, Rebecca zu überreden, dass sie mitmacht. Sie ist kein großer Fan von Brent – es ist ihr egal, ob er hungert. Und sie ist auch kein großer Fan von Dad. (Ich habe irgendwie das Gefühl, er hat ihr damals das Herz gebrochen. Obwohl ich diese Theorie besser für mich behalte.) Aber sie ist *überhaupt* kein Fan von Corey – und das hat am Ende den Ausschlag gegeben. Manchmal muss man an die niedersten Instinkte der Menschen appellieren. Was etwas deprimierend klingen mag, aber so ist das nun mal.

Als Rebecca sich dem Durchgang nähert, der von Häagen-Dazs zu Jerry's führt, spüre ich, dass das Team hinter mir in Position geht. Alle kennen den Plan B. Wir haben ihn geübt. Wir haben ihn choreographiert. Ich sehe, dass Suze sich in Stellung bringt, mit Ulla und Danny an ihrer Seite.

Jeder weiß genau, was er zu tun hat. Im Grunde gibt es nur eines zu tun, und zwar für alle: *Verhindert um jeden Preis, dass Cyndi sich umdreht. Verhindert um jeden Preis, dass sie Rebecca bemerkt.*

»Also, Cyndi…«, ruft Suze begeistert. »Was sagten Sie, wie viele Kinder Sie haben?«

»Suchen Sie sich ruhig ein paar von den Bildern aus! Sie können gern welche mitnehmen«, fügt Ulla hinzu und hält dabei ihren Skizzenblock hoch. »Hier, bitteschön!«

»Oh, ja!«, ermutigt Danny sie. »Das hier mit meiner Jacke? Göttlich!«

»Du meine Güte!«, ruft Cyndi entzückt. »Dürfte ich wirklich? Oh, ich sehe so *elegant* aus ... Ich habe nur ein Kind«, fährt sie zu Suze gewandt fort. »Mein größtes Geschenk. Und Sie? Haben Sie Kinder?«

Inzwischen steht Rebecca in der Tür. Rührt sich nicht, winkt nicht, sagt kein Wort. Steht nur da und wartet darauf, bemerkt zu werden.

Mein Blick ist auf Corey geheftet. Er lauscht Tarquin ... Er blickt versonnen zur Decke ... Er runzelt ungeduldig die Stirn ... Und schließlich, als sein Blick erst an Tarkie vorbei schweift, dann an Cyndi, verzerrt sich sein ganzes Gesicht vor Entsetzen.

Okay. Er hat sie gesehen.

Wenn ich mir eine Reaktion erhofft hatte, so werde ich nicht enttäuscht. Seine Augen sind riesengroß. Seine Wangen haben alle Farbe eingebüßt. Er sieht aus, als fände er sich in einem Albtraum wieder. Offen gesagt sieht er so krank aus, dass er mir fast leidtut, obwohl ich ihn nicht mag. Dieser Mann hat sich *solche* Mühe gegeben, seine Vergangenheit auszulöschen. Er hat sich liften lassen. Er lügt, was sein Alter angeht. Er verleugnet seine Freunde. Er möchte seine Vergangenheit ungeschehen machen. Doch da steht sie nun vor ihm, im roten Kleid, mit schwarz geschminkten Augen.

Einen Moment lang mustert Rebecca ihn nur mit ihrem hexenmäßigen, katzengleichen Blick. Dann macht sie sich lautlos bereit, die Schilder hochzuhalten, die wir aus Pappe gebastelt und mit dickem Filzer beschriftet haben, damit sie auch gut zu lesen sind.

(Das habe ich nicht aus *Ocean's Eleven*. Das kommt aus *Tatsächlich ... Liebe*. Suze meinte schon: »Sollten wir unsere

Aktion nicht eher *Tatsächlich … Becky* nennen?«, aber das ergibt leider keinen Sinn.)

Na gut. Ist auch egal.

Auf dem ersten Schild steht nur:

Hi, Corey.

Sie hält es zwei Sekunden hoch – dann ersetzt sie es durch ihr zweites Schild:

Lange her.

Und irgendwie verleiht der verächtliche Blick, mit dem sie Corey bedenkt, diesen beiden Worten Biss. Ohne ihn aus den Augen zu lassen, zückt sie das nächste Schild:

Ich würde deine Frau gern kennenlernen.

Sie deutet auf Cyndi, und ich sehe Corey an, wie sehr der Zorn in ihm brodelt. Er traut sich nicht, auch nur einen Laut von sich zu geben, damit Cyndi bloß nichts merkt. Er sitzt wieder in der Falle.

Mit ihr über alte Zeiten plaudern.
Oder ist das vielleicht keine so gute Idee?

Coreys Miene bleibt starr. Er sieht aus, als würde er gefoltert. Und in gewisser Weise stimmt das ja auch. Rebecca jedenfalls genießt es in vollen Zügen.

»Und was ist mit Kindergartenplätzen, oder spricht man hier von ›Vorschulplätzen‹?«, höre ich Suze fragen. »Denn so was ist in Großbritannien *dermaßen* schwer zu finden.«

»Davon kann ich ein Lied singen!«, stöhnt Cyndi, die

nichts von dem Drama mitbekommt, das sich um sie herum abspielt. »Und wissen Sie, Peyton ist *super*talentiert…«

Was ist mit Brents Vergleich, Corey?

Rebecca schwenkt das Schild in seine Richtung, dann nimmt sie das nächste.

Du bist ihm was schuldig.
DU BIST IHM WAS SCHULDIG, COREY.

Und dann beschriftet sie noch ein weiteres Schild, was so nicht abgesprochen war. Sie hält es hoch, und ihre Augen blitzen böse.

Ich könnte dir das Leben zur Hölle machen.
Nichts würde ich lieber tun.

Holla. Okay, das war ehrlich. Ich sehe, wie die Adern an Coreys Schläfen hervortreten. Seine Fäuste sind geballt. Er sieht aus, als würde er Rebecca am liebsten anfallen.

Unterschreib, dann verschwinde ich aus deinem Leben.

Rebecca widmet ihm einen langen, herausfordernden Blick. Dann fängt sie an, die Schilder immer schneller hochzuhalten, fast als würde sie Spielkarten verteilen.

Unterschreib einfach.
Unterschreib diesen Vergleich, Corey.
Los jetzt.

Corey atmet immer schwerer. Er sieht aus, als würde er gleich explodieren.

Verdammte Scheiße. TU ES.
TU ES, Corey.
TU ES TU ES TU ES TU ES!

»Okay!«, schnaubt Corey plötzlich wie ein Stier. »*Okay! Dann unterschreibe ich eben*. Gebt mir einen Stift. Bringen wir es hinter uns.«

O mein Gott. Hat er eben gesagt…

Für einen atemlosen Augenblick sehe ich Rebecca an. Haben wir es geschafft? Haben wir gewonnen?

Ich glaube, wir haben gewonnen.

Langsam, leise schließt Rebecca die Schiebetür… und es ist, als wäre sie nie da gewesen.

»Wunderbar!«, sagt Luke sanft. »Sehr freundlich von Ihnen, Corey. Wollen wir es gleich über die Bühne bringen?«

»Alles okay, Baby?«, fragt Cyndi überrascht, als sie sich von Suze, Danny und Ulla abwendet und zu Corey herübersieht. »Liebster, ist irgendwas mit dir? Du siehst aus, als hättest du Fieber!«

»Alles gut.« Corey lächelt starr. »Ich möchte die Sache nur schnell geklärt haben.«

»Bravo!«, sagt Dad fröhlich. »Gehen wir runter zu meinen Anwaltskollegen.«

Und schon schiebt Dad Corey geradewegs zur Tür. Als sie an mir vorbeikommen, fange ich Dads Blick auf und spüre, wie ein seltsames Gefühl in mir aufsteigt. Ich weiß gar nicht… Ist es Erleichterung? Hysterie? Fassungslosigkeit?

Während Cyndi über Peytons erstaunliches Talent für das Ballett plappert, blicke ich Suze tief in die Augen… dann Mum… allen rundum… Tarquin… Danny… Ulla… Elinor … und schlussendlich Luke. Mit leisem Lächeln hebt er seinen Kaffeebecher, als würde er mir zuprosten. Und langsam, aber sicher breitet sich auf meinem Gesicht ein Grinsen aus. Nach allem, was vorgefallen ist. Wir haben es geschafft.

Wir haben es tatsächlich geschafft.

19

Der Brunnen im Bellagio ist magisch. Und, okay, ich weiß, dass das Ganze die reine Touristenfalle ist, und ich *weiß*, dass sich hier haufenweise andere Urlauber drängeln. Aber im Moment kommt es mir vor, als sprudelte er nur für uns. Für uns zehn. Das ist unsere Belohnung.

Wir stehen an die Brüstung gelehnt, alle nebeneinander, wie am Ende von *Ocean's Eleven*. In meinem Kopf plätschert diese Klaviermusik vor sich hin. Keiner sagt ein Wort, wir lächeln uns nur an. Schon ewig habe ich mich nicht mehr so gut gefühlt. Schon *ewig*. Wir haben es geschafft. Wir haben der Gerechtigkeit zu ihrem Recht verholfen. Das Absurde daran ist allerdings, dass Brent keine Ahnung hat, was aber gar nicht so wichtig ist.

Ich glaube, ich war noch nie dermaßen zufrieden. Ich glaube, in meinem Leben hat sich noch nie irgendetwas dermaßen perfekt gefügt.

Der Plan hat fabelhaft funktioniert. Jeder hat seine Rolle makellos gespielt, von Tarquin bis zu Janice… besonders Janice. (Offenbar hat sie sich in einer Kabine auf der Damentoilette eingeschlossen und gestöhnt, bis Lori Hilfe holen ging. Da hat sich Janice dann schnell aus dem Staub gemacht.) Als wir darauf anstießen, habe ich allen erzählt, wie großartig sie war, und sie wurde ganz verlegen und brauchte noch mehr Champagner, und dann musste jeder nochmal seine persönlichen Eindrücke aufwärmen, und Dad wollte alles zehnmal hören, weil er so lange hatte warten müssen, und Mum meinte, man würde sich doch wünschen, das alles auf Video zu haben, woraufhin Luke erwiderte, *nur wenn man unbedingt wegen Nötigung im Gefängnis landen möchte.*

Ich bin mir noch immer nicht ganz sicher, ob das ein Witz war oder nicht.

Aber das ist mir egal. Die Dokumente sind unterzeichnet. Brent wird das Geld bekommen. Er wird in der Lage sein, sich ein Haus zu kaufen. Und das ist das Entscheidende.

Rebecca ist nicht mehr bei uns. Sie hat sich nicht mal verabschiedet. Was ... na ja. Auch gut. Ihre Entscheidung. Wenn ich ehrlich sein soll, bin ich froh, wenn ich sie nie wiedersehen muss. Ich habe genug davon, in der Vergangenheit herumzuwühlen. Ich möchte in die Zukunft blicken. Luke und ich und Minnie wollen bald nach Hause. Nicht zu unserem Haus in L.A. – zu unserem *richtigen* Zuhause.

Suze und Tarkie fliegen auch zurück. Ich denke, wahrscheinlich werden sie wohl die Kinder in L.A. aufsammeln und die nächstmögliche Maschine nehmen. Zurück nach England, zurück nach Letherby Hall, zurück ins echte Leben. Tarkie kann es kaum erwarten, sich auf seine Baupläne zu stürzen. Suze kann es kaum erwarten, den Owl's Tower ausfindig zu machen. Sie hat mir erzählt, sie will ihn jede Woche mit Konzentrat düngen, für alle Fälle. (Das sollte sie vielleicht lieber nicht tun. Wahrscheinlich bringt es ihn um.)

Luke und ich müssen unser Haus in L.A. räumen, bei Minnies Vorschule Bescheid sagen, all die endgültigen Dinge tun, die man tut, wenn etwas zu Ende ist. Und in gewisser Hinsicht wird es traurig sein, aber auch richtig. Ich lächle Luke an, dem die Scheinwerfer des Brunnens ins Gesicht leuchten, und er legt seinen Arm um meine Schulter.

Im Film würden wir uns jetzt schweigend in alle Himmelsrichtungen zerstreuen, ohne Abschied zu nehmen, und jeder würde sein Leben weiterleben mit seinen Millionen.

Nur sind wir hier in der Realität und nicht bei *Ocean's Eleven*, und deshalb können wir nicht wortlos einfach so verschwinden. Außerdem haben wir in diesem schicken Steakhouse, das Luke empfohlen wurde, einen Tisch für alle reserviert. (Hinzu kommt, dass für uns keine Millionenbeute herausgesprungen ist.)

Ich werfe Mum einen Blick zu, die Dad anstupst, und Janice blickt von ihrem Handy auf und sagt: »Martin steigt in Heathrow gerade in seine Maschine! Jetzt kann es nicht mehr lange dauern!«

Martin – Janices Mann – kommt für ein paar Tage her, und die beiden wollen zusammen mit Mum und Dad kalifornische Winzereien besichtigen. Da werden sie bestimmt ihren Spaß haben, und meine Eltern bekommen so Gelegenheit, sich bei Janice zu bedanken. Sie hat es verdient.

»Wollen wir gehen?«, fragt Mum.

»Erst möchte ich ein Foto von euch machen!«, ruft Janice. »Baut euch alle mal vor dem Brunnen auf!«

Okay, hier schweifen wir nun endgültig von *Ocean's Eleven* ab. Ich kann mir nicht vorstellen, dass Brad Pitt den erstbesten Touristen bittet, mal eben »die Bande zu knipsen«.

Dann möchte Mum ein Foto von sich und Dad, und dann wollen sie eins mit Janice, und ich frage mich gerade, ob ich Suze bitten sollte, eins von mir und Luke zu machen, als mir in der Nähe ein untersetzter Mann auffällt, der uns beobachtet. Ich hätte ihn gar nicht bemerkt, aber er starrt Dad fortwährend an, und als er den Kopf wendet, fällt Licht auf sein Gesicht und …

»Da drüben!« Ich rudere mit den Armen. »Ist er das? Ist das Brent?«

Der Mann tritt einen Schritt zurück, und seiner erschrockenen Miene nach zu urteilen, weiß ich, dass er es ist. Er sieht aus wie auf dem Foto, nur zerfurchter und trauriger.

Außerdem sieht er aus, als wäre er jetzt doch lieber woanders.

»Nicht weggehen!«, füge ich eilig hinzu. »Bitte.« Ich laufe zu Dad und zupfe an seinem Ärmel. »Dad, guck mal, wer da ist!«

Er dreht sich um, und die Überraschung ist ihm anzusehen.

»Brent! Du hast es doch noch geschafft! Ich hatte gar nicht mehr damit gerechnet, dass du …«

»Rebecca war auf meiner Mailbox«, sagt Brent. »Sie meinte …« Er wischt sich über die Stirn. »Sie meinte, dass du hier sein würdest. Hat noch ein paar andere Sachen gesagt. Ich weiß nicht, was ich davon halten soll.«

Langsam sammeln sich Suze, Tarkie und die anderen und mustern Brent eher ungläubig. Die ganze Zeit sind wir diesem Mann auf der Spur, denken an ihn, reden über ihn. Und jetzt ist er da.

Gesund sieht er nicht gerade aus. Noch immer hat er diese kantige Stirn seiner Jugendzeit, doch die grauen Haare werden lichter. Er hat ein eingefallenes Gesicht und müde, traurige Augen. Er trägt eine alte, billig aussehende Jacke, und um seine Schultern hängt ein Rucksack.

Misstrauisch mustert er uns, als fürchtete er, hier irgendwie veralbert zu werden.

»Hat Rebecca dir erzählt …?« Dad überlegt. »Hat sie was von einem Vergleich gesagt?«, fragt er vorsichtig. »Hat sie das Geld erwähnt?«

Brent runzelt die Stirn. Mit finsterer Miene zieht er die Schultern an. Was ich verstehen kann. An seiner Stelle würde ich es auch nicht glauben. Hoffnungen würde ich mir erst machen wollen, wenn ich Beweise hätte.

»Das kann gar nicht sein«, sagt er. »Warum sollte Corey plötzlich nachgeben? Ich habe es 2002 schon mal versucht.«

»Davon habe ich jetzt erst erfahren, Brent«, sagt Dad eilig. »Wie ich dir schon einmal zu erklären versucht habe, wusste ich bis vor Kurzem nicht, dass du damals an Corey herangetreten bist. Im Ernst. Ich hätte doch *nie*... Du glaubst doch nicht etwa...« Dad steht da, starrt Brent an und wirkt ein wenig überfordert. »Hier. Lies das.« Er zieht eine Kopie des Vergleichs aus seiner Tasche. »Es ist das, was dir moralisch zusteht. Nicht mehr und nicht weniger.«

Touristen drängeln hin und her, um auch mal einen Blick auf den Brunnen zu werfen, aber wir zehn achten nur auf Brents Miene, während er das Dokument liest.

Mir scheint, dass er den ganzen Wisch dreimal lesen muss, bevor er reagieren kann. Dann blickt er auf, nickt kurz und sagt: »Verstehe. Gut. Darf ich das behalten?«

Und man könnte ihn für dickfellig und undankbar halten, aber nur solange man seine Hände nicht sieht, die einfach nicht aufhören wollen zu zittern – und plötzlich tropft eine Träne aufs Papier. Wir tun alle so, als hätten wir es nicht bemerkt.

»Aber natürlich.« Dad nickt. »Wir haben noch mehr Kopien.«

Sorgfältig faltet Brent das Blatt zusammen und steckt es in seinen Rucksack, dann betrachtet er uns eingehender.

»Ich denke, ich sollte mich bedanken... bei dir, Graham?«

»Bei uns allen«, sagt Dad hastig. »Wir haben es gemeinsam geschafft.«

»Aber wer *sind* Sie?« Brent blickt in unsere Gesichter und scheint nicht zu verstehen.

»Freunde von Graham«, sagt Janice.

»Und von Becky«, sagt Danny, wobei Ulla nickt.

»Ich bin Rebeccas Schwiegermutter«, sagt Elinor.

»Bex hatte die Idee, sich Corey vorzunehmen«, wirft Suze ein.

»Wir haben es *Becky's Eleven* genannt«, erklärt Mum fröhlich. »Haben Sie den Film gesehen?«

»Wer ist Becky?«, will Brent wissen, und zögernd trete ich vor.

»Hi, ich bin Becky. Ich habe mit Ihrer Tochter Becca gesprochen. Beim Wohnwagen. Ich weiß nicht, ob sie was davon erwähnt hat, jedenfalls habe ich meinem Dad erzählt, dass Sie dort rausgeflogen waren… und damit fing eigentlich alles an.«

»Wir wollten Gerechtigkeit für Sie«, stimmt Janice mit ein. »Dieser Corey ist ein hinterlistiger Halunke, wenn Sie mir meine ungehobelte Ausdrucksweise verzeihen wollen.«

»Sie kommen aus England.« Brent wirkt ratlos.

»Oxshott. Ich bin extra hergeflogen, um mitzuhelfen«, fährt Janice munter fort. »Für Jane und Graham würden wir alles tun.«

»Und für Becky«, fügt Suze hinzu. »Sie hat uns alle dazu animiert.«

»Es war eine Gemeinschaftsleistung«, sage ich eilig. »Jeder Einzelne war großartig.«

»Aber…« Brent wischt sich zum wiederholten Male übers Gesicht. »Warum? Warum sollten Sie mir helfen? Sie kennen mich doch gar nicht.«

»Wir helfen Beckys Dad«, sagt Danny nur.

»Du kannst dich bei meiner Tochter bedanken«, wirft Dad ein. »Sie ist das Energiebündel, das hinter allem steht.«

»Ach, und übrigens, Brent, vielen Dank für den Tipp mit K. B. B. und M. M. M.«, rufe ich, als es mir plötzlich wieder einfällt. »Das ist so was wie mein Lebensmotto!«

Doch Brent reagiert nicht. Er betrachtet uns zehn mit einem Ausdruck grenzenlosen Erstaunens im Gesicht. Dann schließlich wendet er sich mir zu.

»Junge Dame, Sie müssen sehr viel Glück mit Ihren Freunden haben«, sagt er. »Oder vielleicht haben Ihre Freunde Glück mit Ihnen.«

»Ich habe Glück mit meinen Freunden«, sage ich sofort. »Definitiv. Ich finde meine Freunde ganz toll.«

»Das beruht auf Gegenseitigkeit«, sagt Ulla, und wir alle drehen uns überrascht zu ihr um. (Ulla ist nicht gerade die Gesprächigste, obwohl sie Cyndi grandios abgelenkt hat.)

»Mein Reden«, sagt Suze.

»Na gut, wie dem auch sei«, sage ich etwas verlegen. »Die Hauptsache ist, dass wir es geschafft haben. Und jetzt sind Sie hier! Sie *müssen* zum Essen bleiben…« Ich drehe mich um, will das Gespräch mit Brent wieder aufnehmen. Aber er ist nicht mehr da. Was ist passiert? Wo ist er hin?

Verwundert suchen wir die Menge ab, und Luke dreht eine Runde, um zu sehen, ob er ihn finden kann – aber schon bald wird klar, dass er nicht wiederkommt.

Brent ist weg.

Das Steakhouse, das Luke empfohlen wurde, ist wirklich bemerkenswert gut. Alle haben wir Steak mit Pommes bestellt und auch so ziemlich alle dieselbe Beilage. Der Kellner schenkt leckeren Rotwein aus, und als wir uns zuprosten, spüre ich, dass wir alle ausatmen. So richtig. Endlich. Wir haben es geschafft.

Als ich mich am Tisch umblicke, bekomme ich richtige Glücksgefühle. Wir sind alle so viel besser drauf als noch vor einer Weile. Mum und Dad sitzen Seite an Seite gegenüber von Janice und mir. Sie sehen sich auf Dads Handy Fotos von roten Felsen an und planen ihre Tour durch die Weinberge. Mums Hysterie hat sich in Luft aufgelöst. Ihre ganze Anspannung ist weg. Dauernd streichelt sie seinen Arm, und er drückt sie an sich, als wollte er sie nie mehr loslassen.

Sogar Elinor macht einen entspannten Eindruck. Sie plaudert mit Luke über den Urlaub, den wir vielleicht in den Hamptons verbringen wollen, wobei Danny hin und wieder Insiderklatsch einwirft, über den selbst Elinor lachen muss.

Wollte man brutal ehrlich sein, müsste man wohl sagen, dass Danny sich mit Elinor *angefreundet* hat, denn sie hat vor, ein kleines Vermögen für Dannys Kleider auszugeben und ihm dabei zu helfen, einen ganz neuen Markt älterer Damen für sich zu erschließen, was seiner Einkommenssituation sicher förderlich sein dürfte … Aber es steht mehr dahinter als nur das. Die beiden haben einen echten Draht zueinander. Das glaube ich wirklich. Zum Beispiel haben sie schon besprochen, dass sie Cyndi beim Met Ball einen besonders schönen Abend bereiten wollen, weil Cyndi für das Ganze überhaupt nichts konnte. (Mal sehen, ob ich nicht auch mitkommen kann.)

Was Suze und Tarkie angeht, so sind sie völlig veränderte Menschen. Suze hat sich beruhigt. Sie ist wieder die Alte. Sie lacht über alberne Sachen. Sie guckt nicht mehr so finster. Und Tarkie ist unglaublich! Ich beobachte ihn schon die ganze Zeit und versuche herauszufinden, was sich verändert hat – aber ich glaube, es ist nicht nur eins. Es sind viele Kleinigkeiten. Offenbar hat Dad ihm unterwegs unter anderem folgenden Rat gegeben: »Spiel die Rolle so lange, bis sie dir passt.« Also, ich weiß nicht, was gespielt und was echt ist oder ob er es überhaupt selbst weiß – aber es funktioniert. Wenn er wieder nach England kommt, wird er bestimmt ein Lord wie er im Buche steht.

»Im nächsten Jahr werden wir über tausend Bäume pflanzen«, erklärt er Dad gerade. »Suze wird vermutlich gar nichts davon mitbekommen.«

Sofort läuft Suze rot an und fügt hastig hinzu: »Werde ich wohl! Ich werde sie mit einpflanzen und hegen und pflegen und alles. Ich *liebe* Bäume!«

Augenzwinkernd lächelt Tarkie sie an, und Suze wird immer röter. Es ist nicht zu übersehen, dass sie ihm alles über den Owl's Tower gebeichtet hat. Das ist gut so. Es lag mir richtig auf der Seele.

Und als könnte Suze meine Gedanken lesen, stupst sie mich unter dem Tisch an. Beide tragen wir unsere Cowboystiefel. Die fühlen sich so gut an, dass ich mir gar nicht vorstellen kann, sie je wieder auszuziehen. Der Wilde Westen ist mir richtig unter die Haut gegangen. In meine Seele eingedrungen. Die Sonne, die Wüste, die Musik …

Oh, da fällt mir was ein.

»Hey, Luke!«, sage ich fröhlich. »Ich hab ganz vergessen, dir was zu erzählen. Als ich heute Nachmittag mit Suze unterwegs war, habe ich ein Banjo ausprobiert, und ich finde, wir sollten uns eins kaufen.«

»*Bitte*?« Entsetzt blickt Luke von seinem Gespräch mit Elinor auf.

»Ich habe ihr gleich gesagt, dass du da nicht mitspielst«, wirft Suze ein und spießt ein Stückchen Fleisch auf.

»Guck mich nicht so an, Luke!«, sage ich empört. »Minnie sollte unbedingt ein Instrument lernen! Und warum nicht Banjo? Wir könnten als Familie Unterricht nehmen und eine Folkband gründen. Das wäre mal eine *sinnvolle* Investition …«

BUCKINGHAM PALACE

Mrs Luke Brandon
c/o The Pines
43 Elton Pines
Oxshott
Surrey

Liebe Mrs Brandon,

die Queen bittet mich, Ihnen zu schreiben und für die freundlichen Grüße zu danken, die Sie Ihrer Majestät gesandt haben.

Ich freue mich zu hören, dass sich Mr Derek Smeath aus East Horseley (ehemals Fulham) als derart unersetzlicher Freund erwiesen hat, nicht nur Ihnen gegenüber, sondern auch dem »Gedanken der Liebe und Gerechtigkeit«. Gern will ich glauben, dass er unsere Welt zu einem besseren Ort gemacht hat.

Nichtsdestoweniger tut es mir leid, Ihnen mitteilen zu müssen, dass es keine »kleine Abkürzung« zum Ritterschlag gibt. Und die Königin hat auch keine »Orden in der Schublade«, die sie ihm »einfach in einen Umschlag stecken« könnte.

Im Namen Ihrer Majestät danke ich Ihnen für Ihr Schreiben.

Hochachtungsvoll,

Lavinia Coutts-Hoares-Berkeley
Hofdame

LONDON BOROUGH
OF HAMMERSMITH & FULHAM
TOWN HALL
KING STREET
LONDON W6 9JU

Mrs Rebecca Brandon
c/o The Pines
43 Elton Road
Oxshott
Surrey

Liebe Mrs Brandon,

vielen Dank für Ihren Brief. Es ist immer schön, Post von
ehemaligen Bewohnern Fulhams zu bekommen.

Ich war hocherfreut, von Ihrem Freund Derek Smeath zu
hören, der so viele Jahre die Filiale der Endwich Bank in Fulham
geleitet hat. Er scheint ein ausgesprochen hilfsbereiter Mensch
zu sein, und ich bin mir sicher, dass Sie recht haben, wenn Sie
schreiben, viele Einwohner Fulhams hätten von seiner Weisheit
profitiert.

Dennoch liegt es unglücklicherweise nicht in meiner
Macht als Stadtverordnete, »ihm einen Orden oder die
Ehrenbürgerschaft« zu verleihen.

Ich danke Ihnen für Ihr Interesse am städtischen Gemeinwohl
und lege Ihnen ein Faltblatt über unsere neuesten Fortschritte
auf dem Gebiet des Müllmanagements bei.

Mit freundlichen Grüßen,

Stadtverordnete Elaine Padgett-Grant
Hammersmith & Fulham Council

Liebe Mrs Brandon,

haben Sie vielen Dank für Ihren Brief. Was Sie uns da zu
erzählen haben!!!!

Als einer von Dereks Gärtner-»Kumpels« muss ich Ihnen in
absolut jeglicher Hinsicht darin zustimmen, dass er ein rundum
feiner Kerl ist. Ich war hocherfreut, zu erfahren, dass Lord und
Lady Cleath-Stuart eine neu angelegte Allee auf ihrem Anwesen
ihm zu Ehren auf den Namen »Sneath Walk« taufen werden.
Nichts Geringeres hat er verdient.

Es wird mir ein Vergnügen sein, einen kleinen »Betriebsausflug«
nach Letherby Hall zur »Eröffnungszeremonie« zu organisieren,
und Ihr Scheck dürfte die Kosten dafür mehr als decken. Ich
versichere Ihnen, dass Derek davon erst erfahren wird, wenn Sie
ihm die »Überraschung« unterbreiten. Ich vermute, er wird seinen
Augen nicht trauen!!! Bis dahin »pssst«!

Ich freue mich darauf, Sie an dem »großen Tag«
kennenzulernen. Bis dahin bleiben Sie gesund und: Keine
Abenteuer mehr!!!!

Mit allerbesten Grüßen

Trevor M. Flanagan
Präsident, VGEH

P.S: Sind Sie die Rebecca, die in Dereks Buch so schrecklich in der
Klemme sitzt? Keine Sorge, Ihr Geheimnis ist bei mir in guten
Händen!!!

Danksagung

Ein Buch zu schreiben ist eigentlich genau wie ein Road Trip – wenn man sich die vielen Snacks, das ständige Aus-dem-Fenster-Starren und die Angst, dass man ja eigentlich überhaupt nicht weiß, wohin es überhaupt gehen soll, anguckt. Ich bin allen, die in meinem sinnbildlichen Campingwagen mitgefahren sind, unendlich dankbar. Ohne euch hätte ich es nicht geschafft. Danke. xxx

Der englische Campingwagen
Araminta Whitley, Peta Nightingale, Jennifer Hunt, Sophie Hughes, Nicki Kennedy, Sam Edenborough und das ganze Team von ILA, Harriet Bourton, Linda Evans, Bill Scott-Kerr, Larry Finlay, Sally Wray, Claire Evans, Alice Murphy-Pyle, Tom Chicken und sein Team, Claire Ward, Anna Derkacz und ihr Team, Stephen Mulcahey, Rebecca Glibbery, Sophie Murray, Kate Samano, Elisabeth Merriman, Alison Martin, Katrina Whone, Judith Welsh, Jo Williamson, Bradley Rose.

Der amerikanische Campingwagen
Kim Witherspoon, David Forrer, Susan Kamil, Deborah Aroff, Kesley Tiffey, Avideh Bashirrad, Theresa Zoro, Sally Marvin, Sharon Propson, Loren Noveck, Benjamin Dreyer, Paolo Pepe, Scott Shannon, Matt Schwartz, Henley Cox.

Sophie Kinsella

Sophie Kinsella ist Schriftstellerin und ehemalige Wirtschaftsjournalistin. Ihre Schnäppchenjägerin-Romane um die liebenswerte Chaotin Rebecca Bloomwood werden von einem Millionenpublikum verschlungen. Die Verfilmung ihres Bestsellers »Shopaholic – Die Schnäppchenjägerin« wurde zum internationalen Kinohit. Sophie Kinsella eroberte die Bestsellerlisten aber auch mit Romanen wie »Göttin in Gummistiefeln«, »Kennen wir uns nicht?«, »Kein Kuss unter dieser Nummer« oder mit ihren unter dem Namen Madeleine Wickham verfassten Romanen im Sturm. Die Autorin lebt mit ihrer Familie in London.

Mehr Informationen zur Autorin und zu ihren Romanen finden Sie unter www.sophie-kinsella.de

Die Romane mit Schnäppchenjägerin Rebecca Bloomwood in chronologischer Reihenfolge:

Die Schnäppchenjägerin. Roman · Fast geschenkt. Roman · Hochzeit zu verschenken. Roman · Vom Umtausch ausgeschlossen. Roman · Prada, Pumps und Babypuder. Roman · Mini Shopaholic. Roman · Shopaholic in Hollywood. Roman · Shopaholic & Family. Roman

Außerdem lieferbar:

Sag's nicht weiter, Liebling. Roman · Göttin in Gummistiefeln. Roman · Kennen wir uns nicht? Roman · Charleston Girl. Roman · Die Heiratsschwindlerin. Roman · Reizende Gäste. Roman · Kein Kuss unter dieser Nummer. Roman · Das Hochzeitsversprechen. Roman

(Alle auch als E-Book erhältlich)

GOLDMANN
Lesen erleben

Unsere Leseempfehlung

Um die ganze Welt des
GOLDMANN Verlages
kennenzulernen, besuchen Sie uns doch
im Internet unter:

www.goldmann-verlag.de

Dort können Sie
nach weiteren interessanten Büchern *stöbern*,
Näheres über unsere *Autoren* erfahren,
in *Leseproben* blättern, alle *Termine* zu Lesungen und
Events finden und den *Newsletter* mit interessanten
Neuigkeiten, Gewinnspielen etc. abonnieren.

Ein *Gesamtverzeichnis* aller Goldmann Bücher finden
Sie dort ebenfalls.

Sehen Sie sich auch unsere *Videos* auf YouTube an und
werden Sie ein *Facebook*-Fan des Goldmann Verlags!

www.goldmann-verlag.de
www.facebook.com/goldmannverlag

GOLDMANN
Lesen erleben